Della stessa autrice in edizione Garzanti:
Il sentiero dei profumi
La custode del miele e delle api
Il giardino dei fiori segreti
La rilegatrice di storie perdute
La stanza della tessitrice

CRISTINA CABONI

IL SENTIERO DEI PROFUMI

Garzanti

Prima edizione: maggio 2014
Prima edizione in questa collana: giugno 2019

Per essere informato sulle novità del Gruppo editoriale Mauri Spagnol visita:
www.illibraio.it

ISBN 978-88-11-60929-2

Printed in Italy

www.garzanti.it

IL SENTIERO DEI PROFUMI

Dimmi donna dove nascondi il tuo mistero
donna acqua pesante volume trasparente
più segreta quanto più ti spogli
qual è la forza del tuo splendore inerme
la tua abbagliante armatura di bellezza...

Tomás Segovia

A tutte le donne della mia vita
mia madre, le mie sorelle,
le mie figlie, le amiche.
Questo libro è per voi.

«La felicità non è altro che il profumo del nostro animo.»

Coco Chanel

PROLOGO

Legno di rosa. Dolce, fruttato, con lievi segni speziati.
È il profumo della fiducia, della serenità.
Evoca il dolce dolore dell'attesa e della speranza.

«Chiudi gli occhi, piccola.»

«Così, nonna?»

«Sì, Elena. Così. E ora fai come ti ho insegnato.»

Con le mani poggiate sul tavolo, in penombra al centro della camera, la bambina tiene gli occhi serrati. Le dita sottili scivolano lungo la superficie e si aggrappano al bordo smussato davanti a lei. Ma non sono le essenze conservate nei flaconi che ricoprono la parete ciò che percepisce con più forza.

È l'impazienza di sua nonna. È l'odore della propria paura.

«Allora?»

«Ci sto provando.»

La vecchia serra le labbra. L'odore della sua rabbia è acre, ricorda l'ultimo fumo che sprigiona la legna quando è quasi cenere. Tra un minuto la colpirà e poi andrà via. Elena lo sa, deve resistere ancora un po', solo un po'.

«Impegnati, devi concentrarti. E chiudi gli occhi, ho detto!»

Lo schiaffo le sposta appena i capelli. Finto, come tutto il resto. Come le bugie che le racconta sua nonna, e come quelle che Elena a sua volta le dice.

«Allora, dimmi cos'è!»

Si è stancata di aspettare e ora le agita sotto il naso una fiala colma di essenze. Ma non è una semplice risposta ciò che desidera da lei. Vuole ben altro. Qualcosa che Elena non ha nessuna intenzione di darle.

«Rosmarino, timo, verbena.»

Un altro colpo.

Le lacrime le bruciano in gola. Ma non cede e, per farsi coraggio, comincia a canticchiare un motivetto.

«No, no. Non è così che troverai il Profumo Perfetto. Non restare fuori. Entra, cercalo... Fa parte di te, devi sentire ciò che ti suggerisce, devi comprenderlo, devi amarlo. Prova ancora, e questa volta concentrati!»

Ma Elena non ama più i profumi. Non vuole vedere i prati lungo il corso del fiume dove sua madre la portava da piccola, appena fuori del paese. Non vuole udire il rumore dell'erba tenera che cresce, né quello dell'acqua che scorre. Non vuole sentire gli occhi delle ranocchie che la fissano da sotto il canneto.

Stringe nuovamente le palpebre e serra i denti, decisa a tenere fuori tutto. Ma in quel nero appena punteggiato di chiaro esplode una scintilla.

«Il rosmarino è bianco.»

La nonna spalanca gli occhi. «Sì», mormora mentre la speranza accende il suo sguardo. «Perché? Raccontami di lui.»

Elena apre la bocca, lasciando che le emozioni le scivolino dentro, riempiendo la mente e l'anima.

Il rosmarino è un colore adesso. Lo sente sulla punta della lingua, le scorre sotto la pelle, provocandole lunghi brividi. Il bianco muta, diventa rosso, poi viola.

Socchiude gli occhi, spaventata.

«No! Non voglio! Non voglio!»

La nonna impietrita la guarda correre via. Scura in volto, scuote la testa e si abbandona su uno sgabello. Dopo un lungo sospiro si rialza e apre le imposte.

La luce stanca della sera penetra all'interno del laboratorio che appartiene alle Rossini da più di tre secoli.

Lucia raggiunge la credenza in legno massiccio che occupa l'intera parete. Estrae la chiave dalla tasca del grembiule e la fa scivolare nella serratura. Mentre apre lo sportello centrale, un lieve aroma di erbe selvatiche si mescola al sentore di vaniglia presente nella stanza e un fresco profumo di agrumi vi si aggiunge appena qualche istante dopo.

Circondata da questa sinfonia di odori contrastanti, la

donna accarezza i volumi ordinati davanti a lei, poi con calma ne sceglie uno. Lo stringe al petto per un istante e, dopo essersi seduta al tavolo di legno lucido, lo apre, sfogliandolo con cura. Le dita scorrono sulle pagine ingiallite dal tempo come hanno fatto innumerevoli altre volte in cerca della traccia del Profumo Perfetto.

Anche in quel momento sembra che Lucia cerchi qualcosa. Ma non c'è nulla in quella grafia ordinata che possa aiutarla a spiegare alla nipotina che il profumo non è qualcosa che si sceglie.

Il profumo è il sentiero. Percorrerlo significa trovare la propria anima.

1.

Muschio di quercia. Intenso, penetrante, ancestrale. È il profumo della costanza e della forza. Scaccia la delusione che appesantisce l'anima quando la consapevolezza dell'errore filtra nelle certezze illusorie. Attenua la nostalgia di ciò che poteva essere e non è stato.

Era secco, quell'odore che si levava dall'Arno. Sapeva di farina ammuffita, nauseante come la delusione che le ballava dentro.

Elena Rossini si strinse le braccia intorno al busto e indietreggiò. Davanti a lei il fiume scorreva a fatica, inaridito da un'estate asciutta, in cui la pioggia si era mostrata di rado.

«Non ci sono nemmeno le stelle», sussurrò tra sé, dopo una lunga occhiata al cielo.

Eppure una lama di luce rischiarava di tanto in tanto la notte tiepida di settembre, brillando sulla superficie cromata dei lucchetti dell'amore. Erano raggruppati sulle inferriate del parapetto come i pensieri che s'inerpicavano uno sull'altro nella sua mente.

Allungò la mano e sfiorò con l'indice uno di quegli oggetti che rappresentavano per gli innamorati dei veri e propri patti da consegnare all'eternità, nel tentativo di sottrarli al logorio dei giorni.

Matteo aveva scelto un grosso e robusto lucchetto, lo aveva chiuso davanti a lei e aveva gettato la chiave nel fiume. Elena ricordava ancora il sapore del bacio che le aveva dato subito dopo, un istante prima di chiederle di andare a vivere con lui.

S'irrigidì.

Ormai era diventato il suo ex fidanzato... ex socio, ex tante cose.

Si strinse ancor più le braccia intorno al busto, scacciando un brivido, e cominciò a camminare. Prima di allontanarsi definitivamente verso piazzale Michelangelo, gettò un ultimo sguardo alla fila di quelle speranze d'amore. Presto ci sarebbe stato un nuovo lucchetto, era pronta a scommetterci. Uno nuovo di zecca, dorato, se conosceva bene il suo ex fidanzato.

Matteo e Alessia... così si chiamava la nuova chef, la donna che aveva preso il suo posto. Quella che per un po', stupidamente, Elena aveva considerato un'amica. Per un attimo li rivide insieme, chini l'uno sull'altra, a confidarsi ciò che nessun altro al mondo sembrava in grado di comprendere.

Era stata una sciocca, si rimproverò.

Avrebbe dovuto capire. Matteo però sembrava sempre lo stesso, non era cambiato nei suoi confronti. E quello la mandava su tutte le furie. Era stato ingiusto. Non le aveva dato nessuna possibilità.

Affrettò il passo, come se volesse lasciarsi alle spalle la scena che le si era presentata davanti quella mattina. Ma era inutile, perché non faceva altro che tornarle in mente, come un fotogramma in loop.

Elena era entrata nel piccolo ristorante che gestiva con Matteo. Di solito, a quell'ora lui era in cucina a organizzare il menu. Tuttavia, quando aveva aperto la porta, si era trovata davanti una scena che l'aveva paralizzata. Per lo shock si era dovuta reggere allo stipite, perché le ginocchia avevano smesso di sostenerla.

Alessia e Matteo erano saltati in piedi cercando di coprirsi come potevano.

Si erano osservati, tutti e tre sbigottiti, il silenzio rotto solo dai respiri affannati dei due amanti.

Elena era rimasta senza parole, immobile, cercando di comprendere la scena a cui aveva appena assistito. Poi, pian piano, i pensieri erano riusciti a farsi largo nella confusione della sua mente.

«Cosa cavolo state facendo?» aveva gridato.

Più tardi si sarebbe pentita di quella frase idiota, avrebbe voluto aggiungere molto di più e fare ben altro. La risposta era lampante. L'evidenza avrebbe steso anche la donna più miope, e lei ci vedeva benissimo. E ci sentiva altrettanto bene.

Matteo, che inizialmente le era sembrato sorpreso, si era infuriato.

Se il sangue non le fosse defluito interamente dalle vene portandosi via ogni traccia di umorismo, Elena avrebbe riso di quella scena grottesca. Invece era rimasta là, le mani chiuse a pugno e il cuore che le batteva furioso contro le costole, oltraggiata, indignata, in attesa che lui dicesse qualcosa.

Matteo, però, non si era dato nemmeno il disturbo di negare. Non c'era stato nessun «amore, non è come sembra». Nessun «ti posso spiegare tutto».

«Che ci fai qui? Non dovevi essere a Milano?» le aveva ringhiato contro lui.

La reazione l'aveva spiazzata, quasi fosse lei a doversi giustificare. Non si era sentita bene, per quello era tornata indietro. Non lo aveva avvertito, però.

Era sconvolta, non riusciva a capire.

«Come hai potuto farmi una cosa simile?»

Altra frase sbagliata.

Silenzio, imbarazzo, impotenza e, infine, rabbia. Le parole non erano mai state il suo forte e in quel momento si erano dissolte. Allora aveva distolto gli occhi da lui, puntandoli su Alessia, come se potesse spiegarle l'ovvietà. Avrebbe voluto colpirla, calpestarla con tutte le sue forze. Non si rendeva conto di ciò che aveva appena fatto?

Matteo era il suo fidanzato da più di due anni. Si sarebbero dovuti sposare, un giorno o l'altro. Non che lui glielo avesse chiesto esplicitamente, ma non abitavano forse insieme? Elena non aveva forse investito gran parte dei suoi risparmi in quel dannato ristorante?

E ora, i suoi sogni, i suoi progetti. Andati... tutto finito!

«Non prendertela così, non serve. Sono cose che succedono...»

Cose che succedono?

Era stato allora che la sua indignazione aveva raggiunto il culmine e, invece di finire in ginocchio, spezzata dal tradimento, si era sentita invadere da una rabbia feroce che improvvisamente aveva preso fuoco.

Un istante dopo, un tegame volava per aria diretto contro la coppia che era corsa a rifugiarsi dietro il tavolo. Il clangore del metallo contro il pavimento aveva segnato la fine di tutta la faccenda.

Elena si era voltata, allontanandosi da quello che fino a pochi istanti prima aveva creduto essere il proprio futuro.

Una risata poco distante la strappò ai suoi pensieri, lasciando affiorare una riflessione dolceamara, un ricordo appena, che le dava però un pizzico di soddisfazione.

A sua nonna Lucia, Matteo Ferrari non era mai piaciuto.

Lei invece lo aveva adorato fin da subito. Lo aveva compiaciuto, assecondato, servito... ecco. Lo aveva anche servito, come pensava dovesse fare una brava compagna. Nulla doveva compromettere la loro relazione, così aveva stabilito. Le storie prive di significato, i legami senza senso non facevano per lei, non le erano mai interessati davvero. Matteo era ciò di cui aveva bisogno. Voleva una famiglia, gli piacevano i bambini. E questo per lei era fondamentale. Era anche il motivo per il quale, alla fine, lo aveva scelto e aveva fatto di tutto per tenere in piedi loro rapporto senza mai lamentarsi.

Ma lui l'aveva tradita comunque.

Questo era ciò che le bruciava di più. Per quanto si fosse impegnata, per quanto si fosse messa in gioco, il risultato era stato più che deludente.

Era stato un vero disastro.

C'era tanta gente in giro quella notte. Il centro storico di Firenze andava a dormire all'alba. Le piazze erano colme di artisti, studenti e turisti che si fermavano a chiacchierare sotto le luci dei lampioni, o in un angolo più buio adatto ad altri tipi di conoscenze, molto più intime.

Elena camminava lasciandosi andare ai ricordi, immersa negli odori familiari del quartiere Santa Croce. Conosceva ogni minimo dislivello di quelle strade, ogni ciottolo smussato da secoli di passi. I profili delle case si stagliavano davanti al suo sguardo stanco. Le insegne dei negozi brillavano nel buio. Nulla sembrava essere cambiato. Era così curiosa la sensazione di piacere che provava nel rivedere quei luoghi che ne rimase quasi stupita.

Un anno, pensò, era più di un anno che non tornava a casa di sua nonna. Dopo la sua morte non ci aveva più messo piede.

Eppure quello per molto tempo era stato il suo mondo. Aveva frequentato le scuole medie e poi il liceo dalle suore in via della Colonna, a due passi dalla casa delle Rossini. Da quelle stesse finestre aveva guardato le altre bambine giocare.

Nessuna di loro ne capiva di profumi. Non avevano nemmeno mai visto un alambicco, né immaginavano che il grasso assorbisse gli odori. Essenza, concreta, assoluta o miscela erano parole prive di significato per loro.

Però tutte avevano una madre e un padre.

Inizialmente le aveva ignorate. Ma poi si era trovata a invidiare il loro mondo ordinato, a desiderare di farne parte. Voleva essere come loro.

I genitori delle sue compagne di scuola erano sempre stati molto gentili con lei: regali, inviti. Non c'era mai stata una ricorrenza nella quale non fosse stata inclusa. Eppure quei sorrisi non avevano mai raggiunto gli occhi. Elena li aveva sentiti vagare su di sé, rapidi, come le faccende da sbrigare. Come i doveri compiuti e dimenticati.

E allora aveva compreso.

Il sapore amaro della vergogna l'aveva allontanata anche da quelle amiche che sembravano non badare alla strana casa in cui abitava e al fatto che fosse sua nonna ad assistere alle recite, ad andare a colloquio con gli insegnanti. C'erano altri bambini orfani, naturalmente... il punto era, però, che lei una mamma invece l'aveva.

Respinse rabbiosamente quel ricordo. Erano anni ormai che non ci pensava più. Piangersi addosso... ci mancava solo quello!

Ingoiò l'amarezza e aumentò il passo. Ecco, era quasi arrivata.

Intorno a lei le alte pareti di pietra dei palazzotti sembrarono accoglierla e confortarla. L'aria da tiepida si era fatta fredda, mentre dal selciato si levava un sentore acre di umidità. Elena lo inspirò aspettando il momento in cui si sarebbe unito a quello che proveniva dal fiume.

L'odore del passato, l'odore delle cose perdute.

Si fermò davanti a un portone massiccio. Infilò una vecchia chiave nella serratura e spinse. Chiuse gli occhi solo un momento e si sentì subito meglio.

Era tornata.

E, sebbene fosse l'unica cosa sensata da fare, non riusciva a ignorare il profondo senso di sconfitta. Era andata via decisa a cambiare vita, invece era nuovamente là, dentro quella casa che un giorno, piena di speranza, si era lasciata alle spalle.

Salì le scale quasi di corsa, evitando di guardare i due corridoi scuri al pianterreno che conducevano a quelli che un tempo erano il laboratorio e la bottega di Lucia Rossini. Si diresse in bagno e, dopo una rapida doccia, cambiò le lenzuola e s'infilò a letto.

Lavanda, bergamotto, salvia. Il loro profumo aleggiava in tutta la casa, era penetrante, come la solitudine che le stringeva il cuore. Un istante prima di cedere alla stanchezza le sembrò di sentire una mano gentile accarezzarle i capelli.

La mattina seguente si svegliò come sempre prestissimo. Per un istante restò immobile, gli occhi al soffitto, il cuore che le batteva in gola. Aveva lasciato le imposte aperte, ecco il motivo di tanta luce. Il sole allagava il pavimento e il letto. Ma fu il profumo della casa a farsi strada nel torpore che ancora l'avvolgeva.

Si alzò, perché non sapeva cosa altro fare. Scese di sotto, si sedette al posto che aveva sempre occupato fin da quando era bambina. Dopo un istante guardò il tavolo di legno lucido e si accorse di quanto fosse grande. Si agitò sulla sedia, a disagio. E poi arrivò il silenzio. Un cupo opprimente silenzio.

«Potrei accendere la televisione», mormorò. Ma sua nonna non la possedeva, l'aveva sempre odiata. E, a dire la verità, anche lei non ne era una patita. Preferiva di gran lunga leggere.

I suoi libri però erano rimasti tutti da Matteo.

Un dolore opprimente le esplose in fondo al petto. E adesso che tutto era sfumato, i suoi sogni, i suoi progetti, cosa avrebbe fatto?

Si guardò attorno, smarrita.

Conosceva ognuno di quegli oggetti, là dentro tutto le era familiare. Amava quelle cose vecchie e strane. I piatti appesi al muro, i recipienti di terracotta smaltata nei quali sua nonna teneva la pasta, i mobili che spesso, dopo aver fatto un mucchio di storie, aveva dovuto lucidare. Avrebbe dovuto sentirsi meno sola circondata da quelle cose. Invece era come vuota, vuota e sola.

Si alzò e a testa china risalì le scale diretta nella sua camera. Avrebbe chiamato Monie, le avrebbe telefonato e le avrebbe raccontato ogni cosa. Di Matteo, quel verme, e di Alessia. Una bella coppia davvero. Ingoiò un'imprecazione. Poi, visto che tanto era sola e non avrebbe scandalizzato nessuno, cominciò a snocciolare una serie di parolacce. Le disse tutte, tutte quelle che conosceva. Cominciò piano, poi più sicura, quindi gridò. Continuò a urlarle finché si sentì ridicola, e solo allora smise.

Un istante dopo, seduta sul letto, compose il numero. Con una mano si asciugò rabbiosamente il viso. Non doveva piangere, Monie se ne sarebbe accorta. Alla sua amica non piaceva la gente piagnucolosa, si rammentò. Inspirò un paio di volte, contando gli squilli.

Da quanto non sentiva Monique? Un mese, pensò, forse due. Già... era stata troppo impegnata con la gestione del ristorante e le esigenze di Matteo.

«*Oui?*»

«Monie, sei tu?»

«Elena? Tesoro, come stai? Sai che ti stavo proprio pensando? Come va?»

Non rispose, tenne il cellulare stretto in mano e scoppiò a piangere.

2.

Mirto. Sempreverde, magico, bellissimo. Intenso e profondamente aromatico. Rassicura lo spirito, scaccia la rabbia e il rancore. È il profumo della serenità, dell'essenza stessa dell'anima.

«Il profumo è emozione, è una visione che devi tradurre in fragranza.»

«Sì, nonna.»

«È questo ciò che noi facciamo. È il nostro compito, bambina. È il nostro dovere, e un privilegio...»

Elena abbassa lo sguardo. Le parole di Lucia volano come le note delicate del gelsomino, che prima sfiorano, apparentemente innocue, e poi penetrano ipnotiche e prepotenti. Non vuole ascoltarle, non vuole perdersi nei sogni che evocano, non vuole seguirle. Il cuore prende a batterle forte e poi i colori si fanno strada in lei. Ora sono i profumi, diventano un cielo pieno di stelle luminose.

È facile perdersi in loro, è bello. La fanno sorridere, la fanno sentire felice.

Non c'è realtà, o dovere. Non c'è nulla che abbia importanza, adesso... solo i colori, solo il profumo.

«Il profumo è il linguaggio, con esso noi parliamo, bambina. Ricorda, Elena, il profumo è verità. L'unica che conta davvero. Al profumo non si mente, il profumo è ciò che siamo, è la nostra vera essenza.»

Un ronzio acuto penetrò nel sonno di Elena che si tirò a sedere sul letto di scatto, stordita. Gli ultimi filamenti del sogno sfuggirono rapidamente. Si passò le mani sul viso mentre riconosceva gli oggetti e il luogo in cui si trovava. Il carico di ricordi le fu addosso, implacabile.

Fu un istante, un momento di distacco dalla realtà nel quale non esistevano il tempo e lo spazio. Poi sentì nuovamente il ronzio del cellulare.

Schizzò giù dal letto, incespicando nelle lenzuola aggrovigliate intorno alle gambe. Inginocchiata sulle assi lucide del pavimento frugò nel fondo della borsa, il cuore che le batteva sordo in gola.

«Dove sei, maledizione, dove sei andato a finire?» borbottò mentre il contenuto della tracolla si spargeva sul pavimento, rotolando in ogni direzione.

Finalmente afferrò il cellulare e lo aprì. Quando lesse il nome sul display, chiuse gli occhi premendosi l'apparecchio sulle labbra, poi accettò la chiamata.

«Monie.» La sua voce era impastata dal sonno.

«Elena, ma che fai? Sono qui da quasi un'ora. Non posso credere che ti sia dimenticata dell'appuntamento di questa mattina.»

«Scusa... hai ragione. Solo che non è un buon momento.» Fece una pausa, poi sospirò. «Senti, ti dispiace se rimandiamo? Davvero, oggi non me la sento di uscire.»

«Tanto vale che chiami il prete e ti fai seppellire, Elena. Ho una mezza idea di telefonare a mia madre e raccontarle tutto.»

«Non puoi, hai promesso di non farlo, ricordi?»

«No, non mi ricordo. Dev'essere l'aria di Firenze, la stessa che ti ha fatto scordare che questa mattina avevamo un appuntamento.»

Elena scosse la testa. «Mi passerà, Monie... insomma, ho bisogno di tempo.»

«Bah! Non ti lascerò a mollo nell'autocommiserazione. Non migliora la situazione, nemmeno un po'. Invece uscire potrebbe essere ciò di cui hai bisogno.»

Silenzio, poi Elena ci riprovò. «Un'altra volta magari, va bene?»

«No che non possiamo fare un'altra volta», replicò Monique. «Questa sera ho l'aereo per Parigi, lo sai benissimo. Ho bisogno di te adesso, Elena. Avevi promesso di accompagnarmi», protestò. «E poi non potrà che farti bene. Almeno la smetterai di trascinarti in giro come un fantasma alla ricerca della sua tomba. Giuro, Elena, mi stai facendo diventare matta! Adesso dove sei?»

«A casa di mia nonna.»

«*Parfait!* Ci vogliono meno di venti minuti per raggiungere la Stazione Leopolda. Ti sto aspettando davanti ai cancelli», disse brusca prima di chiudere.

Elena guardò il cellulare, poi si voltò verso la finestra dalla quale penetrava un raggio di sole che sembrava scindersi in migliaia di scintille.

Forse Monie aveva ragione, forse era arrivato il momento di ricominciare a vivere. Uscire era un tentativo valido come un altro, e poi starsene rintanata in casa non avrebbe cambiato le cose.

Non che lei lo volesse, per carità. Al suo genere di sofferenza non sarebbe stato di nessun giovamento riallacciare una relazione che, ora se ne rendeva conto con lucidità, era esistita solo perché lei aveva deciso così. No... ciò che la devastava veramente era ritrovarsi all'improvviso senza nulla. Nessun progetto, nessuna ambizione, nessun pensiero, nessuna certezza. A parte il fatto che la sua storia con Matteo era chiusa, morta e sepolta.

Sì, decise, uscire con Monique non era poi una cattiva idea.

«Hai sopportato cose peggiori, Elena», borbottò alzandosi e dirigendosi verso il bagno.

Mezz'ora più tardi faceva il suo ingresso nel cortile dell'antica stazione fiorentina che ospitava Pitti Fragranze, il più importante evento di profumeria artistica internazionale. Era da molto che non visitava quel posto, il regno delle essenze.

Monique le andò incontro, le stampò tre baci sulle guance e la trascinò all'interno dell'edificio. Indossava un abito di seta nero, semplicissimo, al quale aveva abbinato un paio di stivaletti in vernice rossa. Alta e slanciata, di una bellezza esotica, il suo passato di modella si intuiva dall'andatura sinuosa e rapida, mentre le sue origini erano tutte nella pelle color caramello e in una massa di piccoli riccioli neri che le arrivavano fino a metà schiena. Definirla bella era riduttivo.

Mentre camminavano fianco a fianco, Elena si osservò le infradito, la gonna di jeans e la camicetta a fiori rosa. Poi scosse la testa mestamente.

«Ho già preso i biglietti, e metti questo», le disse Monique porgendole un badge.

«Narcissus?» chiese Elena fissando il cartellino di riconoscimento.

«*Oui.* Adesso sei la mia... come si dice? Assistente, ecco.»

Certo, come no? Nessuno, guardandola, avrebbe pensato che avesse qualcosa a che fare con Narcissus, uno dei più prestigiosi negozi parigini di profumeria artistica. Monique ci lavorava ormai da qualche anno ed era entusiasta di quel posto. Il negozio più chic di Parigi, come diceva sempre.

Chic, appunto. Non era un luogo dove Elena si sarebbe sentita a proprio agio. Vestiva in modo semplice e non era per niente sofisticata. Nonostante avesse quasi ventisei anni, era esile come un'adolescente, e i grandi occhi verdi spiccavano sulla pelle chiarissima. I lunghi capelli biondi accentuavano ancor di più il suo incarnato pallido. Il suo vero punto di forza però era la bocca: forse un po' troppo grande, ma quando si decideva a schiuderla in un sorriso diventava bellissima.

Non si era mai curata troppo del suo aspetto, le piaceva soprattutto la praticità; e credeva di aver raggiunto un buon compromesso con sé stessa in tal senso.

In quel momento, tuttavia, si sentiva profondamente inadeguata. Una accanto all'altra, lei e Monique erano agli antipodi in fatto di classe ed eleganza. L'amica sembrava non avvedersi di quei dettagli, le camminava accanto mostrandole ora questo, ora quello stand, riempiendola di domande e ascoltando con attenzione le sue risposte.

Elena si guardò intorno nuovamente e con una punta di sollievo notò molte altre persone vestite in modo informale. Rincuorata raddrizzò le spalle e la testa. In fin dei conti, quello che contava davvero era il portamento, no?

Erano appena entrate nel salone centrale quando Monique si fermò di colpo, chiuse gli occhi e inspirò profondamente.

«Questo profumo possiede un'anima, Elena», sussurrò, «e io la voglio. La senti?»

Certo che la sentiva. Tutti la sentivano. Ci nuotavano dentro, seguivano la scia, ognuno immerso in un odore specifico, quello che più di tutti sollecitava la parte ancestrale, la memoria limbica. Erano emozioni distillate, un concentrato di azione e pensiero insieme. Evocavano il passato in modo vivido e immediato, quasi fosse immune allo scorrere inesorabile del tempo.

Mentre Monique si spostava tra i vari stand separati da pareti trasparenti, Elena la osservava in silenzio. Tutto intorno i profumi erano intensi e penetranti. In breve, suo malgrado, cominciò a lasciarsene avvolgere, ad analizzarli a uno a uno, cercando di indovinare da quanti e quali elementi fossero formati. Era da un po' che non ci provava, anzi, per molto tempo aveva evitato accuratamente di farsi coinvolgere da qualsiasi cosa facesse parte di quel mondo che era il suo passato. Ora, però, la tentazione di identificarli divenne fortissima. Ci rifletté e decise di assecondare quel suo improvviso interesse. Elaborò i composti mentalmente, ne ricavò la piramide olfattiva, la analizzò per poi metterla da parte e passare subito a un'altra. E si scoprì a sorridere.

Monique si fermò davanti a una composizione di rose. Elena si avvicinò senza poter distogliere lo sguardo da quei petali dalle sfumature uniche. Aveva trovato la fonte del suo tormento e della sua gioia: le rose centifolia di Grasse. Quando era bambina, il lavoro di sua madre Susanna l'aveva portata in giro per il mondo, ma la cittadina francese era rimasta una tappa fondamentale in quel loro incessante peregrinare. Vi tornavano di continuo. Grasse, da sempre, racchiudeva l'essenza stessa della tradizione profumiera.

Elena era cresciuta nella città simbolo del profumo, tra i laboratori in cui venivano distillate le essenze naturali, piccole botteghe artigiane fondate secoli prima, oppure nei grandi stabilimenti ultramoderni dove Susanna Rossini spesso lavorava. A prescindere dalla dimensione delle strutture, in tutte aleggiava un miscuglio di odori delicato o penetrante, a seconda della lavorazione del momento. In primavera la cittadina si trasformava. Colori ovunque, e profumi. Ognuno di essi significava qualcosa, e tutti erano impressi in modo indelebile nella sua memoria.

Le rose per lei ne erano il simbolo.

Allungò una mano, sfiorandole. Erano esattamente come le ricordava, con i petali serici al tatto e il profumo delicato, avvolgente.

«Sono meravigliose.» La voce di Monique custodiva una nota di riverenza.

Elena si ritrovò catapultata nel passato.

Era appena una bambina e davanti a lei si estendevano gli immensi campi di rosa centifolia che circondavano Grasse. Verde ovunque, e poi boccioli avorio, rosa pallido, rosa carico, quasi ciclamino. La fragranza emanata dai fiori era così intensa da avvolgerla completamente.

Sua madre le aveva lasciato la mano e si era inoltrata nel roseto da sola. Si era fermata quasi al centro, le dita fra i petali, lo sguardo lontano, come quel suo lieve sorriso. Poi era arrivato un uomo, l'aveva raggiunta e, dopo un istante in cui si erano fissati, le aveva sfiorato il viso. Susanna allora gli aveva circondato il collo con le braccia e si era abbandonata al suo bacio. Quando finalmente si era voltata verso la bambina facendole cenno di avvicinarsi, il sorriso dell'uomo era svanito, sostituito da una smorfia.

Impaurita, Elena era scappata via.

Quella era la prima volta che aveva visto Maurice Vidal, l'uomo che sarebbe diventato il suo patrigno.

«A settembre il profumo è differente. È più concentrato e porta con sé l'odore del sole e del mare.»

«Il sole? Che profumo ha il sole, Elena?»

Chiuse gli occhi un momento, cercando le parole giuste. «È sconfinato, caldo, morbido. È come un nido, una culla accogliente. Si insinua, lasciando al contempo la più ampia libertà. Il sole accompagna i profumi. Prendi il gelsomino, all'alba la sua fragranza è più intensa, diversa da quella lieve di mezzogiorno, ma dopo il tramonto, quando il sole è solo un ricordo, il fiore emana la sua vera anima. Non puoi confonderli, non è possibile.»

Monique aggrottò la fronte, osservandola con interesse.

«Questa definizione è straordinaria... Non ti sentivo parlare così di un profumo da moltissimo tempo.»

Una sensazione di allarme si propagò sotto la pelle di Elena, che si sentì improvvisamente vulnerabile. La sua immaginazione aveva preso il sopravvento sulla razionalità. Si era lasciata trasportare dai ricordi e dalle emozioni. Una cosa era giocare con il profumo, un'altra farsi possedere da lui: doveva tenerlo a mente, doveva fare attenzione.

«Spostiamoci da qui, Monie, vieni», disse dirigendosi rapidamente verso le ampie vetrate aperte.

Una vertigine la costrinse a fermarsi. Cosa le stava accadendo? Possibile che si trattasse dei profumi?

Era sempre riuscita a tenerli a bada... Aveva imparato presto a ignorarli relegandoli a un ruolo marginale. Da quando aveva dodici anni era sempre stata lei a decidere come e quando dare loro importanza. Li aveva amati, temuti e poi dominati.

Invece quella mattina, si rese conto, erano stati loro a prendere il sopravvento, trascinandola indietro, costringendola a ricordare, a guardare cose che non voleva vedere. La riempivano di emozioni, erano parole che le sussurravano la sua vera natura, erano concetti che non voleva cogliere. Era come allora, quando da bambina il profumo le scorreva dentro e lei lo aveva creduto amico.

«Stai bene, Elena? Hai una faccia che mette paura. Non starai mica pensando ancora a Matteo, vero?» Monique l'afferrò per un braccio costringendola a fermarsi.

Elena cercò di riguadagnare il controllo. Osservò le alte pareti di pietra, ne seguì i contorni, fermandosi sulle putrelle di acciaio. Antico e moderno. Un connubio che poteva sembrare stridente e che invece aveva fascino e carattere.

«E smettila di fissare i muri, non ti lascio in pace finché non mi rispondi.»

Elena guardò Monique, poi scosse la testa e ridacchiò, passandosi le dita sul viso. «Ti ha mai detto nessuno che assomigli a un mastino?»

La ragazza scrollò le spalle. «*Oui.*» Si picchiettò il labbro inferiore con la punta del dito. «Si chiama carattere, *chérie.* Dunque spiegami cosa ti prende oggi, sei più strana del solito.»

Un sospiro spazzò via parte della tensione tra le due.

«Sono i profumi... oggi non riesco a sopportarli.»

Monique sbalordita scoppiò a ridere. «Stai scherzando, vero?»

Ma Elena non sorrideva più e i suoi occhi erano lucidi e stanchi.

«Ascolta», le disse Monique dopo un lungo respiro, agitando una mano, «ho bisogno della tua competenza. Mi serve un naso, o qualcosa che gli si avvicini il più possibile. Mi serve il tuo aiuto. Se torno a Parigi senza una creazione veramente originale, Jacques... le cose tra di noi non sono più come un tempo, Elena. Vorrei sorprenderlo, vorrei che mi rispettasse.»

«Io non sono un naso, Monique», esclamò cercando di tenere sotto controllo il filo di nausea che le risaliva dallo stomaco.

L'amica strinse le labbra. «No, sei molto di più. Non ti limiti a sentire un'essenza, vedi attraverso di essa. Il profumo non ha segreti per te.»

«E credi che questo sia un vantaggio?» esclamò amaramente Elena. Le parole le sfuggirono dalle labbra prima che potesse fermarle, prima che potesse circoscriverle e nasconderle. Naso o meno, Elena non voleva che l'olfatto governasse la sua vita. Si era già preso la sua infanzia, e lei aveva deciso che era tutto ciò che gli avrebbe concesso.

Razionalità, ecco di cosa aveva bisogno. Doveva pensare, doveva reagire.

Negli occhi di Monique c'era un misto di esasperazione e pazienza. «Sì, probabilmente lo sarebbe anche se di mestiere facessi la guardiana di pecore. Saresti in grado di fiutare la volpe. Ma si dà il caso che tu sia una profumiera, e anche maledettamente brava. E conosci abbastanza bene i profumi da sapermi indicare qualcosa di unico, una composizione che faccia riflettere per un bel pezzo il mio capo, che gli indichi una nuova tendenza. Qualcosa da aggiungere alla produzione di Narcissus. Non sto scherzando. Ho davvero bisogno di te. Aiutami.»

Elena si guardò intorno. Alle sue spalle una lieve brezza portava con sé il profumo di Firenze, sapeva di tegole cotte al sole, di sogni e tradizione, di amori sussurrati e di speranza.

Batté le palpebre, inspirò e poi sorrise.

Non era mai riuscita a tenerle testa. La sua amica le dava ordini fin da quando, da piccole, avevano gareggiato per la prima volta, correndo con i piedi immersi nelle acque dei canali della campagna provenzale, finendo per cadere una sull'altra.

Si erano conosciute così, fra i cespugli di menta selvatica, poco distanti dai braccianti che coglievano i fiori. E da allora erano sempre rimaste legate.

Monique l'aveva portata a casa sua. Jasmine, la madre egiziana, le aveva sgridate, asciugate, abbracciate e poi, davanti a una tazza di tè allo zenzero e un piatto di biscotti, le aveva messe in guardia dalle insidie che si nascondevano in quei canali. Frequentando la casa di Monique, Elena aveva scoperto cosa significasse avere una vera famiglia. L'amica le aveva dato accesso a quel calore materno e a quella serenità di cui Jasmine disponeva in abbondanza. Era riuscita a farla sentire una di casa, una sorella.

«Allora, mi aiuterai?»

«Sinceramente, non capisco in cosa potrei esserti utile. Conosci ogni passaggio della creazione di un profumo e ne hai prodotti alcuni straordinari.»

Monique strinse le labbra. «Andiamo, Elena, sappiamo entrambe che i miei profumi sono semplici, adeguati e popolari. Il migliore era appena discreto. Tu invece sei come un pittore che si ostina a dipingere un quadro con le parole. Alla fine volano via tutte e apparentemente non ti resta davanti che una tela vuota. Ma chi ha avuto la pazienza di ascoltare ciò che hai raccontato ha stampata nella mente quell'opera. Per me è lo stesso. Nessuno di mia conoscenza possiede le tue competenze e il tuo genio.»

«Già, come no! Un genio che non è riuscito nemmeno a coprire le spese...»

«Non tirare fuori la vecchia storia del negozio di tua nonna», la interruppe Monique. «Hai chiuso la profumeria perché sei la persona più ostinata che io conosca. In quanto al negozio, se avessi dato retta al tuo istinto invece di applicare le regole antiquate di Lucia, le cose sarebbero andate in modo diverso, e tu lo sai. Ne abbiamo già parlato. Non capisco nemmeno come tu abbia potuto lasciare voce in capitolo persino a Matteo e tenere conto dei suoi vaneggiamenti. Quello là al massimo poteva insegnarti ad apparecchiare un tavolo.» Sbuffò, poi si guardò intorno, nervosa e seccata. Un attimo dopo cercò gli occhi dell'amica. «Non hai mai deciso nulla sulla gestione della bottega, l'hai subita, ecco. Lo sai che mi piace dire le cose come stanno, Elena. Tu sei un naso, punto. E i profumi che hai creato per me e per mia madre erano davvero unici. Lo sono ancora. Ed è questo ciò che desidera la gente: un profumo speciale.»

«Tu sai le stesse cose che so io», replicò Elena caparbiamente. «Abbiamo fatto gli stessi studi, possediamo la medesima preparazione.» Si spostò davanti a un ripiano di metallo sul quale era allineata una serie di boccette di varia grandezza. Il cristallo sembrava animarsi sotto la luce fredda che scivolava sulle linee squadrate.

«Sarà, ma io non sono stata allevata in una bottega di speziali. Non discendo da generazioni di profumiere. E questo fa tutta la differenza del mondo.»

Sì, era quella la differenza tra loro.

Monique aveva avuto un'infanzia normale: genitori presenti, un fratello, due sorelle, scuola, casa, università, fidanzati, e alla fine un lavoro che le piaceva. Aveva potuto scegliere.

Anche Elena, in un certo senso. Aveva scelto la via più

semplice, quella dell'ubbidienza. Aveva fatto tutto ciò che le aveva chiesto sua nonna, nei limiti del tollerabile. Aveva studiato profumeria e si era applicata con assiduità. In silenzio, però, aveva cominciato a covare rancore nei confronti del profumo. E quell'insofferenza aveva finito per coltivarla come si fa con le grandi delusioni. Con dedizione. Attribuendole la responsabilità dei propri problemi.

«Sai quali sono state le ultime parole di mia nonna?» Attese un momento, poi, incoraggiata dal silenzio dell'amica, continuò: «*Segui il sentiero, non abbandonare il profumo*».

«Lucia non stava bene, alla fine», replicò Monique.

Le labbra di Elena si piegarono appena in un lieve sorriso. «Per quanto la sua malattia fosse devastante, è rimasta lucida fino all'ultimo. Non pensare nemmeno per un momento che non abbia detto o fatto qualcosa che non era nei suoi piani. La sua era un'ossessione. La stessa che ha colpito tutte le altre prima di lei, compresa mia madre. Hanno sempre anteposto il profumo a tutto il resto.» Fece una pausa, poi cercò la mano dell'amica, stringendogliela. «Ho chiuso il negozio perché volevo una vita normale, orari regolari, un uomo da amare, che mi amasse a sua volta, e dei figli.»

«Una cosa non avrebbe escluso l'altra... sarebbe dipeso da te fare in modo che le cose andassero in quella direzione, *n'est-ce-pas?*»

No!

La risposta esplose dentro di lei. Il profumo non era così, possibile che nemmeno Monique capisse? Era tutto, o niente.

E lei lo odiava. Lo odiava perché non poteva fare a meno di amarlo.

E poi aveva deciso.

Il profumo non era conciliabile con la vita che aveva scelto di condurre insieme a Matteo. Per questo motivo aveva chiuso il negozio. Il profumo alla fine l'avrebbe ammaliata, come aveva già fatto con le altre donne della famiglia, compromettendo così i suoi piani per il futuro. Era stato quel timore a spingerla ad allontanarsene definitivamente.

«Io però non volevo rischiare», rispose.

No, non voleva rischiare. Non voleva cedere. Non voleva nemmeno ragionarci sopra.

«Non mi sembra che aver rinunciato a ciò che sei ti abbia resa felice.»

Elena impallidì. «...ciò che sono?» Scosse piano la testa. «No... ti sbagli», sussurrò.

«Pensaci, Elena... Da quando hai chiuso il negozio e sei andata a vivere con Matteo sei mai stata felice per davvero? Hai rinnegato tutto ciò che sai e che fa parte di te per rincorrere un'idea, qualcosa che credevi avrebbe potuto soddisfarti. Invece sei passata da un estremo all'altro... Era questa la vita che volevi?»

No, che non lo era. Ma era sempre meglio che restare a guardare, giusto?

«Ci ho provato. Ci ho creduto e ci ho provato!» esclamò.

Monique la fissò. Strinse le labbra, poi sorrise. «Non è questo che ti ho chiesto. Ma non importa, adesso lasciamo perdere questi discorsi tristi e concentriamoci su quello che dobbiamo fare, perché mi aiuterai a trovare il profumo per Narcissus, giusto?»

«Sì, certo...» Annuì meccanicamente. Ma quanto le aveva detto Monique continuò a risuonarle dentro.

Aveva davvero rinunciato a ciò che era?

3.

Benzoino. Come il grande albero da cui la resina scura viene estratta infonde serenità, così l'essenza balsamica densa e penetrante scaccia l'ansia e le preoccupazioni. Permette all'energia spirituale di trovare la forza, prepara alla meditazione.

Il primo ricordo di Elena era il sole accecante della Costa Azzurra, il secondo una distesa infinita di lavanda. Verde e blu e rosa e lilla, e poi bianco e ancora e ancora... e poi c'era l'oscurità della bottega, quella dove sua madre lavorava china sui tavoli ricoperti da boccette di vetro e alluminio.

Era in Provenza che sua madre lavorava per buona parte dell'anno. Là avevano una casa. E là Susanna aveva ritrovato un uomo, il suo primo amore. Maurice Vidal.

Era stato tra i campi fioriti che Elena aveva appreso i primi rudimenti della profumeria: quali erbe raccogliere, quali destinare alla distillazione, quali invece trasformare in *concrete* dalle quali ricavare le *assolute*. Petali di ogni colore e dimensione volavano trasportati dal mistral, oppure scendevano come piccole cascate rosa dai ballatoi sui quali venivano conservati. In seguito i raccoglitori li stipavano in grandi silos capaci di contenere centinaia di chili di fiori che, una volta colmi di petali, venivano chiusi. Cominciava allora la lavorazione o, come venivano chiamati in gergo, «i lavaggi». La *concreta* era ciò che si ricavava da questo procedimento: una sostanza cerosa, concentrata, estremamente profumata. Infine un ulteriore lavaggio con l'alcol la trasformava in *assoluta*, separandola dalla parte impura.

Ogni passo era impresso nella sua mente di bambina come un'immagine nitida. Nella sua esistenza solitaria il profumo era diventato il linguaggio attraverso il quale poteva comunicare con la sua silenziosa madre, che la portava sempre con sé, ma le parlava di rado. A Elena piaceva guardare il profumo liquido, adorava il suo colore. Alcuni contenitori erano piccoli quanto la sua mano, altri invece erano così grandi da richiedere l'aiuto di Maurice per essere sollevati.

Lui era alto e forte. Era il padrone del laboratorio e dei campi, e adorava Susanna Rossini. L'amava almeno quanto odiava la sua bambina.

Elena sapeva perché lui non la guardava mai. Era la figlia di un altro.

Ignorava cosa significasse di preciso, ma era di certo una cosa brutta. Aveva fatto piangere la sua mamma.

Un giorno era rientrata a casa per fare merenda e aveva sentito sua madre discutere con Maurice. Capitava spesso, non ci aveva badato all'inizio. Aveva preso un biscotto e stava per tornare a giocare, quando aveva pensato di prenderne un altro per Monique.

«È uguale a suo padre, vero? Confessalo... non ti somiglia per niente. Non riesco nemmeno a guardarla. Come puoi chiedermi di tenerla con me? Con noi?»

Elena si era fermata, allora. Lo stomaco improvvisamente stretto in una morsa. Era stato il tono della voce dell'uomo a trattenerla. Maurice aveva parlato a voce bassa, come si fa con i segreti. Ma lei lo aveva sentito bene.

Era tornata indietro. La porta della camera da letto era aperta. Maurice era seduto su una sedia, la testa china, le mani tra i capelli.

«Ho commesso un errore, ma non posso farci nulla. E d'altronde quando sono tornata con lei, hai detto che non ti importava del passato e che volevi ricominciare insieme. Cerca di capirlo. Lei è anche mia figlia.»

Sì, lei era sua figlia. Susanna aveva pronunciato quella parola in modo strano. E perché stava piangendo? Non le piacevano quelle parole, aveva pensato Elena. Le facevano pizzicare la gola e gli occhi.

Maurice si era coperto il viso con le mani, poi si era alzato di scatto. «Tua figlia! Tua e di chi? Chi è suo padre?»

«Nessuno, te l'ho detto mille volte. Non sa neppure dell'esistenza della bambina.»

Lui aveva scosso la testa. «Non riesco a sopportarlo, Susanna. So di avertelo promesso, lo so, ma non ci riesco.»

In quel momento si era accorto di lei. «Che ci fai qui?» le aveva urlato contro.

Elena, ammutolita, era indietreggiata, poi era corsa via. Aveva pianto solo un po' mentre tornava da Monique. Poi si era asciugata bene il viso. Monie odiava le bambine piagnucolose. Piangere non serviva a nulla. Glielo ripeteva spesso la sua amica, ed era vero. Il dolore restava là, dentro la gola, come un buco. Però le aveva raccontato ogni cosa, perché lei l'ascoltava e la capiva.

E mentre parlava con Monique aveva capito che Maurice si era sbagliato. Lei non aveva mai avuto un papà. Forse doveva dirglielo, così le cose sarebbero andate bene.

Ma per quanto nei giorni seguenti ci avesse provato, lo sguardo severo dell'uomo le metteva paura. Le parole si erano rifiutate di uscire, rimanendo chiuse nella bocca, impigliate alla lingua. Allora aveva pensato a un disegno.

Le era servito tutto il foglio perché Maurice era molto alto, ma era riuscita a farcelo entrare. Eccoli loro tre insieme: Susanna la teneva per mano e lì accanto c'era lui, non un altro papà.

Prima di regalarglielo lo aveva mostrato a sua madre.

«È bellissimo, tesoro», le aveva detto.

A Susanna piacevano molto i suoi disegni, anche se aveva sempre poco tempo per guardarli bene. Ma quello era speciale, così Elena aveva insistito mostrando alla madre i dettagli. Erano importanti i dettagli... la maestra lo ripeteva in continuazione. Aveva disegnato i lunghi capelli neri di Susanna che le arrivavano alle spalle, Maurice e lei stessa nel mezzo, tra loro due... teneva entrambi per mano. Aveva un abito rosa, le piaceva molto quel colore.

Non c'era nessun altro papà, e lui poteva diventare il suo, se voleva. In quanto alla somiglianza, si era di certo sbagliato, Jasmine le aveva assicurato che crescendo sarebbe diventata uguale alla sua mamma. Lei certe cose le sapeva, aveva tanti bambini.

Un giorno che Maurice era davvero molto arrabbiato, Elena aveva deciso di regalargli il disegno per farlo felice. Aveva ignorato quell'espressione cupa che la intimidiva, si era fatta coraggio e gli aveva consegnato il foglio. Lui lo aveva preso senza dire nulla, poi dopo uno sguardo rapido aveva riportato l'attenzione su di lei, il volto contratto dalla rabbia.

Elena istintivamente era indietreggiata, i palmi sudati, le dita chiuse sulla stoffa del vestito.

Maurice si era voltato verso Susanna che stava preparando la cena, brandendo il foglio.

«Pensi che questo risolverà le cose tra noi?» aveva chiesto con un tono di voce basso, quasi un sussurro. «La famigliola felice... Tu, io e la figlia di... di quello? Adesso ti metti a usare la bambina per convincermi?»

Susanna aveva fissato il disegno, poi era sbiancata. «È solo un disegno, smettila», gli aveva risposto con un filo di voce.

«Sai perfettamente come la penso!» aveva gridato lui accartocciando il foglio e tenendolo stretto nel grosso pugno. «Perché diavolo non vuoi capire?» aveva gridato prima di lanciarlo in un angolo.

Il singhiozzo di Elena aveva spezzato il silenzio teso che era sceso su di loro.

Come rendendosi conto solo in quel momento di ciò che aveva fatto, Maurice aveva fissato la piccola, poi lentamente aveva raccolto il foglio dal pavimento, lisciandolo con le dita.

«Tieni», le aveva detto porgendoglielo.

Ma lei aveva scosso la testa. Maurice lo aveva poggiato sul tavolo, si era stretto nelle spalle ed era scoppiato improvvisamente a ridere.

Se si impegnava, se si concentrava, Elena riusciva a ricordare ancora, a distanza di tanti anni, quel suono aspro e forzato.

Susanna era intervenuta e l'aveva mandata a giocare a casa di Monique. Mentre stava uscendo, Elena aveva sentito il nascere del litigio e allora aveva cominciato a correre. Jasmine le aveva asciugato le lacrime assicurandole che Maurice non era riuscito a capire ciò che aveva disegnato. Spesso gli adulti facevano cose simili, non capivano e avevano paura. Dopo l'aveva presa per mano e ricondotta a casa.

Maurice non c'era più, Susanna aveva gli occhi gonfi e rossi. Jasmine aveva preparato il tè ed era rimasta con loro fino a notte inoltrata. La mattina seguente Susanna aveva fatto i bagagli ed erano partite. Erano state lontane per tutta la primavera. Ma poi erano tornate.

Tornavano sempre, e Maurice era lì. E lì Elena per la prima volta aveva sentito l'odore dell'odio. Freddo, come quello di una notte senza stelle dopo che è piovuto e il vento continua a ululare.

L'odore dell'odio fa paura.

Qualche mese dopo Elena aveva compiuto otto anni. In autunno erano partite ancora una volta, e lei era rimasta a Firenze con sua nonna.

«Queste mi piacciono», disse Elena spezzando il filo del ricordo.

Le bottiglie di cristallo splendevano sotto i riflettori, erano particolari, piene di angoli e di carattere.

«No, troppo decise. Jacques vuole qualcosa di più armonioso.»

Dopo un istante, Elena scosse la testa. «L'armonia è un concetto soggettivo e non fa tendenza. Se è qualcosa di nuovo ciò a cui aspiri, Monie, devi andare oltre. Devi osare.»

L'amica la fissò per un istante, pensierosa. «Tu cosa sceglieresti, Elena?»

«Io?»

«Sì, tu! E se ci separassimo per trovare il profumo giusto? Jacques avrebbe due scelte. Lui va matto per queste cose. *Oui*, è deciso. Ci ritroviamo qui tra un'ora e poi ti porto a pranzo. Oggi al Four Seasons c'è il brunch domenicale, un'esperienza meravigliosa. Ho la carta di credito di Jacques, ci daremo alla pazza gioia e tu mi farai il favore di cancellarti dalla faccia quella tristezza. Su, su... hai perso un amante, che vuoi che sia. Hai idea di quanti uomini farebbero follie per te se solo volessi?» disse Monique agitando un dito. «Un mucchio, *chérie*, una fila intera di uomini.»

«Certo, come no?»

Sospirò, si sentiva come svuotata. Non aveva nemmeno le energie per arrabbiarsi con Monie, e poi perché? Il tatto non era mai stato il suo punto forte, lei lo sapeva bene. Anche da bambina le aveva sempre detto tutto quello che pensava senza mai preoccuparsi delle conseguenze.

Improvvisamente sentì il bisogno di stare da sola. Monique era la persona alla quale voleva più bene al mondo, ma in quel momento Elena era troppo vulnerabile, si sentiva esposta. Le bastava uno sguardo, una parola per rompere quell'equilibrio che stava così faticosamente cercando di ricostruire.

«Vuoi davvero che procediamo separate?» Quasi non le sembrava vera quella sorta di tregua, non temeva l'idea di immergersi nei profumi tanto da sceglierne uno.

Monique fece una smorfia. «Fingerò di non aver sentito quel tono pieno di speranza», esclamò. «Forza, su, vai», disse affrettandosi a sorridere. «Raduna le idee e cerca di calmarti. Ma ricordati che voglio quel profumo. Mi serve davvero. *Vite, vite!* Ci vediamo qui tra un'ora.»

Elena abbozzò un sorriso, poi si voltò.

Aveva fatto giusto qualche passo quando si rese conto che non aveva la più pallida idea di cosa volesse Jacques. Sapeva a malapena che era il proprietario di Narcissus, il negozio nel quale lavorava Monique, che apparteneva a un'antica e illustre famiglia di profumieri e che la sua amica aveva avuto con lui una breve e intensa relazione. Il sesso migliore della sua vita, così Monie aveva descritto in poche parole Jacques Montier.

Si voltò e la cercò tra la folla. Protetti da alte pareti di pietra sormontate da una copertura di travi d'acciaio e legno, gli stand erano pieni di persone intente a scrutare l'ambiente saturo di odori. Le varie essenze si mescolavano tra loro, creando un'unica e persistente armonia che variava a seconda della distanza tra gli espositori. Elena non riusciva a vedere l'amica, finché non la scorse accanto a un'enorme orchidea, una *Phalaenopsis* bianca, davanti a un tavolo ricoperto di bottiglie di cristallo. Mentre la raggiungeva osservò i liquidi contenuti nelle ampolle lussuose. Le diverse sfumature andavano dal rosa pallido alle varie tonalità di grigio opalescente, fino al giallo ambra più carico.

«Monie, non mi hai detto di preciso che cosa desidera Jacques», disse dopo essersi fermata accanto a lei.

La donna si voltò appena, le dita attorno a una bottiglia squadrata, dalle forme lisce e gli spigoli netti.

«*Non, c'est vrai.* Ma non importa», le rispose riportando la sua attenzione sul piccolo capolavoro di cristallo, «il profumo non è per lui. Jacques desidera una fragranza nuova, energica, che possa inserire nel suo catalogo e vendere da Narcissus. Vuole creare una tendenza capace di soddisfare le donne dinamiche di Parigi, nulla di troppo scontato e allo stesso tempo che mantenga femminilità e armonia.»

«Insomma... una cosa da nulla», borbottò Elena con una smorfia.

Monique le sorrise. «Tu lo sorprenderai, anzi io. Mi prenderò tutto il merito, visto che tu non sai che fartene.»

Elena scosse la testa, allontanandosi. «Se è un modo per farmi considerare l'idea di ricominciare a lavorare con i profumi, guarda che non funziona.»

Eppure mentre camminava tra i vari espositori, sfiorando le confezioni e sentendo l'energia sprigionata dai vari aromi, Elena si rese conto che il malessere che da sempre l'aveva accompagnata mentre lavorava a una nuova essenza era come svanito. Come il senso di costrizione e di dovere. Era solo l'ombra di un fastidio in un angolo della sua mente, c'era ma non faceva più male, come una cicatrice ormai vecchia.

In lei ora si agitava qualcosa di diverso, un bisogno che la spingeva ad annusare, a riempirsi i polmoni di questo o quell'ingrediente. Anche la nausea era scomparsa. Non sapeva quando era accaduto, semplicemente a un tratto non c'era più. Restava solo quella sorta di necessità. Era improvvisamente curiosa. Voleva sentire, come se quella fosse la prima volta che annusava un'essenza, come se non conoscesse quel mondo che da sempre aveva fatto parte della sua vita. Era quasi ridicola quella smania. Ridicola e fuori luogo... ma c'era.

Le sue certezze si erano appena sgretolate, come i suoi piani così accuratamente ideati. Tanto valeva lasciarsi andare all'istinto.

In quel momento Elena si trovava davanti allo stand di una giovane profumiera indiana. La ascoltò tenendosi in disparte. La donna aveva le idee molto chiare. Le piacque la descrizione che faceva dei suoi profumi. C'erano sia la tecnica di chi conosce alla perfezione il proprio mestiere, sia le parole semplici in grado di raggiungere l'immaginazione di chi si era fermato ad ascoltare.

E tra quei profumi esotici trovò quello che cercava, all'apertura un'esplosione di fiori: patchouli, gardenia, gelsomino e poi un cuore speziato, con note misteriose di chiodi di garofano e coriandolo. Infine del legno, che, oltre ad armonizzare la composizione, la rendeva cremosa. La immaginò sopra la propria pelle e le sembrò che si sciogliesse sprigionando eleganza e raffinatezza. E capì che era il profumo giusto.

Non sapeva se sarebbe piaciuto a Jacques, ma lei di certo sentiva che era perfetto per qualsiasi donna che amasse la propria femminilità e non volesse rinunciare a un pizzico di frivolezza. Era come se quel profumo le parlasse, le raccontasse di sé, dei luoghi in cui era nato, delle donne dai sari turchesi, rossi e oro per cui era stato pensato, della città moderna, la metropoli che Delhi era diventata. E se andava bene per l'esotica capitale dell'India, Parigi l'avrebbe adorato. Decise di ascoltarlo e lo comprò.

Continuò a passeggiare nei locali della Stazione Leopolda con il profumo in borsa e, quando più tardi si ritrovò con Monique, si rese conto di non essersi sentita così serena da molto tempo. Certo, il dolore rimaneva lì, ma, mentre salivano sul taxi che le avrebbe portate al Four Seasons, sentiva qualcosa fremere dentro di lei, un senso di attesa e di eccitazione.

E aveva una fame da lupi.

Molto più tardi, quando la notte era ormai scesa sulla città, Elena seguì con lo sguardo le luci dell'aereo che riportava la sua amica a Parigi. Prima di lasciarsi si erano promesse di sentirsi presto. E questa volta Elena aveva davvero intenzione di farlo.

4.

Bergamotto. Agile, spumeggiante, dona energia e leggerezza quando ogni aspettativa sfiorisce sotto il peso della monotonia. Illumina il cammino e aiuta a scorgere le alternative.

Il palazzo in borgo Pinti apparteneva alla famiglia di Elena da sempre. Si diceva che fosse stato acquistato con il compenso per un profumo speciale, un'essenza straordinaria partita in segreto da Firenze per raggiungere la Francia. Aveva svolto egregiamente il suo compito. Aveva ammaliato una donna, l'aveva fatta sentire speciale, anzi, unica. In cambio di questo dono la dama aveva concesso la propria mano e la sua dote principesca, rendendo il committente del profumo immensamente ricco.

Questo era ciò che veniva raccontato. I pochi che conoscevano i reali motivi di quel lascito così generoso erano morti da tempo.

Ma la leggenda del Profumo Perfetto era sopravvissuta.

Si sapeva, ad esempio, che a crearlo era stata Beatrice Rossini, la capostipite della famiglia, che nella prima metà del Seicento, mentre sul trono francese si succedevano due regine fiorentine, aveva lasciato la sua città per accettare un incarico speciale. Era una profumiera straordinaria. Le dame più in vista di Firenze speravano di essere tra le sue clienti, poche e ben selezionate. Per ognuna di loro Beatrice aveva creato un profumo unico. Anche i nobili e i potenti si contendevano i suoi favori. Tutti desideravano distinguersi, avere un odore speciale, un profumo degno della loro grandezza.

La sua fama era così estesa che spesso Beatrice doveva partire per raggiungere la corte di qualche principe che richiedeva i suoi servigi. Si diceva che durante uno di questi viaggi avesse creato un profumo così meraviglioso, talmente straordinario da restare impresso per sempre nei ricordi e nell'immaginazione di chi aveva avuto il privilegio di annusarlo. Conquistava subito, era brillante come una stella luminosa, equilibrato come la più pura delle acque profumate, semplice come il soffio del vento. Le sue note creavano un'armonia travolgente, eppure delicata. Era persistente e sensuale. Un profumo diverso da tutto ciò che era stato creato fino ad allora.

Quando era tornata a Firenze, ricca come poche altre, Beatrice non aveva voluto raccontare a nessuno di questa sua particolare creazione. Era cambiata. Sembrava assente, silenziosa. Aveva smesso di frequentare la corte, abbandonato le feste e gli amici. Con profonda delusione dei suoi ricchi pretendenti, aveva sposato quasi subito un giovane di estrazione modesta, dal quale aveva avuto una figlia, Laura. Nel contratto di matrimonio l'uomo le aveva concesso il privilegio di mantenere il cognome della propria famiglia e di trasmetterlo agli eredi.

Così lei nacque e restò per sempre Beatrice Rossini. E da allora tutte le donne della famiglia avrebbero ereditato quel cognome, come un marchio antico e prestigioso.

Rimasta vedova dopo appena due anni, non aveva preso il lutto. Non era stato necessario, visto che l'unico colore che aveva sempre indossato dal suo ritorno dalla Francia era stato il nero. Raso, velluto, pizzo d'Irlanda, dal momento che poteva permettersi il meglio, purché fosse di quel cupo colore.

Non aveva mai rivelato a nessuno il segreto sulle origini della sua fortuna. Non si era mai più risposata nonostante le numerose offerte. Era vissuta componendo profumi, creando saponi e creme per chi desiderava qualcosa di speciale.

Speciale come quel profumo che qualche volta, durante le lunghe notti d'estate, con l'unica compagnia del proprio respiro, tirava fuori da uno scomparto segreto del suo portagioielli. Non lo annusava, né apriva la fiala d'argento. Mai. Si limitava a tenerlo sul cuore. E quello era anche l'unico momento in cui si concedeva il sollievo del pianto.

Il Profumo Perfetto era la fonte della sua gioia e del suo dolore.

Una notte di dicembre, quando ormai i suoi splendidi capelli neri si erano riempiti di fili d'argento e il respiro si fermava sempre più spesso, aveva capito che la sua ora era giunta. Allora aveva chiesto alla figlia, Laura, di portarle il forziere e, dopo aver gettato da parte i gioielli, le aveva mostrato il profumo. Aveva dovuto farlo. Perché la formula del Profumo Perfetto era parte del lascito che spettava alla sua unica erede. La fatica e l'emozione tuttavia le erano state fatali. Aveva atteso troppo a lungo ed era morta fra le braccia di Laura, davanti al focolare, ricordando il passato, parlandole del suo segreto senza in realtà rivelarle tutta la storia. Beatrice non era riuscita a dettare la formula del profumo alla figlia, ma le aveva detto di averla nascosta. Doveva trovarsi nei suoi libri, tra i suoi appunti, tra le cose che aveva amato di più. Per trovarla sarebbe bastato seguire il sentiero del profumo.

Laura però non l'aveva trovata, né era riuscita a ricostruirla dal poco profumo rimasto nella fiala. Beatrice aveva lasciato troppe formule da realizzare, troppi libri da leggere, troppo dolore da affrontare.

Dopo di allora, le altre profumiere della famiglia Rossini avevano continuato le ricerche spinte dalla certezza che tutte le ricette delle composizioni fossero state rigidamente trascritte, sempre. Quella era la regola numero uno, che imparavano ancora prima di sapere che il profumo era una miscela di estratti floreali, legnosi e animali, diluiti in alcol o in sostanze oleose. Era un patto, una promessa. Tutti i profumi venivano registrati e conservati con cura.

La formula era lì, negli archivi. Tutte ne erano sempre state convinte, ma era come cercare una moneta in un forziere traboccante.

Come riuscire a distinguere la formula che le Rossini cercavano da sempre con tanta passione dalle altre migliaia accuratamente conservate negli archivi di Beatrice? Quale tra esse era la formula del Profumo Perfetto? C'erano casse colme di fogli tra i quali guardare, appunti, studi, riflessioni che ognuna di loro aveva trascritto meticolosamente. E poi, naturalmente, il diario.

Il destino di tutte quelle donne era rimasto legato saldamente a quella ricerca. Ognuna, a modo suo, aveva approfondito gli studi sulla profumeria. C'era chi aveva sperimentato nuove alchimie, proposto passaggi audaci, osato ciò che da tutti sarebbe stato definito follia, o eresia. Ma tutte sapevano che non sarebbero bastate le comuni conoscenze di cui disponevano per trovare ciò che era stato smarrito.

Anche Lucia Rossini, come le altre che l'avevano preceduta, aveva consacrato la sua intera esistenza alla ricerca del Profumo Perfetto. Anno dopo anno aveva sperimentato le formule trascritte nelle carte di Beatrice, senza successo: nessuno di quei profumi le sembrava così speciale. Basandosi sulle proprie conoscenze e sull'esperienza accumulata dalle sue antenate, era convinta che ci fosse un modo per sentire il profumo semplicemente leggendo la composizione della formula. Lei stessa, ad esempio, riusciva a percepire il risultato dell'unione di due o più essenze. Ma il suo talento era minimo e non sarebbe bastato a individuare il Profumo Perfetto, la formula era di certo molto complessa.

Le sue speranze a quel punto si erano concentrate sulla figlia, Susanna, ma la ragazza non aveva nessuna intenzione di seguire il sentiero. Era affascinata dalle molteplici possibilità che offrivano le sostanze sintetiche, rifiutava la tradizione e gli insegnamenti della madre.

E poi era nata Elena.

A un certo punto della sua vita, quando il tempo le aveva irrigidito le dita tanto da non consentirle di stappare i contenitori delle essenze, Lucia aveva deciso di tramandare le proprie conoscenze a chi, ne era certa, possedeva la capacità e la passione, la profondità d'animo e l'intuizione necessarie a riportare il Profumo in vita: sua nipote.

E così le aveva lasciato ogni cosa.

I muri di pietra e mattoni cotti nelle fornaci della città vecchia si elevavano scuri e massicci per tre piani. Al pianterreno c'erano sempre stati la bottega, il laboratorio e il cortile interno su cui si affacciavano le camere dei piani superiori. Al primo c'erano la cucina e il salotto, al secondo le camere da letto. Nei secoli la dimora non era cambiata molto, anche le piante aromatiche in un angolo del giardino erano sempre le stesse.

In quella casa c'era anche uno studio segreto, perché le Rossini erano profumiere da quando l'alchimia era l'estensione naturale di quella professione. Si trovava negli scantinati e nessuno ci andava ormai da decenni.

La dimora era in eccellenti condizioni, grazie ai materiali pregiati con i quali era stata costruita: legni di nave temprati dalle tempeste e dal vento marino, pietre scavate nella roccia, mattoni forgiati da temperature infernali. Era stata testimone silente di nascite e morti, di straordinarie scoperte, di gioia, lacrime e sangue. E continuava a mostrare intatto il suo fascino, il suo carattere e un pizzico di mistero.

Lucia Rossini era vissuta di profumi, il resto per lei non aveva alcuna rilevanza. Un giorno aveva accolto un uomo nel suo letto, e quello era stato il legame più forte che avesse mai avuto con il mondo esterno. Quando Giuseppe Rinaldi era morto, aveva allevato la loro figlia Susanna, insegnandole tutto ciò che sapeva e mantenendo, come da tradizione, il cognome delle Rossini, che per lei, come per chi l'aveva preceduta, era un simbolo, un legame con le sue antenate, era identità e impegno.

A Susanna, però, non importava nulla né del cognome illustre né del Profumo Perfetto. Non condivideva le ambizioni della madre. A lei interessavano i profumi e basta. Voleva imparare tecniche all'avanguardia, ne aveva abbastanza di quel vecchiume che Lucia si ostinava a proporle, di quelle carte polverose. Non le interessava il passato, per lei contava solo il futuro. Così era partita. Aveva spedito cartoline da Alessandria d'Egitto, Atene, Bombay, e alla fine di quel girovagare si era stabilita a Grasse, in Francia.

Un giorno, molti anni dopo, si era presentata a casa di sua madre con una bambina.

«Non posso più tenerla con me», si era limitata a dire.

Le due donne si erano guardate a lungo, poi Lucia aveva spalancato la porta e per la prima volta aveva sorriso alla nipotina.

«Vieni, Elena, entra. Questa d'ora in poi sarà la tua casa.»

Ma lei si era aggrappata alla gonna di Susanna, stringendo forte. Aveva chiuso gli occhi e chinato la testa. Quel giorno pioveva forte, era la fine di novembre. Susanna portava un profumo di mandorla, violetta e iris che Maurice aveva preparato per lei. Un dono di nozze.

Da quel momento in poi, Elena avrebbe sempre odiato la pioggia.

A partire da allora, Lucia Rossini aveva trasmesso ogni sua conoscenza a quella nipote così silenziosa e riservata. E nonostante la bambina avesse solo otto anni, si era mostrata da subito incredibilmente ricettiva. Aveva un rapporto straordinario con i profumi, li maneggiava con destrezza, sapeva dosare le essenze alla perfezione. Li sentiva, i profumi, e li raccontava.

Lucia Rossini per la prima volta aveva visto concretizzarsi le sue speranze. Quella bambina avrebbe ritrovato il Profumo Perfetto, ne era certa! Si era dedicata dunque anima e corpo al suo addestramento. Niente stupidi giochi, nessuna perdita di tempo per lei. Mandarla a scuola dalle suore impartendole la migliore educazione possibile era più che sufficiente.

Elena d'altronde non era una bambina come le altre, era una speranza. Era *la* speranza.

Le visite che Susanna faceva alla figlia, almeno all'inizio, erano state regolari, poi saltuarie. Infine erano cessate del tutto.

Come l'interesse della bambina per il profumo.

Sconcertata, la nonna l'aveva interrogata sui motivi che all'improvviso avevano scatenato quell'assurdo rifiuto, ma la ragazzina era rimasta in silenzio. In seguito, Lucia aveva compreso. Il problema era Susanna, o meglio... il problema era l'uomo che aveva sposato, quel Maurice Vidal che non sopportava nemmeno la vista della figliastra, come se la povera creatura potesse essere responsabile delle scelte della propria madre.

Lucia cominciava a credere a quello che le aveva detto Susanna quando, anni prima, le aveva consegnato Elena: «È per il suo bene».

Sì... era possibile che fosse davvero un bene per la bambina restare lontana da quell'uomo.

Gli uomini! Come si potesse dare loro tanto potere era qualcosa che Lucia non riusciva a capire. Ma Susanna aveva sempre avuto un debole per quel Maurice che aveva conosciuto quando era solo una studentessa... invece avrebbe dovuto cacciarlo fuori dalla sua vita a pedate e occuparsi di Elena.

Forse era arrivato il momento di fare due chiacchiere con quella sua figlia irresponsabile. Ma, se Susanna si fosse ripresa Elena, il progetto che Lucia aveva per la nipote, la ricerca del Profumo Perfetto, sarebbe sfumato.

La piccola era l'unica che avrebbe potuto ritrovarlo.

E allora Lucia aveva fatto una scelta.

«È meglio così», le aveva detto cercando di consolarla. «Ci vuole tempo e devi avere la mente sgombra per riuscire a sentire i profumi dentro la testa, per capirli. La creazione è un passaggio molto delicato. Non puoi distrarti nemmeno un istante. Una goccia di troppo e tutto il tuo lavoro può essere compromesso. Lo capisci, bambina?»

Elena si era asciugata il viso e aveva annuito. Ma il profumo non era già più il suo compagno. Era diventato dolore e fallimento.

«Un giorno capirai. È il tuo destino», le aveva detto la nonna accarezzandole la testa.

Sola a casa a pulire l'antico pavimento di marmo della bottega il giorno dopo la partenza di Monique, Elena strofinava una macchia particolarmente ostinata e ripensava al passato. Un episodio su tutti emergeva tra i ricordi, e le sembrava di sentire ancora un dolore intenso in fondo al petto. Ancora freddo, tagliente.

Era grande ormai, aveva compiuto dodici anni e in quei mesi aveva elaborato un piano, un progetto. La nonna diceva sempre che il profumo era il sentiero, che era verità. Così aveva provato a prepararne uno speciale, tutto per sua madre. Voleva che le raccontasse di quanto si sentiva sola, di come le mancasse anche solo guardarla. Stare con la nonna era bello, ma faticoso. Tutti quei nomi da imparare e quelle cose da cercare nei libri... e poi lei voleva la sua mamma e basta. Un profumo poteva spiegare ciò che aveva nel cuore più di ogni altra cosa. La nonna glielo ripeteva di continuo.

«Il messaggio è nel profumo.»

Ci aveva messo la tuberosa. Era bianco quel fiore, come i vestiti che Susanna amava indossare. E poi Elena aveva scelto la gardenia, umida e verde. Aveva quindi unito cuoio e legno, capaci di smorzare la luminosità e la dolcezza fruttata. In quella composizione, tuttavia, c'era qualcosa di stridente. Era il dolore dell'abbandono, era il suo modo di chiedere a Susanna di riprenderla con sé.

Lo aveva preparato con diligenza, tenendo conto di tutti gli insegnamenti della nonna, e poi lo aveva messo in una bottiglia di cristallo. Le vacanze di Natale finalmente erano arrivate e con il respiro chiuso in gola aveva atteso il momento in cui finalmente lo avrebbe regalato a sua madre.

«Per me?» le aveva chiesto Susanna. «Un profumo? Lo hai fatto tu, tesoro mio?»

Elena amava il suono di quella voce. Era lieve e delicato. Forse perché la usava davvero poco. Quel tono gentile la faceva sentire bene. E da quando era arrivata, la sera prima, anche Maurice era stato gentile. Forse l'avrebbero tenuta con loro, questa volta.

«Sì, mamma, l'ho fatto tutto da sola.»

Susanna allora lo aveva aperto con molta attenzione, annusando il contenuto. Sorridendo lo aveva provato sul polso e aveva annuito.

«Sei stata molto brava, piccola. Mi piace, è delicato e allo stesso tempo mostra del carattere.»

Le era piaciuto! Con il cuore che le scoppiava nel petto Elena non riusciva a pensare ad altro. Si era avvicinata a Susanna, allora. Un passo alla volta, come se temesse che quel momento perfetto potesse svanire. Ma Susanna continuava a sorridere e a parlarle.

Il sole che penetrava dalle finestre illuminava il pavimento di legno lucido. Sua madre si era seduta sul divano e aveva messo la boccetta di profumo al centro del tavolino, continuando a elogiarla.

«Una composizione originale, non riesco a stabilire le note di fondo... oh, ma non dirmele, amore mio, voglio indovinarle. Ma tu pensa, la mia bambina ha fatto un profumo tutto per me! Maurice, vieni a vedere, guarda cosa ha fatto Elena!»

L'uomo si era avvicinato. Sorrideva, ma il suo sguardo era freddo. Aveva afferrato la bottiglietta e dopo aver annusato l'aveva rimessa al suo posto.

«Non dovresti incoraggiarla così. Ci sono grossi errori, le note di testa stridono e alla fine, che mi dici di quel cedimento nella struttura? No, Susanna. Non stai facendo nessun favore a tua figlia illudendola a quel modo. Non è un buon profumo, e tu lo sai. Smettila di prenderla in giro.»

«Ma cosa dici...» aveva mormorato Susanna. «Ha solo dodici anni!»

Maurice allora si era voltato di scatto, colpendo il tavolino. Il flacone era rotolato sulla superficie lucida, cadendo sul pavimento. L'odore si era propagato nella stanza, impregnando l'aria.

«Non importa. Non è la sua età a fare la differenza. Conta solo la verità, quella che tu non hai il coraggio di dirle. Quel profumo è tutto sbagliato, non vale nulla.»

Un silenzio teso era caduto su di loro, frantumando i sogni di Elena, sgretolando le sue speranze.

«Non c'è bisogno di urlare», gli aveva risposto Susanna. Poi si era chinata e aveva raccolto il flacone, lo aveva richiuso e si era voltata verso Elena.

«Compromettere una composizione inserendo note così audaci è un errore molto comune nei principianti. Tieni salde in mente la piramide olfattiva e le famiglie. Per osare servono conoscenze che ancora tu non possiedi. Comunque sia, ti ringrazio. Hai avuto un pensiero molto gentile.»

Si era alzata allora, era uscita dal soggiorno e si era chiusa in camera sua. Maurice l'aveva seguita immediatamente. Il giorno successivo Elena era andata a stare da Monique e Susanna aveva approvato la decisione, trasferendo lì i suoi bagagli.

Molto tempo dopo aveva capito cosa non andasse in quel profumo. C'era troppo dolore.

In seguito aveva visto sua madre sempre meno, e solo per le ricorrenze più importanti. Ma i rapporti tra loro, da allora, erano diventati molto formali. Per fortuna, Maurice aveva fatto in modo di trovare sempre qualche occupazione nei brevi periodi che Elena trascorreva a Grasse e lei riusciva a inventare mille scuse pur di trasferirsi a casa di Monique.

Aveva quasi diciassette anni quando, nel laboratorio dove Susanna e Maurice stavano lavorando, una fuga di gas aveva provocato una piccola esplosione. Sua madre aveva quasi raggiunto la porta, ma una fiammata l'aveva costretta a indietreggiare verso la finestra. L'incendio si era propagato in pochi secondi, alimentato dai liquidi altamente combustibili presenti nella stanza. Quando Maurice era riuscito ad afferrare l'estintore, ormai l'incendio era fuori controllo. Il laboratorio era completamente invaso dal fumo. L'uomo allora aveva preso la moglie tra le braccia e si era gettato dalla finestra. Nell'incidente lui aveva riportato ustioni sul volto e gravi lesioni alla colonna vertebrale.

Elena sospirò e si asciugò gli occhi. Possibile che ultimamente non facesse altro che ricordare il passato? La preoccupazione per il futuro cominciava davvero a pesarle.

Quella mattina i suoi pensieri erano chiusi in un cerchio e lei finiva comunque per scontrarsi con un'unica domanda: cosa diamine avrebbe fatto ora?

E non si riferiva a un concetto profondo come il senso della vita. No, non arrivava a tanto. La sua era una preoccupazione pratica, immediata.

Si alzò dal pavimento e si guardò intorno. Le pareti della bottega erano alte e sobrie, in netto contrasto con il soffitto interamente affrescato. Fiori, una profusione di fiori che ricoprivano l'intera volta, come un prato sospeso al contrario.

I colori erano sbiaditi, il rosso dei papaveri non era che un pallido vermiglio, così come la calda tonalità cipria delle rose damascene, quasi indefinibile, per non parlare delle piccole crepe che orlavano il bordo dei petali. L'azzurro degli iris, il viola ancora carico degli anemoni erano anche loro testimoni dello scorrere incessante del tempo. Sua nonna non aveva mai permesso che la sovrintendenza alle belle arti ci mettesse le mani.

«Cambierebbe l'odore. Possibile che non riusciate a capirlo?» aveva esclamato una volta, esasperata dall'insistenza del funzionario del comune che voleva far inserire il palazzo tra quelli da restaurare.

Era vero, l'armonia dei profumi che animavano quella stanza si sarebbe persa per sempre. Le vernici moderne avrebbero riportato il dipinto alla sua originale brillantezza, una vera gioia per gli occhi. Ma che ne sarebbe stato del profumo di quel luogo, una volta contaminato? Il tavolo in legno di cedro dai piedi massicci, le delicate credenze intarsiate che contenevano le essenze, la vetrina con i libri dalle copertine di cuoio, l'armadio veneziano dove venivano conservati gli utensili avevano sempre fatto parte di quel posto. Ogni singolo oggetto portava con sé il suo odore specifico e nulla sarebbe dovuto cambiare.

C'era anche un'altra cosa in quella camera ampia dal pavimento di marmo. Elena la cercò con lo sguardo ed eccola lì, come una certezza. Era ancora nell'angolo più remoto della stanza. La raggiunse, sfiorandola con la punta delle dita.

La cornice del paravento era scrostata, la seta che lo ricopriva un po' sbiadita. Ma tutto sommato era ancora in buone condizioni, giusto un po' impolverato. Era alto quanto una porta e, aperto, si allungava creando un angolo protetto. Era antico, molto antico. Si diceva che avesse la stessa età della casa e che fosse appartenuto alla stessa Beatrice Rossini. Ma le leggende sulla sua antenata erano troppe per fare caso a tutte. A Elena non importava quali fossero le origini del paravento, le piaceva il senso di calore e intimità che si provava al suo interno e l'odore che si levava dalla seta. In passato era servito da séparé per quei clienti che non volevano rivelare la loro identità. E di tanto in tanto, quando le cose si facevano insopportabili, o combinava qualche marachella, era diventato il suo rifugio.

Elena si scoprì ad annusarlo più attentamente e con un filo di sorpresa si rese conto che da esso si levava il lieve sentore di un vero e proprio profumo, come se in passato il paravento vi fosse stato immerso. E probabilmente era stato davvero così. Nella casa c'erano altri oggetti antichi che le sue antenate avevano sottoposto a degli esperimenti per tentare di conservare la persistenza delle fragranze. Nella cassa di mogano della nonna, nella sua camera da letto, c'erano diverse paia di guanti in pelle spagnola ancora vagamente profumati. C'erano anche delle pantofole da camera, sempre confezionate con lo stesso materiale ormai in disuso da decenni, dalle quali si levava un'essenza di rosa bulgara. E poi varie risme di carta, ognuna con un odore specifico e tutte sigillate.

Ma fra tutti quei bizzarri oggetti il suo preferito restava il vecchio paravento.

C'erano anche altre cose, in realtà, che la sorprendevano, come quella sensazione di confortevole benessere. Sentiva di essere tornata a casa. E non riusciva proprio a spiegarselo.

Quella non era mai stata casa sua. Non l'aveva mai considerata tale. Non c'era mai stato un luogo in cui si fosse davvero sentita al proprio posto. Jasmine era stata splendida con lei, nella sua casa Elena aveva respirato amore ed era stata felice, ma aveva anche avuto l'esatta misura di ciò che non possedeva. Quel vecchio palazzotto, invece, era sempre stato la casa della nonna, non la sua. Ci era tornata solo perché, dopo la separazione da Matteo, non aveva un altro luogo dove rifugiarsi. Ma non lo aveva fatto con piacere.

E poi, quasi a tradimento, la sensazione di calore che aveva provato la prima notte si era ripetuta.

Sapeva che prima o poi avrebbe dovuto fare i conti con sé stessa, con quelle sensazioni. Ma non era quello il momento adatto.

Matteo le aveva appena riportato le sue cose. Cinque scatoloni ammassati al centro dell'atrio a ricordarle un anno di vita comune e un mucchio di stupidi sogni, che a quanto pareva erano stati sempre e solo suoi.

E quello alla fine era il punto della questione. Aveva riversato in quel rapporto i suoi bisogni e i suoi desideri in modo ostinato e cieco. E poi aveva preteso che quella sorta di legame funzionasse.

«Hai fatto un errore di valutazione, Elena. Hai dimenticato l'unica cosa di cui deve tenere conto una donna, tesoro», le aveva detto Jasmine al telefono poco prima.

«Hai parlato con Monie?» le aveva chiesto Elena, dopo essersi fatta consolare dalla persona che da anni ormai aveva sostituito la figura di sua madre.

«*Oui*, non è brava a mantenere i segreti. Non arrabbiarti con lei.»

«Lo sai che non lo farò», aveva risposto.

«Nemmeno se ti dico che sono contenta che quell'idiota sia uscito dalla tua vita?»

Elena aveva sorriso tra le lacrime. «*Non, maman.*»

Il sospiro di piacere di Jasmine le aveva fatto rispuntare le lacrime.

«Continua», le aveva chiesto dopo aver tirato su col naso.

«Non puoi puntare tutto su un unico cavallo, *ma petite.* Devi per forza di cose diversificare. Lo chiamano piano B. Devi avere un piano B, Elena, una donna deve sempre averne uno.»

«E se non hai nemmeno un piano A?»

«Sciocchezze. Hai una bella casa, preziosa, piena di oggetti meravigliosi. Hai un mestiere: che ti piaccia o no, tu sei una profumiera: sai creare i profumi, li sai riconoscere e, se non li vuoi fare, puoi sempre venderli come fa Monique, non credi? E poi, piccola, tu hai una famiglia che ti vuole bene.»

Altre lacrime, e questa volta Elena non era riuscita a nasconderle.

Jasmine aveva sospirato nuovamente. «Non ti ho mai sentita piangere tanto nemmeno quando eri bambina. Sei sicura di sentirti bene? Perché non vieni a stare da noi a Grasse per qualche giorno? Cambiare aria ti farà bene.»

Elena si era asciugata il viso. «Sai che non posso farlo.»

«Perché? Da quando ha avuto l'incidente, Maurice non esce mai di casa, non lo vedrai nemmeno. In quanto a tua madre... non credo che ti farà male rivederla. Sai bene che in fondo Susanna ne sarebbe felice.»

Il nodo che chiudeva la gola di Elena si era stretto un po' di più. «Lo pensi davvero? Io non ne sarei così sicura. Non è mai venuta a trovarmi.»

«Vero, ma sai perché lo ha fatto. Si sente responsabile per Maurice, non vuole lasciarlo solo nelle sue condizioni.»

«È assurdo, lei non ha nessuna colpa. Si è trattata di una disgrazia, poteva capitare a chiunque», aveva sussurrato Elena.

«Ma è successo a Susanna. E comunque stiano le cose, Maurice l'ha salvata rimettendoci pesantemente, questo lei non lo dimenticherà mai.»

Un silenzio pieno di pensieri e considerazioni era sceso su di loro, poi Jasmine aveva sospirato. «Non sto giustificando quello che ti ha fatto, sia ben chiaro, ma credo che dovresti essere più indulgente. Sarebbe ora che tu mettessi da parte il tuo risentimento. Susanna ha fatto scelte sbagliate e le ha pagate care. Ma resta comunque tua madre.»

Già... restava comunque sua madre. Ma a lei adesso non interessava più. Da molti anni ormai non faceva più parte della sua vita. Un giorno semplicemente aveva smesso di sperare che Susanna potesse amarla. E poi non era così semplice.

Sebbene il discorso di Jasmine fosse ragionevole, non aveva nessuna intenzione di pensare a Maurice o alla propria madre, non voleva affrontare nulla di tutto ciò, e non si trattava solo di loro. In quel momento la sua mente era un turbine di pensieri, il cuore le doleva, le emozioni la schiacciavano, trascinandola in un vortice di sensazioni alle quali non sapeva come sottrarsi.

«Ci penserò», aveva risposto prima di riattaccare.

5.

Lavanda. Il suo complesso profumo seduce e ammalia. Rinfresca e purifica lo spirito, scaccia la stanchezza, la paura e l'ansia.

Parigi di giorno era ricca, affascinante oltre l'immaginabile, ma era di notte che la città mostrava la sua vera anima. Monique lo aveva sempre pensato. Mentre la sorvolava osservando le luci degli alti palazzi, la Tour Eiffel e i lunghi nastri d'oro dei viali illuminati che dividevano i quartieri più eleganti, pensò che era anche un inno all'apparenza. Quelle luci là sotto che brillavano come diamanti non erano altro che i fari delle migliaia di automobili che sfrecciavano sulle strade della città. Ma dal cielo sembravano gioielli.

Jacques le aveva mandato un messaggio. Non sarebbe andato a prenderla all'aeroporto. Aveva avuto un contrattempo all'improvviso, qualcosa di molto importante. Però le avrebbe mandato la macchina.

Monique sospirò: da un po' c'erano sempre più contrattempi, cose sempre più importanti da fare.

Continuò a guardare la città che brillava allegramente, respingendo con fermezza quel filo di autocommiserazione che aveva tentato di spuntare da qualche parte nel fondo della sua anima, poi il pilota richiese l'attenzione dei passeggeri. Sarebbero atterrati da lì a poco. La voce vagamente distorta raccomandò di tenere le cinture allacciate fino all'apertura delle porte, impartì le ultime raccomandazioni prima dell'atterraggio e terminò con uno sbrigativo «benvenuti a Parigi». Quando le ruote toccarono terra, un applauso stanco si levò intorno a lei. Monique sganciò la cintura di sicurezza, afferrò la sua borsa e si mise in fila per scendere.

«Svegliati, *mon amour.* Tanto non ti lascerei dormire comunque.»

Monique aprì gli occhi, si tirò su di scatto, le dita di Jacques ancora su di lei.

«Togli subito quella mano.»

L'uomo sorrise pigramente. Si alzò dal letto e si aggiustò la cravatta. La sua espressione era imperturbabile.

«Nervosa, *chérie*?»

La ragazza si passò le dita sul viso. Poi le strinse a pugno, arginandone il tremito.

«Che cosa ci fai in casa mia?»

Jacques le sorrise nuovamente: i capelli perfettamente pettinati all'indietro, gli occhi neri penetranti, l'espressione di un uomo sicuro che sa di avere il mondo intero ai suoi piedi. Fermo al centro del piccolo loft di Monique, sembrava il padrone di tutto. Era sicuro, determinato, ogni cosa andava come lui aveva previsto.

Dio, quanto era bello! Monique dovette sforzarsi di stargli lontana. Strinse le lenzuola, ci si avvinghiò come se si trattasse di un'ancora di salvezza. Il desiderio di supplicarlo di continuare quello che gli aveva intimato di interrompere era quasi travolgente.

«Volevo farmi perdonare. Non sono stato gentile con te», le rispose slacciandosi il bottone della giacca.

«Che singolare eufemismo», borbottò Monique.

Jacques le sorrise, poi si fermò davanti alle finestre e tirò le tende. Il sole invase la stanza, illuminandolo. Monique si schermò il viso, ma si abituò quasi subito alla luce improvvisa.

«Allora, com'era Firenze?»

«Antica, meravigliosa, decadente.»

«Sì. È una città incantevole. La prossima volta verrò con te.» Lo disse come se lo pensasse davvero.

Ma, se c'era una cosa che Monique aveva imparato dalla loro relazione, era che Jacques diceva tante cose. Parole, frasi, promesse che poi regolarmente dimenticava. Erano solo ornamenti per lui, come i vestiti che indossava, i gioielli, la sua eleganza. Non c'era mai nulla di vero, anche se le lasciava intendere il contrario. C'erano dei momenti in cui Monique pensava che fosse un mago, un prestigiatore dei sentimenti.

Jacques la fissò nuovamente. Occhi bugiardi, che ammaliavano e ingannavano allo stesso tempo. Era così facile credergli, pensò Monique, illudersi di essere davvero importante per lui. Troppo gentile, troppo bello, troppo tante cose, tutte insieme.

Si accigliò, poi inspirò profondamente. Scese dal letto. Non si accorse dello sguardo di ammirazione dell'uomo. Mentre camminava verso l'armadio, si impegnò a ignorare l'espressione rapace che lo rendeva irresistibile. Il desiderio che provava per lui le vibrava dentro. Per un istante fu tentata di credergli. Forse gli era mancata davvero, forse voleva scusarsi per essersi comportato come il peggiore dei bastardi.

Uno sguardo al tavolino del soggiorno la riportò alla realtà. I due pacchetti che aveva portato con sé da Firenze erano aperti. Una strisciolina di carta, una *mouillette,* era posata accanto al profumo scelto da Elena, un'altra giaceva accartocciata sul pavimento. La speranza si affievolì, fino a scomparire del tutto, lasciando al suo posto una gelida consapevolezza.

«Non potevi aspettare domani?» gli chiese cercando di nascondere la propria irritazione.

«Perché? Avrebbe cambiato qualcosa? Hai trovato ciò che volevo. Vestiti, ti porto fuori. Voglio festeggiare. Il profumo che hai scelto è quello giusto. Sei un genio.»

Monique si lasciò raggiungere. Era Elena il genio. Stava per dirglielo, quando lui l'afferrò. Le parole le morirono sulle labbra. Jacques l'abbracciò, poi le sue mani risalirono lungo il corpo di lei.

Chiuse gli occhi assaporando la sensazione di quella pelle calda che la carezzava con sapienza. Un intenso calore le strappò un gemito. L'uomo le premette le labbra sul collo, Monique sospirò.

«Non sono io il tuo genio.»

Avrebbe potuto mentire, lo sapeva. Elena non si sarebbe risentita. A lei in fondo non importava nulla dei profumi. E poi? Che senso avrebbe avuto sapere che quegli sguardi di ammirazione, la considerazione che Jacques le stava mostrando, erano in realtà frutto di un inganno? Stava prendendo ciò che apparteneva di diritto a Elena, e solo a lei.

Non le importava. In quel momento si rese conto che non le importava nulla. Lo voleva, lo desiderava, sarebbe bastato poco per averlo nuovamente con sé. Sarebbe bastato mentire.

Fu allora che tutto divenne chiaro. Nonostante le sue buone intenzioni e i discorsi sulla verità, era disposta a qualsiasi cosa per lui.

Jacques si irrigidì. «Che sciocchezza», le sussurrò sulla pelle, prima di affondarvi i denti, mordendola con dolcezza.

Era il migliore. Nessuno la faceva sentire liquida e calda come lui. Il paradiso o, meglio, l'incanto dell'inferno era nulla paragonato a ciò che sapeva fare Jacques.

«E se fosse vero? Se avessi chiesto a qualcun altro di cercare il profumo al posto mio?»

Si pentì di quelle parole quasi subito. Sarebbe potuta restare in silenzio, e lui l'avrebbe amata. Quando Jacques si staccò, indietreggiando, comprese che il dubbio si era fatto strada nella mente del suo amante. E allora, sotto quegli strati di illusioni, speranze e menzogne, si agitò qualcosa che aveva il sapore amaro della vergogna. Ebbe pena di sé.

Davvero si era ridotta a mentire per tenersi Jacques? Che razza di donna era diventata?

Chinò la testa. Tentò di recuperare il suo orgoglio, o ciò che ne restava. Inspirò, e nuovamente il profumo delicato, dolce e avvolgente dell'ambra grigia la travolse. Ma questa volta non sentì nessun fremito, non vide il mare, né sentì il sole.

Con un gesto secco si raccolse i capelli in una coda di cavallo. Non lo guardò in faccia. Si diresse verso la stanza da bagno, il respiro chiuso tra i denti.

«Quando esci lascia la chiave sul tavolino accanto alla porta. La prossima volta che ti trovo in casa mia senza averti invitato, chiamo la gendarmeria.»

Non attese la risposta di Jacques e chiuse la porta dietro di sé.

Ci volle un po', ma quando uscì dal bagno Monique era nuovamente tranquilla.

Non aveva bisogno di controllare per sapere che Jacques non era più in casa. Percepiva la sua assenza.

Lasciò che un po' della rabbia che covava dentro di sé filtrasse in superficie e l'accolse quasi con gioia, pur di scacciare Jacques e le sue stupide moine da quel luogo patetico della sua anima dove ancora esistevano i sogni.

«Vai al diavolo», imprecò contro il biglietto che lui le aveva lasciato sul letto.

Lo afferrò e lo accartocciò gettandolo sul parquet.

«Col cavolo che ti chiamo.»

Era pronta a scommettere che aveva preso i profumi, entrambi. Jacques era uno che si lasciava tutte le vie aperte. L'essenza della manifattura indiana che aveva scelto Elena era ciò che cercava, ma anche l'altro, quello che aveva trovato lei, era una buona opzione. Era una profumiera abbastanza esperta da conoscere il proprio valore.

L'ambiente intorno a lei, arredato in un perfetto stile minimalista dai toni crema, contrastava con la raffinatezza dei vestiti che teneva nell'antico armadio di legno di rosa. Scelse un abito di seta verde bottiglia e vi abbinò un golfino viola di lana leggera. Un filo di trucco e capelli raccolti. Avrebbe dovuto tagliarli, pensò. Ma non si decideva mai. In quello era un po' come Elena. Entrambe ancorate a qualcosa che aveva fatto parte di loro da sempre.

L'avrebbe chiamata, le avrebbe raccontato di Jacques, le avrebbe detto che il suo intuito formidabile aveva fatto centro.

Che le piacesse o meno, Elena era un naso. Lo era da sempre. Anzi, era molto di più, perché quella donna sapeva ricavare le emozioni dagli odori e sapeva raccontarle. Per Elena l'olfatto era ciò che per il resto del mondo era la vista. Il fatto che non volesse ammetterlo, che rifiutasse questo dono, era un altro discorso.

Sospirò, un istante prima di uscire si guardò allo specchio, poi prese la borsa. In uno scomparto aveva riposto un biglietto da visita. Era di cartoncino pesante, color avorio intenso, deliziosamente profumato. Era sicura che si trattasse di muschio e sandalo. In sottofondo Monique percepiva l'amaro di un'altra nota, forse un legno. Ci pensò un po' su, cercando di identificarlo. Non che fosse importante... e allora lasciò perdere, limitandosi ad aspirarne il profumo, un *mélange* davvero affascinante.

Alain Le Notre della *maison* La Fougérie era un uomo sofisticato, elegante, e le aveva fatto una buona offerta. Era arrivato il momento di verificare quanto potesse convenirle cambiare lavoro.

6.

Mirra. Più terreno e concreto dell'incenso, rappresenta il legame tra lo spirito e la realtà. Forte, saldo, nessuna incertezza. È il profumo della costanza e della trasparenza dei sentimenti.

Il filare di alberi partiva da un lato della strada e proseguiva quasi a perdita d'occhio per arrestarsi all'improvviso e ricominciare dal lato opposto. Gli alberi in place Louis-Lépine seguivano le linee degli edifici, mentre poco più in là, all'interno del mercato dei fiori, dalle botteghe cespugli di lavanda, mirto e rosmarino spuntavano arruffati come per protesta.

Con le mani affondate nelle tasche, Caillen McLean procedeva spedito verso il negozio in cui avrebbe trovato le rose. I capelli folti incollati alla fronte dalla pioggia gli cadevano pesanti sul volto scavato. Dagli occhi blu, penetranti e freddi, partivano sottili rughe d'espressione. Nulla in confronto alla cicatrice profonda e irregolare che gli percorreva la guancia, ma abbastanza da inquietare chi lo vedeva per la prima volta.

Svoltò a destra, ignorando i banchi dei lillà che sapevano di caramelle, i tulipani appena sbocciati e le fresie. Si girò a guardare una curiosa combinazione di secchi pieni di rose color crema orlate di rosso e giallo, poi fece una smorfia. Uno di essi, proprio al centro, conteneva un mazzo di rose blu elettrico.

«*Bonjour*, Cail, come stai? Posso esserti d'aiuto?»

Un uomo di mezza età si asciugò entrambe le mani sul grembiule sporco di terra. L'apparente placidità del suo fisico florido era smentita dall'espressione acuta degli occhi di un celeste chiarissimo.

Cail ignorò il saluto cordiale dell'uomo e gli indicò le rose blu. «C'è davvero qualcuno che compra quelle... cose?»

L'altro si grattò la fronte. «Ne ho alcune verdi e dorate, le vuoi vedere?»

«Stai scherzando, vero?»

Il venditore scrollò le spalle. «Non sono poi così male.»

Cail non gli rispose nemmeno, limitandosi a un'occhiata fredda. Poi spostò lo sguardo, come se non sopportasse nemmeno la vista di quei fiori.

«Liliane è al solito posto?» La sua voce era profonda, con un lieve accento scozzese, il tono tradiva appena un filo di impazienza.

Lambert annuì. «Sì, dalla parte opposta del mercato, accanto alla bancarella di Louise. Quella degli ibischi.»

Cail lo ringraziò con un cenno del capo e, dopo aver rivolto un ultimo sguardo sprezzante ai fiori, riprese il cammino. Lambert seguì l'alta figura dell'uomo mentre entrava nel cuore del mercato, poi scosse la testa.

«Le rose seguono le mode, come tutto il resto a questo mondo. I clienti vogliono petali blu? E io faccio le rose blu. Li vogliono verdi? E che verdi siano», brontolò tornando al suo posto. Fissò i fiori dai petali raggrinziti, con quella nota metallica che metteva i brividi. «Non ha tutti i torti a detestarvi», disse tra sé. E un attimo dopo sfoderava un sorriso smagliante in direzione di una signora che si era avvicinata con un vaso di petunie screziate di viola tra le mani.

Cail aveva quasi raggiunto il fondo dell'edificio che ospitava il mercato dei fiori quando scorse i rivenditori di rose. Esaminò con attenzione i fiori dall'aria affaticata che spuntavano dagli steli spinosi. Da lontano non c'era nessuna differenza rispetto ai grossi boccioli delle peonie. Anche le sfumature, che declinavano tutta una serie di rosa dal più vivido al cipria, sembravano catalogarle come tali. Ma a un osservatore più attento non sarebbe sfuggita la grazia delicata e un po' decadente dei fiori a forma di calice, con i petali dischiusi e mollemente adagiati uno sull'altro. Si trattava di rose Claire Austin. Inconfondibile, un lieve sentore di mirra pareva amalgamarsi con l'ulmaria, acquistando potere e dando carattere alla dolcezza del loro aspetto.

Cail le fissò, ne sollevò una con il palmo della mano, poi si chinò immergendo il viso nel fiore. Non avrebbe dovuto farlo, non serviva. Il profumo si spandeva tutto intorno, chiaro e delineato. Ma c'era qualcosa di profondamente sensuale nel tocco delicato di quei petali di un bianco perlaceo sulla pelle. E Cail intendeva approfittarne. Se appariva bizzarro agli occhi dei passanti, non gli importava. Si limitò a ignorare gli sguardi che seguivano quel suo gesto così insolito, come faceva con tutto ciò che non aveva per lui il minimo interesse.

«Ciao, Cail.» Una giovane donna gli si avvicinò.

Lentamente, con grazia, lui si tirò su. «Hai il mio pacco?» le chiese senza preamboli.

Liliane lo fissò un istante, poi scosse la testa rassegnata.

«Sì, sto bene, grazie, anche tu hai un ottimo aspetto», gli disse brusca prima di rientrare dietro il banco e tornare con una scatola marrone. Quel giorno Liliane indossava un abito smanicato azzurro dall'ampia scollatura quadrata, che le aveva fatto guadagnare occhiatacce e complimenti in parti uguali dai suoi clienti. Sapeva che Cail sarebbe andato a ritirare il pacco e, nonostante il freddo, non era affatto pentita. Avrebbe indossato anche un costume da bagno se fosse servito a farsi notare da lui.

Cail, tuttavia, non sembrò fare caso all'aspetto della donna. Si limitò a prenderle il pacco dalle mani e le diede in cambio un centinaio di euro. Quando incontrò l'espressione perplessa di lei, fece un gesto verso la scatola. «Tieni il resto. Avrò bisogno di altro materiale per la prossima settimana.»

La donna annuì. «Posso fare altro per te», gli disse. E non era una domanda.

Cail restò un istante in silenzio, poi le indirizzò un cenno di saluto. «No. Ci vediamo sabato prossimo.»

Liliane strinse le labbra, ingoiando la sua frustrazione.

Alain Le Notre. Solo il nome metteva paura.

Monique si lisciò la gonna del vestito. Seduta su una scomoda poltroncina d'epoca, osservava con distacco quella che poteva essere stata la scrivania di qualche regnante francese e che era passata al responsabile delle risorse umane della *maison.* Intarsi, fregi, madreperla e legno di rosa. Perché gli uomini dovevano ostentare il loro potere a quel modo?

Si alzò e raggiunse la vetrata. Parigi sonnecchiava sotto una pioggerellina che ingrigiva la giornata. Solo pochi turisti coraggiosi si trascinavano nei loro impermeabili di plastica colorata pensati per tenere al riparo le fotocamere di ultima generazione. Monique fissò le grosse gocce che imperlavano il vetro, lo stomaco chiuso dall'ansia. E se Le Notre avesse ritirato la sua offerta? Cosa avrebbe fatto allora?

Scosse la testa. Doveva smetterla di pensare alle conseguenze di qualcosa che non era ancora accaduto. Sembrava sua madre! Si chiese se alla fine Elena avesse accettato il suo invito. Non che lei fosse d'accordo. Elena non aveva bisogno di crogiolarsi nel passato. Divertirsi, stare con la gente, ecco cosa doveva fare. E soprattutto doveva accettare la sua vera natura. Una volta che l'amica avesse compreso il suo talento, sarebbe diventata uno dei nasi più ricercati al mondo. Già... solo che Elena odiava trovarsi al centro dell'attenzione.

Quella che aveva bisogno delle luci della ribalta era lei. Quanto era brava a risolvere i problemi degli altri... peccato che con i propri fosse un vero disastro.

Un altro sospiro. Si lisciò nuovamente la gonna. E poi sentì la porta alle sue spalle.

«Monsieur Le Notre», disse voltandosi.

«È un piacere per me rivederla, *mademoiselle.*»

Gli occhi di Alain erano di una fredda tonalità di grigio, ma in quel momento brillavano divertiti. Poteva avere circa quarant'anni, ma il fisico asciutto e atletico rivelava una cura sistematica del proprio aspetto, il che lo collocava in quella categoria di uomini di età indefinibile che sapevano ancora manipolare la realtà, sfruttandola a proprio vantaggio. Era alto, elegante e sofisticato.

«Benzoino, bergamotto, vetiver, sandalo e un misto di legno di cedro. E fava tonka.»

Monique non sapeva cosa le fosse saltato in testa, ma il profumo che quell'uomo portava lei lo conosceva. Era una delle sue creazioni. Niente di speciale, qualsiasi profumiere avrebbe potuto creare un'essenza del genere per un uomo deciso e allo stesso tempo sofisticato come Le Notre.

Lui sorrise, rivelando una fila di denti bianchissimi. Solo allora Monique si rese conto che il funzionario della *maison* doveva il suo fascino all'aspetto sportivo e all'abbronzatura naturale. Barca, ci avrebbe scommesso. Le Notre era uno che andava per mare.

«Venga, *mademoiselle*, sediamoci.»

La condusse a un piccolo divano e si sedette accanto a lei. Non era la prima volta che Monique incontrava Alain. Aveva già avuto modo di apprezzare la sua brillante conversazione.

«Mi piace il suo modo di lavorare.» Le Notre le sorrise, poi continuò: «Lei ha un intuito che considero formidabile, riesce a trovare miscele compatte, originali, a costi accettabili. E questo senso pratico è ciò che desidero per una nuova linea che lasci da parte inutili seduzioni. Voglio azione, sicurezza, energia. E che sia accessibile a un pubblico ampio. Crede di potermi accontentare?».

Monique trattenne il respiro. «Dovrei rifletterci», disse pacata, mentre il cuore le martellava nel petto. Quell'uomo aveva preso i suoi limiti, ciò che la rendeva ordinaria, e li aveva trasformati in un punto di forza. Era emozionata, era così profondamente colpita dal discorso di Alain che quasi dimenticò di respirare. Era come aver trovato qualcuno in grado di apprezzarla per i suoi difetti. Si sentiva stupita e incredula.

L'uomo la fissava con quel suo sguardo cupo, intenso. Emanava una tale vitalità, era identico alle parole che aveva appena pronunciato.

Il profumo aleggiava tra loro, legandoli.

«Io... credo che ne potremmo discutere», mormorò nuovamente, questa volta con più certezza. Poi raddrizzò le spalle e restituì l'occhiata a Le Notre.

«Bene, mademoiselle Duval. Che ne dice se ora passiamo all'aspetto amministrativo?»

Monique annuì, cercando di non lasciar trasparire troppo entusiasmo. «L'ascolto, monsieur Le Notre.»

Era quasi ridicola quell'attesa sotto la pioggia. Era completamente fradicio, con jeans e maglietta incollati alla pelle, le ciglia appuntite dalle gocce d'acqua. Eppure Cail non si sarebbe spostato da quel cespuglio nemmeno se gli fosse caduto il cielo in testa.

Si guardò intorno per un istante. Le antiche rimesse ristrutturate intorno al grande cortile comune, cuore di quello che era stato il palazzo di una delle più ricche e facoltose famiglie aristocratiche di Parigi, erano ancora immerse nell'oscurità.

Cail spostò l'ombrello in modo che lo stelo restasse all'asciutto. Sulla sommità del ramo spinoso un bocciolo ingrossato sembrava volersi aprire da un momento all'altro.

Socchiuse le palpebre. La pioggia picchiettava incessante raccogliendosi tra i capelli, colandogli sul volto e finendo per inzuppargli la barba di un paio di giorni. Si scrollò deciso, ma attento a non colpire la rosa.

Non conosceva gli effetti che un eccesso di umidità poteva avere su un bocciolo a quello stadio di maturazione: in genere conduceva quel tipo di esperimenti all'interno di una serra, ma quella pianta era nata da una serie di circostanze che erano la negazione di ogni manuale di tecnica ibridatoria e non intendeva correre il rischio di mettere a repentaglio mesi di tentativi per una pioggia improvvisa. Era una pianta di rosa di tre anni, con il suo primo bocciolo maturo.

Si chinò in avanti, attento a riparare il fiore. Poi appoggiò un ginocchio sull'erba. Fremeva di impazienza. Era eccitato e non vedeva l'ora che l'alba illuminasse il cielo. Presto avrebbe smesso di piovere, se lo sentiva.

«Maledizione», imprecò. «Vuoi piantarla, tempo maledetto?»

John, il suo cane, schizzò in piedi e lo raggiunse.

Cail sorrise e con la mano libera accarezzò il mantello fulvo della bestiola. «Torna a cuccia», gli ordinò. «Ti bagnerai.»

Il cane gli leccò la mano, poi fece come gli era stato ordinato.

Parigi si stava svegliando. Il brusio delle vetture diventava rapidamente un frastuono. Sembrava un rigagnolo che si gonfiava d'acqua giungendo a valle. Anche le luci dei palazzi sparivano soppiantate da un'alba sempre più sicura.

Cail sapeva che di lì a poco anche il cortile si sarebbe riempito di gente. Strinse la mascella. Meglio per loro se si fossero tenuti alla larga.

Non gli importava degli sguardi curiosi dei vicini, che più di una volta lo avevano sorpreso mentre conversava con il cespuglio. Nessuno di loro avrebbe avuto comunque il coraggio di deriderlo. O di parlare alle sue spalle. Quello era il vantaggio di superare il metro e novanta per ottanta chili di peso. Anche se lui scommetteva di più sull'effetto dissuasore della cicatrice.

«Buongiorno, Caillen. Non ti chiederò cosa diavolo stai facendo sotto la pioggia mentre ripari un cespuglio di rose. Dunque cerca di tenere a freno quel tuo caratteraccio.»

«Fottiti, Ben!»

La risata del suo amico gli strappò una smorfia. Ben gli fece un cenno di saluto e cominciò la sua corsa quotidiana.

Al diavolo, sapeva bene di sembrare ridicolo con quell'ombrello a quadri tenuto sopra la rosa. Sua madre Elizabeth lo aveva dimenticato durante una delle sue visite. Le sarebbe servito come scusa per tornare a trovarlo. Ma Cail glielo avrebbe spedito alla prima occasione, decise. Si scrollò di dosso l'acqua e attese ancora, gli occhi fissi sul bocciolo.

Una colata di rosa finalmente schiarì il nero delle nubi. Lentamente la pioggia si diradò, fino a diventare un lento gocciolio. Dai mucchi di foglie bagnate ai lati del cortile saliva un penetrante odore vegetale, muschiato.

Cail respirò quel sentore pungente, condensato nell'aria

fredda, poi si concentrò di nuovo sulla rosa. Era l'unica sopravvissuta di una semina a cui teneva molto e che invece era andata decisamente male. Per un po' si era sviluppata regolarmente; quando aveva cominciato a languire, Cail aveva deciso di trapiantarla nel terreno togliendola dal vaso in cui era cresciuta. Era una mossa azzardata per un ibrido così giovane, lo sapeva. Tuttavia, nonostante la prassi suggerisse una cura selettiva, quella soluzione aveva rinforzato la pianta, che era cresciuta vigorosa grazie alle sue attenzioni, e adesso Cail non vedeva l'ora di osservare il risultato dell'ibridazione.

Gli sembrava che tutti i mesi che aveva dedicato a quella pianta si fossero ridotti a un unico istante. La rosa sarebbe sbocciata ai primi raggi di sole e lui avrebbe saputo finalmente se aveva sprecato o meno il suo tempo.

La pioggia finalmente cessò del tutto. Il cielo divenne rapidamente terso, spazzato da un vento freddo che fece rabbrividire Cail. Ci sarebbe voluta almeno un'altra ora prima che il fiore potesse scaldarsi e decidesse di aprire i suoi petali. Maledicendo quell'improvviso abbassamento di temperatura, Cail chiuse l'ombrello.

«Mi dispiace, John, dobbiamo avere ancora un po' di pazienza.»

Guardò il cane che gli si era affiancato e poi fissò la rosa. Non si sarebbe mosso da lì finché non avesse saputo con certezza se aveva fatto un buco nell'acqua.

Monique attese che l'autista di Le Notre le aprisse lo sportello. Sarebbe potuta andare a piedi, la *maison* non era poi molto distante da Narcissus, ma pioveva nuovamente. Alain si era cortesemente offerto di farla accompagnare e lei aveva accettato. Non aveva intenzione di arrivare fradicia a quello che sarebbe stato il suo ultimo giorno di lavoro.

Osservò il negozio adagiata comodamente sui sedili in pelle color crema, aspirando l'odore di cuoio e lusso. Era qualcosa a cui si sarebbe potuta abituare, pensò.

«*Madame*, posso fare altro per lei?»

«No, grazie, può andare», rispose all'autista che con l'ombrello aperto la stava accompagnando alla porta di Narcissus.

L'uomo attese che fosse entrata, poi tornò in macchina.

«*Bonjour, Philippe. Monsieur Montier?*» chiese al responsabile.

L'uomo le sorrise. «*Mademoiselle*, è tornata dall'Italia! Ha trovato qualcosa di interessante?»

Philippe Renaud era un uomo ligio al lavoro in modo quasi maniacale, ma era anche una brava persona, pur se un po' snob. A Monique in genere piaceva restare a conversare con lui; in quel momento tuttavia era nervosa. Il suo accordo con La Fougérie era stato siglato e da lì a qualche giorno sarebbe entrata nello staff della *maison*. E questo Jacques non glielo avrebbe mai perdonato.

Monique lo sapeva. Il suo ingresso a La Fougérie avrebbe chiuso definitivamente il loro rapporto.

«Sì. Un *brief* originale, molto efficace, ti piacerà. Allora, dov'è Jacques?»

Il sorriso di Philippe perse un po' del suo smalto. L'uomo indicò la porta alle sue spalle. «*Monsieur* è impegnato in laboratorio. Vuole che vada ad avvisarlo?»

Avrebbe dovuto immaginare che si sarebbe messo subito all'opera, pensò Monique. Guardò Philippe e scosse la testa. «No, grazie, faccio da me.» Superò l'uomo e proseguì lungo un corridoio. Non bussò, si limitò ad aprire la porta lentamente. Non era vestita in modo adeguato e non intendeva contaminare l'ambiente.

«Vorrei parlarti», gli disse.

Jacques l'accolse freddamente. «Entra, ma tieniti a distanza. Non voglio che il tuo odore comprometta la formula. A proposito, che diavolo è? Non te l'ho mai sentito prima.» Le parlò senza nemmeno voltarsi.

Monique lo fissò per un istante. Indossava una nuova fragranza, un profumo che le aveva appena regalato Alain Le Notre. Lo avrebbero lanciato presto sul mercato, le aveva spiegato, sarebbe stato il loro prodotto di punta per tutto l'autunno e l'inverno. E lei l'aveva gradito, le sembrava sapesse di nuove possibilità.

«Non ti piace?» chiese.

Jacques non si prese nemmeno la briga di rispondere; aveva gli occhi chiusi, il naso su una *mouillette*. Monique sapeva che a Jacques importava solo il proprio tornaconto personale, lo sapeva bene, eppure si sentì ugualmente ferita. Inspirò profondamente e decise che darci un taglio subito era l'unica cosa da fare.

«Stai tranquillo, non ho nessuna intenzione di entrare. Sono venuta solo per chiarire un paio di cose.»

«Se è per il profumo, ho concluso proprio oggi l'accordo con Shindia. Venderemo i loro profumi... la tua seconda scelta è buona, però l'altro è migliore. Naturalmente ti darò ciò che ti spetta per averlo scoperto...»

Come riusciva a farla sentire una nullità in poche parole? Monique riprese fiato e coraggio, mentre Jacques finalmente si decideva a guardarla. Per un istante pensò di dirgli dove poteva infilarsi i suoi soldi, ma non ne avrebbe ricavato molto a parte chiudere le porte di Narcissus a Elena.

«A Firenze ho chiesto a un'amica di aiutarmi. Come ti ho detto, non ho scelto io quel profumo.»

Qualche secondo di silenzio, e poi una risatina. «E chi è questa maga delle essenze, questo... naso?» Il sarcasmo contenuto in quelle parole convinse Monique ad andare fino in fondo. Era solo un bastardo. E della peggior specie, si disse. Sarebbe stata bene, senza di lui.

«Io lascio il lavoro, sono solo venuta a dirtelo.»

Ancora silenzio, questa volta più a lungo, poi finalmente lui alzò lo sguardo e la fissò. «Non ti sembra di essere un tantino eccessiva? Non ti facevo così permalosa.»

Jacques indossava il camice da laboratorio. La sua espressione era concentrata, gli occhi freddi. Davanti a lui una serie di bottigliette di alluminio che contenevano gli oli essenziali. Il resto degli ingredienti era in contenitori di vetro, provette e alambicchi di diverse forme e dimensioni. Sul tavolo d'acciaio c'erano molti contagocce e imbuti di carta, e al centro un cilindro graduato da cui si sprigionava un profumo intenso. Aprì la bocca per continuare, poi guardò il cilindro, come se solo in quel momento si fosse ricordato cosa stava facendo.

«Aspetta. Devo segnare l'ultimo passaggio, poi ne parliamo.» Si chinò sul tavolo e annotò su un blocco che teneva accanto al profumo il numero esatto di grammi delle essenze che aveva appena utilizzato.

Monique lo guardò, poi sorrise con tristezza. «C'è sempre qualcosa di più importante», sussurrò a voce bassissima. Attese ancora qualche minuto. Jacques si era voltato verso il PC che teneva sul tavolo accanto e, dopo aver digitato un codice, si prese il suo tempo per leggere qualcosa, poi ritornò sul blocco e ricominciò a scrivere.

«Addio, Jacques.»

Il rumore della matita che si spezzava ruppe il silenzio teso che c'era tra di loro.

«Adesso non posso ascoltarti. Lo sai perfettamente.»

Già, cosa si era messa in testa? Davvero si era aspettata da lui qualcosa di diverso? Una delusione assurda, improvvisa, covata quasi con disperazione, affiorò in Monique.

«Troverai le mie dimissioni sul tuo tavolo», disse dopo un lungo momento, prima di chiudersi la porta alle spalle.

Mentre tornava in negozio sperò di sentire i suoi passi, pregò che lui la raggiungesse, che le parlasse. Attese ancora un minuto immobile davanti all'uscita, contando i secondi. Gli avrebbe dato ancora un po' di tempo. Poi spinse la porta con entrambe le mani entrando nella sala principale di Narcissus, elegante, splendida, gremita di clienti.

Salutò qualche collega, prese rapidamente le sue cose da dietro uno dei banchi e uscì.

Con gli occhi incollati allo schermo della telecamera di sorveglianza, Jacques la seguì anche dopo che lei aveva lasciato il negozio. Quando scomparve dal video, imprecò violentemente e si passò le mani tra i capelli, lasciandosi cadere su una delle poltrone.

Ossidato anche quello!

Elena storse il naso e allontanò di scatto il flacone. L'odore era pungente, rancido. Aveva scartato una cinquantina di oli essenziali andati a male, avrebbe dovuto buttarli. Non c'era nessuna possibilità che riuscisse a recuperare qualcosa.

Non avrebbe potuto riaprire la bottega di sua nonna nemmeno se avesse voluto. Si era decisa a scendere nello scantinato per verificare in che stato si trovasse ciò che era rimasto laggiù dopo la chiusura del negozio. Non aveva ancora deciso di percorrere quella strada, non era arrivata a tanto. Ma comunque restava un'ipotesi e, dal momento che non aveva la più pallida idea di cosa fare della sua vita, era una possibilità buona come un'altra. Era buffo, pensò con un filo di amarezza. Ora che non esisteva più nessun impedimento all'apertura della profumeria, non poteva più farlo.

Niente essenze, niente profumi. E niente profumi significava nessun guadagno. E poi che le era saltato in testa? Un'attività di quel genere non poteva ricominciare solo perché all'improvviso i profumi non le davano più il voltastomaco.

Sospirò. A dire il vero era una definizione esagerata. Non era disgusto quello che sentiva quando lavorava in bottega. Si trattava di altro, di qualcosa a cui in quel momento non voleva pensare.

Il cellulare vibrò, Elena lo aprì, guardò il numero e sorrise.

«È andato tutto bene?» chiese a Monique.

«Definisci: bene. Anzi no, lascia perdere. Comunque ho avuto il posto. Le Notre è un vero signore. Dimmi di te, come procede l'inventario?»

Elena si strofinò il palmo della mano sul camice. «Tutto da buttare. Mi sono rimasti solo alcuni flaconi che avevo preparato per un albergo e che non sono stati ritirati, e qualcosa di molto antico, nulla che potrebbe andare bene ora.»

«Come i profumi di un'altra epoca?»

Elena raggiunse un armadio di legno nero, invecchiato dal tempo, e spinse un po' le ante lasciandole ruotare sui cardini. «Sì, mia nonna li teneva al buio e nello scantinato la temperatura è costante, tra questi muri...»

«Vuoi dire che sei scesa di sotto, nello studio segreto?» La voce di Monique era incredula e piena di entusiasmo allo stesso tempo.

Elena assentì. «Non hai idea di quello che c'è qui. Potrei aprirci un museo, ci sono alambicchi ed estrattori che sembrano avere secoli.»

«Hai dato un'occhiata alle formule?» le chiese l'amica.

«Non è cambiato assolutamente nulla dall'ultima volta che le abbiamo guardate insieme. Il Profumo Perfetto di Beatrice Rossini è solo una leggenda, Monique», disse.

«Il diario dice ben altro...» sussurrò l'amica.

«Lo abbiamo letto da cima a fondo, non c'è nulla che possa indicare una formula. Erano solo le farneticazioni di una donna ossessionata.»

Era vero, sia lei sia Monique avevano letto il diario di Beatrice Rossini più e più volte, ma, a parte l'evidenza dei riferimenti ad alcuni ingredienti di uso comune nella profumeria e una serie di simboli disegnati sulle pagine, non avevano trovato nulla di rilevante ai fini della produzione di un profumo specifico. I simboli erano interessanti certo... anche quei disegni, le poesie e le rime. Ma il contenuto di quelle pagine si riferiva per lo più a una storia d'amore a senso unico, struggente, dal finale scontato e tragico. Beatrice aveva amato l'uomo sbagliato. E lo aveva desiderato talmente tanto da lasciarsi distruggere da quella che era diventata un'ossessione. Quel profumo era il distillato dell'illusione e del tradimento. Era apparenza, era inganno.

Ecco la conclusione cui erano giunte le due amiche.

Lui, l'illustre cliente, aveva pagato il profumo in moneta sonante. Non c'era stato altro per Beatrice Rossini: lacrime e denaro, una tale quantità di fiorini in oro da garantire a lei e ai suoi discendenti l'agiatezza per molto tempo.

«L'amore può fare questo effetto», mormorò Monique.

«Non saprei cosa dirti. Sono abbastanza confusa sull'argomento. A parte la nausea che mi assale ogni volta che ripenso a Matteo e Alessia, mi è rimasta una specie di vuoto al centro nel petto.» Elena restò un momento in silenzio. «Sai quanto ho desiderato una famiglia normale, un marito, dei bambini. Una situazione stabile. Ho quasi trent'anni, Monie, non posso aspettare in eterno. E ora sono sola... Non ho un lavoro...»

«Ti ci vuole ancora un po' a raggiungere quel traguardo, a dire la verità. E comunque non puoi nemmeno sposare il primo cretino che ti passa davanti», sbottò Monique.

Elena annuì. Un brivido le fece decidere di lasciare quell'ambiente scuro e freddo. «Non era poi tanto male se non ti davano fastidio un paio di cose», rispose spegnendo la luce e chiudendosi la porta alle spalle.

Salì i gradini e tornò di sopra accorgendosi che si sentiva nuovamente stanca.

«Tipo quali? Solo il fatto di dover pranzare ogni domenica con sua madre... Che donna orribile!» Monique rabbrividì. «È snob, offensiva, ignorante. E poi mi mette i brividi.»

«Non dirlo a me. Mi lanciava certe occhiate...»

«Io sarei scappata. Giuro, mi sarei inventata qualcosa. Ma, santo cielo, perché stavi con lui?»

Come sempre Monique era diretta. Elena si sedette sulla panca accanto alle scale. Aveva bisogno di riprendere fiato. «Bambini... ne voleva tanti. Diceva che per lui erano la cosa più importante. E io desideravo un figlio. E poi... non so... mi chiedo come ho potuto non capire che uomo fosse.»

«Senti, basta parlare di lui, veniamo a te: hai deciso di andare a Grasse?»

Elena chiuse gli occhi. «Non posso, non ora. Non mi va...»

«Allora che ne dici di venire a Parigi? Il mio posto da Narcissus è vacante. Se Jacques sapesse chi sei, ti assumerebbe immediatamente.» Monique si sdraiò sul letto, tra le mani il biglietto da visita di Le Notre.

Elena si accigliò. «Cosa dici? Non scherzare, su. Stiamo parlando di Narcissus, non di una profumeria qualunque.»

L'amica tacque un attimo, pensierosa. «Ammettiamo che il posto ci sia, tu verresti? C'è il mio vecchio appartamento. Potresti stare là. È al Marais, ci sono tanti italiani, venti minuti di metrò da me. Allora?»

La sua voce era diventata decisa e ansiosa, come se un'idea avesse preso via via consistenza fino a diventare qualcosa di concreto.

«Non saprei, un posto di lavoro del genere, insomma voglio dire... e poi dovrei organizzarmi, chiudere la casa...»

Monique scattò a sedere sul letto. «Dai, Elena, pensaci. Un lavoro a Parigi, una nuova vita. Certo, l'appartamento non è perfetto, ci vorrà una mano di tinta, qualche mobile nuovo, ma sarà un bel cambiamento. Un ambiente diverso dove potrai ricominciare da zero. Per mettere ordine nelle tue cose non ci vorrà più di una settimana o due, no?»

Elena si alzò in piedi. Intorno a lei il silenzio della casa aumentava il senso di solitudine che aveva cominciato a sentire da qualche giorno. La malinconia che l'aveva assalita le chiuse la gola, ma si costrinse a ricacciarla indietro. Immaginò Parigi, i vicoli stretti del Marais, i palazzi e i giardini fioriti, i musei. E poi un lavoro... Avrebbe potuto guadagnare, rientrare nel giro che aveva lasciato ormai da un paio di anni, recuperare i contatti. E se tutto fosse andato bene, avrebbe potuto riaprire il negozio. Non subito, no... magari un giorno però lo avrebbe fatto.

Si accorse in quel momento che le sue non erano altro che speranze, non ci credeva davvero. Erano come sogni, forse appena un po' più concreti.

E poi qualcosa dentro di lei cambiò. Fu un movimento impercettibile, ma deciso. Era la volontà.

Da quanto non decideva qualcosa? Si rese conto che negli ultimi tempi le era mancata la soddisfazione che derivava dall'aver deciso e compiuto qualcosa per sé stessa, senza altro motivo che quello di compiacere le proprie aspettative.

Sarebbe andata a Parigi, voleva andarci, voleva cambiare, voleva e basta.

«Devo dire che... mi sembra una bella idea. Ma non sono sicura... Non so nulla delle nuove tecniche, non sono aggiornata.»

Monique raggiunse il tavolo dove era rimasta la confezione del profumo indiano. «Prenota il biglietto. Al resto penso io. Mandami una mail con il numero del volo e lascia fare a me.»

Chiuse la comunicazione, prese la *mouillette* che conservava ancora un leggero profumo e lo aspirò lentamente. Poi sorrise.

Aprì il cellulare e compose un numero.

«Ti sto mandando un curriculum», disse poco dopo a Philippe.

7.

Elicriso. Dolce come il miele e amaro quanto un'alba senza riposo. Il profumo è intenso, potente come la bontà. Da usare con parsimonia, miscelandolo a sentori delicati come le rose, capaci di accoglierne il sentimento. Unisce il cuore e la mente, la passione e la ragionevolezza. Evoca la compassione.

Il Marais era uno dei pochi quartieri ad aver conservato il carattere della Parigi seicentesca. Prediletto dall'aristocrazia che aveva preferito alloggiare accanto alla corte reale piuttosto che all'interno di essa, era passato indenne attraverso la Rivoluzione, era sopravvissuto alle visioni urbanistiche di Haussmann, alle inondazioni della Senna che si erano riversate nelle zone più a sud della città, ai re e a Napoleone.

Elena si aggirava tra i vicoli stretti, in cerca dell'appartamento in cui avrebbe cominciato la sua nuova vita. Nonostante la pioggia, c'erano decine di turisti che con ostinazione continuavano a fotografare, osservare e cercare qualcosa. Elena li aveva lasciati in rue des Rosiers per inoltrarsi nel dedalo di viuzze: qui lo scenario mutava e pareva di essere in un altro luogo, un piccolo paese sospeso nel tempo.

Si fermò accanto all'insegna di una *boulangerie*, guardando per l'ennesima volta il pezzo di carta sul quale aveva segnato l'indirizzo. Rue du Parc-Royal, al numero dodici. Continuò a camminare quasi per inerzia. A un tratto le rotelle del trolley, appesantite dalla pioggia, smisero di collaborare. Masticando un paio di parolacce, Elena strattonò la valigia, prima di accorgersi che era arrivata a destinazione.

«Eccoti, finalmente», esclamò poco dopo davanti a un arco in pietra contrassegnato dal numero dodici.

L'arco era chiuso da un cancello in ferro battuto. Si sporse, cercando di guardare oltre le sbarre se ci fosse qualche meccanismo di apertura. I capelli le gocciolavano sul naso e sulle labbra, si passò una mano sul viso e inspirò per farsi coraggio. Nell'oscurità appena illuminata da qualche cono di luce, riuscì a intravedere un giardino, alcune biciclette e un paio di macchine posteggiate.

Monique le aveva detto che non servivano chiavi. Possibile che si fosse sbagliata? Guardò nuovamente il biglietto che teneva in mano, poi lo appallottolò irritata e si appoggiò alla parete umida. Sapeva di mattoni, intonaco e stanchezza. La stessa che Elena si sentiva sulle spalle. Il viaggio da Firenze non era stato semplice. L'aereo aveva fatto ritardo, non aveva trovato un taxi disponibile all'aeroporto e aveva dovuto prendere la navetta.

Con i vestiti incollati addosso e un pessimo umore, Elena passò in rassegna nuovamente ogni porta, ogni finestra della via, andando su e giù sotto una pioggia sempre più insistente che sembrava volerle entrare dentro. A un tratto, udendo un rumore improvviso, si voltò. Qualcuno aveva azionato l'apertura automatica del cancello dove si era fermata poco prima. Attese un istante, osservando con attenzione la macchina che entrava nel cortile interno. Il cancello restò aperto. Elena sospirò. Era fradicia, a ogni folata di vento i brividi la scuotevano, tentandola a mollare tutto e a trovarsi un riparo adeguato. Voleva un bagno caldo, e lo voleva subito.

Strinse i denti, decisa a immergersi in una vasca da bagno nei dieci minuti successivi, cascasse il mondo.

Si tirò dietro il trolley ed entrò nel cortile. Il primo portone alla sua destra era contrassegnato anch'esso col numero dodici. Fu invasa dal sollievo. Eccolo, l'aveva trovato! Un languore allo stomaco la spinse a darsi una mossa. Il giorno seguente avrebbe avuto tutto il tempo di guardarsi intorno. Si diresse verso la porta, le ruote del trolley protestavano, quasi ne avessero abbastanza pure loro.

«Siamo arrivati», disse per farsi coraggio.

Monique le aveva mandato un SMS. Era passata nel pomeriggio, le aveva portato un po' di spesa e aveva lasciato la porta socchiusa. In teoria lei avrebbe dovuto giusto spingere con un po' di energia.

Con entrambe le mani sul portone, Elena fece come le aveva indicato l'amica. Ma non accadde nulla. Uno spiraglio sottile lasciava filtrare un odore cupo, di muffa e chiuso, non sgradevole, ma di certo antico. Come se all'interno ci fossero cataste di libri vecchi, piante e muschio.

A occhi chiusi, con i palmi sul legno, Elena si trovò improvvisamente proiettata in un altro mondo: quello degli odori. Dai ristoranti si levava il fumo degli arrosti: pesce alla brace, con grigliata di verdure miste. Zucchine e peperoni, e poi la glassa di una torta di cioccolato. Semola e pane appena sfornato. Il vento portava il profumo degli alberi, cedri con le foglie pesanti di pioggia, e dei fiori: gardenie, settembrine, e poi quello seducente, delizioso delle rose; infine l'odore di una giornata difficile trascorsa a viaggiare senza sosta.

Impazienza, stanchezza e dubbio. E poi fu un'esplosione di colori, rosso, verde, viola. Spalancò gli occhi. Le emozioni avevano preso il sopravvento. Le sentì scivolare dentro di sé come spire. La sfioravano, per poi vorticare, concentrarsi e scoppiare.

Doveva fermarle, doveva smettere di sentire.

Spinse allora, con tutte le sue forze. Il portone si spalancò di colpo, catapultandola in avanti. Cercò di recuperare l'equilibrio, le mani in avanti, il respiro affannato. Lanciò un grido quando l'oscurità sembrò inghiottirla, mentre la sua corsa terminava contro un ostacolo e le ginocchia le cedevano.

«Che diavolo...?»

Un braccio robusto l'afferrò alla vita, frenando la sua caduta. «Tutto bene?»

A Elena servì qualche secondo per rendersi conto di ciò che era successo. Per fortuna quell'uomo l'aveva afferrata prima che finisse sul pavimento. Le ci mancava solo quello, pensò un po' stordita.

«Sì, grazie», mormorò.

Lui non rispose. Elena si agitò, nervosa.

«Può lasciarmi ora», gli disse un po' imbarazzata, mentre lui continuava a tenerla stretta.

All'improvviso l'uomo la lasciò andare, facendosi poi da parte. «Non volevo spaventarla», fece brusco.

Elena si afferrò alla voce dello sconosciuto, alla nota dolente in fondo a quella frase. Le emozioni che l'avevano oppressa un attimo prima si erano dissolte. Erano state sostituite da altre, infinitamente più interessanti.

C'era del dolore nelle parole di quell'uomo. Una sofferenza antica, ingiusta. Elena si domandò perché e provò un'inspiegabile frustrazione nel pensare di non poter avere una risposta. Voleva conoscerlo, voleva sapere. Non era qualcosa di ben definito, si trattava più che altro di istinto.

«Non riesco a vederla», gli rispose trovando la sua mano e afferrandosi a lui, tenendolo forte quasi volesse consolarlo per quell'assurdità. Non l'aveva spaventata, perché poi?

Con le dita avvinghiate alle sue, si girò per vedere il suo viso. La luce dei lampioni che penetrava dal portone delineava la figura massiccia dell'uomo, lasciandolo tuttavia in ombra. Elena non riusciva a distinguere altro che una sagoma robusta. Era molto alto, la voce un po' aspra, ma allo stesso tempo cortese, profonda.

«Non ho paura di lei», disse. E gli sorrise.

Lui non rispose, limitandosi a tenere le dita di lei che non volevano lasciarlo andare. Elena sapeva che era irragionevole, era persino assurdo. Ma in quell'ultimo periodo aveva smesso di agire in modo ragionevole.

«Ha un buon profumo.» Fu un impulso quella confessione, le parole semplicemente le sfuggirono dalle labbra.

Subito dopo arrossì. Cielo, sembrava volesse rimorchiarlo! Monique sarebbe stata orgogliosa di lei.

«Scusi, crederà che io sia matta. Ma ho avuto una giornata orribile e la prima cosa positiva che mi è accaduta è stato il suo... salvataggio. Se lei non mi avesse afferrato sarei finita distesa sul pavimento, una fine degna di questa giornata tremenda. Ero semplicemente sconcertata perché il portone si è aperto all'improvviso...»

«Di cosa?»

Elena ammutolì. «Di cosa... che?»

«Ha detto che ho un buon profumo. Di cosa?»

«Ah, sì», rise, un suono leggero, vellutato. «È un po' una deformazione professionale.»

Ma lui non rideva, continuava a fissarla intensamente. Elena sentiva quello sguardo su di sé, percepiva l'importanza di quella risposta e delle parole che quell'uomo, chiunque fosse, aspettava. Si concentrò, allora, e lasciò che il profumo di lui le parlasse, raccontandole cose che lei sola avrebbe saputo cogliere.

«Sa di pioggia, di freddo, ma anche di sole. Di parole pensate, di lunghi silenzi e di riflessione. Sa di terra e di rose... Lei ha un cane ed è una persona gentile, che si ferma ad aiutare e che si addolora per ciò che ha dentro il cuore.»

Un altro lungo silenzio. Poi l'uomo ritirò le mani, quasi di scatto.

«Devo andare ora. Lasci il portone aperto, la luce dell'androne non funziona. Faccia attenzione.»

La lasciò, indietreggiando un passo alla volta, senza distogliere lo sguardo da lei. Solo una volta raggiunta la porta si voltò e uscì.

Elena represse il desiderio improvviso di richiamarlo indietro. Con lo sguardo fisso all'ingresso si strinse le braccia al busto e poi le venne da ridere. Si era comportata come una pazza. C'era mancato poco che gli chiedesse il numero di telefono. Che diamine le era saltato in mente? Si era afferrata a quell'uomo e... in realtà era stato lui ad afferrarla, però. Continuò a pensarci, un po' divertita e un po' scandalizzata dal proprio comportamento. Presto tuttavia quelle considerazioni furono spazzate via dalle emozioni che si agitavano dentro di lei. Sollevò il viso e cercò ancora quel profumo. Era una promessa mantenuta, era la dolcezza della fiducia, il peso e la responsabilità insieme. Era azione e bisogno. Cercò ancora nella notte, fiutando l'aria, provando a rintracciare quel filo che andava scomparendo. Ma per quanto desiderasse afferrarlo, era svanito, lasciandole dentro quasi un senso di struggimento.

Tornò indietro. Si era ormai abituata a quella sorta di penombra. Batté le palpebre; l'androne era ampio, i soffitti altissimi. In un angolo, accanto a una finestra c'era una pianta, probabilmente un ficus benjamina. Una rampa di scale portava ai piani superiori. A pianterreno c'era un'unica porta con uno zerbino, e sembrava corrispondere alla descrizione di Monique.

Elena spinse la porta, che dopo una leggera resistenza si aprì, cigolando appena. Dunque era quello l'appartamento. Cercò l'interruttore e sotto il primo lampo di luce vide un'ampia sala spoglia dalle alte pareti: qualcuno aveva cercato di dare l'intonaco sugli antichi mattoni, inutilmente, considerato il risultato. Allora aveva ripiegato sulla tinteggiatura. Evidentemente Monique, quando non era riuscita a convincere il muro a lasciarsi intonacare, aveva finito per dipingerlo. In un modo o in un altro si faceva come diceva lei. Le venne da ridere.

Raggiunse il centro della stanza. Le mattonelle si smossero sotto la pressione dei suoi piedi. Si accigliò. Dovevano essere vecchissime. Alcune erano divelte, ammucchiate pietosamente in un angolo, e sotto si intravedeva un pavimento ancora più antico. Alla sua destra c'erano una finestra e una porta che dovevano dare sulla strada principale, ma sembravano chiuse ermeticamente da anni. Monique le aveva detto che l'appartamento era stato ereditato dalla sua famiglia, ma nessuno di loro aveva avuto intenzione di viverci e di venderlo non se ne parlava visto che era appartenuto al padre di Jasmine, Ismael Ahdad, immigrato di prima generazione. L'uomo aveva speso la sua intera esistenza per comprarlo. Jasmine ne andava profondamente orgogliosa. Ma, nonostante ciò, i Duval non apprezzavano realmente quel luogo. Monique l'aveva usato come dormitorio solo per un paio di mesi dopo essersi trasferita a Parigi e, appena le era stato possibile, si era spostata in un'altra parte della città.

In fondo alla parete scrostata c'era un'apertura, quasi una nicchia. Elena si avvicinò. Una scala si inerpicava verso un piano superiore che doveva ospitare la camera da letto e il bagno. Spinse un vecchio pulsante e un fiotto di luce illuminò il pianerottolo in alto.

Monique le aveva detto di aver comprato lenzuola nuove,

una trapunta, asciugamani. E lei voleva un bagno e poi un letto.

Cominciò a salire i gradini e una volta raggiunto il piano superiore si guardò intorno. C'erano tre camere: un piccolo soggiorno con cucina, un bagno, una stanza da letto. Pochi mobili, libri ammonticchiati un po' dappertutto. In cucina c'era qualche vecchio elettrodomestico, una credenza in formica rossa, tre sedie e un tavolo su cui era poggiato un sacchetto di plastica, dal quale proveniva un profumo delizioso.

«Dio ti benedica, Monie», borbottò rovistandoci dentro. Addentò un pezzo di baguette e ricominciò a esplorare la casa.

Aperte le finestre, una brezza leggera portava altri odori, rumori, la voce di una città che Elena era impaziente di rivedere.

Avrebbe dovuto chiamare Monique, dirle che era arrivata. Dove aveva messo il cellulare? Oddio! E la borsa?

Si guardò intorno freneticamente, poi ridiscese le scale e quando la vide accanto alla porta, sospirò di sollievo. Anche il trolley era lì. Improvvisamente si ricordò che li aveva lasciati fuori dal portone... possibile che lo sconosciuto incontrato al suo arrivo li avesse spostati dentro?

Il pensiero dell'uomo la fece sospirare. Chissà chi era. Un vicino di casa, magari? L'idea le piacque.

Si era sentita bene accanto a lui. E quello un po' la stupiva. Non le era mai successo nulla del genere. Non aveva mai abbordato nessuno prima di allora...

Chiuse la porta e tornò al piano superiore. Mentre si immergeva nella vasca piena di acqua bollente, si sentì entusiasta ed eccitata.

Per un istante Matteo fece capolino nella sua mente, ma fu rapida a spingerlo via. Aveva troppe cose da fare e organizzare. Era impegnata a pianificare la sua nuova vita. Non aveva il tempo di rimuginare sul passato.

«Sono troppo impegnata ad amare, per avere il tempo di odiare», sussurrò ricordando una frase che ciclicamente circolava su Facebook. Non era del tutto vero. C'erano stati dei momenti in cui avrebbe voluto cavare gli occhi ad Alessia e dare una pugnalata a Matteo. Tuttavia il concetto era davvero interessante e decise che ci si sarebbe attenuta il più possibile: avrebbe riempito le sue giornate di cose belle.

I pensieri si rincorrevano nella sua mente, si trovavano per poi lasciarsi e fuggire in nuove direzioni.

Rilassata e affamata, Elena uscì dalla vasca. E quando dopo aver mangiato si buttò sul letto, le sembrò di essere quasi felice.

Cail fissava la rosa che qualche giorno prima aveva protetto dalla pioggia.

I suoi petali si erano allargati, ora. Sui bordi piccole perle brillavano in attesa di unirsi alle altre e scivolare per terra, come tante lacrime. Un lieve sentore di mela e tè era tutto ciò che si levava da quel fiore. Troppo poco, troppo comune, appena passabile. Era bella certo, era carina. Non aveva previsto che, giunta a maturazione, la rosa avrebbe avuto quella forma a calice. Non ne aveva mostrato i segni prima di sbocciare. Ma questo non cambiava nulla. Rosa confetto, con un cuore di albicocca.

Certo, alla fine il lavoro non era andato sprecato. I suoi clienti tedeschi l'avrebbero inserita nel loro catalogo senza problemi. L'avrebbero pagato bene e gli sarebbero rimaste le *royalties*.

Si ficcò le mani in tasca. Mentre saliva le scale ripensò a quella ragazza che aveva incontrato all'ingresso. Dall'accento sembrava italiana. Gli aveva detto che sapeva di pioggia. Ripassò le sue parole, facendosele rotolare in mente, ripescandole e soppesandole, finché John lo raggiunse e gli si strofinò addosso. Sentì una piacevole sensazione di calore, sorrise al suo cane e gli accarezzò il pelo.

«Quante volte ti ho detto che sei un cane, e non un gatto?»

Per tutta risposta John gli leccò la mano.

Cail sorrise. «Hai fame? Vieni, entriamo in casa.»

L'appartamento che Cail aveva affittato era stato ricavato dai locali che una volta erano destinati ai garzoni delle stalle dell'antico palazzo. Vi si accedeva da una scala interna che l'uomo condivideva con gli altri inquilini e finiva su un terrazzo. Aveva dovuto pagare un sovrapprezzo per poterne disporre liberamente, ma ne era valsa la pena. Dopo averlo circondato con una struttura di legno a nido d'ape, ci aveva piantato una *Banksiae lutea.* In due anni la pianta con i suoi lunghi rami privi di spine aveva preso possesso di tutto lo spazio disponibile, ricoprendo la griglia e schermando l'ambiente. Fioriva una sola volta all'anno, in piccoli mazzi profumati che duravano giusto l'arco di qualche settimana. In quella zona riparata, Cail coltivava rose speciali: le madri, ossia le piante che poi utilizzava per il suo lavoro. Una piccola serra di nylon, al centro del terrazzo, conteneva i giovani ibridi sui quali puntava per trovare nuove varietà di rose. Intorno, ogni cosa era organizzata e tenuta in perfetto ordine, attrezzature, terriccio, concime. Accanto all'ingresso dell'appartamento c'era la cuccia di John.

Con il cane alle calcagna Cail entrò in casa, accese le luci e si diresse in cucina. Affettò delle verdure che mise in una padella con un po' di olio d'oliva, aggiunse uno spicchio d'aglio e un paio di foglie di basilico.

Scelse un CD, lo tolse con cura dalla custodia e lo inserì nel lettore.

Accucciato sul tappeto del soggiorno John sonnecchiava pigramente, un occhio sempre su Cail. Quando l'uomo uscì in terrazzo, dopo aver sistemato la cucina e messo i piatti in lavastoviglie, lo seguì fino all'ingresso, poi si fermò.

L'aria era fredda, frizzante. Le nubi si erano sfilacciate e avevano permesso a una manciata di stelle di brillare. Cail continuò a guardarle per un po', mentre il pianoforte di Ludovico Einaudi addolciva i suoi pensieri. Restò così per qualche minuto, poi decise che comunque ne sarebbe valsa la pena. Tornò dentro e uscì nuovamente in terrazzo portandosi dietro un lungo cilindro metallico. Lo piazzò su un supporto e lo regolò. Un istante dopo, mentre era chino sul telescopio, il suo mondo divenne remoto, nero e, in un certo modo, brillante.

«Hai trovato tutto? La spesa, le lenzuola? Dormito bene?»
«Sì, tranquilla. Ho trovato ogni cosa e ho dormito come un sasso. Ma dimmi un po' di questo palazzo... quanti anni ha?»
Monique sospirò. «È vecchio, vecchissimo. Due o tre secoli credo. Apparteneva a qualche nobile che perse la testa.»
«Per una donna?»
«No, sulla ghigliottina.»
Elena rabbrividì. «Non è divertente!»
«Non voleva esserlo. Sono i fatti, mica è colpa mia! Non saprei dirti di più... ma tanto è solo per qualche mese, e poi gli appartamenti padronali si trovavano in un'altra ala della residenza. Non c'è nessuno spirito errante in quella parte della casa, credimi.»
«È per questo che preferisci pagare l'affitto invece di vivere in casa tua? Non hai ancora superato la paura dei fantasmi?»
Monique sbuffò. «Non essere sciocca! Non mi piace l'atmosfera che si respira, tutto qua. E comunque, appena ti sarai sistemata cercheremo qualcosa di più adeguato.»
«No. Mi piace qui, davvero. E poi per ora direi di lasciare le cose come stanno. Facciamo che mi sono presa una vacanza. Non mi va di fare progetti a lungo termine. Se trovo lavoro magari resto a Parigi, Monie. Diversamente torno a Firenze.»
Silenzio. Monique non aveva ancora notizie certe da darle. Philippe non le aveva fatto sapere nulla riguardo alla selezione e lei non voleva chiamare Jacques. Era sicura che tra le sue conoscenze prima o poi avrebbe trovato a Elena un lavoro decente, ma non era abbastanza. Monique aveva sperato per tanto tempo di essere come Elena, non poteva permettere che un talento come quello dell'amica andasse sprecato. Narcissus era il posto giusto. Doveva trovare il modo di convincere Jacques.
Un lungo sospiro, poi annuì. «Okay, rilassati. Passo a prenderti in serata. Che ne dici, per le sette?»
Elena si stiracchiò, ancora avvolta nella trapunta in piuma d'oca. «Alle sette andrà benissimo.»

«Perché non esci un po'? C'è di tutto al Marais. Vai in rue des Rosiers, comprati il pranzo e mangialo per strada, ha un sapore diverso, credimi.»

Elena ci pensò un po', poi annuì. «Okay, va bene. Oggi farò la turista», rispose osservando la luce livida del mattino che penetrava dalle finestre prive di tende. «Ci vediamo alle sette allora, buona giornata.»

Chiuse il cellulare e si tirò su a sedere. Un crampo improvviso allo stomaco le strappò un gemito. Si tappò la bocca con una mano, poi schizzò fuori dal letto. Restò in ginocchio accanto al water anche dopo che i conati erano scomparsi. Poi si sciacquò il viso e si trascinò sotto la doccia.

«Che diamine mi succede?» gemette. Forse aveva preso troppo freddo la sera prima. Aveva lo stomaco in subbuglio. La nausea che l'aveva colta era passata, ma i crampi che le attanagliavano lo stomaco erano violenti, come se non mangiasse da giorni.

Aprì il rubinetto e s'infilò sotto la doccia calda. Dieci minuti dopo, mentre si asciugava i capelli, decise che sarebbe uscita comunque. Poteva fare colazione in uno dei bistrot che aveva adocchiato la sera precedente. Poi avrebbe comprato delle aspirine, o qualcosa del genere. Scelse un paio di jeans comodi, una camicia di lino bianca e un golfino rosso. Lasciò i capelli liberi sulle spalle, mise un velo di crema idratante e un po' di mascara. Poi decise di mettere anche il rossetto.

«In onore di Parigi», disse allo specchio.

Prese la borsa e scese di sotto. Mentre attraversava il salone e raggiungeva la porta, immaginò come sarebbe potuto diventare quell'ambiente. E si stupì. Quelli erano i pensieri di qualcuno che voleva restare, organizzare e creare. Era una sensazione curiosa, quasi di entusiasmo.

«Non fare progetti a lungo termine, non ti vengono per niente bene», si rimproverò chiudendosi la porta alle spalle.

Alla luce del giorno l'androne del palazzo le sembrò molto simile a tanti altri. Forse giusto un po' più buio. L'unica finestra era schermata dai folti rami di una pianta. Il soffitto era a volta. Elena raggiunse il portone e, quando il battente si aprì senza difficoltà, si accigliò. Dubitava di avere sviluppato una forza straordinaria durante la notte: quei cardini erano stati oliati.

«Alle otto del mattino?» si chiese. Sorprendente. Un servizio di manutenzione davvero efficace.

Stava per uscire quando le balenò in mente un pensiero. Allungò la mano e spinse l'interruttore. La luce bianca della plafoniera si illuminò. La fissò per un attimo, poi spense. Mentre usciva un sorriso le illuminava il viso. Era stato lui. Non poteva esserne certa, ma sarebbe stata pronta a scommetterci.

Quando si ritrovò all'esterno, le sembrò di essere tornata indietro nel tempo. Un giardino all'italiana occupava la parte centrale del grande cortile con aiuole divise in scomparti colorati. Le foglie degli alberi ancora bagnate gocciolavano sui bambini che si rincorrevano attraverso i sentieri di quella curiosa creazione. Continuò a guardarsi intorno con un misto di allegria e stupore. Se lungo tutto il perimetro non ci fossero stati quei portoni con i diversi numeri, avrebbe pensato di trovarsi all'interno della corte di un castello.

Si trattenne qualche minuto a osservare i bambini, si prese tutto il tempo che voleva, ignorando volutamente gli sguardi curiosi di un gruppo di signore che parlavano tra di loro. A quanto pareva, era diventata l'oggetto delle conversazioni di quella mattina. E se prima di allora quella situazione l'avrebbe imbarazzata, ora non le sarebbe potuto importare di meno.

Il cielo adesso era terso, strisce blu cobalto tra le file ordinate dei tetti. Aria fredda, profumi di un mattino appena cominciato, biscotti, pane sfornato da poco, caffè. Aveva fame.

Si fermò in un bar alla fine di rue des Rosiers e mangiò con appetito. Le venne da ridere quando, pagando il conto, scoprì che Antoine, il proprietario, era in realtà un certo Antonio Grassi, nato e vissuto a Napoli fino a qualche mese prima. «Torni a trovarci, *signurì, che 'o cappuccino bono comme chisto, nun lo fa nisciuno a Pariggi.*»

Continuò a passeggiare tra le vie del quartiere, attenta a non allontanarsi troppo, perdendo e poi ritrovando la strada. Era confortante quel camminare senza meta, senza orari, senza qualcuno da avvertire, o di cui tenere conto. Si sentì libera, profondamente e totalmente libera. Poteva fare ciò che voleva, poteva fermarsi, guardare il cielo, il fiume o le vetrine finché ne avesse avuto voglia. Nessuno l'avrebbe giudicata, nessuno la conosceva. Era come se all'improvviso qualcuno avesse lasciato il filo del palloncino che era la sua vita.

Per la prima volta non le pesava essere sola. Elena si rese conto che l'urgenza di avere qualcuno accanto non era più una necessità, anzi non era nemmeno più un bisogno.

Per la prima volta stava bene con sé stessa.

8.

Rosa. Essenza difficile da ottenere, dolce, lieve,
è il simbolo dell'amore, dei sentimenti e delle emozioni.
Favorisce l'iniziativa personale e le arti.

Bonjour, ma chérie. Ho letto il curriculum della tua amica, ne parliamo a cena, se sei sempre dell'idea di candidarla al tuo posto. Non ti nascondo che sono interessato, ma resta il fatto che Narcissus non è un ufficio di collocamento. Dovrai convincermi. Preparati.

Era la terza volta che Monique ascoltava il messaggio che Jacques le aveva lasciato in segreteria. La rabbia si riversava dentro di lei a ondate, ribolliva, si quietava e poi ricominciava.

Jacques avrebbe mandato la macchina a prenderla quella sera. Era stata convocata... Come osava trattarla in quel modo?

Inspirò ed espirò, poi prese la borsa e uscì.

Certo che lo avrebbe convinto, di quello non aveva alcun dubbio. Oh, se lo avrebbe convinto!

«Sei pronta? Ti porto fuori, voglio presentarti una persona», disse Monique entrando nell'appartamento.

«Credevo che saremmo state solo noi due», rispose lei abbracciandola. «Sbaglio o sei di pessimo umore?»

Monique la fissò. «Scusa, non volevo. È che Jacques mi fa venire voglia di uccidere qualcuno. Lo so che ti avevo promesso una serata fra ragazze, ma è importante, si tratta del tuo futuro lavoro.»

Elena sostenne lo sguardo dell'amica. «Non sono molto sicura che sia una buona idea quella di costringere il tuo capo – ex capo per la precisione – ad assumermi. Soprattutto adesso che le cose tra di voi non sono proprio amichevoli.»

«Da quando sei diventata così... perspicace?»

Elena aveva una mezza idea che fosse ben altro quello che voleva dirle Monique. Ignorò la provocazione e decise di puntualizzare la sua posizione.

«Non fraintendermi, ti sono molto grata per tutto ciò che stai facendo, ma sono anche abbastanza sicura che potrei riuscire a trovare un lavoro per conto mio.»

«Non ho mai sostenuto il contrario», precisò piccata Monique. «Il punto è che hai un grande talento e non credo che rinchiuderti in una cucina e fare l'aiuto cuoco sia la scelta migliore.»

«E chi ti dice che è quello che intendo fare?» replicò Elena seccamente.

Si rese conto che il tono era più aspro di quello che avrebbe voluto. Su di loro calò un silenzio imbarazzato.

«Perché stiamo litigando?» le chiese Monique all'improvviso.

Elena sospirò. «Non ne ho idea, comunque discutere nell'ingresso non è una buona idea, vieni dentro, bisticceremo meglio», disse chiudendo la porta.

Monique ridacchiò, poi l'abbracciò nuovamente. «Perdonami, tesoro, sono davvero di pessimo umore. Ma ho un piano, sai.» Il suo viso si illuminò ed Elena gemette tra sé.

«Non me lo dire», borbottò. «Ho quasi paura di starti a sentire.»

«Sciocchezze! Ascoltami... il profumo che hai scelto lo ha fatto impazzire di curiosità, lui ti vuole, anche se morirebbe piuttosto che ammetterlo. A te serve il lavoro, non per sopravvivere, certo, ma in funzione del tuo futuro. Pensa, Elena, magari un negozio tutto tuo, dove sarai tu a decidere ogni cosa, dalla disposizione degli arredi al rapporto con i clienti. Moderno e luminoso come lo volevi tu. E alle spalle avrai un passato da Narcissus. Praticamente il successo sarà garantito.»

Elena seguiva il discorso dell'amica in silenzio. «Non sono stupida, Monie, e probabilmente l'idea di lavorare in quel negozio è ciò che alla fine mi ha spinto a venire a Parigi, ma non posso permetterti di scendere a compromessi con quell'uomo. Lo capisci?»

Monique scrollò le spalle. «Non ce ne sarà bisogno. Ti porto con me questa sera, e lui si renderà conto che sarebbe un pazzo a lasciarti andare.»

Messa così sembrava veramente facile, ma Elena ne aveva passate troppe ultimamente. L'entusiasmo di Monique non la convinceva nemmeno un po'. Da ciò che le aveva raccontato, quel Jacques era un uomo scaltro. Non si sarebbe fatto manovrare. Scosse la testa.

«Avrei dovuto immaginare che la questione sarebbe stata più complicata del previsto. Magari potrei cercare qualcosa da un'altra parte. Narcissus non sarà mica l'unica profumeria di Parigi, no?» Non aveva intenzione di arrendersi, ma non avrebbe permesso a Monie di finire in una situazione sgradevole a causa sua.

«No, ma è quella giusta. Narcissus crea, Elena, non si limita a vendere qualcosa di dozzinale. Tu sei ciò che Jacques sta cercando e lui ha tutto quello che serve a te.»

«Non saprei...»

Monique era arrivata al limite della pazienza. Cominciò a camminare nervosamente, cercando le parole giuste che avrebbero convinto Elena a darle retta. Poi si passò le mani tra i capelli e ciò che si era tenuta dentro per tutti quegli anni saltò fuori con prepotenza.

«Possibile che tu non riesca a capire? Darei qualsiasi cosa per essere come te! Invece non ho il tuo dono! Mi devo adeguare, devo accontentarmi della mia mediocrità. Non puoi gettare al vento tutto ciò che sai. Io farei qualsiasi cosa per essere come te!»

Elena spalancò gli occhi. «Di' un po', ma cosa ti sei bevuta? Quali idee assurde ti sei fatta per dire una sciocchezza del genere? Sei cieca? Mi hai guardata bene? Senza considerare che deve esserti venuta un'amnesia. Hai dimenticato che un paio di settimane fa mi hai praticamente raccolto con un cucchiaino e offerto una nuova vita a Parigi?» Adesso era davvero arrabbiata.

Monique non la vedeva così viva da tanto tempo che ne rimase colpita. «Quello non c'entra. Avevi bisogno di cambiare aria, tutto qui. Avresti fatto lo stesso per me.»

«Oh, non ci posso credere», ribatté Elena sollevando gli occhi al cielo. Poi le prese una mano e la strinse tra le sue. «Ci sono cose che devo fare per me stessa, da sola. Non posso lasciarti combattere le mie battaglie, Monie, lo capisci?» le disse dolcemente, dopo un lungo silenzio.

«Ma io non voglio farlo. Non fraintendermi, Elena: Narcissus è un ambiente competitivo, tutto ciò che otterrai te lo dovrai guadagnare con le unghie. Anche se Jacques dovesse assumerti, sarai tu a dover fare tutto il necessario per tenerti quel lavoro.»

Le amiche si fissarono. Se anche avesse avuto il lavoro, tutto sarebbe comunque dipeso da lei, dalla sua volontà. Da quanto credeva in quell'idea. Qualcosa che fino a un mese prima sarebbe stato inconcepibile per lei e che adesso invece si scopriva a desiderare. Com'era strana la vita, pensò.

«Se ti lascerai sfuggire questa occasione, commetterai un grave errore», la incalzò Monique.

Era vero. Entrambe lo sapevano. Essere disposta ad ammetterlo, però, era difficile. Troppe emozioni tutte insieme, troppe cose da rivalutare.

Monique sospirò, poi decise di lasciar cadere il discorso, almeno per il momento; ci voleva una tregua in modo che entrambe sbollissero un po'.

«Questo posto è terribile, *maman* dovrebbe decidersi a darlo via», disse guardandosi intorno.

«A me piace. Ti ricordavi che la finestra e la porta verso la strada hanno le sbarre e un catenaccio enorme? Come se qualcuno avesse voluto tenere fuori il mondo intero.»

Monique si voltò, aprì la bocca per rispondere, poi scosse la testa e si diresse verso la cucina. «Quei profumi che hai trovato nello studio di tua nonna li hai portati con te?» le chiese sfiorando un mazzo di tulipani che Elena aveva comprato al mercato. «È incredibile quello che un fiore e una tovaglia possono fare a un ambiente», sussurrò. La cucina era sempre la stessa, ma Elena l'aveva ripulita da cima a fondo, aveva messo anche qualche soprammobile che doveva aver trovato nel ripostiglio.

«Sì, ho portato con me anche il diario di Beatrice.»

Monique spalancò gli occhi. «Davvero? Splendido! Potresti farci un sacco di soldi. Ti rendi conto di cosa significherebbe riportare in vita profumi di secoli fa? Avresti una linea unica nel suo genere e assolutamente autentica. Nessuno potrebbe farti concorrenza.»

«Non direi. I gusti dell'epoca erano differenti. Un po' come i profumi degli anni Sessanta, chi li indosserebbe oggi?»

«Un bel po' di gente», le rispose Monique continuando a curiosare intorno. «Chanel N° 5 è del 1921.»

«Ma quella è un'innovazione epocale», protestò Elena. «Per la prima volta le aldeidi furono usate per potenziare un profumo. Continua a essere un classico. Nessuno potrebbe definirlo obsoleto.»

«Allora che mi dici di Shalimar o Mitsouko di Guerlain? Sai meglio di me quanto siano ancora attuali. Alla fine dipende da te rinnovare quelle composizioni. Credi che sia tanto difficile?»

No, che non lo era. Nonostante fosse stata Monique a sollevare l'argomento, quando ancora era a Firenze Elena aveva cominciato a pensare alle possibili varianti dei profumi creati dalle Rossini, e l'idea di riaprire l'attività non le era sembrata più così penosa e obbligata. Li avrebbe cambiati quei profumi, certo. Non aveva idea di quanto e come li avrebbe trasformati. Era ancora qualcosa di indefinito. Ma cominciavano a rappresentare una sfida.

«Più i profumi sono particolari e difficilmente riproducibili, più la gente li vorrà. E sarebbe disposta a sborsare un bel mucchio di soldi», disse.

«Tu credi? Non saprei», mormorò Elena pensierosa.

«Io invece ne sono certa. E comunque il diario ha un valore enorme, sia dal punto di vista storico che imprenditoriale. Risolveresti tutti i tuoi problemi.»

Era vero. Quelle formule dovevano valere un mucchio di denaro. Erano infinitamente preziose, erano la sua eredità.

Improvvisamente Elena si sentì la bocca secca.

«Quando stavamo insieme, Matteo voleva che vendessi la casa. Ma non ho mai acconsentito.» Fece una pausa e si sedette. «Non ho intenzione di vendere, Monie», le disse fissandola negli occhi. «Non so perché improvvisamente la mia vita sia sottosopra, né perché quello che ho desiderato fare per anni, cioè liberarmi dei profumi, delle Rossini e delle loro ossessioni, ora sia fuori discussione. So solo che è così.»

Monique sembrò riflettere sulle parole di Elena, poi annuì.

«Credo sia normale tenere alle proprie radici, al proprio passato. Guarda mia madre. Ha odiato questo posto con tutta la sua anima e adesso non riesce a separarsene. Uno sembra non fare caso a ciò che possiede, anzi arriva a detestarlo. Ma poi qualcosa cambia. In fondo, la vita è tutta una questione di prospettive.»

In una donna decisa come Monique, la capacità di fermarsi ad ascoltare poteva sembrare un controsenso. A Elena invece era sempre piaciuto quell'aspetto del carattere della sua amica. Le aveva permesso di sentirsi a suo agio con lei. Nonostante l'apparente aggressività, Monie sapeva quando fermarsi e concederle lo spazio di cui aveva bisogno per riuscire a esprimersi.

«È una cosa più complicata, temo», sussurrò Elena allungando le braccia sul tavolo. Poi si alzò in piedi. «Non ti ho nemmeno offerto nulla. Ti preparo un po' di tè?»

Monique scosse la testa. «Siediti e finisci di parlare.»

Elena era diventata improvvisamente nervosa, ma ubbidì sospirando. Probabilmente parlare le sarebbe servito a mettere ordine in quel caos che era diventata la sua mente.

«Non volevo diventare una profumiera, tu lo sai!» esclamò poco dopo guardandola, accigliata, le labbra che le tremavano. «La ricerca di quel maledetto Profumo Perfetto delle Rossini e i profumi in generale», disse, «sono sempre stati fonte di dolore per me. E adesso, invece, sembra che questo fastidio, la rabbia che avevo dentro, sia semplicemente scomparsa. Ti rendi conto? È incoerente, mi fa sentire come una che non sa ciò che vuole.»

L'indignazione di Elena era così palese, così profonda e totalmente priva di logica da strappare un sorriso a Monique.

«Non credi a quello che dici. Ne abbiamo già discusso tante volte. Non sono i profumi il tuo problema, ma l'ossessione di donne che non avevano nulla nella loro vita e che hanno deciso di riempire quel vuoto con ciò che credevano avrebbe dato loro prestigio e ricchezza. Erano loro a sbagliare, non i profumi. Tu hai ereditato un dono speciale, ma non necessariamente la loro maledizione.»

Elena scosse la testa. «Non è così semplice. Sai che la prima cosa che mi colpisce di una persona che incontro è il suo odore? Ti rendi conto? E che mi dici delle emozioni? Ti sembra normale piangere davanti all'armonia di un bouquet, oppure non avere pace finché non sei riuscita a scandire ogni elemento che compone un *mélange*? Dargli a tutti i costi un colore, ascoltarlo mentre ti parla attraverso la sua essenza? Monique, mi sembra di essere una povera pazza.»

«Pazza... Agli occhi della gente comune, dici? Sicuramente lo sei, Elena. Tutti siamo un po' matti, non credi? Ma ricordati che in pochi possiedono la tua sensibilità d'animo, le tue capacità olfattive. Ancora meno sono coloro che hanno avuto il privilegio di essere iniziati all'arte della profumeria come si faceva un tempo, con la mente, con il cuore e con tutta l'anima. Non puoi far entrare un quadrato dentro un cerchio. Perché non provi a lasciarti andare? Ascolta le tue emozioni, infischiatene degli altri. Chi sono d'altronde gli altri per te?»

Già, gli altri chi erano? Sua nonna, che l'aveva amata in virtù del posto che avrebbe ricoperto un giorno. Sua madre, che l'aveva abbandonata per vivere la propria esistenza insieme a un uomo che non riusciva a sopportarla. Matteo e le sue bugie. Si passò una mano sugli occhi come a voler scacciare le tracce di stanchezza, e dopo un istante di silenzio cercò lo sguardo dell'amica.

«Ho sognato il negozio», sussurrò all'improvviso. «Era proprio qui, al piano di sotto. Ed era bellissimo, nei toni del crema e del rosa cipria. Piccolo, con il bancone in legno e cristallo, un tavolino dove poter conversare, un piccolo divano e delle lampade.»

Monique sorrise. Nemmeno in un milione di anni sarebbe riuscita a trovare bello quel luogo. Jasmine non le aveva raccontato molto della propria infanzia, ma lei sentiva che la madre era stata molto infelice, e questo le era sufficiente.

«Allora facciamo il primo passo verso la realizzazione dei tuoi sogni, Elena.»

Non era di certo il Ritz, eppure nessun ristorante era all'altezza di quello in cui Jacques aveva prenotato. In tutti i sensi, visto che il Jules Verne si trovava proprio in cima alla Tour Eiffel.

Arrivando sotto la torre Elena si guardava intorno avida di dettagli, camminava lentamente, cercando di perdersi il meno possibile, ma era difficile. Suoni, immagini, luci e profumi. Era un insieme straordinario e lei voleva vedere tutto, sentire ogni cosa. Inspirava lentamente, a piccoli sorsi, cercando tra i profumi i dettagli che in passato erano stati per lei fonte di disagio e dolore e che ora invece completavano la percezione di ciò che la circondava. Ed era davvero una sensazione strana, perché lei conosceva Parigi, ci era stata da bambina con sua madre. Solo che adesso le sembrava diversa.

«Santo cielo, Elena, prometto di portarti un'altra volta a vedere il panorama, ma ora dobbiamo andare.»

«Ma come si fa a ignorare tutto questo?» protestò.

Monique non rispose, si limitò a prenderle la mano e se la trascinò dietro. E non la lasciò nemmeno dopo, perché temeva che Elena decidesse di prendere le scale. Tutti quei gradini! No, fuori discussione. Non aveva nessuna voglia di presentarsi da Jacques accaldata. Le ci erano volute delle ore per tranquillizzarsi. Si era vestita e truccata con cura perché aveva intenzione di stenderlo, quella sera. Non gli avrebbe concesso il minimo vantaggio. Forse aveva il cuore a pezzi, ma quello era un problema solo suo. Jacques non ne doveva sapere nulla. E quando lo vide si costrinse a sorridere.

«Eccolo, è quello seduto al tavolo all'angolo.» Elena puntò lo sguardo nella direzione indicata da Monique fino a scorgere un uomo elegante intento a osservare il panorama.

«È molto attraente.»
«Anche alcuni serpenti lo sono.»
«Senti», le rispose Elena trattenendo un sorriso, «non mi sembra che avesse prenotato per tre. Forse è meglio che io vada.»
«Non osare muoverti», la minacciò Monique. «Tutto questo è cominciato a Firenze con quel profumo che hai scelto per lui. Bene, lui ha avuto ciò che voleva e adesso tu avrai il posto che ti spetta. Si tratta di affari, Elena, niente di più, niente di meno.»
A dire il vero Elena non era molto convinta della bontà di quel ragionamento. Ma era curiosa di vedere come si sarebbe conclusa quella vicenda, anche se aveva una mezza idea che, prima della fine di quella serata, Jacques si sarebbe pentito di un po' di cose. Monique teneva le mani chiuse a pugno e vibrava di collera.
«Lo ami ancora?» La domanda affiorò alle sue labbra prima che potesse rifletterci. Non era una semplice curiosità la sua, voleva comprendere. Ad esempio, lei non provava più nessun trasporto nei confronti di Matteo. E quello la stupiva profondamente.
Monique continuò a fissare Jacques. «Sì, ma non voglio. È come una maledizione, sai? Vorrei non amarlo, vorrei che sparisse dalla mia vita. E poi quando non lo vedo, vorrei che fosse là ad abbracciarmi. Credevi di essere l'unica matta della terra? Benvenuta nel club, tesoro. Lascia che sia io a condurre il discorso, vuoi?»
No, che non voleva. «Assolutamente no, se resto, devo fare da me.» Non le disse altro. Non ce ne fu bisogno. L'espressione decisa del suo sguardo convinse Monique a non esagerare, a lasciarle lo spazio di cui aveva bisogno. Era sotto pressione, nonostante i sorrisi e l'impegno che metteva nel fare ogni cosa. Era pallida e le ombre sotto gli occhi parlavano di notti insonni, di solitudine. Elena era una donna che stava cercando sé stessa, e lo stava facendo a tappe forzate.
Monique abbassò gli occhi, sospirò, poi annuì. «Va bene, ma ti starò accanto comunque, okay?»
«Certo, però sarò io a vedermela con lui.» Era importan-

te per Elena, era fondamentale che fosse lei a parlare con Jacques Montier. Sentiva il bisogno di trovare uno spazio, di agire. Per troppo tempo era rimasta ai margini, osservando e lasciando che fossero gli altri a prendere le sue decisioni. E il risultato non le piaceva, non le piaceva per nulla. Forse era stata la consapevolezza di quanto fosse stato insensato un atteggiamento del genere, o forse era stata la solitudine nella quale era vissuta in quelle ultime settimane a darle la forza di reagire; in ogni caso aveva deciso di cambiare, e questo significava negoziare da sé il proprio futuro. Stava per aggiungere qualcosa, ma Jacques le aveva viste e raggiunte.

«Buonasera, Monique, immagino che la tua amica sia Elena Rossini.»

«Sì, come vedi mi sono preparata. Intendevi proporle di lavorare per te quando mi hai lasciato quel messaggio, giusto?»

Elena spalancò gli occhi e si coprì la bocca con una mano, soffocando una risata con un colpo di tosse. Monique era stata diretta quanto una fucilata. Dire che era furiosa con quell'uomo era un eufemismo.

Una frazione di secondo in più del necessario, poi il viso severo di Jacques si distese in un sorriso.

«Naturalmente. Lieto di conoscerla, *mademoiselle.* Il profumo che Monique ha portato da Firenze è molto interessante. Le faccio i miei complimenti per la scelta. Abbiamo deciso di commercializzarlo qui da noi.» Le prese la mano e la tenne tra le sue per un istante.

«Bene», rispose Elena con un sorriso un po' incerto. Non si era aspettata tanta galanteria. Quel Jacques ci sapeva fare davvero con le donne.

Mentre lui le scortava al tavolo sul quale un cameriere si era affrettato ad aggiungere un altro coperto, Elena cominciava a capire per quale motivo Monique fosse così coinvolta da quella relazione. Jacques Montier emanava un'energia e una sicurezza di sé tali da intimidire chiunque. Una donna si sarebbe sentita protetta da quel modo di fare. Oppure oppressa.

Istintivamente si tirò indietro, evitando di toccarlo, anche quando lui molto gentilmente le spostò la sedia per aiutarla a prendere posto. E poi lo sentì, l'odore della sua collera. Era acre e ben nascosto sotto il delicato aroma del legno di quercia, la base del profumo che indossava. E c'era dell'altro, diffidenza, forse un filo di curiosità. Sapeva di resina, penetrante e balsamica. Elena si chiese se anche Monique lo sentisse quell'odore, tanto era acuto e quasi fastidioso. Poi seguì lo sguardo dell'uomo e vide che era fisso sulla sua amica. Quei due avevano ancora molto da dirsi, pensò.

«Il profumo che ha scelto è esattamente ciò che cercavo, mademoiselle Rossini», riprese Jacques dopo aver fatto cenno che venisse portato il menu. «Ha una formazione specifica, oppure si è trattato di un'intuizione felice?» continuò nello stesso tono pacato. Le aveva piantato gli occhi addosso e la scrutava freddamente.

Elena si costrinse a sostenere quello sguardo penetrante. Non aveva nessuna intenzione di farsi intimidire. Il cuore le batteva forte e aveva come l'impressione di essere il classico terzo incomodo. La tensione tra Jacques e Monique sembrava crepitare nell'aria.

Si schiarì la voce e cominciò a spiegare. «Intuizione... no. Non si tratta di quello.»

Ma prima che potesse spiegarsi meglio, Jacques riprese a parlare. «La miscela è ben calibrata, nessun guizzo fastidioso, ma un'armonia accogliente, e tuttavia la composizione possiede qualche nota frizzante.» Questa volta il tono era duro, le parole scelte con cura. «Ci vogliono conoscenze specifiche per scegliere un *mélange* di quel genere. Veniamo al punto, *mademoiselle,* quali sono le sue competenze?»

La domanda restò un istante sospesa su di loro. Era ben altro che Jacques voleva sapere, o meglio stabilire. Elena tradusse mentalmente ciò che lui le aveva chiesto davvero: "Perché mai dovrei assumerla nel mio negozio?". Non lo aveva detto apertamente, questo no. Ma il tono sprezzante della sua voce, l'espressione del suo viso valevano più di mille parole. Alternava cortesia a frecciate poco gentili. In realtà stava giocando una partita a scacchi. Ed Elena sospettava di non essere lei l'avversaria su cui Jacques voleva trionfare.

Alle spalle dell'uomo la notte parigina sembrava esplodere di colori. Elena li seguì mentre decideva cosa dire. Non era facile sostenere quella conversazione. Si sentiva in imbarazzo. La tentazione di alzarsi, mandarlo a quel paese e andarsene era fortissima. Ma non poteva farlo. Anzi, non voleva. Rinunciare non era un'opzione che voleva prendere in considerazione. Inspirò profondamente. Monie aveva seguito alla lettera le sue parole e se ne stava in silenzio, intenta a osservare le porcellane sulla tovaglia bianca ricamata.

Non le serviva il suo aiuto, pensò Elena. Non le serviva l'aiuto di nessuno. Si sforzò di restare tranquilla, sul viso un sorriso di circostanza. Riportò l'attenzione su Jacques, lo inchiodò con lo sguardo.

«Conosco ogni tecnica estrattiva, da quelle più antiche a quelle moderne. So comporre profumi, creme, saponi, per la persona, o per gli ambienti. E non l'ho imparato solo dai libri, ma lavorandoci. Separare, purificare, ricombinare, fissare, non sono capacità comuni nella profumeria moderna, ma io sono in grado di eseguire ogni passaggio perché è ciò che ho fatto da quando ho avuto l'età per tenere in mano un alambicco. E questo significa anche conoscere alla perfezione la distillazione e le tecniche dell'*enfleurage.*»

Un guizzo nello sguardo di Jacques tradì il suo interesse. Così quella donna diceva di padroneggiare l'antica arte. Niente di tanto particolare, in fondo. Quelle erano cose che chiunque si intendesse di profumeria avrebbe potuto elencare. Ma se davvero ciò che affermava era vero, la sua competenza gli sarebbe potuta tornare utile.

«Bene, che mi dice del *Peau d'Espagne*?»

Elena si umettò le labbra, poi rispose. «Profumo complesso, risalente al sedicesimo secolo. Neroli, rosa, sandalo, lavanda, verbena, bergamotto, chiodo di garofano e cannella. Alcune volte venivano aggiunti anche lo zibetto e il muschio. Un'affascinante miscela di odori, nessun *brief* di base, nessuna personalità specifica, tante fragranze costose, e tutte insieme.»

Forse fu l'orgoglio contenuto in quelle parole a far decidere Jacques, o forse fu il tacco a spillo di Monique che gli premeva sulla caviglia a strappargli la risata che all'improvviso spezzò la tensione tra loro.

«Ottimo, proprio la risposta che volevo.» Stava mentendo, e lo stava facendo per Monique.

L'aveva fatta accomodare accanto a sé. La lunga tovaglia gli aveva consentito una certa libertà di movimento. Lei era rimasta immobile mentre lui le sfiorava una gamba e risaliva lungo il bordo dell'abito. E anche un po' oltre. Poi Monique aveva sollevato il bicchiere colmo, nello sguardo un avvertimento. Allora l'aveva lasciata, perché non poteva fare diversamente. E aveva deciso che ci sarebbe stata un'altra occasione per riportarla da lui.

Non doveva fare altro che accollarsi la sua amica. E chissà, magari avrebbe fatto un buon affare. Quella Rossini sembrava una che conosceva a fondo la profumeria. E comunque all'inizio l'avrebbe messa alla vendita. Era abbastanza carina, niente di speciale, ma con il vestito giusto avrebbe fatto la sua figura. Sì, decise. L'avrebbe assunta, ma non come profumiera. Non era così idiota da dare quella fiducia a una sconosciuta, per quante credenziali avesse. L'avrebbe assunta, certo, ma alle sue condizioni. E quella decisione lo riportò di buonumore. Quel gioco che aveva iniziato con Monique cominciava a piacergli. Avrebbe vinto lui, ne era certo. Nonostante ciò che poteva pensare Monique, alla fine era lui a decidere.

Il resto della cena si svolse in un clima rilassato. Jacques sfoderò tutto il suo fascino. La conversazione però non affrontò mai argomenti seri, si limitò a sfiorare un po' questo e un po' quello, come un venticello leggero, a volte tiepido, ma sempre poco convincente.

Più tardi, svariate ore dopo essere stata riaccompagnata a casa, Elena continuava a rigirarsi nel letto. Era nervosa e non le piaceva come si erano messe le cose. Certo, ora aveva un lavoro da Narcissus... ma anche l'impressione che non fosse stato merito suo, anzi ne era praticamente sicura. E questo la infastidiva, perché, nonostante fosse esattamente ciò che desiderava, non era come aveva immaginato.

Sprimacciò il cuscino, provò a mettersi a pancia in giù, ma l'inquietudine non ne voleva sapere di lasciarla in pace.

Monique era stata ai patti, ma questo non cambiava le cose. Quel lavoro le era stato regalato. Se Montier non avesse avuto delle mire precise su Monie e se lei non fosse stata sua amica, dubitava che lui l'avrebbe mai presa in considerazione. E inoltre alla fine della cena era stato ben chiaro sul lavoro che aveva in mente per lei. Non era interessato alla sua esperienza come profumiera. Almeno per il momento. L'avrebbe dapprima messa alla prova come semplice commessa. A Elena si era stretto il cuore nel dover accettare una simile umiliazione. E per un istante aveva anche pensato di rifiutare. Ma poi aveva incontrato lo sguardo di Monique, la sua amica le era sembrata in apprensione. Sapeva quanto le era costato organizzare quell'appuntamento. Così aveva annuito e, dopo aver mandato giù il nodo che le stringeva la gola, aveva accettato. Non voleva deluderla. E poi l'importante era entrare nello staff di Narcissus, giusto? Ci sarebbe stato tempo per far rimangiare a quell'uomo la sua aria di superiorità. Avrebbe dovuto giusto pazientare ancora un po'.

Si agitò, poi si tirò su a sedere.

Diamine, in vita sua non aveva fatto altro che avere pazienza. Pazienza era diventato il suo secondo dannatissimo nome. E ne aveva davvero abbastanza.

La sensazione spiacevole che sentiva al centro del petto presto divenne rabbia. E poi come si permetteva quello là? Chi credeva di essere?

La sua famiglia produceva profumi da sempre, era pronta a scommettere che lei ne sapeva più di tutti gli impiegati di Narcissus messi assieme e persino dello stesso Jacques.

Sua nonna lo avrebbe guardato con sufficienza e non lo avrebbe degnato di una parola. Le sembrò di vederla mentre lo rimetteva al suo posto, quel pallone gonfiato, e si sentì meglio. Ma non sarebbe riuscita a dormire. Niente sonno, nemmeno quella notte. Per un istante pensò di accendere la lampada delle essenze; qualche goccia di lavanda nell'acqua del diffusore poteva aiutarla a rilassarsi. Ma non si sarebbe addormentata. Era troppo agitata.

Si alzò dal letto e si vestì. Decise di fare una passeggiata. La notte era abbastanza tiepida da permetterle di uscire senza giacca. Una volta nel cortile, però, l'oscurità la bloccò. Fu colta da un'improvvisa paura. Non era a causa del buio. Non era quello che temeva, ma ciò che avrebbe trovato oltre il cancello. Voleva solo rilassarsi, sedersi da qualche parte e guardare le stelle. Non era prudente uscire da sola a quell'ora della notte, però poteva starsene in santa pace comunque... Sarebbe bastato cercare un terrazzo, o salire sul tetto e trovare un posto abbastanza riparato che le permettesse di scrollarsi di dosso quella sensazione spiacevole.

Tornò indietro. Una volta all'interno dell'atrio del palazzo, si diresse verso gli scalini. Inizialmente non riuscì a capire quanti piani ci fossero sopra il suo appartamento. Cominciò a salire, lentamente, gli occhi fissi davanti a sé. Aveva fatto giusto tre rampe quando, dopo aver spalancato una porta, si ritrovò all'aperto. Davanti a lei, sotto un cielo pieno di stelle, c'era una sorta di pergolato. Un intenso profumo aleggiava nell'aria.

Rose, qualcuno lassù coltivava delle rose.

Com'era possibile? Per un istante pensò di essersi sbagliata. Andiamo, era ormai ottobre e si trovava al Marais, a più di dieci metri di altezza. Chi poteva possedere un giardino sopra i tetti? Ma, per quanto la logica le dicesse che si stava sbagliando, il suo naso non ammetteva errori. Si trattava di rose: tè, damascene, galliche, e menta, basilico... altre erbe aromatiche. Un giardino intero. Li sentiva quei profumi, netti e distinti, scivolavano via e poi si riunivano insieme, portati dalla brezza notturna. Incuriosita, si mosse lentamente, un po' a causa dell'oscurità, un po' perché si sentiva un'intrusa. Quell'armonia di odori la chiamava e la intrigava. Terra, umida e grassa. Frutti. Da assaporare e da toccare. Fiori, tanti, ma soprattutto rose.

Sentì arrivare le emozioni: chiunque curasse quel giardino aveva creato un *mélange* straordinario, qualcosa che possedeva note di testa, di cuore e di fondo. Un profumo completo, forte e inebriante. Un uomo, avrebbe detto. Un uomo pratico, deciso, qualcuno che agiva con delicatezza e tuttavia rigore. E poi si ricordò di lui...

«Chi c'è?»

La voce maschile la paralizzò. Si voltò, decisa a fuggire. Il cuore le batteva forte. Poi qualcosa le afferrò la manica della giacca, spingendola indietro. Un cane! La paura le esplose dentro. Quando sentì il muso dell'animale addentarle la mano, lanciò un urlo.

9.

Frangipani. Estratto dal fiore della plumeria,
è deciso, voluttuoso, intensamente floreale.
È l'essenza della femminilità che sboccia e si apre alla vita.

«Cosa diavolo... John, stai giù!» ordinò Cail.

Una donna? Cosa ci faceva una donna a quell'ora della notte sul terrazzo?

«La smetta di agitarsi, John non le farà nulla.»

«Questo lo dice lei.» Con le spalle contro la parete, le mani protese in avanti, Elena stava ancora tremando. «Ho paura dei cani», biascicò.

«È evidente, ma le ho detto che John non l'attaccherà. Se lei non fosse entrata in casa mia in quel modo, lui non le si sarebbe avventato contro.»

La durezza di quelle parole non scoraggiò Elena. «Non sapevo che ci abitasse qualcuno, io... volevo solo un po' di tranquillità», disse. «E comunque avrebbe dovuto mettere qualcosa fuori, un campanello, una targa, una cosa del genere», protestò.

Una nube sfilacciata all'improvviso liberò la luce della luna. Ora lo vedeva quell'uomo, non distintamente, ma abbastanza da coglierne i tratti decisi, lo sguardo penetrante. Sembrava d'argento; in quel mondo pieno di grigi la maglia bianca che indossava spiccava con decisione. I capelli lunghi gli scendevano sulle spalle e qualcosa gli attraversava il viso, una cicatrice.

Allora lo riconobbe.

«Sei tu... mi hai aiutato ieri.»

La donna dei profumi. Anche Cail l'aveva riconosciuta. «Nessuno viene quassù. Non c'è mai stato bisogno di mettere una serratura.»

«C'è sempre una prima volta, sai? E comunque il fatto che non ricevi visite non è una ragione sufficiente.»

«No, infatti. Qualcuno è più curioso di altri.» Cail inclinò la testa di lato, senza distogliere lo sguardo da lei.

Elena si era accigliata. Non era solo una curiosa. Era salita lassù per una ragione precisa.

«Perché hai paura dei cani?»

Lei pensò di dirglielo, almeno così avrebbe capito che c'erano dei motivi seri che giustificavano il suo terrore. Poi cambiò idea. In fondo non lo conosceva nemmeno, non doveva spiegargli proprio nulla. «Sono stata morsa, ovviamente», rispose seccata.

L'uomo scrollò le spalle. «Lo dici come se fosse colpa mia.»

Elena si staccò dal muro. Lui era a pochi passi. Ma quanto era alto? Eppure non le faceva paura, il tremito che la scuoteva ancora era dovuto in parte al ricordo di quella volta, quando da bambina il pastore tedesco di Maurice l'aveva morsa, e in parte al freddo della notte.

Cail all'improvviso indietreggiò. Le braccia non erano più lungo i fianchi, ma incrociate davanti al torace, in una posizione quasi ostile.

Perplessa, Elena lo fissò. Lo aveva offeso in qualche modo? «No, non è colpa tua. Ma non vivi su una montagna, qui ci sono altri inquilini, è logico che qualcuno prima o poi salga di sopra.»

«Ci sei solo tu.»

Elena ammutolì. «Cosa?»

Cail indicò la porta. «Siamo gli unici inquilini di questa scala.»

«Ah», replicò lei. Ecco che tutto cominciava ad avere un senso. «Comunque sia, una serratura dovresti metterla.»

Lui continuava a fissarla pacatamente, nello stesso modo in cui le aveva parlato, senza fretta, scandendo le parole. Elena inspirò. Il profumo dell'uomo era diverso quella sera, un po' più caldo, un po' più complesso. Si rese conto di averlo svegliato. Doveva sembrargli una pazza.

«Perché sei salita proprio quassù?»

La domanda diretta, quasi brutale, la sorprese. E ora cosa avrebbe potuto rispondergli?
«Volevo solo guardare il cielo.»
Quelle parole... non sapeva perché le aveva dette. Cosa poteva importare a quell'uomo del suo smarrimento, del bisogno che aveva di perdersi nella contemplazione della notte, per ritrovare un po' di serenità e di pace liberando la mente da ogni pensiero? Restò incerta sul da farsi, mentre Cail sembrava assorto in qualche pensiero.
«Dammi la mano.»
«Perché?»
Cail le indicò il braccio. «Voglio controllare che John non ti abbia fatto male.»
No, non le aveva fatto nulla, nemmeno un graffio. Elena si vergognò un po'. In effetti il cane le aveva dato solo un avvertimento, non aveva serrato con forza la mascella. Forse, in realtà, le aveva giusto leccato la mano. Il pensiero che la sua reazione fosse stata eccessiva la mise a disagio. I cani la spaventavano a morte, anche quelli piccolissimi.
Elena si agitò, nervosa. «Non vorrai punire il tuo cane, vero? Ti posso assicurare che non mi sono fatta nulla e comunque lui non ha colpa.»
«Per essere una che odia i cani sei proprio strana.»
«Io non odio i cani», replicò indignata. «Sto solo molto attenta a tenermi lontana dai loro denti, è una cosa completamente diversa. Comunque, vedi, sto benissimo... ma non c'è una luce su questo terrazzo?»
Cail si irrigidì. «Per guardare le stelle serve l'oscurità.»
«Non capisco... le stelle?» mormorò perplessa. Per un istante credette di aver sentito male.
«Sì, hai detto che volevi guardare il cielo, e io ho un telescopio.»
Era uno scherzo? Elena fu tentata di rifiutare e andarsene. Almeno così si sarebbe comportata una donna ragionevole. Ma lei sapeva che quell'uomo non le avrebbe fatto del male, lo sentiva.
Le stelle, santo cielo... odorava di rose e aveva un telescopio.
«Vieni. Seguimi. Non è una gran cosa, ma abbastanza per

vedere con chiarezza Alfa Centauri, Sirio, Altair. In realtà quelle le potresti vedere anche a occhio nudo, ma con il telescopio fanno un altro effetto.»

Elena non conosceva tanti dettagli, a lei bastava rivolgere lo sguardo verso la notte e fissare il nero punteggiato di tanti brillanti. La sensazione di pace arrivava quasi subito e poi era semplice lasciarsi andare alla contemplazione dell'infinito. Però aveva sempre ammirato chi conosceva i nomi delle costellazioni. Per lei era già tanto sapere che esistevano l'Orsa Maggiore e quella Minore.

«Guarda qui dentro, così.»

Le mostrò come fare. Affascinata, non riusciva a staccargli gli occhi di dosso. Quando lui si scostò facendole posto, in silenzio chinò la testa e poggiò il viso sull'oculare. E fu come immergersi in un mondo di velluto nero, dove enormi brillanti splendevano di una luce unica, profonda e mai vista prima. Il cuore prese a batterle forte, mentre una sensazione strana la invadeva facendola sentire piccola e umile. Le emozioni si mescolarono in lei, mentre la scia luminosa della Via Lattea splendeva così vicina, ma in realtà infinitamente lontana. Deglutì e sollevò lo sguardo. Lo sconosciuto era là, accanto a lei. Se avesse allungato un braccio lo avrebbe potuto toccare. Anche lui la guardava, perso nello stesso silenzio. Ma non era scomodo, né vi era imbarazzo tra di loro. Anzi, poche volte si era sentita così in sintonia con qualcuno. Era come sapere, condividere. Si chinò nuovamente sul telescopio e in quella penombra scoprì come potevano essere ingannevoli le stelle, grandi e misteriose.

«Non so nemmeno come ti chiami», gli disse a un tratto sollevando la testa.

«Che importa? Nemmeno io conosco il tuo nome.»

Era vero, ed era quanto meno strano. All'improvviso le venne da ridere, un suono delicato e profondamente femminile, poi gli porse la mano. «Elena Rossini.»

«Caillen McLean. Cail, se preferisci», rispose stringendogliela. «Sei italiana.»

Non era una domanda. Caillen McLean aveva un modo di fare molto schietto, quasi brusco.

«Sì, sono appena arrivata. E tu?»
«Io cosa?»
«Vivi da molto tempo a Parigi?»
Lui scosse la testa. «Cinque anni a dicembre.»
Improvvisamente un'ombra era comparsa nella sua voce. Era poco meno di un'inflessione. Ma c'era, reale. Elena lo fissò, però era troppo buio per capire cosa nascondeva quello sguardo. Poi si rese conto che probabilmente era solo stanco. Non tutti soffrivano d'insonnia come lei. «Scusami, a volte perdo la cognizione del tempo, è ora che vada.»
Cail non protestò. Si limitò a guardarla, impassibile. «Ti accompagno.»
Un pizzico di delusione le fece accelerare il passo. Chissà perché si era aspettata che lui le chiedesse di restare ancora un poco. Era davvero ridicola, si rimproverò. E poi istintivamente allungò le mani davanti a sé, preoccupata di colpire qualcosa in tutta quell'oscurità. Ancora una volta si erano incontrati al buio. «Grazie, sei molto gentile.»
Prima di uscire sul pianerottolo Elena si fermò. «John, voglio dire, il tuo cane... Non l'ho più visto, pensi che si sia spaventato?»
Cail rise piano. «No, è solo un po' offeso. Non preoccuparti. Magari la prossima volta potrete fare amicizia.»
Fare amicizia con un cane? Nemmeno tra un milione di anni. Però Elena non glielo disse. In fondo le piaceva quel «la prossima volta». Improvvisamente tuttavia si sentì a disagio, quasi imbarazzata. La sua naturale diffidenza ebbe la meglio e si affrettò a uscire.
«Io... non credo sia il caso. Grazie, e scusa se ti ho fatto fare tardi. La notte non riesco a dormire e molto spesso mi dimentico che questo non vale per tutti.»
«Non c'è problema», le disse Cail a voce bassa.
«Ricordati la serratura.» Elena raggiunse la porta.
«Va bene.»
«Buonanotte, allora, e grazie ancora, Cail.»
In silenzio, gli occhi fissi su di lei, continuò a guardare nella sua direzione anche dopo che si era chiusa la porta alle spalle. Poi rientrò in casa. «Vieni John, andiamo a dormire.»

Qualche giorno dopo la cena al Jules Verne, Montier chiese a Monique di accompagnare Elena da Narcissus.

«Che ne dici se andiamo a piedi?»

«È molto lontano?» Elena in quel periodo si stancava facilmente, e non era entusiasta all'idea di fare lunghi percorsi.

«Una mezz'ora, ma sarà quasi tutta su rue de Rivoli fino a place Vendôme dove si trova la profumeria. Non avremo il tempo di annoiarci.»

«Okay, per me va bene», le rispose chiudendo la conversazione.

Un paio d'ore dopo Monique l'aspettava davanti all'ingresso. Entrambe erano tese, pensierose, ma presto si rilassarono.

Rue de Rivoli era uno spettacolo. Animatissima, ospitava negozi di ogni genere, e mentre la percorreva insieme a Monie, chiacchierando e ridendo, Elena si tranquillizzò. L'inquietudine che provava per quell'appuntamento così importante scomparve. E infine eccola, la profumeria di cui aveva tanto sentito parlare: sotto i maestosi portici che circondavano la famosa piazza, costituiti da spesse arcate di pietra, c'era una porta di legno massiccio incuneata tra due ampie vetrine, e sopra di essa un semplice nome su una targa antica.

Oro. Se avesse dovuto definire Narcissus con un colore, Elena avrebbe scelto l'oro.

Si aggirava all'interno del negozio osservando le alte pareti ricoperte di specchi dalle cornici elaborate, la *boiserie,* i banchi di marmo rosa e gli scaffali di cristallo. C'erano flaconi di diverse fogge e dimensioni pronti per essere riempiti e altri già pieni, con i profumi più classici e semplici. Anche i pavimenti erano di marmo rosa e riflettevano la luce. Ogni cosa sembrava brillare, luce e lusso serviti in abbondanza. Sogni, speranze, illusioni e seduzione. C'era tutto in quel luogo.

Il profumo che Elena sentiva nell'aria però non era giusto, non andava bene. Troppo ricco, quasi asfissiante. Era strano trovarlo in quella perfezione cromatica; sembrava che il negozio avesse un profumo proprio e non tenesse conto delle esigenze di chi entrava alla ricerca di qualcosa per sé stesso.

Lì era già tutto deciso. Non c'era spazio, era tutto occupato dalle intense fragranze. Non erano suggerimenti, solo imposizioni. Splendide, lussuose, ma pur sempre già decise.

Elena sentì una sorta di oppressione pesarle addosso. Era come Jacques. Quel negozio era Jacques, rispecchiava il suo modo di vivere, di gestire ogni cosa.

Non la stupiva più di tanto che Monique avesse deciso di spezzare quel legame. Era abbastanza sicura che la sua amica amasse quell'uomo, ma permettergli di controllare la sua vita, no... non Monique. Era un vano egoista e voleva solo possederla. Jacques era un dominatore nel senso più profondo del termine.

Sospirò e, quando quel profumo così invadente la pervase, si pentì di averlo fatto. Non era nauseata. Quello no. Per lei era più come vedere un'accozzaglia di colori male assortiti. Ecco, era troppo. Quella parola spiegava perfettamente la sensazione che si provava all'interno di Narcissus. Se fosse dipeso da lei, avrebbe fatto di tutto per rendere la sala il più neutra possibile. Avrebbe lasciato trapelare giusto qualche lieve nota di fondo, semplice, discreta, adatta a sposare ogni composizione, dalla più decisa a quella più delicata, senza mai coprirla. Lei avrebbe suggerito e mai imposto le essenze ai suoi clienti.

Era sul punto di parlarne con Monique quando la sua amica tornò in compagnia di un uomo magro, molto elegante, dallo sguardo sfuggente e dal viso scarno. Aveva baffi sottili, neri e lucidissimi sopra un sorriso di circostanza. Anche i capelli erano della stessa tonalità. Indossava un profumo dolciastro, quasi zuccheroso, che copriva qualcosa di più pungente. Elena lo identificò quasi subito. Si trattava di ammoniaca. Aggrottò la fronte davanti a quella stranezza. Ma c'erano altre cose contrastanti in quel Philippe. Non le sembrava per nulla contento di conoscerla, ad esempio. Nello sguardo che le rivolse, in quell'espressione circospetta, c'era qualcosa che la disturbava. Sembrava che la stesse giudicando.

Elena si sentì mordere dall'inquietudine. Riusciva a percepire chiaramente la sua ostilità e se ne chiese il motivo. Non lo aveva mai visto prima di quel momento.

L'uomo improvvisamente allungò la mano e attese che lei gli porgesse la propria. Era molle quella stretta, il palmo umido. Dovette sforzarsi di ricambiare il saluto. Non vedeva l'ora di strofinarsi la mano lungo la gonna.

«*Bonjour.*»

Adesso che si era avvicinato sembrava un po' più cordiale. Anche il suo sguardo era meno affilato. Poi le sorrise, ma Elena non riuscì a scacciare l'inquietudine.

Meno male che si era decisa a vestirsi con un po' più di stile, pensò. Aveva seguito i consigli dell'amica indossando un semplice tubino nero, poi aveva raccolto i capelli, un velo di trucco, scarpe dal tacco alto. La trasformazione era stata immediata e piacevole. Anche quello faceva parte del cambiamento, no?

Come il suo nuovo vicino, Cail McLean. Con lui si era sentita bene, a suo agio, nonostante l'evidente imbarazzo di entrambi. Non aveva raccontato nulla a Monique. Avrebbe dovuto farlo, pensò. Quell'uomo era... notevole, ecco. Brusco, certo, ma con una gentilezza di fondo che faceva parte di lui, del suo essere uomo. Ma non era questo il momento di pensarci... Lei e il suo vizio di perdersi a fantasticare.

«Elena, lascia che ti presenti Philippe, lui è... la colonna di Narcissus.»

Philippe nel frattempo aveva piegato la testa di lato e socchiuso gli occhi, come se stesse assaporando con gusto le parole di Monique. «Quando le donne cominciano a farti complimenti simili è arrivato il momento di preoccuparsi», disse rivolgendosi a Elena. «*Mademoiselle* mi concede un credito che non mi spetta. Non la colonna, solo il direttore del negozio.»

La ragazza percepì nuovamente quel sentore dolciastro, ma adesso era diventato polveroso, nauseante. Non era sincero e quella falsa modestia la infastidì.

«È monsieur Montier la vera colonna di Narcissus, prima di lui lo è stato suo padre e ancor prima suo nonno. Sa che questa è una delle poche e prestigiose imprese in questo campo che possono vantare secoli di tradizione? E il negozio è sempre stato qui, in place Vendôme.» Il suo tono improvvisamente si era fatto serio e pieno di rispetto e considerazione.

Philippe si inoltrò nel passato di Narcissus, elencando i clienti importanti che la profumeria aveva servito. Le due donne restarono in silenzio, evitando accuratamente di inciampare l'una nello sguardo dell'altra.

«*Monsieur* mi ha permesso di sentire il profumo che lei ha scelto. Le faccio i miei complimenti, *mademoiselle*. Lavorare insieme sarà interessante... suppongo. C'è una certa predisposizione in lei. Potremmo anche chiamarla sensibilità verso il profumo. Una cosa non comune, devo ammetterlo.»

Aveva scandito con lunghe pause tutto il discorso, che a Elena era sembrato interminabile e le aveva messo addosso una certa dose di ansia. E poi quello sguardo sfuggente si posò su di lei ancora una volta, prima di rivolgersi alla parete.

«Immagino sia al corrente che non ci limitiamo a vendere profumi. Qui da Narcissus noi li creiamo.» Lo disse all'improvviso, come se l'idea di specificare quel fatto gli fosse balenata in mente in quell'istante. «Naturalmente a quello pensano i compositori, i nasi. Lei dovrà ascoltare il cliente, raccogliere le sue richieste e spiegarle al profumiere. Inizialmente le potrà sembrare difficile, ma ci si abituerà.»

Le amiche lo fissarono sorprese. Jacques non lo aveva informato sulle competenze di Elena. Un'ondata di calore si riversò in lei, raggiungendole il volto. Il proprietario di Narcissus era stato chiaro sul compito che avrebbe svolto là dentro, le aveva detto che almeno all'inizio si sarebbe limitata a vendere i profumi. Ma perché aveva tenuto nascoste a Philippe le sue reali capacità?, si chiese confusa. E poi da qualche parte, nel fondo della sua anima, quel germoglio di orgoglio per ciò che era, per il suo retaggio, si agitò rabbiosamente. Si sentiva umiliata, profondamente. Come se all'improvviso qualcuno avesse preso a schernirla. Le parole di Philippe furono come una pioggia di pietre su quelli che, si rese conto in quel momento, erano diventati i suoi sogni.

«Farò del mio meglio», rispose distogliendo lo sguardo.

Philippe non parve cogliere il disappunto di Elena e continuò a parlare. «Ci vogliono anni di esperienza, dedizione e uno studio profondo della materia per creare un profumo.» Altra pausa, questa volta accompagnata da un sogghigno di derisione. «Molti pensano di potersi improvvisare profumieri perché possiedono istinto, sensibilità. Ma non è così. Al giorno d'oggi spuntano profumieri da tutte le parti, una cosa seccante e anche imbarazzante.» La voce era monotona, il tono piatto.

Elena strinse le labbra. «Immagino», mormorò.

Accigliata, Monique seguiva la conversazione come se in realtà pensasse a tutt'altro. L'irritazione però traspariva dal suo sguardo.

L'uomo continuò ancora per un po', spiegando a Elena ciò che lei sapeva alla perfezione e accrescendo in maniera esponenziale l'irritazione che stava tentando di tenere a bada. Possibile che fosse così ottuso da non cogliere i segnali? Non aveva intuito, a voler essere gentili, e in quel momento Elena dovette davvero sforzarsi per esserlo. Quel Philippe poteva pure essere un profumiere, ma non sarebbe stato capace di distinguere un'emozione nemmeno se quella gli avesse dato una botta in testa, decise Elena sostenendo il suo sguardo.

«Ci sono oli, acque, essenze. Non scendo nei dettagli, sono procedimenti tecnici che lei ora non potrebbe capire, ma non si preoccupi, con la giusta dose di pazienza e applicazione imparerà.»

Non poteva capirli? Deglutì, ma l'indignazione era forte e le premeva sulle labbra.

Philippe non si era accorto di nulla e le sorrideva bonariamente, soddisfatto di sé, e sembrava così genuinamente convinto che Elena sentì smorzare l'irritazione: non restarono che il disagio e l'umiliazione. Era solo una tappa, e lei ce la poteva fare. Era comunque il posto giusto, no? Doveva avere un altro po' di pazienza. Presto quel Philippe si sarebbe rimangiato ogni cosa.

«Le regole per i dipendenti qui da Narcissus sono poche, ma devono essere seguite alla lettera.»

La voce dell'uomo divenne improvvisamente dura. Anche la sua espressione era cambiata. Ora aveva l'aspetto di un gufo, con gli occhi rotondi e il naso a becco. E non era più tanto gentile.

«Ma sono sicuro che lei non avrà problemi a rispettarle. Si vede che è una donna intelligente.»

E da cosa? Dagli occhi, dall'espressione, o dal fatto che si intendeva di profumi? Si costrinse a calmarsi, non avrebbe giovato a nessuno se si fosse messa a urlare. Anche se moriva dalla voglia di farlo. Aprì il pugno serrato e allungò le dita, poi inspirò. In fin dei conti non era colpa di Philippe, si disse. Di certo non era colpa sua se lei aveva lasciato la sua vecchia vita e adesso di punto in bianco pretendeva di cominciarne un'altra. Non poteva saltare le tappe, lo sapeva. Allora cercò dentro di sé quel poco di pazienza che ancora le restava e si costrinse ad ascoltare le regole della casa.

Monique si era allontanata. Elena la osservava passeggiare per il negozio, lo sguardo assorto e l'espressione pensierosa. Quando la vide togliere dalla borsa il tablet intuì ciò che l'amica intendeva fare. «Per lei va bene se comincio subito?»

Philippe batté le palpebre. «Non saprei... non è la prassi.»

Ma Elena non intendeva rinunciare. Non voleva che Monique dovesse continuare a preoccuparsi per lei. Quel po' di indipendenza che aveva cominciato a crescerle dentro desiderava spazio e autonomia. Li esigeva.

«Non la disturberò, starò in disparte e mi limiterò a osservare. In questo modo sarà più semplice comprendere come vanno gestite le vendite e il rapporto da instaurare con i clienti, non crede?»

L'uomo scrollò le spalle. «Sì, in effetti questa potrebbe essere una buona idea. Ma l'avverto, il suo contratto parte dalla prossima settimana e solo da allora riceverà il compenso pattuito, che, se devo essere onesto», fece una pausa fissandola negli occhi, «è molto generoso. Nessuno in tutta Parigi avrebbe offerto le stesse condizioni a una commessa», puntualizzò con un lieve sorriso.

Elena deglutì, ma non distolse lo sguardo. «Certo, una commessa.» Stirò le labbra in un sorriso forzato. "Ce la puoi fare", si disse. La simpatia non era certo una delle doti di Philippe, ma poteva ignorarlo. Si costrinse a mantenere un'espressione cortese. «Perfetto», disse, «allora vado a salutare Monique. Con permesso.»

Le sarebbe venuta l'ulcera, Elena ne era sicura. Se non avesse cominciato a vedere le cose nella giusta prospettiva, la sua avventura sarebbe finita prima ancora di cominciare. Sarebbe dovuta tornare a Firenze. Ma là non c'era nulla per lei. Non aveva la possibilità di riaprire l'attività, non possedeva abbastanza denaro, non desiderava rivedere Matteo, né gli amici che avevano avuto in comune e che si erano guardati bene dal farle una telefonata per sapere come stava.

Voleva rimanere a Parigi, voleva passeggiare al Marais, tornare sulla Tour Eiffel, voleva guardare ancora le stelle insieme a Cail, annusare le rose che lui coltivava nel terrazzo. Voleva e basta, perché non avrebbe rinunciato al sapore di quelle poche decisioni che aveva preso da sola.

Ora non le restava che affrontare Monique. Nonostante l'amica l'avesse convinta che Narcissus era il posto giusto per lei, era pronta a scommettere che, dopo il comportamento di Philippe, dovuto all'arroganza di Jacques, avesse cambiato idea.

«Tesoro, non devi preoccuparti. Chiamerò un mio amico. Non sarai costretta a sopportare tutto questo.» Come Elena aveva immaginato, la donna aveva già elaborato un piano di riserva. «Ti troverò un altro posto», aggiunse subito.

Quell'affermazione così piena di solerzia e di preoccupazione fu l'ultima goccia. La rabbia che aveva trattenuto salì in superficie, come un calore insopportabile. Non era una bambina, poteva badare a sé stessa: perché diamine Monie non se ne rendeva conto una buona volta? Stava per dirglielo senza mezzi termini, poi si accorse dello stato di agitazione in cui si trovava l'amica. Era pallida e profondamente dispiaciuta. Aveva gli occhi lucidi, e quello la mandò su tutte le furie. Prima o poi avrebbe fatto i conti con Jacques. Non meritava una donna generosa come Monique. Elena si chiese se non fosse a causa di quell'uomo che la sua amica aveva così poca stima di sé e delle sue qualità.

«No, perché? Qui andrà benissimo», le rispose. Ignorò l'espressione di autentico stupore dipinta sul viso dell'altra e si finse calma e serena.

«Stai scherzando, vero? Jacques non ti farà entrare nei laboratori, hai sentito Philippe? Dovrai limitarti a vendere i profumi al banco finché starai qui, come una commessa qualsiasi.»

Questo in realtà non era ancora detto. Jacques non aveva la più pallida idea di ciò che lei sapeva fare davvero. Scrollò le spalle.

«Hai qualcosa contro le commesse qualsiasi?» le chiese con un gran sorriso, decisa a sdrammatizzare. E visto che intendeva pure avere l'ultima parola, accompagnò Monique alla porta. «Non avevi un appuntamento con Le Notre?»

Monique poco convinta, annuì. «Se hai bisogno...»

«Vai, ho detto», e questa volta la voce di Elena aveva perso tutta la sua gentilezza. La piantò in asso sulla soglia e tornò all'interno della profumeria, il respiro rapido, decisa a fare ciò che era necessario per soddisfare le richieste di Jacques, Philippe e di chiunque altro se necessario. La rabbia adesso era un nodo che le stringeva la gola. Si costrinse a inspirare lentamente e quando fu abbastanza calma raggiunse Philippe, si concentrò sull'organizzazione interna del negozio, osservò attentamente la disposizione dei profumi, l'approccio con i clienti, e alla fine della giornata, mentre rincasava a piedi stringendosi nella giacca, si era fatta un'idea abbastanza precisa di ciò che era importante e di quello che non lo era affatto.

Ed era sconcertata, oltre che incavolata nera. Aveva assistito sua nonna per anni in negozio. E il suo termine di paragone era ciò che aveva appreso lavorando al suo fianco. Ma nulla di quello che sapeva combaciava con la teoria di Narcissus. Loro convincevano il cliente, minavano le sue certezze, lo attiravano con quella che era a tutti gli effetti una trappola olfattiva.

Ma chi era lei per dire che non fosse la strada giusta? Quel negozio aveva successo, lei invece aveva chiuso l'attività perché non aveva abbastanza clienti nemmeno per coprire le spese. Quando Lucia si era ammalata, le era caduto il mondo addosso. Sua nonna era stata consapevole fin da subito della gravità della sua malattia, e aveva insistito per stare in casa. Non voleva nemmeno sentire parlare di ospedali, se non per le cure strettamente necessarie. E lei non aveva potuto fare altro che adeguarsi. In pochi mesi Lucia era stata consumata dal male. Continuava a parlare del passato, di Beatrice, del Profumo Perfetto, le aveva ripetuto la storia della loro famiglia, ciò che le sue antenate, le Rossini, avevano composto. Le aveva detto e ridetto quanto fosse importante seguire il sentiero. Quei racconti Elena li conosceva a memoria, ma aveva comunque ascoltato sua nonna con attenzione, restandole accanto ogni momento. Aveva avuto pochissimo tempo da dedicare alla gestione dell'attività. Chiudere la profumeria dopo la morte di Lucia era stata l'unica cosa che aveva potuto fare. Non aveva più né la forza, né il desiderio di continuare.

Le note della *Vie en rose* spezzarono improvvisamente il filo dei suoi pensieri. Si rese conto di essere già arrivata al Marais e lì, proprio all'incrocio con rue des Rosiers, c'era un vecchio che vendeva stampe antiche della città. Tutte le sere Edith Piaf cantava: *Quand il me prend dans ses bras, il me parle tout bas, je vois la vie en rose. Il me dit des mots d'amour, des mots de tous les jours...*

Il vecchio si ostinava a mettere quel disco a ripetizione, con la pioggia o col sole. Quel gesto sapeva di rimpianto, delusione, struggimento, di un amore finito, o almeno così le aveva suggerito Monique una sera che ci erano passate davanti.

Elena aveva sempre canticchiato quel motivo senza mai rifletterci troppo. Le piaceva il suono, la voce profonda e quasi graffiante della cantante, il sapore di altri tempi che ne traspariva. Questa volta però, Elena guardò negli occhi del vecchio senza scorgervi nulla di così romantico. Vedeva solo una decisa convinzione nello sguardo scaltro e acquoso, e un sorriso beffardo. Certo, un uomo anziano poteva suonare di continuo una canzone perché gli ricordava un amore, una donna, una vita passata. Oppure poteva farlo semplicemente per attirare i turisti, per invitarli ad aprire il loro portafogli e portarsi a casa un pezzetto di Parigi e una storia lacrimosa. E anche i più cinici, quando si trovavano davanti a quel chiosco pittoresco stringendo la mano del loro amore di turno, deponevano le armi e si lasciavano affascinare dalla canzone più famosa del mondo che parlava di come la vita sarebbe infinitamente più bella se vista attraverso delle lenti rosa. Nonostante la strategia dell'uomo fosse per Elena palese, chiarissima, tutti adoravano passeggiare canticchiando quel motivo. Persino lei si era ritrovata immobile davanti al chiosco, in preda a una sorta di incantesimo.

Lo superò senza guardarlo, quasi arrabbiata con lui. Svoltò al primo incrocio, proseguendo verso rue du Parc-Royal. Si sentiva triste e cinica. Non le piaceva quella sorta di sfruttamento dei sentimenti. Il pensiero di Matteo s'insinuò in quel groviglio di emozioni che si portava dietro.

E fu una sensazione sgradevole. Lo respinse. Quel ricordo non faceva male come all'inizio, ma non voleva pensarci. Malinconia, ecco che cosa le suscitava. E uno sciocco desiderio... anche a lei sarebbe piaciuto vedere *la vie en rose*, non voleva cogliere la scaltrezza di quel vecchio venditore ma sperare che lui fosse legato a quella canzone per ben altri motivi, voleva davvero crederci.

Ma poi cominciò a riflettere su ciò che aveva, e non su quello che le era accaduto. Un lavoro, e anche prestigioso. Un posto dove stare, che le piaceva moltissimo, e una possibilità.

In fondo non era poi così male, no?

Mentre entrava nel suo cortile la voce della Piaf, appena udibile, continuava ad ammaliare. *Des nuits d'amour à ne plus en finir, un grand bonheur qui prend sa place, des ennuis des chagrins, des phases, heureux, heureux à en mourir.*

10.

Gelsomino. Fiore della notte, solo all'alba o al tramonto concede il suo profumo. Inebriante, caldo, evoca il mondo magico, ne assottiglia i confini, concede benessere e felicità. Sensuale, facilmente adattabile. Il piacere è nascosto nei piccoli petali candidi, coglierlo è solo l'inizio.

La moto affrontava la notte troppo veloce. La strada era buia, l'asfalto scivoloso a causa dell'intensa pioggia. E poi l'assordante clacson del camion lacerò il silenzio.

Madido di sudore, Cail si agitò nel sonno. Le sue dita si strinsero sulle lenzuola. Rammentava poche cose dell'incidente, ma quella sensazione che gli torceva lo stomaco la ricordava bene. Altre sensazioni se le portava nella mente e nell'anima. Vi nuotava dentro, cercando di respirare, alla ricerca disperata di qualcosa che gli consentisse una tregua, che gli permettesse di riposare almeno per il tempo sufficiente a recuperare le forze.

«Un profumo di terra e di rose.» Quelle parole si fecero strada fra gli strati nebulosi del sogno, tra l'oscurità e il tormento. Le afferrò tenendole con sé, cercando tra i ricordi il volto della donna che le aveva pronunciate, e cominciò a emergere.

Si alzò a sedere di scatto, ansante, il respiro chiuso tra i denti, la gola in fiamme. Quando mise a fuoco gli arredi, comprese di trovarsi nella sua camera da letto, al Marais. Fu inondato dal sollievo. Era stato solo un sogno, un maledetto sogno. Lentamente lo stato di confusione arretrò. Si passò le mani sul viso e scese dal letto.

John gli fu subito accanto. Cail passò la mano sul pelo della bestiola, poi gliela posò sulla testa.

«Se le avessi impedito di guidare, non sarebbe successo», mormorò.

Ma era una menzogna, e lo sapeva. Se al posto di Juliette,

la sua ragazza, ci fosse stato lui, l'incidente sarebbe avvenuto lo stesso. Il camion lo avrebbe preso in pieno. Juliette però probabilmente si sarebbe salvata. Era quel pensiero che lo tormentava. Con la punta delle dita seguì la cicatrice che gli deturpava la parte destra del volto.

Quando uscì sul terrazzo era ancora a torso nudo. Sentì l'aria fredda del mattino sulla pelle. Raggiunta la porta che dava sulle scale, l'aprì e controllò la serratura. Avrebbe fatto un salto dal ferramenta per comprarne una funzionante. Lo aveva promesso alla sua nuova vicina, pensò accigliato. In quel modo non se la sarebbe ritrovata in casa senza preavviso. Non gli era dispiaciuto, era abbastanza onesto con sé stesso da ammetterlo. Ma questo non significava che ritrovarsi degli estranei in casa dovesse diventare un'abitudine. In fondo stava bene come stava, da solo.

La nausea non voleva saperne di lasciarla in pace. Elena inspirò lentamente la brezza del mattino, addentò controvoglia la punta di un croissant e attese ancora qualche minuto.

Insonnia, nausea, stanchezza: si sentiva uno straccio. Finalmente la morsa che le stringeva la gola si allentò e le permise di alzarsi dal tavolo dove aveva fatto colazione. Con un gesto della mano salutò Antonio e la moglie, attraversò la strada e controllò l'ora. Mentre raggiungeva il negozio a piedi, decise di prendersi un po' di tempo per sé. Le faceva bene camminare per Parigi. Avrebbe potuto chiedere a Cail di indicarle qualche itinerario. In realtà avrebbe potuto chiederlo anche a Monique, e lei di sicuro l'avrebbe accompagnata. Ma non voleva farlo. Invece l'idea di andarci con Cail l'attraeva. Continuò a camminare osservando gli edifici. Com'era bella quella parte di Parigi. Si lasciò alle spalle rue Saint-Honoré e poco dopo si trovò ad ammirare l'enorme colonna al centro di place Vendôme, poi proseguì sotto i portici. Quando entrò in negozio si guardò intorno alla ricerca di Philippe.

Possibile che nessuno oltre a lei sentisse quanto era penetrante e prepotente quella fragranza? Arricciò il naso, sperando di abituarsi presto a quell'odore così carico. Avrebbe dovuto imparare a ignorarlo.

«Eccola, finalmente», le disse Philippe sollevando la testa da un tavolo sul quale aveva disposto una serie di flaconi d'argento.

«Mi aveva detto alle nove», replicò lei guardando l'orologio in cristallo sul ripiano.

L'uomo la fissò. «Noi arriviamo un'ora prima dell'apertura, lo tenga a mente.»

Quello però se lo era tenuto per sé. «Non lo sapevo», gli rispose.

«Veda di informarsi, allora. Pretendo il massimo dal personale; se vuole restare con noi si adegui, *mademoiselle.*»

Elena fece per replicare, poi ci ripensò. Ingoiò la rispostaccia che le premeva sulle labbra e strinse i denti.

Una donna si avvicinò a loro e Philippe si schiarì la voce.

«Questa è Claudine», disse presentando quella signora sui trentacinque anni, bionda, dall'espressione impassibile.

«*Bonjour, madame*», la salutò Elena.

La donna si limitò a un cenno del capo. Il lieve sorriso che ostentava restò immutato. A Elena ricordò la Gioconda. Non che si aspettasse baci e abbracci, ma un segno di vita, quello sì. Invece Claudine restò in quella sorta di catalessi vigile. Non c'era proprio nulla in quel sorriso. Non c'era neppure nulla nel suo profumo, Elena quasi non riusciva a sentirlo. E non si trattava del fatto che fosse lieve, o delicato, semplicemente scompariva in quello di Narcissus, come se vi fosse amalgamato dentro. Provò a concentrarsi. Un filo di benzoino la raggiunse, penetrante e morbido, poi fu la volta dell'incenso, seguito da una serie di legni e muschi. E note affumicate, che bilanciavano la fragranza in modo originale, aumentando il suo carattere. Era deciso, brillante, ma lontano. Come un profumo indossato il giorno precedente. O prima di una doccia.

Prada, quella donna indossava Benjoin di Prada e lo aveva coperto con qualcosa che si amalgamava con il profumo ambientale di Narcissus, qualcosa che, ci avrebbe scommesso, proveniva dalla loro produzione. Era come un dipinto celato sotto un altro. Le sembrò strana quella decisione. Ognuno aveva il diritto di portare ciò che voleva, perché prendersi tanto disturbo per nasconderlo? Forse da Narcissus non gradivano che il personale usasse profumi di altre case? Possibile? Avrebbe dovuto informarsi, pensò.

«Oggi lavorerà al suo fianco», continuò Philippe. «Segua le sue indicazioni, mi raccomando», terminò di dire e poi, dopo un cenno d'intesa con Claudine, attraversò il negozio soffermandosi davanti ad alcuni scaffali.

Finalmente la statua prese vita, si voltò verso Elena e le rivolse uno sguardo impassibile. I suoi occhi azzurri screziati di verde erano gelidi.

«Lei parla bene il francese, vero?»

«Sì», rispose pacata Elena.

«Perfetto. Detesto dover ripetere le cose. Mi segua e faccia attenzione. Non tocchi nulla.»

"Cominciamo bene", pensò Elena. Sospirò e pensò che a certi livelli la simpatia forse era un optional. «Naturalmente», rispose.

La Gioconda in realtà non era poi così male. Sistematicamente, senza esitare nemmeno un istante, le mostrò la disposizione di tutti i profumi, i locali, le mansioni che avrebbe dovuto svolgere, le regole ufficiali e quelle ufficiose non meno importanti, e poi la condusse in laboratorio.

«Qui si entra solo su invito», le disse restando sulla porta.

«Logico.»

Claudine osservò l'espressione imperscrutabile di Elena e, incuriosita, inarcò un sopracciglio. «Ha mai lavorato in un laboratorio?» le chiese.

Lei annuì. «Sì.»

La donna la fissò un istante. «Scuola fiorentina, giusto?»

«Tra le altre cose», rispose Elena.

«Si spieghi, prego.»

Quell'improvviso interesse la mise a disagio. E adesso? Probabilmente avrebbe fatto meglio a mantenere un profilo modesto con Claudine, ma quella sorta di orgoglio verso sé stessa e la sua famiglia saltava fuori nei momenti più impensabili. Tanto valeva dire come stavano le cose. Certo, si sarebbe guardata bene dal rivelarle che i suoi primi profumi li aveva creati sotto la supervisione della nonna a soli dodici anni. Quello era meglio che lo tenesse per sé.

«Ho cominciato a studiare a Grasse, coltivazione, estrazione, tutti i passaggi fino al profumo finito. A Firenze ho concluso gli studi e perfezionato la tecnica.»

Se era rimasta colpita dalle parole di Elena, Claudine non lo diede a vedere. Si limitò a fare un cenno con il capo e ad abbozzare un sorriso. «Avrà modo di provarmi la sua competenza. Ci sono alcuni clienti che preferiscono composizioni personalizzate; in genere cambiamo giusto qualche ingrediente alle formule già testate. La vedrò all'opera.»

Elena sentì un tuffo al cuore. Dunque comporre profumi da Narcissus sarebbe stata solo una questione di tempo.

«Mi segua, oggi lavoreremo con i clienti. Faccia attenzione e non mi interrompa, qualsiasi cosa io dica. Intesi?»

Elena annuì.

Claudine continuò a parlare e lei per un po' finse di ascoltarla, ma la sua mente era troppo impegnata a rallegrarsi per potersi concentrare su cose che conosceva alla perfezione. Finalmente la donna le mostrò il suo posto e si allontanò preparandosi ad accogliere i primi clienti.

Arrivarono molte persone quella mattina. I dipendenti della profumeria erano tutti impegnati. Dopo aver memorizzato una buona parte dei profumi creati da Jacques, Elena raggiunse i banchi di vendita, ma si tenne un po' in disparte. Claudine aveva cominciato a servire un uomo di una certa età che desiderava un profumo speciale. Era palesemente irritato, le dita nodose chiuse intorno al manico del lussuoso bastone da passeggio.

«No, questo non mi piace. Sa di vecchio, mi ricorda la naftalina, buon Dio!» esclamò indignato.

Claudine continuò a esibire il suo sorriso inossidabile. «Posso suggerirle un *mélange* più discreto, se desidera. Che ne dice di aggiungere del legno di sandalo?»

L'uomo strinse le labbra. «Come faccio a saperlo, se lei non me lo fa sentire?»

Se ne stava davanti al banco, imbronciato, gli occhi lucidi

e la delusione dipinta in faccia. Sul tavolo c'era una decina di *mouillettes* usate. Il sorriso di Claudine cominciava a mostrare i primi segni di cedimento.

«Mi avevano assicurato che sareste riusciti ad accontentarmi. Un'evidente esagerazione. Perché dovrei sprecare il mio tempo con voi?»

Aveva alzato la voce e qualche cliente si era voltato incuriosito.

Claudine strinse le labbra. «Mi dica esattamente cosa desidera.»

«Non mi ha ascoltato fino a ora? Ho bisogno di un profumo nuovo! Non voglio la solita fragranza.»

«Ognuno di questi profumi», replicò Claudine indicando le varie boccette allineate sul banco, «risponde alla sua descrizione. Li vuole provare nuovamente?»

Il vecchio signore socchiuse le palpebre. «Vuole insinuare che non so cosa voglio?»

Le delicate narici della donna si dilatarono, stava perdendo terreno rapidamente. «Un momento, prego», rispose.

Elena aveva assistito alla scena in disparte. L'uomo era vestito in modo originale, ma elegante. Era nervoso, ogni tanto si infilava un dito nel fazzoletto da collo, tentando di allentare la tensione. Si guardava intorno, fissava la sua attenzione sui profumi, e in quello sguardo era concentrato il suo bisogno di nuovo: una seconda giovinezza, qualcosa capace di coprire la vecchiaia, di dargli fiducia. Gli uomini facevano questo genere di scelte, cercavano di rinnovarsi sperando in piccoli miracoli... come un nuovo amore. Elena non sapeva da dove le fosse venuta quell'idea, ma se era così, se ciò che desiderava quell'anziano signore era cambiare, presentarsi con un aspetto olfattivo attraente, sapeva già cosa avrebbe fatto al caso suo.

«Provi questo, sono sicura che le piacerà», disse Claudine porgendogli una nuova *mouillette.*

L'uomo le lanciò un'occhiata diffidente, poi, dopo averla accostata al naso, si accigliò. «Le sembro un ragazzino? Davvero pensa che posso andarmene in giro con questo... odore?» replicò indignato.

La mano di Claudine si chiuse in un pugno, il suo sguardo divenne gelido. «Se ha la bontà di attendere ancora un attimo vedrò cosa posso trovare per lei.»

Quando Claudine passò accanto a Elena, era livida, ma quel sorriso ce lo aveva comunque stampato in faccia come una sorta di timbro. "Diamine", pensò Elena. "Questa sì che è professionalità!" Ma Claudine aveva perso davvero la pazienza e si era rivolta a un altro cliente che chiedeva un'acqua profumata alla rosa.

L'anziano signore allora sembrò sgonfiarsi. La rabbia era passata, restava la delusione, profonda e cocente, qualcosa che aveva ben poco a che vedere con il profumo. Era impotenza, era il tentativo di fermare lo scorrere incessante del tempo e avere un'altra possibilità.

«Posso chiederle quale profumo usava in passato?» gli domandò Elena avvicinandosi. Claudine le aveva raccomandato di non interromperla, ma non aveva detto nulla riguardo al conversare con i clienti. Tecnicamente non stava contravvenendo a nessun ordine.

Addolcì la voce e, visto che il signore era assorto nei suoi pensieri, gli ripeté la domanda. L'uomo sollevò la testa di scatto, come se solo in quel momento si fosse accorto della sua presenza.

Lei gli porse la mano, un po' imbarazzata. «Mi chiamo Elena Rossini.» Sua nonna si presentava sempre ai clienti.

«Jean-Baptiste Lagose», le rispose lui. Ma invece di stringerle la mano, la prese tra le sue e si chinò in un baciamano come un gentiluomo d'altri tempi.

Cuoio, labdano e bergamotto, pensò Elena quando lui si accostò, quasi sfiorandola. Un aroma forte e sofisticato allo stesso tempo, con un sentore di fondo profondamente muschiato. Quasi riusciva a vederlo, Jean-Baptiste, mentre osservava la giostra della vita che ormai lo aveva lasciato a terra. Ne percepiva lo sgomento, il disprezzo istintivo e, celato sotto strati di struggimento, l'acuto desiderio di tornare a farvi parte.

«Lei è una commessa?» le chiese.

Elena annuì. «Oggi è il mio primo giorno.»

Il vecchio signore si guardò intorno e, quando incontrò lo sguardo di Claudine, si voltò verso Elena. «Quella là è il suo capo?» Era proprio offeso, non si curò nemmeno di nascondere il cenno con cui la indicava.

«In un certo senso.»

«Povera cara», replicò lui scuotendo la testa. Poi strinse le labbra lanciando un'altra occhiataccia verso Claudine. «Ci sono alcune persone a cui viene proprio naturale essere sgradevoli.»

Già, anche lei lo aveva pensato. Ma non era il caso che lo dicesse al cliente, dunque riportò la conversazione su un territorio più consono.

«Lei indossa un chypre, è molto bello, ma se ho ben capito vorrebbe qualcosa di nuovo.»

Improvvisamente Jean-Baptiste mise da parte tutta la sua bellicosità. «Sì, esatto. Volevo un profumo di carattere, qualcosa di deciso, ma anche originale. Ma quella... ehm... non riesce a capire, non mi ascolta.»

Elena pensò a un altro chypre. Certo, si trattava di un profumo classico a base di muschio di quercia, ma poteva dargli un aspetto più frizzante, magari con del limone e del vetiver per renderlo più rotondo e fresco. Quell'uomo lo avrebbe portato benissimo. Sembrava avere gusti decisi e poco convenzionali, a giudicare dall'abbigliamento. Giacca blu, pantaloni a righine celesti, fazzolettino da collo rosso. Portava un anello d'oro massiccio e brillanti all'anulare destro. Non c'era timidezza in lui, ma una forte determinazione. Aveva un'idea ben precisa che intendeva seguire. Il profumo che voleva era una strategia di conquista e per lui era così importante da convincerlo a occuparsene personalmente.

«Perché non sente nuovamente queste fragranze? Potremo variarle secondo il suo gusto», gli propose Elena. Aveva bisogno di guadagnare tempo, doveva parlare con Claudine. Era sicura che in negozio avessero un chypre di nuova generazione: d'altronde Montier era un professionista, non sarebbe mai rimasto senza una nuova versione dei profumi classici universalmente più apprezzati.

Jean-Baptiste s'imbronciò subito. Elena per un momento

ebbe davvero timore che l'uomo si rifiutasse. Guardò Claudine e poi nuovamente lui. Forse fu a causa della preoccupazione che traspariva dal volto della ragazza, o semplicemente perché ci teneva davvero a fare un dispetto alla strega che lo aveva trattato con tanta supponenza; fatto sta che Jean-Baptiste allungò una mano e cominciò ad annusare una *mouillette*.

«Torno subito», gli disse Elena con un sorriso sollevato.

«Con comodo, mia cara», rispose lui.

Dopo aver raggiunto Claudine le spiegò cosa aveva in mente. «Avete qualcosa che abbia del neroli, pompelmo rosa o anche del limone come note di testa, gelsomino, gardenia, magnolia o un altro *mélange* fiorito come cuore, ambra, sandalo e muschio? Il vetiver ad esempio sarebbe perfetto...»

Claudine ci pensò su. «Sì, è un chypre. Ne abbiamo uno che potrebbe fare al caso suo. Mi pare ci sia anche del cuoio.»

Elena non sperava tanto. Il cuoio era un profumo ancestrale, maschile, potente. «Sarebbe il massimo.»

Claudine non ricambiò il sorriso di Elena, ma si diede subito da fare. Non li usavano spesso i chypre, troppo decisi, ricchi, erano profumi dalla forte personalità, non facili da portare, quasi sempre pensati per le donne. Ma in composizioni particolari, con gli ingredienti giusti, erano intensamente maschili. Perché no? L'intuizione di Elena poteva essere azzeccata. Claudine controllò in archivio, trovò ciò che cercava e tornò dall'uomo.

Elena la seguiva a poca distanza. Jean-Baptiste era ancora offeso. Quando Claudine gli offrì la *mouillette*, lui fece finta di guardare da un'altra parte.

La donna strinse le labbra. «*Mademoiselle*, potrebbe mostrare lei il profumo al signore?»

L'uomo continuò a stare sulle sue, la mascella contratta, l'espressione torva.

«Elena, sostituiscimi, Philippe ha bisogno del mio aiuto», sussurrò Claudine scambiando un cenno di intesa.

Quando la donna li lasciò soli, Jean-Baptiste si avvicinò alla *mouillette*.

«È per un'occasione importante?» gli chiese allora Elena.

L'uomo afferrò la strisciolina di carta con la punta delle dita e la portò al naso. «Sì, molto importante», sussurrò.

«Lo aspiri con calma e pensi a ciò che vorrebbe, a quello che le piacerebbe accadesse. Senta se le emozioni sono giuste, o se manca qualcosa.»

Lui fece come gli era stato consigliato. In silenzio, quasi con riverenza. Poi dopo un po' cominciò a parlare.

«Ci siamo lasciati male, e per nulla. Eravamo giovani, orgogliosi. Ora... le cose sono cambiate. Io non mi sono mai sposato, lei invece è vedova.» L'uomo continuò a muovere dolcemente la carta imbevuta del chypre.

Elena restò in silenzio, affascinata da quella storia.

«Non è stata l'unica donna che ho amato, questo no. Ma lei è stata quella per cui ho sofferto di più. Ed è rimasta sempre nei miei ricordi, con una costanza sorprendente.» Fece una pausa e agitò la strisciolina di carta. «Testarda in un modo davvero fastidioso», protestò accigliandosi ancora. «Ma quando sorrideva... quando sorride, i suoi occhi si illuminano d'un tratto, il suo sguardo ti arriva dritto all'anima. È bella, lo è nonostante tutti gli anni che sono trascorsi. È bellissima per me.» Annusò nuovamente il profumo. «Mi ricorda un giardino, non solo di fiori, ma anche di piante. Ho come l'impressione di sentire l'acqua scorrere, limone... o forse si tratta di arance. Una volta siamo stati insieme in un agrumeto. È stata una bella giornata, abbiamo riso tanto, eravamo molto felici in quei giorni. Poi siamo tornati in città.»

Era ritornato ai suoi ricordi. Ed era stato grazie a quel profumo. Elena non riusciva a distogliere lo sguardo, gli occhi lucidi dalla commozione.

«Lei è mai stata innamorata, *mademoiselle*?»

«No, io... credo di no», sussurrò dopo un lungo istante.

Lui le rivolse uno sguardo strano. «Non si preoccupi, lei è carina, gentile. Troverà presto l'uomo giusto. È triste stare da soli, *mademoiselle*», disse, «l'orgoglio è caldo all'apparenza, ma poi diventa un gelido compagno. Cerchi di seguire il cuore.»

Improvvisamente Elena sentì il bisogno di dire a qualcuno che il suo cuore provava curiosità per un uomo davvero singolare, che aveva incontrato solo due volte al buio. Non sapeva nemmeno che aspetto avesse davvero. Però il suo odore... quello lo conosceva bene. Sentì un fremito alla base dello stomaco, ma scacciò il pensiero e si concentrò su Jean-Baptiste.

«Cioè... sono stata fidanzata una volta», si affrettò a precisare. «Ma lui... ecco, lui ha preferito... non ha funzionato», concluse, gli occhi incollati alla superficie liscia del banco.

Jean-Baptiste restò in silenzio, poi allungò una mano e la posò sopra quella di lei.

«Un idiota, ne sono sicuro. Non si preoccupi, *ma chère*, la vita propone, Dio dispone, noi però abbiamo l'ultima parola su tutto.»

«Già», mormorò Elena poco convinta.

«Questo profumo mi piace molto», continuò l'uomo. «Mi ricorda il passato, ma possiede qualcosa di nuovo. Una speranza, ecco. Ed è proprio ciò che volevo. Una speranza. La vita non ha senso senza la speranza, lo sa, *mademoiselle*?»

Sì, che lo sapeva. Era per quello che si era spostata a Parigi, quasi senza pensarci. E lo aveva fatto nonostante fosse consapevole che non sarebbe stato facile. E allora perché quel nodo improvvisamente le stringeva la gola? E quelle stupide lacrime avevano preso a bruciarle gli occhi? Le scacciò quasi con rabbia e si costrinse a sorridere.

«Sto imparando», gli rispose.

Jean-Baptiste sorrise. «Lei è una brava ragazza. E ora mi dia una confezione di questo profumo, non troppo grande, mi raccomando. Così avrò una scusa per ritornare presto.»

Le strizzò l'occhio ed Elena comprese che da giovane doveva essere stato un gran rubacuori. Chissà cosa aveva da raccontare la misteriosa donna che lo aveva spinto a cercare un profumo speciale, qualcosa che le aveva ricordato i bei tempi e l'aveva convinta a ritentare, a dare alla loro storia una seconda possibilità.

Quella non fu l'unica vendita di Elena quel giorno. Sotto lo sguardo attento ma discreto di Claudine, servì altri clienti e ottenne due ordinazioni importanti.

Mentre rincasava, stanca e molto soddisfatta, cercava di ricordare ciò che sapeva sulla composizione ed era nervosa.

Le emozioni di quelle persone la invadevano, le sentiva, le parlavano. Aveva cercato di opporsi e di scacciarle, più per abitudine che per altro. Ma erano riuscite a scalfire le sue difese e se ne stavano là, come uccelli appollaiati su un ramo, senza smettere di fissarla neanche per un istante. Sentiva le loro richieste, ma più di tutto sentiva il desiderio di soddisfarle. Perché lo sapeva fare, perché quello era ciò che sapeva fare meglio di ogni altra cosa.

E ne aveva paura. Era terrorizzata dalle sue capacità, aveva paura che l'ossessione delle Rossini si manifestasse in lei come aveva fatto con sua nonna e con sua madre.

Le sue antenate avevano abbandonato ogni cosa per i profumi. Lei sarebbe stata capace di opporsi, di riavvicinarsi ai profumi senza diventarne schiava?

Non lo sapeva o, meglio, non ne era sicura. Perché quel giorno si era sentita davvero bene. Stare da Narcissus a offrire ai clienti realtà e visioni olfattive l'aveva soddisfatta. No, era qualcosa di molto più importante: aveva dato un senso alla sua giornata.

Quando entrò nel cortile raggiunse il portone senza nemmeno guardarsi attorno, immersa nei suoi pensieri. Rovistò nella borsa in cerca della chiave e la infilò nella serratura.

«Ciao, Elena.»

Cail. Quel nome si fece largo nel groviglio di emozioni che le mulinavano dentro. Sollevò la testa e lui era là, a pochi metri, una spalla tranquillamente appoggiata al muro. La luce del lampione gli pioveva addosso accentuando i tratti spigolosi del suo viso. Aveva gli occhi blu, scuri e profondi, e capelli castani dai riflessi rossicci.

Sentì un tuffo al cuore e improvvisamente fu come se guardandolo la sua mente si liberasse.

«Finalmente ci vediamo alla luce», gli disse con un sorriso.

Cail improvvisamente si incupì. Con un movimento fluido si staccò dal muro e indietreggiò senza distogliere lo sguardo da lei. Non era più rilassato ora. Le mani affondate nelle tasche della giacca di pelle, l'espressione fredda.

Il sorriso di Elena si spense. Che diamine gli era preso adesso? Un altro dei suoi repentini cambi d'umore... ma lei non aveva avuto alcuna intenzione di offenderlo.

Incollò gli occhi al portone, allora, la mano sulla chiave, poi la girò. Ma quella fece resistenza.

Ci provò ancora, inutilmente. «Maledizione», imprecò prima di colpire il legno con un calcio.

«Lascia fare a me», le disse Cail facendosi avanti quasi con riluttanza.

Elena lo fulminò con lo sguardo. «Sicuro di volerti avvicinare?»

Lui si accigliò, negli occhi un'espressione interrogativa. Poi si guardò attorno. «È che a volte la gente si innervosisce se sto troppo vicino.»

«Scherzi, vero?»

Ma lui non aveva l'aria di scherzare. Se ne stava davanti a lei, impenetrabile, gli occhi rabbuiati.

Elena scosse la testa. «E poi, guarda, non ci conosciamo nemmeno, non hai nessun motivo di giustificarti.»

Avvertì che le si era avvicinato perché lo sentì trattenere il respiro. Per un istante pensò di scostarsi, di essere altrettanto scortese, poi decise che non ne aveva voglia. Era troppo stanca per mettersi a bisticciare con lui. Inspirò profondamente e quella fiammata di rabbia che l'aveva colta all'improvviso scomparve.

Allora Elena sentì di nuovo il profumo di lui, però modificato dallo sconcerto, e poi come da un sottile dispiacere.

Tenne gli occhi fissi sul portone, poi si scostò. «Non so cosa mi è preso. Io... d'accordo, prova tu.»

Cail non rispose. Allungò la mano e con l'altra tirò un po' la maniglia. In quel momento ruotò la chiave. Il *clic* risuonò secco tra loro.

«Ecco», le disse spalancando la porta.

Elena lo fissò, poi entrò nell'androne del palazzo. «Vieni dentro, ti offro un caffè.»

Cail però non rispose, limitandosi a restare in silenzio, le mani nuovamente dentro le tasche. Lei si pentì subito di averlo invitato. Che stupida che era stata. Si vedeva lontano un miglio che non ne aveva nessuna voglia.

«Okay, lascia perdere. Ci vediamo. Grazie per la porta», borbottò.

«Preferirei un tè.» La voce di Cail risuonò profonda, mettendo fine a tutte le congetture di Elena. Poi spinse l'interruttore e accese la luce. «Hai del tè?» chiese nuovamente guardandola in volto. «Se no non importa, ne ho io.»

A quanto pareva avrebbero preso un tè insieme, a quanto pareva non le era assolutamente ostile. Doveva rilassarsi, pensò Elena. Stare così sulla difensiva non le faceva bene. Sorrise debolmente, un po' frastornata. Annuì. «No, va bene. Credo di averne qualche bustina.»

Lui sembrò in procinto di dire qualcosa, invece si limitò a raggiungere la porta d'ingresso dell'appartamento di lei.

«Mi dai le chiavi?» gli chiese allungando la mano e mostrandogli il palmo.

«Faccio io?» replicò Cail. Non le sorrideva, ma sembrava in attesa del suo permesso.

Elena dovette sforzarsi di distogliere gli occhi dai suoi. Si ritrovò ad annuire. «Sì, okay, fai pure.»

Cail ci mise solo un momento, poi spalancò la porta e si fece da parte per farla passare. Elena entrò, un po' turbata. Non capiva, ma sapeva che tra loro era successo qualcosa.

Lo superò senza guardarlo, acutamente consapevole della sua presenza e di quel suo profumo, poi raggiunse rapidamente la scala che portava di sopra.

«Non ero mai entrato in questo appartamento», disse Cail dando una lunga occhiata intorno. «È molto interessante, la struttura originale è rimasta inalterata.» Allungò il braccio, indicando la serie di arcate sostenute dagli spessi muri di pietra. «Vedi com'è alto? Qui tenevano le carrozze. Di sopra c'erano gli alloggi per la servitù.»

Continuò a parlare, descrivendo la struttura architettonica originale del palazzo. Lentamente sembrò farle prendere vita e a un tratto fu come se intorno a loro i muri avessero perso la loro patina umida e gli intonaci avessero riguadagnato forza.

«È un peccato lasciare il pianterreno così», concluse.

Elena continuava a guardarlo ferma sul primo scalino. «Se fosse mio lo ristrutturerei e ci farei un negozio, sai, una profumeria.»

Dopo una lunga occhiata Cail la raggiunse. «È questo che sei? Una profumiera?»

Ecco che tutto improvvisamente aveva un senso. Un profumo che sa di terra e di rose... I profumi occupavano un posto importante nella vita di quella donna. E c'era dell'altro, rifletté Cail: per un istante aveva pensato che anche lei fosse come tutti gli altri. La sua cicatrice non era così terribile, ma la gente provava un'istintiva repulsione per tutto ciò che non era perfetto. Ci si era abituato col tempo, in fondo anche a lui mica tutti andavano a genio. E quando aveva sentito lo sguardo di Elena su di sé, aveva percepito la sua sorpresa. Si era ritratto, lo faceva sempre, la gente detestava trovarsi troppo vicino a lui. In genere bastava dare loro un po' più di spazio, ripristinare le distanze, per renderli meno nervosi. Invece lei lo aveva stupito nuovamente, arrabbiandosi. E poco dopo era tornata amichevole, invitandolo persino per un caffè.

«In effetti, sì, sono una profumiera. Per quello che vale», gli rispose lei, poi si voltò e riprese a salire le scale.

«Dipende da te.»

Elena lo osservò da sopra la spalla. «In che senso?»

«Se vale, intendo.»

Silenzio, poi lei sorrise mestamente. «Già, hai ragione. Alla fine dipende tutto da me.»

Cail non riusciva a distogliere lo sguardo dalla figura snella che aveva ricominciato a salire la scala, gli piacevano quei capelli chiari che le oscillavano sulle spalle, lo sguardo franco e diretto. Ma ciò che lo aveva colpito da subito era il sorriso. Quando sorrideva diventava bella.

Improvvisamente Elena vacillò. Era arrivata al pianerottolo, una mano sulla parete.

Cail si precipitò verso di lei facendo i gradini a due a due. «Che hai?» le chiese bruscamente, afferrandola per le spalle.

Con la fronte poggiata al muro, Elena inspirò piano, con lentezza, e la vertigine che l'aveva assalita si affievolì.

«Niente, solo un capogiro. Probabilmente si tratta di un'influenza», rispose riprendendosi dallo stordimento. Ma il suo sguardo era diventato quasi vitreo, non riusciva a respirare bene e cominciava a preoccuparsi davvero. Ormai era da qualche settimana che si sentiva male con regolarità.

«Ce la fai?» le chiese Cail continuando a sostenerla. Individuò la cucina e l'accompagnò tenendola stretta a sé. «Siedi qui, sei pallida. Dove tieni le cose?» Cominciò a cercare dentro i pensili. «Un tè sa fare miracoli», aggiunse poco dopo, a voce bassa.

«Davvero?» replicò lei ancora un po' confusa, prima di lasciarsi andare sullo schienale della sedia.

Cail trovò la teiera e la riempì d'acqua mettendola subito sul fuoco.

«Almeno così dice mia madre. Dunque suppongo che sia vero.» Si fermò, fissandola. Poi la raggiunse e le posò il palmo sulla fronte. «Hai mangiato?» le chiese.

«Sì.»

Continuò a guardarla come se stesse valutando la sua risposta, poi annuì. «Probabilmente è solo un calo di pressione. Il tè andrà bene.» La lasciò e tornò davanti ai fornelli, abbassò la fiamma e scelse le bustine.

«Mi stavi aspettando prima?» Lo disse un po' perché non le piaceva pensare alle madri, un po' perché era davvero curiosa di saperlo.

«Sì», le rispose Cail. «Volevo dirti che ho cambiato la serratura al terrazzo.»

Elena lo fissò. «Ah! Capisco.» La fredda morsa della delusione le tolse un po' di quell'allegria che provava guardando l'uomo armeggiare nella sua cucina.

«Però non c'è un campanello, dunque ho pensato di darti il numero del cellulare e di chiederti il tuo. La prossima volta che ti va di venire a guardare le stelle mi chiami prima. Io...» Fece una pausa. «Non sono abituato ad avere ospiti.» La sua voce era così bassa che Elena dovette sforzarsi per sentirlo. «Comunque mi devi ancora raccontare perché hai paura dei cani», aggiunse.

Un istante dopo tolse un biglietto dalla tasca dei jeans, lo lisciò con le dita e lo appoggiò sul tavolo. «Ecco», disse prima di andare a versare il tè.

Elena non sapeva che dire. Continuò a seguirlo con lo sguardo, un po' stupita e un po' felice. Ma si trattava di una assurda allegria, di quelle senza senso. L'aveva aspettata per darle il numero del suo cellulare, no, meglio, per scambiarsi i numeri. Si sentì come un'adolescente alle prime armi. E quella sensazione le rendeva il cuore leggero.

«Allora? Cosa ti è successo? Quando sei stata morsa?»

La domanda di Cail la riportò alla realtà.

«Ero piccola.»

Lui le si sedette davanti, gli occhi nei suoi. «Okay, abbiamo stabilito che eri una bambina. E poi?»

Elena distolse lo sguardo. Le dita presero a lisciare la stoffa della tovaglia. Si concentrò, scegliendo le parole con cura. Era difficile riesumare quel ricordo. Non lo fece volentieri. Era una di quelle cose a cui non pensava mai, che avrebbe preferito dimenticare del tutto. Poi sospirò, sulle labbra affiorò l'ombra di un sorriso.

«Avevo nove anni ed ero molto curiosa. Milly aveva avuto i cuccioli. Io non sapevo che i cani sono gelosi dei loro piccoli.» Fece una pausa.

Maurice le aveva detto di non avvicinarsi, ma lei aveva disubbidito. Aveva aspettato che l'uomo tornasse in laboratorio e si era avvicinata alla cuccia. Le piaceva molto stare accanto a Milly. Erano amiche. Lei le avrebbe certamente lasciato tenere uno dei suoi cuccioli, erano così carini, così grassocci e morbidi. Non vedeva l'ora di accarezzarli. Quando ne aveva preso uno, però, la madre le aveva ringhiato contro. Sbalordita Elena si era stretta il cucciolo al petto, istintivamente. Milly allora le si era lanciata adosso, l'aveva azzannata a un braccio e poi a una gamba.

Aveva pochi ricordi di ciò che era accaduto dopo. C'erano state molte urla. Maurice l'aveva rimproverata aspramente, era furibondo. Anche sua madre aveva gridato, incolpandolo di qualcosa. L'uomo era andato via senza richiamare l'animale.

La sirena dell'ambulanza, l'odore pungente del disinfettante, la paura di quella lunga notte passata in ospedale, da sola, si erano impressi a fuoco nella sua mente di bambina. Non erano ferite gravi. La cagna non aveva affondato i denti, si era limitata a strattonarla, a farle qualche graffio. Ma Elena non aveva dimenticato la lezione.

Cail appoggiò una tazza davanti a lei. Gli occhi erano ancora più cupi del solito, un muscolo gli guizzava a un lato della mascella. «Tieni, sorseggialo lentamente, è molto caldo.»

Le sembrò che fosse arrabbiato e non aveva idea del motivo. Il tè era dolce e bollente. Ci soffiò sopra, aspirandone il profumo, assaporando la sensazione del vapore che le accarezzava il viso.

«Quell'uomo», disse Cail dopo qualche istante, «chi era?»

Elena increspò la fronte. «Maurice?»

Cail annuì. «Il padrone di Milly.»

Elena accostò la tazza alle labbra e prese un altro sorso. «Quando avevo otto anni ha sposato mia madre. Ora vivono entrambi a Grasse. Lui ha un laboratorio di oli essenziali. Rose per lo più, ma anche tuberose e gelsomini.» La sua voce aveva perso ogni traccia di vitalità. Era monocorde, sembrava quasi parlasse di qualcuno che non conosceva, che non aveva la minima rilevanza nella sua vita.

Cail intuì che c'era molto altro dietro quella confessione. Dominò la rabbia che lo aveva colto quasi di sorpresa ascoltando le parole di Elena. Quale uomo avrebbe lasciato una bambina alla mercé di una cagna che voleva proteggere i propri cuccioli? Qualsiasi bestia, anche la più mansueta, sarebbe potuta diventare pericolosa. Era un miracolo che Elena ne fosse uscita solo con qualche graffio e un grosso spavento. La rabbia era quasi palpabile ora. Gli scorreva dentro, ed era assurdo. La conosceva appena, lei non era nulla per lui. Ma Cail da tempo aveva smesso di analizzare la logicità delle proprie reazioni. Da tempo aveva imparato ad accettarle, limitandosi a dominarle. Così decise di fare qualcosa per quella donna che se ne stava là, a covare quel suo ricordo doloroso con pudore. Glielo doveva, perché senza nemmeno saperlo lei gli aveva fornito la strada per uscire da uno dei suoi incubi ricorrenti, e anche perché voleva farlo.

«Domani è sabato, devo uscire. Visto che sei appena arrivata, se vuoi ti porto a fare un giro in centro...»

Con le mani intorno alla tazza ancora calda, Elena si sganciò dai ricordi.

«Sarebbe meraviglioso», esclamò. «In realtà non è la prima volta che vengo a Parigi, sai?» Sorrise e scrollò le spalle. «Ma probabilmente le volte precedenti ero troppo piccola per apprezzarla, perché adesso mi sembra tutto così nuovo...»

In effetti aveva solo vaghi ricordi della città. Ma ora la riempiva di gioia la possibilità di riscoprirla con Cail. Sentiva che sarebbe stato una guida davvero speciale. Si alzò in piedi e gli sorrise. «Sì, sì. Non vedo l'ora.»

Forse fu l'entusiasmo di Elena o forse quel sorriso che le illuminava il viso rendendola davvero bella, a provocare un guizzo nel petto di Cail. Fu sconcertato dall'intensità della propria reazione. Per un istante, ma solo un istante, si pentì di averle fatto quella proposta.

«Va bene, passo nel pomeriggio.»

Non attese oltre e la salutò, lasciando la sua tazza di tè sul tavolo, intatta.

Elena restò seduta a interrogarsi su sé stessa e su quell'uomo per molto tempo, finché non si rese conto di essere davvero stanca. Piluccò un piatto di verdure grigliate, fece una doccia e poi decise di dare uno sguardo al diario di Beatrice. Ma nonostante cercasse di concentrarsi sulla grafia ordinata della sua antenata, le parole le sfuggivano e più di una volta si ritrovò a riflettere sul comportamento di Cail.

Quando squillò il cellulare, sapeva già di chi si trattava.

«Ciao, Monique.»

«Ciao, tesoro, non vedevo l'ora di sentirti. Allora, racconta, ci sono novità?»

Elena si morse un labbro, pensierosa. Ebbe la tentazione di raccontarle quello che le stava accadendo, i malesseri, i capogiri. Poi ci ripensò. Probabilmente sarebbe bastato chiederle il numero del suo medico. «In effetti sì», rispose con un sospiro.

Monique si afferrò a quel suono, cercando di interpretarlo. Poi decise che quella sera non aveva abbastanza pazienza per riuscire a decifrare l'amica.

«Se non riesci a reggere la situazione in negozio, troveremo qualcos'altro. In fondo avevi ragione. Narcissus non è l'unica profumeria della città.» Ecco, l'aveva detto. Lei era certa che fosse il luogo giusto per Elena, ma Jacques sapeva essere un vero cretino. Non voleva che Elena subisse le prepotenze del suo ex amante.

«Non si tratta di Jacques, né di Narcissus, che comunque sono molto meglio di ciò che pensavo.»

Monique si accigliò. «E allora di cosa si tratta?» L'inquietudine traspariva chiaramente dal suo tono.

Elena aprì la bocca per rispondere, poi la richiuse. E allora si rese conto che non poteva dirle nulla. Monique si sarebbe preoccupata e aveva già troppi problemi da affrontare, la relazione con quell'uomo impossibile, il nuovo lavoro... non era il caso di aggiungere dell'altro. Fissò lo sguardo su un punto della parete e decise che se la sarebbe cavata da sola. Se il problema si fosse ripresentato si sarebbe recata in un pronto soccorso, ecco. E poi doveva trattarsi di qualcosa di poca importanza, di passeggero. Probabilmente Cail aveva ragione, erano sbalzi di pressione. In quel momento, ad esempio, stava benissimo.

«Domani esco, ho un appuntamento, ci crederesti?»

Silenzio, poi Monique si tirò su a sedere sul letto. «Perché non dovrei? Guarda che eri tu quella che pensava di non avere nessuna speranza, tanto da doversi accontentare di quella specie di cuoco», replicò nascondendo il suo stupore. Dunque le cose stavano andando molto meglio di quello che aveva sperato. Presto Matteo sarebbe stato solo un ricordo sbiadito.

«Già», disse Elena con un sospiro, poi suo malgrado sorrise. «Il tatto decisamente non è una delle tue virtù», replicò.

Ma era troppo contenta per offendersi davvero per la franchezza dell'amica, dunque lasciò perdere.

«Dico quello che penso, che male c'è? E comunque smettila di divagare, dai, racconta, chi è il fortunato?»

Elena si accomodò meglio tra i cuscini e guardò il soffitto.

«Sapevi che all'ultimo piano dello stabile abita un uomo?»

«Ora che mi ci fai pensare... Una specie di ricercatore, mi pare.» Monique frugò nella memoria, cercando di racimolare tutte le informazioni che aveva sul vicino. «Scozzese, sì. Coltiva rose... Sì, sì, ecco, credo sia un ibridatore», disse, mentre le tornavano in mente dettagli e brandelli di conversazione che aveva avuto con qualche vicina quando abitava al Marais. «Un paio di volte mi è capitato di vedere sulle riviste le sue rose. Ha vinto anche dei premi, sai.»

«Ma dai.» Elena spalancò gli occhi. «Ecco perché ha tante piante sul terrazzo. A dire la verità, non è che le abbia viste», si corresse. «Ma il profumo è inconfondibile. Lo porta anche su di sé.»

«Peccato che sia così strano. E poi mi ricordo il suo viso... Doveva essere molto attraente in passato.»

Doveva? Elena si adombrò. «Ma dico, lo hai guardato bene? Non è solo bello, è molto di più. C'è qualcosa in fondo al suo sguardo che ti avvolge. E il profumo che indossa? Non ho idea di chi lo abbia creato, ma è straordinario.»

Monique dubitava fortemente che Cail si profumasse prima di uscire di casa. Ma evitò di dirlo. Elena sembrava infatuata e non c'era medicina migliore di una nuova storia per scordare una delusione d'amore. Sorrise soddisfatta. Da ciò che ricordava, quel McLean era un tipo piuttosto rude. Camminava rapidamente, a larghe falcate sicure. Uno che stava per conto suo e che si curava davvero poco degli altri. Un po' troppo strano per i suoi gusti. Ma se Elena aveva sentito un profumo, era anche possibile che le cose fossero cambiate. Non si poteva mai sapere.

«E dove andate di bello?»

«È una sorpresa. Cito testualmente: in centro, punto. Non si è dilungato, a dire il vero. Non mi pare uno che spreca parole, diciamo che è piuttosto sintetico. Sai che ha un telescopio? Conosce i nomi delle stelle.»

«Ma dai... Non mi dirai che le avete guardate insieme?»

«Infatti. Non ho proprio nessuna intenzione di dirtelo.» La voce di Elena adesso si era fatta allegra. Monique non la sentiva così da molto tempo. Aveva qualche dubbio, ma sapeva che Cail abitava al Marais da anni e la gente lo rispettava. E non doveva essere poi così male, se aveva messo gli occhi sulla sua amica. Evitò dunque le solite raccomandazioni e le chiese solo di tenersi in contatto con qualche SMS.

«Certo, stai tranquilla. Ti mando un messaggio quando rientriamo, okay?»

Elena chiuse la conversazione e posò il cellulare sul letto. Un ibridatore... era un mestiere così affascinante. Ecco il perché di quel sentore di terra e di rose.

Domani, decise. Il giorno seguente gli avrebbe chiesto di parlarle di lui e del suo lavoro. Presto avrebbe soddisfatto la sua curiosità.

Più tardi quella notte, prima di lasciarsi andare al sonno, Cail analizzò ogni momento che aveva passato con Elena e non trovò nulla di così particolare da giustificare l'interesse che stava cominciando a provare per quella donna.

Gli piaceva e basta, senza uno straccio di motivo. E quella era una cosa che davvero non riusciva a capire.

11.

Iris. Prezioso ed essenziale come l'acqua, l'aria, la terra e il fuoco, è un profumo intenso e luminoso. Scaccia le tensioni e rinnova la fiducia dell'anima.

Era la terza volta che Monique ripassava quella formula. Immerse la *mouillette* nel cilindro graduato e poi annusò. Attese che le note di testa, mandorla e pompelmo, tutte volatili, si disperdessero. Inspirò ancora, cercando quelle che componevano il cuore del profumo, muschio bianco, fava tonka. Attese un altro po', perché ciò che non la convinceva stava nel fondo, in quel sentore che doveva richiamare la pelle di un uomo forte, deciso, capace di far sognare una donna, sandalo e vetiver.

Nulla, non sentì nulla, a parte l'aroma penetrante del vetiver. Ma lei non voleva un fresco qualunque, lei desiderava un odore che richiamasse l'essenza maschile più pura. Uno sguardo intenso, che prometteva ciò che nessuna frase avrebbe potuto spiegare. Lei voleva emozioni, voleva l'odore di Jacques.

«Perché diavolo non mi vuoi lasciare in pace?» sbottò colpendo il tavolo con il palmo della mano.

Il cilindro graduato in cui aveva messo il composto vacillò. Monique allungò la mano per afferrarlo, ma quello le scivolò dalle dita, rovesciando il suo contenuto. Un alone paglierino si allargò sulla superficie del bancone, spargendosi sui contagocce, sugli imbuti di carta e su tutta l'attrezzatura che Monique aveva disposto davanti a sé, compreso il blocco degli appunti.

Ammutolita fissò il disastro, poi imprecò. Quasi si strappò il camice nella fretta di liberarsene. Aveva bisogno di aria, di spazio. Raggiunse la porta e si precipitò lungo il corridoio.

Una volta fuori dal laboratorio che Le Notre le aveva assegnato, incontrò l'addetto alle pulizie. «Fai sparire tutto. Immediatamente», gli ordinò.

Raggiunse le scale, scese di sotto e uscì in terrazzo. Nonostante il sole alto, il fiato si condensò quasi subito. Ma non era quello a velare gli occhi di Monique, erano lacrime, era la rabbia.

Si asciugò il viso e inspirò l'aria fredda. «Ricomincerò tutto, non importa se mi ci vorrà il giorno intero, riuscirò a comporre quel profumo.»

Claudine aveva osservato Elena Rossini per tutta la mattina. Le piaceva il modo di fare di quella donna, era competente, gentile ma decisa, non si lasciava trascinare dal cliente, ma proponeva alternative. Sì, era stata un buon acquisto. E lei aveva tutta l'intenzione di approfittarne. D'altronde essere un supervisore aveva i suoi vantaggi, pensò da donna pratica qual era. Aveva affiancato Elena Rossini perché aveva intuito che le sarebbe stata molto utile.

Sorrise e tornò al proprio posto.

«Posso chiedere a lei?» le disse una signora dall'aria molto sofisticata che si era fermata proprio davanti al suo banco. «Vorrei un profumo leggero, qualcosa di adatto a una ragazza molto giovane.»

Non aveva atteso che Claudine le dimostrasse la propria disponibilità. Si aspettava di essere servita immediatamente. Era elegante e si guardava intorno con aria di sufficienza, le dita sulla montatura di un paio di occhiali Gucci con le lenti a mezzaluna.

Schifosamente ricca, pensò Claudine. Conosceva bene le clienti di quel tipo. Dopo sette anni passati a servire gli acquirenti di Narcissus, aveva sviluppato una sorta di sesto senso. Avrebbe scommesso che era difficile e tirchia. Una di quelle donne piene di soldi che vogliono qualcosa di unico, subito, e lo pretendono a buon mercato. E che magari esigono di spendere meno di quanto danno alla loro cameriera.

«Le chiamo l'addetta alle vendite», rispose con la sua solita espressione pacata.

Non le diede la possibilità di replicare, si gustò ogni istante dell'occhiata stupita che le rivolse la signora, allontanandosi allegramente. Appena incontrò lo sguardo di Elena, le fece un cenno con la mano. Attese che la raggiungesse e con discrezione le indicò la donna. «*Madame* ha bisogno di un profumo giovane e delicato. Cerca di accontentarla.»

La piantò in asso e tornò in disparte. Se e quando la cliente avesse tirato fuori la carta di credito, solo in quel momento sarebbe tornata in scena, giusto in tempo per registrare la vendita a proprio nome e prendersi tutto il merito.

Un pomeriggio speciale attendeva Elena. Per tutta la mattina il pensiero dell'appuntamento con Cail era spuntato nei momenti più inopportuni. Non vedeva l'ora di andarsene a spasso con lui. Sorrise tra sé, soddisfatta e un po' nervosa.

Era molto contenta di come stavano andando le cose da Narcissus. Nonostante le premesse non molto favorevoli, si era adattata abbastanza bene. Le sembrava di comprendere meglio la dinamica delle vendite e quella mattina aveva trascorso momenti emozionanti.

Una signora elegantissima, dall'aspetto aristocratico, aveva comprato un profumo per la figlia. Desiderava farle un regalo speciale. I loro rapporti erano tesi. Da un momento all'altro la bambina era svanita e al suo posto era saltata fuori una sconosciuta sempre ombrosa, pronta alla lite, profondamente infelice. Eloise Chabot, così si chiamava la signora, desiderava qualcosa di speciale, che facesse comprendere alla figlia quanto alta fosse la considerazione che aveva di lei. «Vorrei il regalo che una donna sceglie per un'altra donna», aveva spiegato a Elena.

Anche sua madre le aveva regalato un profumo, una volta. Elena si era quasi dimenticata di quell'avvenimento. Il ricordo era saltato fuori all'improvviso. E ne era rimasta sorpresa. Era un regalo di compleanno. Non aveva mai aperto quel profumo, doveva essere ancora a Firenze, da qualche parte nei cassettoni in cui sua nonna conservava ogni cosa.

Elena aveva consigliato alla signora una composizione semplice: mandorla, miele, peonia, cioccolato, fava tonka, e come nota di fondo il calore e la dolcezza vellutata dell'ambra. C'era la fanciullezza, ma anche un pizzico di malizia e di seduzione.

«Non è un profumo da bambina, ma non è nemmeno da adulta. Non possiede la certezza di chi è arrivato. È ancora un percorso.»

Eloise l'aveva ringraziata con un gran sorriso. Al momento di salutarsi l'aveva persino abbracciata.

Non era mai stato così prima, pensò Elena mentre affrettava il passo. Non aveva mai provato quell'intensa soddisfazione che deriva dalla consapevolezza di essere stata importante, di aver fatto qualcosa di speciale per qualcuno.

Di nuovo le tornò in mente il profumo che sua madre aveva composto per lei. Quando l'aveva ricevuto, in un primo momento, ne era stata assurdamente felice, in modo quasi folle. Era sempre così quando riceveva qualcosa da Susanna. Aveva tenuto tra le mani il pacchetto, poi la felicità lentamente era scemata. Le era sembrato di reggere un bicchiere rotto, pieno di crepe, dalle quali cadesse fuori tutto il contenuto. Poi si era costretta a riporre il regalo senza aprirlo.

Non le serviva quel genere di attenzioni da parte di sua madre. Un profumo, suvvia. Poteva avere tutti quelli che voleva. Sua nonna non faceva altro che crearne di nuovi. E poi, se proprio avesse voluto un profumo, se lo sarebbe preparato da sé.

Era ben altro quello che desiderava da lei, aveva pensato rabbiosamente, mentre ciò che era rimasto di quella breve felicità diventava fastidio e poi amarezza. Erano abbracci che voleva, erano ore trascorse a parlare, attenzione, risate, anche rimproveri, di quelli che poi finivano con lacrime e promesse. Voleva raccontarle di quando Massimo Ferri della terza B le aveva chiesto di uscire e di come era stato deludente il suo bacio. E umido, e quel suo odore... così sbagliato.

Oddio! E da dove era saltato fuori ora quel ricordo? Il suono secco di un clacson la riportò alla realtà. Il cuore le batteva forte e un sorriso comparve sul suo volto. Che sciocca che era. Massimo Ferri. Si era presa una cotta colossale per quel ragazzino di cui ricordava il nome ma non il viso, cotta che poi era sparita con la stessa rapidità con la quale era arrivata.

Scosse la testa e come sempre relegò ogni cosa che riguardava sua madre, e la pena che l'accompagnava, in un luogo sufficientemente lontano e nascosto della sua anima.

Restò appena la curiosità sul profumo. Chissà come Susanna aveva pensato di crearlo, cosa alla fine aveva scelto per lei. Se la vaniglia o la gardenia, il neroli o la lavanda...

Attraversò la strada e quando giunse all'incrocio con rue des Rosiers lanciò un'occhiata verso il venditore di stampe. Si stringeva nel vecchio giaccone, aveva messo un berretto di lana rossa che gli lasciava gli occhi scoperti e sembrava più giovane. Si fermò un istante a osservarlo, battendo i piedi rigidi per il freddo. A casa avrebbe indossato gli stivali, decise. Voleva vedere tutto ciò che Cail le avrebbe mostrato. Già pregustava la passeggiata.

Il vecchio nel frattempo aveva azionato il registratore. Eccola, *La vie en rose. Et dès que je l'aperçois, alors je sens en moi, mon coeur qui bat.*

Sorrise e si avviò verso casa. Non vedeva l'ora di uscire con quell'uomo. Un ibridatore di rose, incredibile.

Quando arrivò Cail era già pronta da un po'; aveva indossato una gonna pantalone blu notte, una camicia bianca e un maglione dalla scollatura ampia. Lo aveva comprato poco dopo il suo arrivo a Parigi, in uno di quei negozietti vintage di cui era piena la città. Era morbido, spesso, di un colore rosa cipria che non si sarebbe mai sognata di mettere quando viveva a Firenze e che adesso le piaceva un sacco. E poi secondo la commessa le stava divinamente.

Divinement, ripeté tra sé mentre scendeva le scale, cercando di ricordare l'esatta inflessione che aveva usato la donna.

«Ciao», disse aprendo la porta.

Cail la fissò senza parlare. Elena sentì quello sguardo percorrerla dalla testa ai piedi. Trattenne il respiro, il cuore aveva accelerato il suo battito.

«Dovresti mettere una giacca.»

«Oh.» Elena si accigliò. Sbrigativo, rapido ed essenziale. Diamine, non che si fosse aspettata un bacio...

Bugiarda, si rimproverò mentre ingoiava un filo di delusione. «Certo, eccola», disse tornando indietro. Appeso al muro c'era uno di quei vecchi attaccapanni di una volta, da cui pendeva una lunga giacca di lana.

Cail gliela prese dalle mani, ne saggiò la consistenza e scosse la testa. «Non va bene. Ci vuole qualcosa di più pesante.»

Lei ci pensò su, poi annuì. «Torno subito.» Alcuni minuti dopo scese con addosso una giacca di pelle, al collo aveva una sciarpa.

Cail la osservò e fece cenno di sì col capo. Ma non ricambiò il sorriso, era pensieroso.

E adesso cosa c'era che non andava? Elena restò in silenzio. Quell'uomo era strano. Sembrava quasi arrabbiato. Qualcosa si agitò nel fondo del suo stomaco.

«Guarda che se hai cambiato idea, se non ti va più... non c'è problema.»

Lui ignorò le sue parole. Continuava a fissarla in silenzio. «Stai bene?»

No che non stava bene. Era disorientata, non riusciva a capire cosa diavolo gli era preso adesso. Si accigliò. «Sì, e tu?»

«Dico davvero, Elena. Prenderemo la moto e farà freddo.»

Una moto? Non era mai salita su una moto. Il rumore le aveva sempre messo un po' di paura. Cail aveva una moto e voleva portarcela. Ogni perplessità scomparve, spazzata via dall'eccitazione. Sarebbe salita su una moto. Diamine, non vedeva l'ora.

«Non sapevo che ne avessi una. E com'è? Molto grande? Ma serve un casco. Io non ce l'ho», disse con una punta di delusione nella voce.

Cail inarcò un sopracciglio. «Il casco c'è», le rispose. Poi allungò una mano. Con la punta dell'indice le sollevò una ciocca di capelli che le pendeva sul viso e la sistemò dietro l'orecchio.

«Abbottonati la giacca.» Si era allontanato, le mani dentro le tasche, lo sguardo nuovamente cupo che la percorreva dalla testa ai piedi. Elena sentì un tuffo al cuore.

«Andiamo, si sta facendo tardi», le disse all'improvviso, mettendo fine a quella sorta di momento magico.

Cinque minuti dopo Elena guardava un enorme bolide cromato, di un nero scintillante, con delle fiamme rosse dipinte sul serbatoio. Hermione, Cail le aveva detto che si chiamava così.

Elena non aveva battuto ciglio. Chi era lei per dire che era ridicolo chiamare una moto con un nome da donna? Così si era morsa le labbra finché il bisogno di ridere non era passato, concentrandosi sul modo più adeguato di montare sopra quell'affare.

«Vieni, ti faccio vedere», le aveva detto Cail.

«Per te è facile, ma io non ho mica le gambe lunghe come le tue», borbottò fissando truce il sedile della Harley.

Cail scosse la testa e, dopo averle assicurato il cinturino del casco, le circondò la vita con un braccio. Un attimo dopo Elena era a cavalcioni della moto. Il motore rombò, inizialmente cupo, poi sempre più profondo. Quando partirono si teneva così stretta a Cail da temere che lui potesse protestare. Ma alla fine decise che nulla l'avrebbe convinta ad allentare la presa.

Ville Lumière. Città-luce.

Se mai due parole fossero state in grado di descrivere Parigi, erano di certo quelle. La città era un tripudio di colori e brillava di vita. Erano solo le cinque del pomeriggio ma un velo di nubi aveva smorzato la luce naturale e tutta Parigi aveva risposto come a un invito, riempiendosi di lumi. E adesso che ci rifletteva era proprio quel bagliore a esserle rimasto impresso da bambina, quello e il profumo. La città odorava di veicoli, di persone, di cibo e fumo. C'era anche un altro profumo che si levava dalla Senna, greve e umido.

Solo che adesso era cambiato, c'era anche quello dell'uomo a cui si teneva stretta: forte, caldo e intrigante, un misto di erbe e cuoio, e di dolcezza.

La sensazione di quella schiena calda, alla quale aggrapparsi, era confortante. Provava anche una leggera apprensione, come se stesse per fare una piccola follia. In fondo era uno sconosciuto, un uomo affascinante che aveva deciso di mostrarle una città meravigliosa e molto romantica.

Ecco, se in quel momento avesse sentito le note della *Vie en rose*, probabilmente ne avrebbe colto ancora meglio la magia, pensò tra sé.

Cail raggiunse l'Île de la Cité e diresse la moto verso un parcheggio custodito.

«Arrivati», le disse. Poi aiutò Elena che aveva cominciato ad armeggiare con la cinghia del casco.

«Uff, non vedevo l'ora di levarmi quel coso», esclamò lei. Era accaldata e, nonostante il fiato uscisse in lievi nuvole di vapore, si sentiva il viso in fiamme. Ma era soprattutto contenta. Aveva provato gioia e terrore in parti uguali e si era divertita come una pazza. Non vedeva l'ora di rifarlo.

Cail consegnò la moto e attese la ricevuta. Poi uscirono all'aperto.

C'era un gran viavai di persone, e lui a un tratto le prese una mano. «Stammi vicino», le disse indicando la folla.

«Se proprio insisti», gli rispose Elena sollevando gli occhi al cielo, per soffocare l'imbarazzo di quel contatto.

Perplesso, Cail la osservò con gli occhi socchiusi, poi, quando lei rise allegramente, comprese che stava scherzando. Un altro guizzo nel petto, un senso d'allegria. E si rese conto di avere voglia di unirsi a quella risata. Così, senza un motivo preciso. Ma stava bene. Lei lo faceva stare bene. Fu un momento strano, quello. Se ne stavano fermi in mezzo alla folla, a fissarsi, cercando di capirsi senza parole.

«Vieni, andiamo», le disse bruscamente, mettendo fine a quella sorta di incantesimo che li aveva colti per un istante.

«Dove?»

«Ti piacerà.»

No, decisamente non era un gran chiacchierone, ma Elena stava cominciando ad abituarsi a quella sorta di ruvidezza. E poi si sentiva al sicuro con lui, con quella mano calda intorno alla sua. «Dai, dimmi di più, non puoi pretendere che ti segua senza nemmeno darmi un indizio.»

Cail sembrò rifletterci, poi si voltò verso di lei. «Cioccolata», sussurrò accostandosi un istante alle sue labbra.

E ogni obiezione che Elena aveva pensato di muovergli, semplicemente, scomparve. Quando riuscì a respirare nuovamente in modo normale, si scoprì a ridere come una ragazzina. La cioccolata era in assoluto la sua più grande debolezza. Gli afferrò una manica allora, stringendosi a lui un istante. «Se è un sogno, non svegliarmi.»

Cail scosse la testa, ma quando parve cercarle il polso, sfiorandole il reticolo delle vene con il pollice, il cuore di Elena prese a battere furiosamente. Era una carezza intima e allo stesso tempo delicata. Elena avrebbe potuto sottrarsi in qualsiasi momento, perché la mano di Cail la teneva con dolcezza, senza mai stringere troppo. Eppure si sentì legata a lui e ne fu turbata.

Continuarono a camminare mano nella mano, in silenzio. Quando la folla divenne più fitta, Cail la attirò a sé, circondandole le spalle, e dopo un iniziale momento di sorpresa lei si lasciò andare al suo abbraccio.

C'erano molti turisti davanti a Notre-Dame. Si era creata una fila lunghissima che andava da un capo all'altro della piazza.

«Non riusciremo mai a salire sulle torri», sussurrò osservando mesta la sommità dei campanili. Le sarebbe piaciuto molto rivedere Parigi dall'alto, le sarebbe piaciuto molto vederla insieme a Cail. La vista dai campanili era magnifica, unica. La ricordava ancora, a distanza di tanti anni. Da qualche parte nella mente le balenò un pensiero. Se l'avessero vista insieme avrebbero avuto qualcosa da condividere.

«Troveremo un modo, fidati», le assicurò Cail.

Lo guardò e seppe che diceva sul serio. Allora gli sorrise.

La pasticceria era poco distante dalla cattedrale, giusto un centinaio di metri. Era tutta rosa, Elena non riusciva a credere ai suoi occhi. Si fermò a pochi metri di distanza e inspirò il profumo che si levava da quel negozio così singolare. Frutti di bosco, miele, cioccolata, pesca. E poi l'aroma inconfondibile dello zucchero che si scioglieva, un istante prima di imbrunirsi diventando croccante caramello.

Un improvviso languore le ricordò che moriva di fame. Poi il fastidio allo stomaco divenne una morsa. Si fermò allora, allarmata. Sperando di non sentirsi male un'altra volta. Cail però non la lasciò andare e la scrutò con attenzione prima di proseguire.

«Non è Ladurée», le disse all'improvviso, come se intendesse quasi scusarsi.

Elena scrollò le spalle. «Se i sapori sono buoni anche solo la metà dei profumi che escono da questo negozio, sarà un paradiso.»

Il malessere di poco prima era sparito lasciandole una fame vorace.

All'interno tutto era nei toni del crema, dai banchi ai ripiani che contenevano scatole di ogni foggia, dimensione e colore.

Elena comprese immediatamente che quel sentore di biscotti appena sfornati non veniva dalle cucine, ma era la composizione sofisticata di un profumiere. Mentre Cail l'aiutava a togliersi la giacca, sorrise tra sé. Psicologia olfattiva. In molti ormai usavano farsi confezionare un profumo esclusivo, che si accostasse a una sensazione piacevole. In questo modo il negozio avrebbe lasciato nel cliente un'impronta indelebile. Era un coinvolgimento sensoriale assoluto. La magnifica vista, il profumo, il gusto, la sensazione di benessere.

Una ragazza vestita di bianco li servì immediatamente, portando un assaggio di sfoglie, *macarons* alla frutta e una cioccolata con panna. Per Cail, invece, un tè nero.

Elena non perse tempo e cominciò a mangiare. I dolci erano deliziosi. Mentre affondava i denti in quella crosta sottile e fruttata, la morbidezza del pasticcino le si sciolse in bocca.

«È buonissimo», disse afferrandone subito un altro.

Lui la guardava in silenzio, seguendo ogni suo movimento. Nello sguardo una luce divertita.

«È molto che hai... Hermione, giusto?» gli chiese Elena.

«Cinque anni. Prima avevo un'altra moto.»

Si era irrigidito e aveva distolto lo sguardo. Elena lo osservò giocherellare con una delle salviette che la cameriera aveva posato sulla tovaglia. Si vedeva lontano un miglio che non era uno dei suoi argomenti preferiti, così Elena lasciò perdere e addentò un *macaron* di una sfumatura lilla così pronunciata da sembrare finto. Un'esplosione di crema al ribes nero le fece chiudere gli occhi. Era un piacere meraviglioso, difficile da descrivere. Il profumo era intenso e la crema si spandeva in bocca come miele caldo.

«Accidenti, è una delle cose più buone che abbia mai mangiato», sussurrò quando riuscì a recuperare l'uso della parola.

Cail riprese a fissarla e finalmente la sua espressione si ammorbidì. Non era un vero e proprio sorriso, quello no, ma gli si avvicinava abbastanza da farle immaginare come sarebbe diventato bello.

«È da molto che lavori con i profumi?»

«Tutta la vita», gli rispose dopo un momento. Poi distolse lo sguardo.

Cail spinse verso di lei il piatto dei pasticcini, gli piaceva guardarla mangiare. Gli piaceva guardarla e basta. Attese che lei ne prendesse un altro, con pazienza, in silenzio. Elena masticò piano e cominciò a parlare.

«Molte donne della mia famiglia sono state profumiere. Quelle più dotate hanno creato dei profumi importanti, le altre hanno comunque portato avanti l'impresa di famiglia.» Fece una pausa, guardò fuori, poi riportò la sua attenzione su Cail. «Sai che la nostra fortuna è partita proprio dalla Francia? Una mia antenata creò un profumo speciale. Era così intenso, così perfetto, che sedusse una principessa. L'uomo che l'aveva commissionato la sposò, ebbe il suo regno e ricompensò la profumiera con una somma incredibile. In seguito lei lasciò il paese e tornò a Firenze.»

«Ho come l'impressione che ci sia dell'altro e che tu non abbia nessuna voglia di dirmelo.»

Elena sostenne il suo sguardo. «Non lo dimenticò mai. Quel cavaliere, intendo. Continuò ad amarlo, anche dopo aver sposato un altro, e scrisse di lui sul suo diario. È una storia triste.»

Cail poggiò la tazza sul tavolo, si rilassò sullo schienale, poi sollevò le spalle.

«Forse non erano destinati a stare insieme.»

«Il destino si può cambiare», replicò Elena. «Ci vuole la volontà. È quella l'unica cosa in grado di cambiare il corso degli eventi.»

«Non sempre, ci sono situazioni... cose che accadono, alle quali non ci si può sottrarre.» Era tornato a essere distante, adesso. Il suo sguardo era diventato improvvisamente duro, come la linea delle labbra. Ma c'era qualcosa di più profondo, di nascosto dentro quegli occhi gelidi. Le sembrò triste. Elena aveva come l'impressione che le parole di Cail fossero dettate da un grande dolore. E poi comprese.

«Parli della morte.»

«No», replicò lui aspro. «Oggi solo cose belle», dichiarò.

Non era un granché come risposta, pensò Elena. E lasciava interrogativi più profondi di quelli che avevano provocato la sua domanda, ma il messaggio era chiaro e forte. Non aveva intenzione di proseguire quella conversazione. Ma nemmeno lei voleva parlare di destino e morte.

«Dimmi di te, cosa fai nella vita oltre a vivere al Marais e a guardare le stelle?»

Lui scosse la testa. «Il mio lavoro somiglia un po' al tuo, in fondo. Sono un ibridatore di fiori. Il mio campo sono le rose profumate. Cerco di mantenere inalterato l'aspetto delle rose antiche, quelle di gran carattere, colori solidi, profumi unici. Proprio i profumi complessi, quelli che sembrano scaturire da diversi livelli olfattivi, sono il mio obiettivo. Partono da un semplice fruttato, per variare in agrumi, mirra, capaci di suscitare suggestioni olfattive intense, uniche. Non mi va che le nuove nate, prive del minimo odore, le surclassino solo per la loro apparente bellezza.»

«Quindi le proteggi?»

Cail inarcò un sopracciglio. «Non lo faccio per beneficenza, guadagno molto bene.»

«Comunque sia, è così. Se non avessi deciso di creare un'alternativa, l'oblio probabilmente sarebbe stato il loro destino.»

Continuarono a chiacchierare. Cail era sempre scarno e conciso nelle sue risposte e le raccontò della sua ultima creazione, molto deludente a dire il vero. Però poteva diventare una buona rosa madre. «È un po' come per gli esseri umani. Da una madre con gli occhi azzurri e un padre con gli occhi verdi può nascere un figlio dagli occhi sempre chiari, ma con una sfumatura nuova.»

Elena lo ascoltava rapita. Più di una volta perse il filo del discorso, ma continuò a tenere saldamente lo sguardo su di lui. Quando uscirono, era ormai buio e l'Île era illuminata a giorno da migliaia di luci di tutti i colori.

«È tardi per andare da altre parti. Notre-Dame è a due passi. Vieni.» Cail le indicò l'enorme cattedrale che svettava con i suoi archi a sesto acuto verso il cielo. Sui pinnacoli le *gargouilles* di pietra sembravano occhieggiare ai passanti.

Erano arrivati quasi all'enorme portone quando Elena guardò su. «Non ricordavo che si passasse da qui...»

Cail annuì. «L'entrata è da rue du Cloître. Sono quattrocento scalini a chiocciola», le disse a mo' di avvertimento. «La parte inferiore della cattedrale è comunque molto bella.»

Elena scosse la testa. «Sì, lo so. Ma stando giù non vedrei le campane.»

«No, in effetti non le vedresti.»

«Hanno tutte dei bei nomi», aggiunse Elena.

Cail annuì. «Angélique-Françoise, Antoinette-Charlotte, Hyacinthe-Jeanne, Denise-David sono le più recenti. La più grande è Emmanuel, quasi tredici tonnellate.»

«Straordinario», sussurrò Elena. «Il cielo sembra così vicino da lassù», disse ricordando l'ultima volta che era salita su quelle torri. Poi si voltò verso Cail. «Andiamoci, vuoi?» chiese a un tratto, sfiorandogli la spalla.

Lui le prese la mano, stringendogliela un istante, poi annuì e la lasciò andare. «Va bene.»

La fila dei turisti si era assottigliata, erano stati fortunati. Cominciarono a salire lentamente, le dita intirizzite dall'aria autunnale. I gradini si susseguivano incessanti, uno dopo l'altro. La luce ne smussava le asperità. C'era un odore antico tra quelle mura, sapeva di umidità, secoli di passi, incenso vecchio, cera d'api. Quante persone erano passate prima di lei? La sua immaginazione si lasciò condurre dal profumo e da ciò che evocava. Donne, uomini, ognuno con un passato, con una storia.

All'improvviso si fermò. Non riusciva a respirare. Aveva l'impressione che i suoi polmoni non ricevessero più aria, che fossero come bloccati. Chinò la testa e la sollevò di nuovo. Il panico si riversò gelido dentro di lei. Cominciò a inalare più rapidamente ma, nonostante si sforzasse, la sensazione di soffocamento era forte e spaventosa.

Cail era dietro di lei. Quando si rese conto che qualcosa non andava, l'afferrò, facendola voltare verso di lui. Le sollevò il viso e comprese che stava per svenire.

«Adesso scendiamo, stai tranquilla.»

Non attese la sua risposta. La prese in braccio, come se fosse una bambina. E facendosi largo fra i turisti che salivano, incassando le loro proteste a labbra serrate, continuò a scendere, un gradino alla volta, con lei stretta al petto. Finalmente fuori, si rese conto immediatamente che Elena non reagiva. Le tolse la sciarpa e le scostò i capelli dal viso con molta attenzione, accarezzandola delicatamente. Era pallida, ma respirava normalmente.

«Elena, mi senti?»

Le ciglia fremettero, poi lei batté le palpebre e lo guardò come se non riuscisse a capire.

«Cosa è successo?»

«Sei svenuta. Ti porto in ospedale.» Non attese che rispondesse. Il pronto soccorso dell'Hôtel-Dieu era a pochi metri. La prese di nuovo in braccio e attraversò la strada.

12.

Vaniglia. Il profumo dell'infanzia, dolce e caldo.
Dona conforto, buonumore, aiuta ad affrontare le difficoltà,
allenta le tensioni. Si combina con la pelle.
Poche gocce uniscono e guidano i gesti del cuore.

Era abbastanza soddisfatta. Monique annusò nuovamente la *mouillette*, chiuse bene il cilindro graduato e agitò il *mélange* in modo che l'alcol cominciasse a diluire le molecole che componevano le essenze, poi lo ripose nel suo contenitore, affinché rimanesse al buio. Controllò un'ultima volta che la formula inserita nel programma corrispondesse ai suoi appunti, gettò via i filtri di carta, si stiracchiò e uscì dal laboratorio.

Ci sarebbero voluti altri venti giorni prima di percepire con una certa precisione in tutte le sue sfumature il profumo che aveva appena creato. Un mese di maturazione, come era solita dire Lucia Rossini. Ma, sebbene Monique non avesse seguito fino in fondo la procedura che le aveva insegnato la nonna di Elena, la struttura del profumo era comunque chiara, il risultato finale era prevedibile e corretto. Sì, la giornata era stata produttiva. Trascorsi i venti giorni avrebbe aggiunto l'acqua, filtrato nuovamente il composto, stabilito la gradazione precisa dell'*eau de parfum*. Ma quello lo avrebbe deciso con Le Notre.

Scese le scale e andò direttamente al parcheggio sotterraneo, salutando qualche collega. Una volta in macchina accese il cellulare.

«Eccoti», mormorò sentendo la vibrazione. Ma non era un messaggio di Elena. Lesse rapidamente l'invito a cena di Jacques e lo cancellò.

«Idiota», borbottò tra i denti ignorando la tentazione di chiamarlo e dirgli esattamente cosa pensava di lui. Attese ancora qualche secondo mentre uno dopo l'altro apparivano i vari SMS, gli occhi fissi sul display, un filo di preoccupazione. Strano che Elena non le avesse inviato nulla, pensò. Probabilmente era troppo impegnata a divertirsi. Sorrise e avviò la macchina. Non vedeva l'ora di farsi una lunga doccia bollente. Avrebbe guardato la televisione e chiamato sua madre. Era qualche giorno che non la sentiva. Aveva bisogno di coccole e Jasmine avrebbe saputo come tirarle su il morale.

Con le spalle appoggiate a una parete della sala d'attesa dell'ospedale, Cail fissava un punto del pavimento a caso. Elena era stata portata via da un'ora ormai, lui non aveva fatto altro che controllare l'orologio.

Odiava gli ospedali. Gli ricordavano quanto era enorme l'impotenza dell'uomo, quanto la vita fosse fragile.

Si passò le mani sul viso e poi nei capelli, pettinandoli all'indietro. Non era nulla di grave, si ripeté per la millesima volta. In caso contrario lo avrebbe già saputo. E poi se fosse stata davvero male, Elena non avrebbe avuto tutta quell'energia. Non c'era stato verso di farla sedere sulla sedia a rotelle e aveva acconsentito a farsi visitare solo dopo che il medico le aveva permesso di raggiungere l'ambulatorio sulle sue gambe. Se fosse stata male davvero non avrebbe avuto tutta quell'energia, giusto? Una stretta al cuore si unì a quella sensazione di timore che lo aveva colto quando lei gli era svenuta davanti.

Elena lo aveva salutato con la mano, come fanno i bambini, gli occhi incollati ai suoi, la paura dipinta sul viso.

Avrebbe dato qualsiasi cosa per accompagnarla. Nuovamente quell'irragionevole bisogno di stringersela al petto, di sentire il suo calore, il suo profumo.

Ma quanto ci mettevano?

Cominciò a camminare a lunghi passi nervosi e raggiunse la vetrata. Si fermò davanti allo splendore della città, alle sue mille luci. Con i palmi sui vetri spessi, lo sguardo piantato nell'oscurità della notte, gli sembrò di essere risucchiato dal passato. In un'altra vita.

Lui non c'era quando avevano portato via Juliette. A distanza di anni i ricordi erano confusi e ciò che sapeva lo aveva appreso dai verbali della polizia. Era stato un miracolo che ne fosse uscito solo con una cicatrice e qualche osso rotto. Ricordava a malapena il clacson assordante del camion, lo stridore delle gomme sull'asfalto pochi secondi prima di essere sbalzato via dal sellino della moto. Ma di una cosa era certo, quella notte una parte di lui era morta insieme a Juliette.

Non era più lo stesso, da allora.

Deglutì, poi chiuse gli occhi. Un istante dopo riemerse da quel luogo buio dentro la sua anima in cui aveva sepolto ogni cosa e dove tornava molto di rado.

Riflessa sul vetro vide una delle infermiere che avevano accompagnato Elena, si voltò e le andò vicino. «Ci sono notizie?»

La donna si fermò, poi sembrò comprendere. «Ah sì», gli sorrise allora. «Lei è il marito di madame Rossini?»

Cail restò senza parole ma non riuscì a fare altro che annuire meccanicamente.

L'infermiera gli diede un colpetto gentile al braccio. «Non si preoccupi, non è nulla di grave. Sua moglie deve solo riposare e prendere degli integratori. Nelle sue condizioni è normale avere dei capogiri. Con un po' di fortuna le nausee passeranno appena supererà il terzo mese. La coccoli un po', alle donne piace, sa?»

Non rispose, non avrebbe comunque saputo cosa dire.

Lei sorrise ancora, quasi divertita dall'improvviso pallore, dallo stupore dipinto sul volto dell'uomo. Cail la ringraziò, poi raggiunse una sedia e vi si lasciò cadere.

"È incinta... Elena è incinta." Restò immobile a fissarsi le mani, mentre un vortice di emozioni contrastanti mulinava dentro di lui.

Quando l'infermiera ritornò in sala una mezz'ora più tardi, la fermò. «Posso vedere, ehm... mia moglie?»

«Credo sia meglio. È molto agitata», gli rispose dopo avergli rivolto uno sguardo indagatore.

Non era più amichevole e camminava rapidamente. Attraversò la sala e uscì senza nemmeno curarsi di aspettarlo. Era fredda, quasi ostile. Dopo aver percorso una decina di metri gli indicò una porta.

«Ecco, può entrare. Dovete aspettare il risultato delle ultime analisi prima di andare via, compilare i formulari e ritirare il foglio di dimissione. Ci vorrà almeno un'altra ora», lo avvertì, poi distolse lo sguardo. «Come ho già detto a sua moglie, in caso decidiate di intervenire, avete solo un paio di settimane. Poi sarete fuori tempo.» Si voltò e scomparve dietro l'angolo.

Intervenire?

Cail bussò e aprì la porta. Lei era là, seduta su un letto, la testa china sulle mani che teneva intrecciate in grembo. Sembrava sperduta, i capelli che le cadevano sul viso, le spalle curve. Ogni tanto sussultavano. Non si era nemmeno accorta di lui.

La raggiunse e si inginocchiò in modo che i loro occhi si trovassero alla stessa altezza, poi con molta delicatezza le sollevò il mento.

«Ciao. Stai meglio?»

Elena scosse la testa, gli occhi umidi. «Sono incinta», gli disse con un filo di voce.

Era incinta di due mesi e sola. Come aveva fatto a non accorgersene? Sì, d'accordo, non aveva mai avuto un ciclo regolare, ma dimenticarsi così... Erano accadute troppe cose, troppe e tutte insieme. E adesso si trovava con un bimbo in arrivo e non sapeva davvero che fare. Una paura profonda, mai provata prima, le stringeva la gola. Non riusciva a pensare, non riusciva a parlare. Aveva sempre creduto che un giorno avrebbe affrontato tutto insieme a un compagno, a un marito. Ma Matteo... Il solo pensare a lui la faceva stare peggio. Un senso di rifiuto la travolse. No, non voleva pensare a lui in quel momento. Non voleva pensare e basta. Com'era stato possibile? continuava a chiedersi. Perché ora? E poi fu sommersa nuovamente da un terrore irrazionale.

Cail le scostò una ciocca di capelli dalla fronte e poi un'altra, sfiorandole la pelle con dolcezza. Non lo fece per lei, ma per sé stesso. Sentiva il bisogno di toccarla. Solo di toccarla.

Ci sarebbero state delle conseguenze, una montagna. Lo sapeva con certezza. Le avrebbe affrontate quando si fossero presentate, decise. Una alla volta. Non aveva senso pensarci in quel momento, non quando le dita di Elena erano aggrappate al suo maglione e lo tenevano stretto.

«È una bella cosa, un bambino è sempre una benedizione.» E quello da dove diavolo gli era uscito? Che ne sapeva lui di bambini?

Ma non era importante ciò che pensava lui. In quel momento era lei ad aver bisogno di tutto il sostegno possibile. Lo diceva quell'unica lacrima che le aveva lasciato un solco umido sulla pelle del viso, le dita che continuavano ad ancorarsi a lui. Cail non aveva idea di quale fosse la cosa giusta da dire, non si intendeva di parole, né di grandi discorsi. Dunque si lasciò guidare dall'istinto, trovò la forza di sorriderle come non aveva ancora fatto. Le asciugò il viso con la punta del pollice e restò in silenzio, aspettando che si fosse calmata abbastanza da dirgli qualcosa. Qualunque cosa.

«Ho sempre desiderato un bambino.» La voce di Elena era meno di un sussurro.

Cail trattenne il respiro.

«E tu? O magari ne hai già?» gli chiese.

Lui si limitò a scuotere la testa. «No, non ho figli. Non ci ho mai pensato a dire la verità. Suppongo che un giorno, prima o poi, sia normale. Ma non è tra le dieci cose che voglio fare da qui a Natale.» Si sforzò di sembrare allegro, il tono della voce lieve. «E poi guardami... non saprei nemmeno come tenerlo. I neonati sono piccoli.» Solo l'idea di prenderne uno in braccio lo faceva sudare. Senza contare che probabilmente lo avrebbe spaventato a morte.

Lei annuì, poco convinta.

«Perché solo dieci cose?»

«Sono un uomo realista.» Ma Elena non colse l'ironia, si limitò a un gesto del capo, nemmeno tanto convinto.

Cail le accarezzò una mano. «È ciò che volevi, allora? Voglio dire... il bimbo. Hai detto che lo desideravi», le chiese, preoccupato dall'espressione cupa del suo viso, da quegli occhi gonfi di lacrime.

Elena scosse la testa. Non riusciva a parlare. Il labbro inferiore le tremava. Stava crollando.

Cail allargò le braccia d'istinto. Un attimo dopo lei si abbandonò al suo abbraccio. L'avvolse come aveva desiderato fare tutto il pomeriggio, stringendola a sé.

Elena nascose il viso nell'incavo del collo di Cail, aggrappandosi a lui con tutte le forze, accanto al suo calore, al suo profumo. Così buono, così perfetto.

Lui le carezzò i capelli, allora, lasciò che si sfogasse e l'ascoltò mentre Elena, tra un singhiozzo e l'altro, gli raccontava di come aveva tanto desiderato un figlio che però con Matteo non era arrivato subito, della vita che si faceva beffe di lei, del mondo che andava a rotoli. Parlava a ruota libera, frasi senza senso, altre che invece un senso ce l'avevano. Profonde, assurde e un po' inquietanti. Cail la teneva stretta e per lui in quel momento non contava altro, nessun pensiero, niente. Solo lei. Solo Elena.

«Non so nemmeno come chiamarlo», gli disse dopo essersi sciolta dal suo abbraccio, mentre respirava profondamente, in cerca di quel contegno che ultimamente faticava a trovare.

Lui ebbe un tuffo al cuore. Sollievo e un lampo di gioia. Elena avrebbe tenuto il bambino. «Non credo sia un grande problema.»

Lei si mordicchiò un labbro, poi annuì. «Già, quello non è un problema.» Ma invece lo era. Come lo avrebbe chiamato questo bambino? E se fosse stata una femminuccia? Il pensiero istintivamente corse a sua madre e la disperazione che provava diventò tagliente, profonda. Nuovamente quel senso di solitudine e di terrore.

«Non ci pensare. Avrai tempo.» La voce di Cail spezzò il filo dei suoi pensieri, spazzò via ogni cosa. Lui era lì, adesso. Ed era la cosa più reale su cui potesse contare. Si concentrò sul suo respiro, sul calore del suo corpo. Non sapeva cosa avrebbe fatto in quel momento se non ci fosse stato Cail.

Una profonda ondata di gratitudine si aggiunse ai sentimenti che provava verso quell'uomo. E c'era anche dell'altro, una sensazione di benessere che si agitava dentro di lei come il frullo delicato di un paio di ali, lievi e finissime. Gli si avvicinò ancora un po', poi con la punta delle dita, delicatamente, seguì il suo profilo, indugiando sulla cicatrice in una dolce carezza. E gli sorrise.

«Hai mai avuto un desiderio così grande, così profondo da impedirti quasi di pensare ad altro? E che fa sembrare tutto il resto una sciocchezza?» sussurrò Elena.

Cail annuì, gli occhi nei suoi. «Sì», le rispose.

Lo vedeva ancora, il desiderio che lei provava nei suoi confronti. Lo aveva percepito immediatamente sin dal loro primo incontro, in quella dichiarazione così insolita che lei gli aveva fatto al buio... Lo aveva riconosciuto subito perché era fatto della stessa illogica attrazione che sentiva per lei. Ed era ancora là, tra di loro, nonostante ora fosse tutto cambiato.

«Me lo vuoi raccontare?» La voce di Elena adesso era più tranquilla. Si era seduta composta e lo guardava con curiosità.

Quella richiesta lo stupì. Perché non stavano parlando di lui, perché la notizia della gravidanza l'aveva sconvolta profondamente. Eppure continuava a trovare la forza e il tempo per pensare a lui. Nella gerarchia dei pensieri di Elena, ingarbugliati e impauriti, lui era comunque importante.

Scosse la testa. «Un'altra volta. Ma raccontami il tuo. Ora stai per realizzarlo...»

Elena distolse lo sguardo. Nel silenzio che seguì, Cail la guardò scegliere le parole con cura, una per una.

«Credevo che fosse così e, invece, dopo qualche minuto, quando mi sono resa conto di ciò che il dottore mi stava dicendo, cioè che il test di gravidanza era positivo, ho avuto una paura tremenda. Le cose che uno concepisce come traguardi... quando le raggiungi, scopri che sono molto più complicate di quello che credevi e che comunque sei solo all'inizio di un lungo percorso.»

«Una cosa alla volta. Non devi pensare a tutto. È troppo

difficile se fai così. Invece se affronti una cosa alla volta diventa, se non semplice, almeno fattibile.»

Logico, essenziale e soprattutto pratico. Nuovamente Elena si chiese cosa si nascondesse dietro il modo di fare di quell'uomo, quella sua saggezza. Sapeva sempre cosa dire, senza dilungarsi inutilmente. Era diretto. Era come se non avesse tempo da perdere in nulla che non fosse necessario. Tutto ciò che le aveva detto era vero ed era anche l'unica cosa che poteva fare. Decise di dargli ascolto. Voleva farlo. Dopo un po' si sentì meglio. Certo, la paura le si agitava dentro, insieme alla preoccupazione e a mille domande alle quali non sapeva davvero cosa rispondere, ma c'era anche una gioia sottile, nascosta, che ogni tanto la portava a sorridere, a sfiorarsi il ventre dove stava crescendo la sua creatura. Le veniva da piangere e poi da ridere. Ma, ora che ci pensava, era in quello stato già da un po' di tempo. Alla fine la gravidanza spiegava ogni cosa. Ecco che di colpo tutto assumeva un senso. Anche il suo cambiamento nei confronti dei profumi. Erano tornati nella sua vita, o semplicemente non erano mai andati via. Era lei a essere diversa, adesso.

«Vuoi avvertire qualcuno?»

Cail aveva dovuto costringersi a pronunciare quella frase. C'era un altro uomo nella vita di Elena. O c'era stato. Comunque fosse andata tra di loro, un figlio cambiava le cose. Ti obbligava a cambiare le prospettive. Era la natura a stabilirlo.

Gli sarebbe dispiaciuto lasciarla. Anche se non era ancora nulla per lui... si sarebbe semplicemente fatto da parte. In realtà, sarebbe bastato limitarsi a vivere la propria vita. Niente di più facile.

Eppure quel pensiero ribollì dentro di lui e lo fece arrabbiare. Perché, che gli piacesse o meno, quella che si era appena raccontato era una menzogna.

Ma questo non cambiava le cose. Elena era incinta.

Attese che lei si decidesse a rispondergli, in silenzio, attento a ogni sfumatura della sua espressione.

«No... non devo avvertire nessuno. E poi non mi va. Non ne voglio parlare.»

Sollievo, e poi nuovamente rabbia per il lampo di felicità che aveva sentito. La sua era una reazione sconsiderata: se anche non c'era un uomo... un amante, restava comunque il bambino. «Come vuoi.»

Ci sarebbe stato tempo per chiarire quell'aspetto della questione. Non aveva senso farlo ora.

«Che ne dici se compiliamo i moduli e ce ne andiamo?»

Elena annuì. Era molto stanca, si sentiva come prosciugata. Era felice, ma anche profondamente spaventata. Le sembrava di avere la testa imbottita di cotone. L'unica cosa che le dava stabilità era Cail, al quale continuava ad aggrapparsi.

Si costrinse a lasciarlo e poi sospirò.

Lui l'aiutò ad alzarsi. «Vieni, andiamo.»

Raggiunsero la reception mano nella mano, la mente piena di pensieri, il cuore un po' più leggero.

Philippe Renaud controllò nuovamente gli elenchi delle vendite. Aveva intenzione di verificare un paio di cose. Da quando era arrivata da Narcissus, quella Rossini non aveva concluso nulla di veramente buono, aveva venduto solo articoli di poco conto, a parte un paio di profumi. Inoltre l'aveva dovuta richiamare un paio di volte. Una cosa inconcepibile. Era distratta e c'erano dei momenti in cui sembrava stesse per svenire da un momento all'altro. E quando le aveva chiesto che cosa avesse, lei aveva avuto l'arroganza di rispondergli che il profumo ambientale avrebbe dovuto essere più lieve. A lui, Philippe Renaud, che aveva personalmente dosato la fragranza che era il simbolo stesso di quel negozio! Quasi digrignò i denti dalla rabbia.

E poi quella gentilezza stucchevole che ostentava, quei modi falsamente cortesi non lo ingannavano. Erano finti, come tutto il resto di lei. L'aveva ascoltata parlare con un cliente. Le piaceva molto perdere tempo con loro. E chiacchierare e chissà cos'altro... e comunque non era vero che non conosceva la materia. Quella donna semplicemente nascondeva qualcosa. Ah, ma lui aveva tutta l'intenzione di smascherarla.

Le avrebbe concesso qualche altro giorno, decise Philippe, poi avrebbe informato *monsieur*. Era suo preciso dovere, d'altronde. Non che spettasse a lui sorvegliare i dipendenti. Quello doveva farlo Claudine, ma gli piaceva avere tutto sotto controllo. Avere una visione d'insieme su tutto il negozio.

Si tolse gli occhiali e li posò sul tavolo, attento a non sfiorare le lenti. Il piccolo ufficio che occupava non era adeguato alle sue mansioni e doveva dividerlo con Claudine. Pareti alte, di un verde menta ridicolo, mobili bianchi, assurdi. Lo detestava, come odiava gli incompetenti e gli approfittatori. Quella straniera non gli era piaciuta, sin da subito. Troppo orgogliosa dietro quell'apparente docilità. Era una bugiarda, lo sapeva. Si era reso conto immediatamente che nascondeva qualcosa. Quando le aveva mostrato il laboratorio si era innervosita. Non che potesse arrivare alle formule dei profumi, naturalmente. Il loro servizio di sorveglianza le avrebbe impedito anche solo di avvicinarsi. No, quello non lo preoccupava, restava il fatto che quella donna non era chi diceva di essere.

Ne aveva discusso con Claudine un paio di volte. Ma lei non gli aveva dato retta, minimizzando. In fin dei conti, anche la sua collega era come tutte le altre donne, debole e sentimentale, pensò Philippe. Gli aveva addirittura consigliato di concedere a Elena altro tempo, nonostante fosse davvero molto lenta, come aveva riconosciuto lei stessa. Claudine aveva ammesso che, anche se spesso sembrava distratta, sapeva trattare con la clientela. Ciò che Philippe non capiva era cosa avesse potuto dire o fare Elena Rossini per conquistare la simpatia e il sostegno della collega, che mai prima di allora aveva mostrato la minima solidarietà verso le commesse che si erano succedute in negozio. Anzi, in genere, prima di andarsene, quelle si lamentavano di maniere poco ortodosse e comportamenti scorretti.

Restava il fatto che la Rossini non era una commessa qualunque. Sospirò e si lisciò i baffi con la punta degli indici.

A dire la verità ciò che lo rodeva di più era il fatto di aver accettato Elena cedendo alla propria infatuazione per Monique. Mentre ci pensava, l'irritazione si trasformò in fastidio e poi divenne rabbia.

Da quando quella donna era entrata in negozio, Monique Duval non si era più fatta sentire, né vedere, nonostante gli avesse promesso il contrario. E questo lo faceva infuriare. Come aveva osato prendersi gioco di lui?

Poco male. Avrebbe provveduto personalmente affinché le cose tornassero a essere come avrebbero dovuto fin dall'inizio. Assumere Elena Rossini era stata una decisione di *monsieur.* Ma certe scelte potevano essere revocate. Bisognava solo trovare motivazioni convincenti.

Elena terminò di confezionare l'acqua profumata che aveva appena venduto. Come al solito, Claudine si stava occupando dell'incasso e sorrideva. Era bello vederla così. Elena era contenta di come le cose si erano sistemate tra di loro. Dopo un esordio non troppo felice, ora andavano molto d'accordo. Claudine le aveva dato fiducia. E poi discutevano di profumi, composizioni, *mélanges.* Elena la trovava molto intelligente. Le piaceva parlare con lei. A parte Monique, non c'erano tante persone che si stupivano di quanto il profumo di una rosa potesse variare a seconda della specie o del luogo di provenienza. O di come un profumo potesse avere una complessità tale da riassumere diverse declinazioni di lettura. A parte Cail naturalmente.

Claudine le aveva proposto di creare una nuova fragranza. Le aveva detto che avrebbe pensato lei a risolvere i problemi con Montier. Era impaziente di vederla all'opera. Ed Elena ne era felice.

«Ecco, madame Binoche, spero di rivederla presto», disse riportando la propria attenzione sulla signora che attendeva la confezione, porgendole il sacchetto dorato di Narcissus.

«Tornerò presto, *mademoiselle.* Mia cognata Geneviève ha bisogno di un profumo speciale, qualcosa di personalizzato. È un'artista sa, una scrittrice. Le ho parlato di lei. Adesso è molto curiosa.» Si avvicinò di qualche passo, poi abbassò la voce. «Non tutti riescono a trasformare i desideri in profumi e lei, mia cara Elena, riesce a fare magie.»

Le piacque quella definizione e la fece sorridere. Se solo avesse saputo...

«Quando ero piccola mia nonna si è dannata per insegnarmi ad ascoltare i profumi. Scappavo e mi nascondevo dietro un vecchio paravento polveroso, a cui lei teneva tantissimo.» Sorrise.

La signora sgranò gli occhi. «Davvero? La vostra è una tradizione di famiglia?»

Elena annuì. «Sì. Più o meno.»

«Oh... che cosa affascinante!» sussurrò incantata. «Quanto mi piacerebbe restare a chiacchierare con lei, ma farò tardi alla riunione», disse. Inarcò le sopracciglia. «Le ho raccontato del mio club? No? Bene, deve sapere che ogni martedì ci riuniamo e parliamo degli ultimi romanzi letti. Un buon tè, torte e pasticcini. Cosa c'è di meglio nella vita?»

A Elena vennero in testa una o due cose, e tutte avevano a che fare con Cail. Il pensiero dell'uomo le provocò una stretta al cuore. Da quando avevano saputo che era incinta, qualcosa tra loro era cambiato, e non perché lo volesse lei: Cail si era trasformato in un amico. Il miglior amico che una donna potesse avere, a essere precisi. Ma, comunque, solo un amico.

«I profumi hanno sempre avuto un terribile fascino per me», disse Adeline Binoche. «*Perché il profumo è fratello del respiro.* Non trova anche lei che sia un pensiero stupendo?»

Adeline citò l'aforisma di Yves Saint-Laurent con un tale trasporto da strappare un sorriso a Elena.

E lei non aveva nemmeno tanta voglia di ridere in quei giorni. Ma Adeline era una donna davvero simpatica con quel suo caschetto argentato che ondeggiava a ogni movimento e che, visto che non stava ferma un istante, sembrava quasi svolazzasse. Aveva gli occhi grigi, enormi, che le davano un'espressione vagamente sognante. Era tra i clienti preferiti di Elena.

«Sono molto soddisfatta di questo profumo», confessò a

Elena. «Mi dica, ma sua nonna... a proposito come si chiamava?»

«Lucia, Lucia Rossini.»

«Ah, che bel nome. Così italiano», replicò Adeline. «Di Firenze, giusto?»

Elena annuì. «Sì. Se conosce Santa Maria Novella, ecco, il palazzo della mia famiglia si trova da quelle parti.»

«Chissà quante storie conoscerà», sussurrò Adeline guardandola. «Misteri, segreti di famiglia magari.»

Elena rise. «Davvero le interessano queste cose?»

«Sì, moltissimo. L'Italia è piena di leggende affascinanti. E Firenze poi... Una delle regine più famose di Francia era originaria di Firenze.»

«Sì, Caterina de' Medici. Fu lei a introdurre a Grasse la coltivazione delle rose. Adorava i profumi e sua nipote Maria ne seguì le orme, sia come regina di Francia sia come appassionata di arti e profumi.»

Adeline si avvicinò. «Ho trovato dei vecchi libri sull'argomento, sa? Anche il diario di una dama di corte. Sono molto interessanti. Si diceva che Caterina si fosse portata dietro da Firenze il suo profumiere, lo chiamavano René... lui però non si limitava ai profumi. Pare creasse anche veleni. Nulla riesce meglio di un diario a farti comprendere come era la vita a quei tempi.»

Era vero. Nel diario di Beatrice c'erano capitoli interi dedicati agli avvenimenti dell'epoca. La sua antenata possedeva un grande spirito d'osservazione e un'acuta ironia. Il castello dove era ospite, ad esempio – del quale tuttavia non scriveva mai il nome, che nessuna delle discendenti era riuscita a scoprire –, aveva torri e *gargouilles* a guardia delle mura; nel villaggio c'erano prati di lavanda e tuberosa, e si filava la seta. Aveva descritto intere giornate passate a raccogliere i fiori che le erano serviti per il profumo. Era tutto molto affascinante. Peccato che poi l'amarezza e il rimpianto le avessero avvelenato la vita.

«Ora devo proprio andare», la salutò Adeline. «A presto, e grazie.»

Elena la congedò con un sorriso. Mentre tornava al lavoro ripensò al diario. Ormai era da tanto che non lo apriva. Magari quella sera gli avrebbe dato uno sguardo.

Aveva appena cominciato a disporre negli scaffali una nuova fragranza che di lì a pochi giorni sarebbe stata presentata al pubblico, quando Philippe Renaud la chiamò.

«Se ha finito, avrei bisogno di scambiare due parole con lei.»

Elena sollevò la testa. Lasciò i flaconi che stava sistemando e lo salutò. L'uomo impiegò un po' a risponderle, come se gli costasse una certa fatica. No, la simpatia non era proprio una delle sue virtù, decise lei ignorando il cipiglio del responsabile.

«Dovrei giusto terminare di sistemare questi», gli rispose indicando una scatola di bottiglie d'argento, «poi mi servirebbe una confezione di chypre *pour homme*. Ho un cliente che passerà a ritirarne un flacone tra poco.»

Philippe socchiuse le palpebre, irritato dalla risposta. «Un cliente? Non mi risulta che lei ne abbia, almeno non di quelli che entrano in questo negozio per comprare profumi. Probabilmente si riferisce a un altro genere di prestazioni.»

Elena spalancò gli occhi. Un forte calore le si diffuse sul viso. Sbalordita dal pesante insulto, per un istante restò senza parole. Quando realizzò l'esatta portata di ciò che Philippe le aveva appena detto, poggiò entrambe le mani sul ripiano lucido e si sporse verso di lui.

«Non so cosa si è messo in testa, né mi interessa saperlo, ma non si azzardi mai più a parlarmi in questo modo.» Sibilò ogni parola, gli occhi fiammeggianti di collera, la gola che le doleva nello sforzo di contenere ciò che avrebbe voluto gridargli in faccia.

Philippe avvampò. Si infilò un dito nel nodo della cravatta, allentandolo, poi si guardò intorno. E se qualcuno li avesse visti? Non si era aspettato una reazione simile. Che maleducazione da parte di quella donna! Come osava lui? Ma come osava lei rivolgersi a lui, Philippe Renaud, con quel tono? Con una punta di sollievo si accorse che in negozio tutto procedeva come al solito. I clienti si avvicendavano davanti ai banchi e ai tavoli di prova, i commessi proponevano varie soluzioni, dallo schermo ad alta risoluzione piazzato su una parete del negozio proveniva una musica discreta che accompagnava i vari spot sui profumi della casa.

«Non può rispondermi con quel tono.»

Elena lo fulminò con lo sguardo. «Davvero? Credo che lei abbia ragione, sono stata troppo gentile.» Si scostò da lui, le mani chiuse a pugno, tesa fino allo spasimo. Mentre si allontanava incrociò un cliente senza riconoscerlo subito.

«*Ma chère*, si sente bene?»

«Monsieur Lagose! No, non mi sento bene...»

«Posso fare qualcosa per lei?»

Elena scosse la testa, poi distolse lo sguardo. «Cosa dà il diritto a un uomo di insultare una donna dandole della poco di buono?» Quando si rese conto di ciò che aveva appena detto, era troppo tardi per rimangiarsi tutto.

Ricacciò indietro le lacrime e quella voglia assurda di correre da Cail e raccontargli ogni cosa. Forse fu il pensiero di lui a spezzare il suo controllo, o forse quell'insolita emotività dovuta alla gravidanza. Prima che potesse fare qualcosa, si ritrovò completamente sconvolta nel bel mezzo del negozio.

«La frustrazione, *ma chère*», le disse Lagose porgendole un fazzoletto. «Quando un uomo non ha argomenti», continuò incenerendo Philippe con un'occhiataccia, «tira in ballo la solita vecchia storia. È comodo, è subdolo. Non ci faccia troppo caso. Ci rida su, tesoro. E si ricordi che è lei ad avere il potere, visto che qualcuno si è impegnato tanto per essere sgradevole. Ora si calmi. Ho bisogno di un flacone di profumo e, se ha tempo, mi piacerebbe fare due chiacchiere con lei. I profumi li trovo ovunque, ma non il piacere di una conversazione intelligente con una bella donna», concluse.

Se gli occhi avessero potuto uccidere, Renaud non avrebbe avuto scampo. Jean-Baptiste gli rivolse nuovamente uno sguardo di fuoco, prima di dedicarsi completamente alla ragazza.

Elena inspirò profondamente e distese il fazzoletto che teneva appallottolato nel pugno. Non lo aveva usato, non ce n'era stato bisogno. Niente lacrime, solo indignazione e una profonda rabbia. Poi annuì. «Mi perdoni, in questo periodo sono molto emotiva.»

«Non c'è nulla da perdonare, *ma chère.* La sensibilità è uno degli aspetti più interessanti di un'anima gentile. Va meglio ora?»

Elena annuì. «Le porto subito il profumo.»

«Faccia pure, io aspetto qui.» Jean-Baptiste attese che Elena si fosse allontanata abbastanza, poi raggiunse Philippe.

«Posso aiutarla, *monsieur*?» gli chiese l'uomo cercando di recuperare terreno.

Jean-Baptiste dilatò le narici e strinse l'impugnatura del bastone. «No, si sta occupando mademoiselle Rossini di ciò di cui ho bisogno. È una donna molto piacevole e delicata. Mi dispiacerebbe vederla nuovamente in quello stato.»

Philippe si nascose dietro uno sguardo indignato. «È solo una commessa, niente di più. Non le deve dare tanto credito.»

«Non commetta l'errore di credere di sapere nemmeno per un momento cosa posso o non posso fare. Non possiede l'intelligenza, né la posizione.» Il tono di Jean-Baptiste era calmo, ma vi era una palese minaccia in quelle parole. «Lei ritiene, a torto, di valere di più di quella donna perché ricopre un incarico migliore. Si sbaglia. Solo chi è privo di qualità sminuisce gli altri.»

Lagose diede le spalle all'uomo e lasciò che il responsabile di Narcissus traesse da solo le sue conclusioni. Appena vide Elena, le andò incontro con un largo sorriso.

«Le ho detto del profumo?» esordì consapevole dello stato emotivo della donna. L'avrebbe distratta, decise. In certi momenti era l'unica cosa da fare. «È stato un vero successo, mia cara. Ed è tutto merito suo. Il profumo che mi ha consigliato per la mia... ragazza, è servito allo scopo», sospirò, e nello sguardo apparve come una scintilla maliziosa e allo stesso tempo virile. Era soddisfatto. Pienamente.

Elena cercava di concentrarsi sulle parole di monsieur Lagose, ma non era semplice. Renaud doveva avercela con lei per qualche motivo preciso. Avrebbe preteso una spiegazione, diamine se lo avrebbe fatto! Appena Jean-Baptiste avesse terminato il suo acquisto, avrebbe cercato Philippe per chiedergli che cosa gli fosse saltato in testa.

Non era mai stata così bellicosa prima di allora, aveva sempre evitato lo scontro. Era sempre indietreggiata. In quel momento invece ribolliva di rabbia. Una cosa era dover sopportare una persona, per quanto antipatica potesse essere, un'altra lasciarsi insultare.

«Lei è ancora turbata, mia cara», le disse Jean-Baptiste. «Perché non va a casa? Può farlo, sa? Anzi, guardi, ho la macchina qui accanto e non avrei nessun problema ad accompagnarla.»

Elena lo fissò: perché no? Era stata offesa, non aveva voglia di restare in quel luogo. «Grazie, *monsieur.* Accetto la sua offerta.»

Chiamò Claudine, che arrivò dopo pochi minuti. La donna si accorse immediatamente del turbamento di Elena.

«Cerca di non farci troppo caso. Philippe è strano in questo periodo, ma sono certa che ci sia un malinteso dietro questa storia. Se vuoi indagherò.»

«Non m'importa se ha l'esaurimento nervoso, Claudine, voglio delle scuse. Se mi vuole licenziare sarà meglio che lo dica chiaramente senza ricorrere a queste... bassezze!» esclamò. «Non è per il fatto di avermi dato della prostituta, ma perché voleva insultarmi e pensava di poterlo fare», aggiunse poco dopo. «Io non capisco, credevo che le cose andassero bene», mormorò.

«Ma vanno benissimo, Elena. Devi solo essere meno drammatica. Non è possibile fare una tragedia per ogni piccola cosa, voi italiani avete la scena nel sangue. Ora gli parlo io, vedrai che domani tutto tornerà alla normalità. Vai a casa, sei pallida. In questi giorni non hai una bella cera», disse Claudine accompagnandola alla porta.

"Forse perché sono incinta?" pensò Elena infilandosi la giacca e tirando su il bavero. E quello smorzò in parte la sua rabbia, riempiendola di tristezza. Aveva un estremo bisogno di quel lavoro. I bambini erano molto costosi e, anche se Monique si era candidata a madrina e le aveva offerto tutto il suo appoggio, soprattutto economico, Elena voleva comunque restare indipendente. Già aveva i suoi problemi con Cail che continuava a farle la spesa, rifiutandosi di prendere i suoi soldi.

Nonostante fosse appena autunno, era già arrivato il freddo. Fuori nevicava piano, sui cornicioni e sopra i tetti cominciava a depositarsi uno strato candido. Il fiato si condensò subito, sollevandosi in delicati sbuffi di vapore. I passanti un po' sconcertati dall'evento inaspettato si affrettavano verso le loro destinazioni.

Mentre Elena saliva in macchina, Claudine andò a cercare Philippe. Che diavolo gli era preso a quell'idiota? Lei aveva dei piani per Elena Rossini, quella donna era molto abile. Non aveva nessuna intenzione di perderla.

«Hai visto monsieur Renaud?» chiese a una delle commesse.

La ragazza annuì. «Credo sia in ufficio, *madame.*»

La ringraziò, poi le indicò una signora che stava entrando in quel momento. «Pensaci tu», le ordinò prima di scomparire nel retro.

Non bussò come faceva di solito, nonostante quello fosse anche il suo ufficio. Era troppo nervosa. Voleva sapere cosa diamine avesse Philippe contro Elena. Non era disposta a rinunciare ai vantaggi che poteva procurarle quella donna. Lo trovò immerso nei registri, in quella sorta di database delle vendite che l'uomo si ostinava a compilare a mano, nonostante avesse a disposizione un programma completo e sofisticato.

«Che diavolo ti prende?» gli chiese a bruciapelo.

Philippe sollevò lo sguardo. «Non so a cosa ti riferisci. Cerca di essere più chiara. Comunque non mi piace quel tono», rispose col naso per aria, indignato.

«Te lo spiegherò in due parole: Elena Rossini.»

Philippe s'irrigidì. «Ah, parli di quella là. Ho deciso di farla licenziare. Non combina nulla, è un peso, è arrogante, maleducata.»

Claudine lo fissò. «Balle, inventatene un'altra.»

Philippe spalancò gli occhi. «Perché la difendi? Cosa c'è sotto?»

Lei socchiuse le palpebre. «Non so a cosa tu stia alludendo. Ma ti avverto, lasciala in pace.»

Philippe indignato si sollevò gli occhiali sul naso. «Noi abbiamo il preciso dovere di tenere alti gli standard qualitativi di questo negozio», protestò.

«Monique Duval... È lei che ha candidato Elena, giusto? *Monsieur* è al corrente della tua... chiamiamola pure "ammirazione" verso la sua amante?»

Philippe sbiancò. «Sciocchezze, pettegolezzi», minimizzò ricominciando a scrivere sui fogli che teneva sulla scrivania. «E comunque lui adesso si è fidanzato. Lo hai sentito anche tu.»

Claudine sorrise. «Sì, ma questo non significa nulla». Fece una pausa, poi indicò il foglio. «Prova a girare la penna. Da quella parte non scrive.»

Claudine uscì dall'ufficio pensierosa. Era abbastanza sicura che per un po' Philippe si sarebbe calmato, ma quell'incontro non risolveva la situazione. Se davvero voleva Elena fuori da Narcissus, Renaud avrebbe trovato il modo di licenziarla. Soprattutto adesso che Montier si era trovato un'altra. Di certo non poteva dire a Philippe che Elena aveva concluso delle vendite importanti di cui lei si era presa il merito. Ma non voleva nemmeno che quell'idiota la mandasse via.

Avrebbe dovuto trovare un modo per proteggere il suo investimento. Elena doveva continuare a lavorare da Narcissus. Certo, quella situazione era solo temporanea, appena Elena avesse superato i mesi di prova avrebbe potuto concludere le vendite da sé, comprese le registrazioni degli incassi. Ma, fino a quel momento, lei aveva tutte le intenzioni di approfittare della situazione.

Sorrise tra sé. Presto l'avrebbe messa alla prova. Voleva vedere se la sua bravura si estendeva anche alla creazione dei profumi. Montier le avrebbe pagato molto bene una fragranza nuova.

13.

Fieno. Antico, ancestrale, fratello del fuoco, del mare e della terra. Inciso in profondità nell'anima antica che ognuno possiede. Evoca la tranquillità.

Elena si guardò allo specchio, poi si mise di profilo, la mano sul ventre piatto: nonostante fosse al terzo mese di gravidanza non si notava assolutamente nulla.

Per un momento, mentre tornava a casa con monsieur Lagose, aveva preso in considerazione quella ipotesi: forse Philippe si era accorto di qualcosa e si era risentito perché non gli aveva ancora detto che era incinta. Era possibile che inavvertitamente avesse messo nei guai il negozio? Chissà se in Francia le leggi sulla maternità prevedevano una comunicazione immediata? Ma più ci pensava e meno quella teoria la convinceva, senza contare che comunque quell'uomo si era comportato malissimo nei suoi confronti. Soprattutto nel caso avesse davvero intuito le sue condizioni.

No, decise, non poteva essere la gravidanza ad aver scatenato il risentimento di Philippe. E poi nessuno, oltre a Cail e Monique, ne era a conoscenza. Non l'aveva ancora detto nemmeno a Matteo.

Quel pensiero la mise di cattivo umore. Sospirò, prese il cellulare dalla tasca e andò a sedersi. Era ora di dirglielo. Non voleva, e non lo avrebbe fatto, se Cail non le avesse detto senza mezzi termini che non era una cosa che riguardava solo lei. Avevano pure discusso. Lei non era d'accordo e glielo aveva detto chiaramente. Ma quell'uomo sapeva essere davvero ostinato. Come quel suo cane che non voleva saperne di tenersi lontano e le scodinzolava dietro, continuando a osservarla con i suoi grandi occhi marroni. Ogni volta era più difficile stargli lontano. Quel cane aveva lo stesso istinto protettivo del padrone. Scosse la testa.

Cail non le aveva più permesso di salire sulla moto. Anzi, ora che ci pensava, era da un po' che non vedeva Hermione parcheggiata nel garage.

Inspirò, espirò, si fece coraggio, poi compose il numero di Matteo.

Uno, due, tre squilli. Niente, pensò Elena sollevata. Stava per terminare la chiamata quando sentì la voce dell'uomo.

«Pronto?»

Attese un paio di secondi, sperando che lui riagganciasse, poi si decise a rispondere. «Ciao, Matteo. Come stai?»

«Ah, Elena... Benissimo, grazie. E tu? È da un po' che non ci sentiamo. Avrei voluto chiamarti.»

«Certo, immagino», disse Elena.

Lui si schiarì la gola. «Lo so che sei ancora arrabbiata con me. Ma cerca di capire. Non è stata una cosa che io o Alessia abbiamo progettato. È successo, tutto qui. Lei si è innamorata di me al primo sguardo e tu la puoi capire.»

Elena accigliata fissò il cellulare. «Vedo che continui ad avere un'alta considerazione di te stesso.»

Era come Maurice, pensò Elena in quel momento. Quell'idea le si piantò in testa come una di quelle verità così palesi, così sconcertanti da lasciarti quasi senza fiato. Come era possibile che non se ne fosse accorta prima?

Matteo sospirò. «Lo so che è dura e che avevi riposto molte speranze nel nostro rapporto, ma è andata così. Non tornerò mai con te.»

Ma che cavolo stava dicendo? Davvero pensava che gli volesse chiedere una cosa tanto assurda come tornare insieme? Dopo quello che le aveva fatto? La rabbia le stava montando dentro.

«Non ti ho chiamato per chiederti di ricominciare, credimi. Anzi ti posso assicurare che la cosa non mi passa nemmeno per l'anticamera del cervello.»

Silenzio, poi lui si schiarì la voce. «Davvero?»

«Sì, davvero. Stai tranquillo.»

Le venne da ridere. Matteo si poteva riassumere in quella

parola stupita, ridicola e allo stesso tempo così assurdamente arrogante. Davvero? Già, davvero.

Come se ci fossero pure dei dubbi, dopo quello che lui le aveva fatto! Ma che razza di uomo era? E ancora peggio... che razza di donna era stata lei per vivere con uno così?

Le tornarono in mente tutti i velati commenti di Monique e di Jasmine. Sua nonna, però, era stata la più diretta di tutte. «Elena, quell'uomo è un idiota. Ne abbiamo già uno in famiglia! Credimi, figliola, non è il caso di esagerare!»

Provò una sorta di tenerezza improvvisa nei confronti di Lucia, e ne fu lieta.

Non c'era più nemmeno rabbia nei confronti di Matteo, forse una punta di fastidio. Il resto era svanito, cancellato da qualcosa di infinitamente più forte, che provava nei confronti di un altro uomo, qualcosa che tuttavia non riusciva ancora ad analizzare e che teneva là, in un angolo del cuore, come in attesa.

«Ah, bene. Non sai quanto mi faccia piacere sentirtelo dire. Soprattutto adesso. Non hai idea di quanto sia felice, Elena. Diventerò padre. Alessia aspetta un figlio.»

Porca miseria, e adesso?

«Ah... Ma che bella notizia.»

Matteo sospirò profondamente. «Capisco che per te sia un duro colpo. Ci abbiamo provato e non sei mai riuscita a rimanere incinta. Mah! Sai, ci sono donne che sono predisposte per il concepimento, altre...» Fece una pausa. «Be', dai, tu sei brava a fare... altro.»

Elena non sapeva se sentirsi offesa o scoppiare a ridere. La boria di quell'uomo era enorme, gigantesca, incredibile. Era brava a fare altro? Tipo cosa? Non si era mai disturbato a informarsi sui suoi interessi, aveva sempre liquidato tutto con un'alzata di spalle. Solo una volta, dopo la morte di Lucia, si era impuntato tentando di convincerla a vendere il palazzo delle Rossini e gli era andata male.

«Senti, Matteo, è proprio di una circostanza simile che vorrei parlarti», gli disse dopo un secondo di silenzio.

«Cioè, non vorrai farmi credere che anche tu sei incinta?»

«Io non voglio farti credere nulla», gli rispose seccata,

stringendo forte il telefono. Chiuse gli occhi e si passò le dita sulla fronte. Le stava venendo un mal di testa tremendo.

«Meno male, perché tanto non ci crederei.»

«E perché?» gli chiese perplessa.

«Be', scusa tanto, te ne vai e poi rispunti fuori proprio mentre sto festeggiando la notizia dell'arrivo del mio primogenito. Non è un po' strano? Comunque, guarda, abbiamo anche fatto affiggere le pubblicazioni. Ci sposeremo in chiesa», replicò. Improvvisamente addolcì la voce. «Devi rassegnarti, Elena. Prova a uscire con qualcuno, fai nuove amicizie... insomma, vivi. La vita è così breve.»

La vita è breve? Ma che cavolo era successo a quell'uomo? Per un istante fu tentata di raccontargli di Cail, così per sbattergli sul muso che non cullava nessuna idea romantica nei suoi confronti e che lui era completamente fuori strada. Poi decise che invece non lo avrebbe fatto. Prima di tutto, non le importava nulla di quello che pensava e poi non avrebbe mai usato ciò che aveva con Cail, qualsiasi cosa fosse, per sostenere la propria posizione. Non ne sentiva il bisogno.

Fu allora che comprese che per lei Matteo non era più niente.

Si alzò, aprì la finestra e tirò le tende. Chissà se Cail era in casa. Aveva smesso di nevicare da un po', e uno sguardo al cielo quella sera era proprio ciò di cui aveva bisogno.

«Ammettiamo invece per un momento che anche io sia incinta...»

Un lungo silenzio, poi una risatina. «Questa è proprio grossa», le rispose lui. «Capisco che tu sia ancora innamorata di me, ma non credere di poterti approfittare del fatto che siamo stati insieme per accampare diritti sul... pronto, pronto. Ci sei ancora?»

Ma Elena aveva chiuso la comunicazione. A tutto c'era un limite.

Spense il cellulare, lasciandolo cadere sul letto. Conoscendo Matteo, non l'avrebbe mai richiamata, ma non voleva rischiare. Per quanto la riguardava, quella storia si era chiusa. E più tardi, quando fosse stata nella disposizione d'animo giusta, avrebbe eliminato anche il suo numero dalla rubrica.

Ora no, ora non aveva tempo. Il cuore le batteva forte ed era nauseata.

«Non tornerò mai con te», lo scimmiottò.

Maurice, Matteo. Rise, un suono basso, gutturale. Uomini sbagliati, uomini che avevano bisogno di dominare, di prevaricare. Egoisti. E se con Maurice non aveva potuto fare nulla, Matteo invece era stata lei a cercarlo, a volerlo.

La morsa che aveva alla bocca dello stomaco si serrò un po' di più. Si sentiva profondamente a disagio. Non avrebbe dovuto chiamarlo. Se anche sentiva che in fondo era la cosa giusta, non poteva ignorare la rabbia, il disgusto che le aveva lasciato quella conversazione. Un rifiuto profondo verso quell'uomo la fece rabbrividire.

E poi la rabbia crebbe ancora e ribollì in lei, spazzando il resto di quel che era rimasto di Matteo, dei ricordi che aveva di lui, di ciò che era stato per lei.

Basta! Ne aveva abbastanza di uomini del genere. Mai più! Mai più, si ripeté.

Aveva ricominciato tutto da capo, e non avrebbe commesso lo stesso errore una seconda volta. Lei avrebbe deciso della sua vita, e di quella di suo figlio. Lei e basta!

Forse la sua storia con Cail sarebbe andata avanti, o forse no. Quello non lo sapeva. Ma non avrebbe permesso a nessun uomo di appropriarsi della sua esistenza un'altra volta.

Tirò su col naso, poi cercò di calmarsi.

Si tolse la gonna, indossando un paio di morbidi pantaloni a sigaretta e un pullover rosso. Aveva fatto la doccia da poco e i capelli erano ancora un po' umidi. Li raccolse in una coda, e si mise un filo di trucco. Poi sentì il desiderio di indossare un profumo, ma non quello che usava di solito, ne voleva uno speciale, voleva il suo. Tornò in camera da letto e aprì la pesante scatola di legno dove teneva le sue cose. Eccolo, era ancora lì, il suo profumo. Lo aveva fatto qualche anno prima, quando aveva preparato quello per Jasmine e Monique. Si chiese se si fosse conservato.

Era possibile. In fondo era sempre rimasto al buio, dentro quella cassetta di legno di cedro spesso e impermeabile. Di certo non aveva preso caldo.

Lo tenne tra le mani e con delicatezza lo sfilò dal cilindro di metallo nel quale era stato conservato. Era un semplice flacone di vetro opaco. Sua nonna non credeva nelle seduzioni del packaging moderno. Per lei era la sostanza quella che contava veramente. A Elena all'epoca non interessava il tipo di contenitore. Si era decisa a fare quel profumo perché voleva qualcosa di speciale per le sue amiche e per sé stessa.

Come erano cambiate le cose in così poco tempo, pensò.

Con molta delicatezza ruotò il tappo. Il profumo era intatto, brillante, come appena composto. All'inizio sentì come un improvviso disagio, che però passò subito. Non era la prima volta che le capitava, quel fastidio. Da quando aveva cominciato a lavorare da Narcissus, più di una volta entrando in negozio aveva provato quel lieve disturbo. Adesso sapeva di cosa si trattava. Era abbastanza normale per una donna incinta essere molto sensibile agli odori.

Eccole, le note di testa. Chiuse gli occhi e si ritrovò in un campo di gigli. E poi fu la volta del bergamotto spumeggiante e del neroli. L'odore si affievolì per poi emergere nuovamente, come un battito d'ali. Gelsomino questa volta, poi gardenia e qualche nota di magnolia. L'aroma era intenso e vibrante di vita. E poi muschio e, sul finire, dell'ambra. Ma solo un'idea, come un fiocco di neve che si scioglie solo a guardarlo.

Le sembrò di sentire la presenza di Lucia accanto a sé. Sua nonna l'aveva osservata comporre quel profumo e poi si era congratulata. E quella non era una cosa che accadeva spesso.

Eppure quel profumo non lo sentiva più suo.

Lo aveva composto lei, certo, e ognuna di quelle essenze l'aveva scelta, testata e decisa personalmente, ma non era più la donna che lo aveva immaginato. Troppo morbido, troppo zuccheroso. Non c'era abbastanza carattere, ecco. Non c'era verve in quella declinazione di fragranze soavi, rasserenanti. Quello era un profumo che andava bene per la vecchia Elena. Adesso aveva bisogno di qualcosa di nuovo, decise. Voleva un profumo che rispecchiasse le sue esigenze, i suoi gusti. E il pensiero di crearne uno nuovo la rese allegra, spazzando via anche le tracce della spiacevole conversazione che aveva avuto con Matteo.

Si guardò allo specchio un'altra volta e poi prese le chiavi. Mentre scendeva le scale, ripensò al padre di suo figlio. No, decise, lui poteva anche essere il genitore biologico, ma quel figlio non gli apparteneva più. L'aveva rifiutato e ciò metteva la parola fine a tutta la questione. Lei avrebbe cancellato dalla sua vita anche il nome di quell'uomo e il bambino sarebbe stato solo suo.

Era buffo come la storia si ripeteva. Nemmeno lei aveva mai conosciuto il proprio padre, Susanna non le aveva mai detto chi fosse e alla fine Elena aveva smesso di chiederglielo. Forse era un profumiere anche lui. Era possibile, sua madre aveva avuto molti colleghi. Maurice non era l'unico con il quale aveva vissuto, ma era quello che aveva sposato. Se si impegnava a fondo, se frugava nella memoria più lontana, poteva ricordarne almeno altri due. Si era dimenticata dei loro nomi. Non erano altro che ombre del suo passato. Era troppo piccola, allora, per farci caso.

Era possibile che sua madre non le avesse detto nulla perché si vergognava di come fosse stata stupida a farsi mettere incinta da un uomo che non amava. Un po' come si sentiva lei in quel momento.

Ma come diamine aveva fatto a rimanere per tanto tempo insieme a un uomo che vedeva solo sé stesso? Quella telefonata era stata così assurda e lui così pieno di sé da farla persino sorridere.

Alcune volte si ride per non piangere, era una delle frasi preferite di sua nonna, e mai come in quel momento comprese quanto era stata intuitiva Lucia Rossini nel ritenere Matteo un vero somaro.

Quanto a sé stessa, stabilì con certezza adamantina che quella telefonata la sollevava da ogni obbligo. Aveva fatto il suo dovere, punto. Il patto che aveva fatto con Cail prevedeva che informasse Matteo della gravidanza, non che lo convincesse a prendersi le proprie responsabilità.

Infilò la giacca, poi chiuse la porta dell'appartamento sbattendola un po' più forte di quanto avrebbe dovuto. Stava per salire da Cail quando, ferma sul primo gradino, cambiò idea e uscì in cortile. Aveva bisogno di stare da sola. Il cuore continuava a martellarle nel petto. E si sentiva triste.

C'era molto freddo quella sera ed era tutto buio. Qualche cono di luce si rifletteva sul terreno coperto da una sottile coltre di neve. Era arrivata così, all'improvviso. Precoce e inattesa. Non c'era altro che rendesse silenzioso un luogo quanto la neve e il freddo. Tutto sembrava sospeso: suoni, odori, e anche il tempo. Era tutto bianco e grigio. E sembrava soffice e delicato.

Con le braccia intorno al busto, Elena pensava a quanto era cambiata la sua vita in così breve tempo, e a come era cambiata lei. I pensieri scivolarono sempre più al suo interno, guidati da un punto della sua anima che li chiamava a sé.

Stava per diventare madre. Pensò che allora forse sarebbe riuscita a capire Susanna, che finalmente avrebbe compreso perché si fosse disfatta di lei. E poi l'antico risentimento spazzò via quel pensiero, cacciandolo lontano. Non c'era nulla da capire, si disse rabbuiandosi. Lei non avrebbe mai rinunciato al proprio bambino. Si abbracciò il grembo, istintivamente, quasi a voler proteggere la sua creatura, e poi la rabbia divenne un filo gelido.

Quella donna aveva fatto una scelta che non la includeva.

Cominciò a camminare. Era intirizzita, la neve crocchiava sotto i suoi stivali di pelle nera, dal tacco alto. Un regalo di Monique per festeggiare il lieto evento. Cail invece le aveva regalato una rosa. Le aveva detto che era una delle sue prime creazioni. Il suo nome era Baby. Elena l'aveva guardata con un senso di crescente angoscia. Temeva che la sua inesperienza fosse fatale a quella bellissima pianta. Inizialmente scettica sull'opportunità di tenerla in casa, l'aveva messa accanto alla finestra, in modo che godesse di tutto il sole possibile. All'esterno sarebbe andata a riposo, ormai era autunno inoltrato. Ma Elena sperava che tenendola al riparo potesse fiorire ancora per un po'. Aveva letto che in molti luoghi le rose continuavano a vegetare anche nei mesi invernali, certo, forse non a quella latitudine, ma lei voleva comunque tentare. Il suo pollice per niente verde l'aveva spinta a leggere tutto ciò che poteva sulla coltivazione delle rose. Non voleva correre il rischio di assassinare la creazione di Cail, che in un impeto di profonda incoscienza lui le aveva affidato, e non voleva nemmeno assillarlo con mille domande. Baby aveva un profumo complesso. Era fruttato, vegetale, eppure c'erano delle note cipriate in quel *mélange.* Le sentiva distinte, soprattutto al pomeriggio, quando il calore aiutava i petali a sprigionare la loro fragranza. Il profumo era il cuore di quelle rose; i colori cangianti dei petali, dall'ambra dei bordi al rosa carico della base, sembravano trasportare l'essenza ovunque. Elena ogni tanto le parlava. Aveva letto che era molto importante per il benessere delle piante instaurare un dialogo. In genere si assicurava di essere sola prima di cominciare uno dei suoi monologhi, ma sempre più spesso le capitava di non farci tanto caso e, se aveva qualcosa da dire alla pianta, lo faceva e basta. Per quanto le costasse ammetterlo, l'antica paura di restare sola si era ripresentata e la notte la strappava al sonno, lasciandola a rigirarsi nel letto, in preda ai suoi timori più nascosti.

Continuò a camminare finché raggiunse il giardino di Cail, quello dove lui teneva le rose che non poteva coltivare in vaso. Si fermò accanto alla siepe, gli occhi fissi su quei rami gelati che puntavano verso il cielo. La mattina precedente aveva visto una delle rose cristallizzata in un sottile guscio di ghiaccio. Era rossa, bellissima. Le era sembrato allora che un gelo così insolito in quel periodo dell'anno la preservasse dal suo destino di decadenza. Invece le aveva strappato il cuore, congelandone il profumo. Non restava altro che un insieme di petali vermigli, che al primo raggio di sole autunnale si sarebbero sparpagliati sul terreno di pietra, inermi, inodori, privi della loro essenza.

Stava fissando la rosa quando si accorse di lui. Non lo aveva sentito arrivare, più che altro aveva intuito la sua presenza.

«Prenderai freddo», le disse Cail avvicinandosi.

Non si mosse, non ne aveva voglia. Si sentiva stanca, irritabile, di pessimo umore. Un istante dopo lui la coprì con la sua giacca. Il calore l'avvolse come un bozzolo. Elena chinò la testa e chiuse gli occhi. Poi si raddrizzò.

«E tu?»

Lui si scrollò nelle spalle. «Non ho freddo.»

Lui non aveva mai freddo. Elena sorrise e si strinse nella giacca.

«Avvicinati, non ti mordo, sai?»

La sua risata lieve le fece sentire piccoli brividi che presto si trasformarono in quel familiare sfarfallio nello stomaco. Non capitava quasi mai che lui ridesse, ma quelle poche volte Elena era rimasta affascinata dal cambiamento che avveniva in Cail.

«Ho chiamato Matteo», gli disse a bruciapelo.

Restò in silenzio. Non le era piaciuto farlo. Voleva che lui lo capisse, che sapesse quanto le era costato.

«Quando verrà?»

Elena si voltò verso di lui, lo fissò, poi scosse la testa. «Mai. La sua nuova compagna aspetta un figlio, si sposeranno presto.»

«Che diavolo! È impazzito?»

Elena distolse lo sguardo. Non voleva leggere la pietà nello sguardo di Cail. Non lo avrebbe sopportato. Si rese conto di essere ridotta a un fascio di nervi. Nonostante ciò che aveva detto e fatto, il controllo che aveva creduto di avere, le emozioni le ribollivano dentro e minacciavano di sommergerla. Non sarebbe riuscita a tenerle sotto controllo ancora per molto.

«È buffo, non credi? Voglio dire, tutto quel tempo cercando di avere un bambino e non è mai accaduto nulla. E poi...» La voce si ruppe, Elena si coprì la bocca con le dita. Deglutì e inspirò profondamente.

«Questo figlio è mio, Cail, solo mio. Non chiederò l'aiuto di nessuno. Lo alleverò io, hai capito?»

Lo sentì avvicinarsi. Due passi e sarebbe stato dietro di lei, pronto a consolarla. La infastidì quella sua reazione. Possibile che la vedesse tanto fragile?

Attese che lui la toccasse. Ma Cail non la sfiorò nemmeno. Elena si guardò la punta delle scarpe. L'aveva sorpresa, nuovamente. Lo faceva di continuo.

«Ci sono notti speciali, in cui l'oscurità è quasi totale. Se si è fortunati si possono vedere stelle che di solito sono invisibili. Ti va di verificare se questa notte è una di quelle?»

Chiuse gli occhi e assaporò il suono della voce ancora un po' ansante di Cail. Era di ritorno dalla sua corsa serale. Era l'unico uomo di sua conoscenza che corresse di sera, al buio. Cercò nella notte il filo che trasportava il suo profumo e quando lo trovò lo assaporò lentamente.

«Sì, mi piacerebbe moltissimo», sussurrò.

Adesso era proprio dietro di lei. Elena indietreggiò lentamente, un passo alla volta finché si incontrarono. Sollevò la testa e guardò il cielo. Cail allora l'avvolse tra le braccia, lentamente. Restarono così un istante, ognuno prigioniero delle proprie paure, del desiderio che scorreva tra di loro, delle parole che non avevano avuto ancora il coraggio di dirsi, incapaci tuttavia di lasciarsi e di rinunciare a quel poco che avevano.

Cail le baciò i capelli. Elena chiuse gli occhi, abbandonandosi completamente. Dalle labbra socchiuse le sfuggì un gemito strozzato, quasi una preghiera.

Lui la fece girare su sé stessa ed Elena si alzò in punta di piedi, circondandogli il collo.

Cail si abbassò verso di lei, lentamente. Dandole tutto lo spazio che le serviva. Poteva tirarsi indietro. Poteva farlo.

Elena sentì prima il suo respiro caldo e poi un tocco leggero sul viso. Lui continuò a sfiorarla dolcemente, ma quando Elena lo afferrò per la maglia, tirandolo verso di sé, lui l'abbracciò, sollevandola.

Elena immerse le dita tra i suoi capelli e Cail la baciò come aveva desiderato fare, come immaginava da giorni.

Salirono nell'appartamento di Cail e, mentre lui faceva la doccia, Elena decise di aspettarlo all'interno della serra. Sapeva pochissimo di lui, del suo lavoro, di come si svolgeva la sua vita. Si accorgeva in quel momento che era lei il centro della loro storia. Cail si teneva sempre un po' in disparte.

«Piantine di un anno», le disse poco dopo fermandosi al suo fianco.

Elena era china su un vaso dal quale spuntavano piccole foglie di un verde chiaro, dal bordo frastagliato. Facevano tenerezza, erano minuscole e molto graziose.

«Sono bellissime», sussurrò.

«Ognuna di loro è una speranza. Se sopravvivono, potrebbero diventare una rosa speciale, perfetta.»

Elena increspò la fronte. «La rosa perfetta... una definizione singolare.»

Cail si infilò le mani nelle tasche dei jeans. «Pensa a una rosa rossa dai colori straordinari, vivi, con i petali consistenti, che resista alle malattie e che abbia un profumo intenso di frutti e spezie.» Le fissò. «Quello è il sogno di ogni ibridatore.»

«Ma tu ne hai create tante di rose così», replicò Elena.

Cail scosse la testa. «Non proprio. Molte sono appena passabili. E nessuna rossa. Ma ho un paio di piante di due anni. Potrei essere fortunato.»

«È qui che lavori?» gli chiese incuriosita, dando un'occhiata intorno.

«Sì.» Si chinò su un vaso e strappò qualche filo d'erba. «Il laboratorio vero e proprio è vicino ad Avignone, giù in Provenza. Qui tengo le piante su cui sto lavorando per il concorso.»

«Di rose?»

Annuì. «È più di un concorso, in realtà. È un salone aperto agli addetti ai lavori: coltivatori, commercianti. Ci sono anche appassionati di giardinaggio. Durante la serata di gala, quella che chiude la kermesse, viene premiata la rosa che più di tutte risponde ai requisiti di qualità, bellezza, profumo. Il concorso internazionale delle nuove rose, il Concours de Bagatelle. Si tiene ai primi di giugno.»

Il suo bambino sarebbe nato proprio in quel periodo, pensò Elena sorridendo. «Parteciperai?»

Cail la fissò. «Sì, è un appuntamento importante.»

Lei divenne pensierosa. «Come mai hai deciso di vivere a Parigi se la tua azienda è in Provenza?»

Cail distolse lo sguardo, poi riportò l'attenzione su di lei. «A Parigi risiede la maggior parte dei nostri clienti, o i loro uffici. E la città mi piace. Vieni, entriamo in casa, c'è molto freddo», disse raggiungendola e prendendola per mano.

Era vero, faceva molto freddo... ma a Elena rimase come l'impressione che a Cail non piacesse parlare di sé, e questo la riempiva di interrogativi.

Jacques bussò alla porta di Monique e attese. Sarebbe potuto entrare comunque. Nonostante ciò che le aveva fatto credere, possedeva ancora una copia delle chiavi e la usava regolarmente. Lo faceva quando lei non era in casa. Non toccava mai nulla, si limitava a guardare le cose, ad aspirare il profumo che lei lasciava nella biancheria, come un patetico innamorato.

Un minuto, due, tre, cinque. Jacques sorrise, poi chinò la testa.

«Lo so che sei là dietro, *mon amour*. Aprimi, tanto non me ne vado.»

Un *clic* secco, poi la serratura girò tre volte e Monique apparve dietro la porta.

«Chiudi», gli disse secca tornando in salotto.

Come faceva a essere tanto bella con una maglia sformata e un paio di calzettoni? Le gambe, decise Jacques, era di certo colpa di quelle gambe infinite.

«Non è un po' tardi per una visita di cortesia?» gli chiese freddamente.

Jacques ignorò la sua aperta ostilità. «Come stai? È da un po' che non ti sento.»

Monique si limitò a un'occhiata gelida, raccolse il libro e lo riaprì nel punto in cui l'aveva lasciato.

«Non rispondi alle mie chiamate, né ai messaggi. Sei troppo impegnata, oppure si tratta di altro?» le disse avvicinandosi. «Le Notre pretende tutto il tuo tempo? Dimmi, *chérie*, ti soddisfa come facevo io?»

La guardò irrigidirsi, incassare il colpo, farselo scivolare addosso. Attese col cuore in gola un suo sorriso, vide la rabbia nascondersi dietro un autocontrollo feroce, lo stesso che la teneva lontano da lui. Sì, la sua donna era una combattente. E voleva ogni cosa di lei, ogni suo respiro, ogni suo pensiero.

«Vai al diavolo, Jacques», rispose Monique. Gli sorrise e lui sentì un fremito e un lampo di lussuria.

Il gioco aveva inizio e questa volta non aveva nessuna intenzione di perdere. La raggiunse sul divano, dove lei si era accoccolata. Si levò la giacca, poi la cravatta, si sbottonò la camicia e tolse i gemelli d'oro massiccio lasciandoli cadere sul tappeto, senza mai distogliere gli occhi da quelli di lei.

Monique era ipnotizzata, il cuore le martellava in petto, un languore profondo la invase. Lo voleva disperatamente. Ma questo non significava che avrebbe ceduto tanto facilmente. Si alzò, perché non sarebbe riuscita a resistere se Jacques si fosse avvicinato ancora. E lui ce l'aveva scritto in faccia quello che voleva fare.

Lui l'afferrò per un braccio, impedendole di allontanarsi.

«Ne ho abbastanza dei tuoi capricci. Ho fatto ciò che volevi, ho persino assunto la tua amica, adesso voglio la mia ricompensa.»

«Dovresti essere tu a pagarmi, Jacques, Elena è una profumiera straordinaria. Dimmi, continui a tenerla lontana dal laboratorio? Hai davvero così tanta paura che una donna ti dimostri la tua mediocrità?»

Lo disse per ferirlo e quando vide il lampo di dolore nei suoi occhi desiderò rimangiarsi ogni cosa. Ma era troppo tardi. Jacques stirò le labbra in una sorta di sorriso feroce. L'attirò a sé, premendosela al petto. Le infilò le dita tra i capelli, torcendoli nel pugno, le labbra a un soffio dalle sue.

«Non è così brava, a giudicare da quello che mi racconta Philippe. Non ha concluso nemmeno una vendita decente. Credo che tu mi debba risarcire.»

Monique protestò. «Non è vero, Elena mi ha detto che tutto procede bene.»

Ma Jacques le premette le labbra sulla bocca, impedendole di continuare.

«Non me ne frega un accidente di quella donna. Ti voglio, hai capito?»

«Levati dai piedi, Jacques, tornatene dalla tua futura moglie. A quando le nozze?»

Lui ignorò la provocazione. Non avrebbe perso il tempo che avevano a disposizione parlando di un'altra donna. «È un contratto d'affari. Tu sei un'altra cosa», replicò.

«Sì... io sono quella che vorresti scoparti.»

«Precisamente.»

Lo colpì sul viso con la mano aperta, ma Jacques le bloccò l'altra mano torcendola dietro le spalle.

«Lasciami», ringhiò lei.

«Solo se ti calmi.»

Monique si divincolò e lui le lasciò libero un braccio, tenendola saldamente per l'altro.

«Perché mi resisti?» le sussurrò piano.

Monique deglutì. «Lasciami andare Jacques. Lasciami e vattene. Torna da quella ragazza e restaci. È il suo turno. Hai fatto la tua scelta. Vattene via.»

«No, non ti libererai mai di me. Noi siamo uguali Monique. Siamo fatti per stare insieme», le sussurrò.

Lei chiuse gli occhi, provando nuovamente quella sorta di vergogna e pena. Ma lui riprese ad accarezzarla. Le sue labbra erano morbide sulla pelle, e calde. E lei lo aveva desiderato più dell'aria in quei lunghi giorni solitari. Quando Jacques la prese tra le braccia, conducendola verso il letto, Monique affondò il viso nel suo torace.

14.

Angelica. Erba degli angeli, che svela l'essenza nascosta di ogni cosa. Rimedio per ogni male, dal profumo dolcissimo, mielato e avvolgente. Favorisce la conoscenza di sé stessi.

«Hai un profumo diverso, è nuovo?»

Elena scosse la testa, si stiracchiò e prese un altro pasticcino dal vassoio al centro del piccolo tavolo del soggiorno.

«No. L'ho fatto un paio di anni fa. Ma lo devo correggere, non va più bene.» Si accomodò meglio accanto a Cail, si coprì con la trapunta di piume e riprese la sua lettura del diario. Nonostante fosse vecchio di quasi quattrocento anni, il libricino era sorprendentemente in buone condizioni. Ogni Rossini, dopo averlo letto, lo aveva sempre tenuto avvolto in un panno di seta profumato di cannella.

Era da un po' che Elena voleva verificare alcuni passaggi del diario di Beatrice e quella sera era perfetta: faceva molto freddo, sarebbero rimasti a casa.

«Sei cambiata così tanto?» le chiese Cail appoggiando la rivista di botanica che teneva in mano.

«Sei l'uomo più perspicace che io conosca. Sì, sono cambiata molto.»

«Com'eri prima?»

Ci pensò un po' su, poi sorrise. «Stupida.»

La parola le uscì così spontanea, così sincera che Cail non riuscì a trattenere una risata. Quel suono di gola, così inatteso e spontaneo, si librò nel silenzio della stanza. Elena lo fissò, incantata. Cail sorrideva molto di rado, ma quando lo faceva a lei sembrava di vedere attraverso quegli occhi finalmente sereni e l'espressione distesa l'uomo stupendo che era.

Aveva sollevato il mento ora e i denti brillavano tra le labbra morbide. Gli occhi erano socchiusi e sembrava non avesse mai avuto un solo pensiero nella sua vita.

A Elena venne la tentazione di infilare le dita tra i suoi capelli, di accarezzargli la cicatrice che gli segnava la guancia, di baciarla, di stringersi a lui e sentire il suo profumo...

Poi si ricordò del bimbo e dei suoi propositi per il futuro. E l'incanto finì. Per quanto le piacesse Cail, non voleva complicare una situazione già delicata: l'aveva deciso già la sera del loro primo bacio.

«Sono seria», disse lei alzandosi in piedi. Chiuse il libro, si alzò e lo posò sul tavolino.

Da quando era arrivata a Parigi, l'appartamento del Marais era cambiato radicalmente. Cail aveva deciso che un luogo pieno di storia e di carattere come quello doveva essere riportato alle sue caratteristiche originali. Monique gli aveva fatto notare che anche nei suoi tempi migliori il salone al pianterreno non era mai stato più di un comune ricovero per cavalli e carrozze. Ma lui non le aveva dato retta e così, dopo aver avuto il permesso dalla famiglia Duval, con il sostegno morale di Elena, visto che non le aveva permesso di sollevare nemmeno un pennello, aveva sistemato e ridecorato tutto il locale, dal soffitto di travi di ginepro fino alla porta e alla finestra in vetro piombato che davano sulla strada.

Era incredibile guardare quelle splendide pareti di mattoni a vista e pensare che solo un paio di settimane prima erano ricoperte da vari strati di intonaco ammuffito. Cail aveva tolto anche le mattonelle riportando alla luce l'originale pavimento in pietra grigia. Lo aveva poi trattato con degli oli particolari finché era diventato lucido come il peltro. La prima volta che lo aveva visto dopo il restauro, Elena era rimasta a bocca aperta.

I divani li avevano comprati al marché de la Porte de Vanves, uno dei mercatini antiquari – o delle pulci, come aveva specificato Monique – più caratteristici della città. Cail aveva portato due stampe e una lampada Tiffany, Monique un ficus benjamina che, a sentire lei, aveva assolutamente bisogno di fare due chiacchiere con qualcuno.

«Perché dici così?» le chiese Cail. «Perché stupida?» Si era tirato su adesso e la seguiva con lo sguardo.

«Perché così mi sono comportata, stupidamente.» Sorrise, poi la sua espressione divenne seria. «Non so come spiegartelo. Vedi... è qualcosa che ho scoperto da poco. Adesso vivo giorno per giorno, ogni cosa che faccio è nuova, è come se la facessi per la prima volta. Deve essere a causa del bambino...» borbottò pensierosa. «Forse Jasmine ha ragione a dire che la personalità dei figli e i loro gusti si uniscono a quelli della madre. Lo sai che quando lei aspettava Monique odiava le fragole? Ha ricominciato a mangiarne qualcuna solo dopo la sua nascita. E Monie non è mai riuscita a sopportarle, nemmeno da bambina. Sì, scommetto che è lui a interferire nelle mie scelte.» Ci pensò su e scosse la testa, poi puntò gli occhi su Cail. «Smettila di ridere.»

«Non sto ridendo di te.»

«Ma stai ridendo», gli disse con le mani sui fianchi.

«Perché mi piace quello che vedo.»

Elena si immobilizzò. «Ecco, lo vedi? Mi dici cose del genere e io... mi chiedo come ho fatto a perdere il mio tempo con Matteo quando avrei potuto trascorrerlo con te. Non esiste nessuna spiegazione, lo capisci? Non so cosa mi sia accaduto per tanto tempo. Non mi piace e non faccio altro che rimuginarci sopra.»

Cail si alzò, la raggiunse e la prese per mano. «Torna sul divano, parliamo un po', vuoi?»

Elena si lasciò convincere, perché era quello che Cail faceva di solito. La prendeva con sé e l'aiutava a superare gli ostacoli. Una volta vicini, sotto la trapunta di piume, si guardarono. Poi lui le sollevò il mento e cominciò a baciarla. Scivolò sulle sue labbra, lieve ma deciso. Lo era sempre di più, come se ogni volta che si scambiavano un bacio il loro legame si rafforzasse. Ma nonostante ciò non si era mai spinto oltre.

Elena però si afferrò a lui, stringendosi contro il suo torace. Dischiuse le labbra e quando lui le afferrò la nuca si lasciò andare alle sue carezze, che adesso erano diventate più sicure, più possessive.

Improvvisamente Cail si fermò, allontanandola da sé.

Ogni volta era più difficile smettere. La desiderava come mai gli era accaduto prima con una donna. Sapeva che se avesse deciso di andare fino in fondo, di fare l'amore con lei, Elena sarebbe stata d'accordo. Lo voleva anche lei, Cail lo sentiva in ogni cellula del suo corpo. Ma poi una volta che fosse stato insieme a lei, che il loro rapporto avesse preso una direzione esclusiva, totale, cosa sarebbe accaduto? Il bambino sarebbe arrivato, e con lui un mucchio di problemi. Certo, ora Elena diceva che non sarebbe mai tornata con il suo ex, ma se avesse cambiato idea dopo la nascita? Quel pensiero lo rendeva folle di rabbia. Non voleva rinunciare a lei, ma non poteva oltrepassare il confine che aveva stabilito.

Al diavolo!, imprecò mentalmente. Prima che Elena potesse anche solo chiedersi cosa fosse accaduto e per quale motivo lui si fosse tirato indietro, Cail l'aveva afferrata nuovamente, questa volta con tenerezza. E poi aveva poggiato la fronte sulla sua, il respiro agitato, il cuore che batteva forte sotto il palmo di lei.

Per un istante, Elena pensò di riprendere esattamente da dove avevano interrotto. Poi incrociò lo sguardo cupo di Cail e fu come ricevere una secchiata di acqua fredda. Lui era quasi livido, il viso indurito, come se si fosse pentito di essersi lasciato andare. E probabilmente era così.

Istintivamente si divincolò. Cail la lasciò immediatamente, Elena ne approfittò per alzarsi in piedi.

Si stava di nuovo dimenticando che era una donna incinta, incinta di un altro, si rimproverò con un filo di amarezza. Eppure sapeva per esperienza quanto questo fatto potesse essere destabilizzante per un uomo. Oh se lo sapeva! L'immagine di Maurice le balenò nella mente, ma lei la scacciò via. Non c'erano paragoni tra Maurice e Cail. Non c'era nessuna possibilità che lui si comportasse come il suo patrigno. Non era forse lì, con lei? Poteva andarsene quando voleva, non c'era nulla tra loro, non una promessa, niente che lo obbligasse a stare là. Eppure lui c'era, c'era sempre.

E poi il loro comportamento era completamente diverso.

Cail non l'aveva mai costretta, né persuasa a fare ciò che non voleva. Lui parlava chiaro... certo, quando parlava.

Sospirò. E allora si rese conto che per quanto potesse essere ragionevolmente sicura di Cail, comunque c'era sempre un dubbio, un sottile impalpabile dubbio. D'altronde Elena non sapeva quanto Maurice fosse stato affascinante con sua madre. Lei conosceva solo il lato peggiore del loro rapporto. E se anche Cail fosse stato interessato a lei, ma senza volere il bambino?

Si passò le dita fra i capelli, tirandoseli indietro. Era confusa. All'improvviso sentì il bisogno di parlare con sua madre, un bisogno urgente. Era incredibile, ma Susanna era l'unica persona che avrebbe potuto comprenderla. Entrambe amavano un uomo che non era il padre del loro figlio.

Ma era amore quello che sentiva per Cail? Non ne aveva idea. Dopo Matteo era molto prudente quando si trattava di mettere a repentaglio i propri sentimenti. E poi adesso c'era il bambino a cui pensare.

«Torna qui», le disse improvvisamente Cail battendo la mano sul divano al suo fianco.

Fu tentata di rifiutare, di fare molto peggio, magari chiedergli di andarsene. Ma non era quello che voleva davvero. Lo guardò di sfuggita, poi distolse lo sguardo.

«Parliamo un po', okay?» le propose nuovamente. Si era alzato adesso e si era avvicinato.

Ecco, già meglio, pensò Elena. Tuttavia non si lasciò raggiungere, girò intorno al tavolino, ancora troppo ferita per lasciar perdere.

«O vuoi che me ne vada?» La proposta di Cail spezzò quel silenzio teso che era sceso su di loro come una cappa pesante.

«No!» Lo guardò e seppe che non era quello che voleva.

«E allora vieni da me, ci sediamo e parliamo.»

«Non mi va, non... non voglio parlare di... di quello.»

«Di noi?» le chiese Cail.

Elena annuì, gli occhi piantati sul pavimento. Non era pronta per chiarire quel tira e molla che c'era tra loro, non ancora e non in quel momento, quando era a tanto così dallo scoppiare a piangere.

«Okay, non siamo obbligati a farlo. Non litighiamo per questo.» La voce di Cail era più rilassata ora, più disponibile. Lui tornò sul divano, ma prima scelse un *macaron* lilla da quelli disposti sul vassoio, il preferito di Elena, e glielo porse. «Pace?»

Lei ricacciò indietro le lacrime e suo malgrado sorrise. Poi scosse la testa. «Sei tremendo», gli disse. Però lo accettò e lo morse, golosa della deliziosa crema al ribes.

«Non è per te», gli disse agitando un dito. «Ma è per i pasticcini che facciamo la pace. Visto che li hai portati tu, non vorrei che te li riprendessi.»

Lui non replicò, limitandosi a sistemarle una ciocca di capelli dietro l'orecchio. Sembrava ancora assorto in qualche pensiero poco piacevole, ma il suo tocco era delicato e caldo, e dolce.

«Una domanda ciascuno?» gli propose lei.

Cail ci pensò su un momento. «Va bene, però comincio io.» Fece una pausa. «Un giorno mi hai detto che avevi due desideri, uno era il bambino... qual è l'altro?»

Elena si inumidì le labbra. «C'è una domanda di riserva?»

«No, ma non sei obbligata a rispondere, se non vuoi.» Lo disse con una voce grave, seria.

Un profondo sospiro, poi Elena cercò di spiegarsi meglio. «Non è così semplice. Non è che non voglia rispondere, ma tu ne fai parte. Non posso svelarti la mia strategia. Devo giocare bene le mie carte, cosa credi? Dai, fammi un'altra domanda», gli disse agitando nuovamente la mano.

Cail sembrò sorpreso. L'attirò a sé nuovamente e la baciò, le dita fra i suoi capelli. Poi si ritrasse ancora una volta. Come se fosse appena stato vittima di un impulso irrefrenabile e poi si fosse pentito. Si schiarì la voce, un istante dopo ricominciò a parlare. «Va bene, un'altra domanda. Vediamo... ti manca l'Italia? Vorresti tornarci?»

Ancora turbata da quel bacio, Elena scosse la testa come a volersi schiarire le idee.

«Parigi mi piace, credo che sia una delle città più belle al mondo, mi sento di dirlo anche se non le ho visitate tutte. Sai, quando ero piccola, mia madre si spostava di continuo, prima di stabilirsi definitivamente a Grasse. Ho visto Bombay, Il Cairo, Tokyo, New York. Ovunque richiedessero le sue abilità di profumiera, lei partiva. E io andavo con lei. Ho visitato tutti i parchi giochi e gli zoo possibili e immaginabili. Quando uscivo con le bambinaie, osservavo ogni cosa. C'erano luoghi che mi piacevano, che sentivo adatti, altri che, seppur bellissimi, mi spaventavano. Un luogo è come un profumo, come un vestito, devi sentirlo addosso per capire se è quello giusto per te.» Fece una pausa. «Parigi, il Marais, l'Île de la Cité sono tutti posti che mi piacciono.»

«Dunque non tornerai a Firenze?»

«Qualche volta, per un po', magari. Per vedere il palazzo. Sai, anche quella è una cosa che non riesco a capire. Prima lo odiavo quel luogo, ora ci sono dei momenti, soprattutto la notte, che vorrei essere lì. Forse è per via di ciò che rappresenta, del suo passato. Lì c'è tutto quello che mi ha insegnato mia nonna e che hanno creato e lasciato le donne della mia famiglia. Dovresti vedere il laboratorio, ci sono recipienti in porcellana smaltata più alti di me. Sono meravigliosi. In ogni stanza ci sono oggetti antichi, e una lampada per essenze.»

«Come quella?» chiese Cail indicando un vaso di vetro con una candela accesa sotto un piattino da cui si sprigionava un profumo lieve e aromatico.

«Sì. Mia nonna usava sempre le stesse: arancio per l'allegria, salvia contro confusione e dubbi, menta per stimolare la fantasia, lavanda per purificare. I profumi si sono posati sui mobili che adesso odorano come se le erbe, i fiori e i frutti si fossero legati a loro. Quando sono partita da Firenze l'ho infilata nella valigia, insieme a qualche essenza.»

«Mi piace molto questo profumo.»

«Gelsomino e due gocce di elicriso», specificò.

«È molto stimolante», proseguì Cail con un mezzo sorriso.

Elena spalancò gli occhi e arrossì. In effetti, quando aveva dosato il gelsomino aveva desiderato creare un ambiente molto intimo.

Lui continuava a fissarla, le sue dita si muovevano accarezzando la spalliera del divano. Elena inspirò profondamente, poi cercò di riprendere da dove si era interrotta. «Al pianterreno c'è l'antica bottega dei profumi. Il soffitto è affrescato. Se alzi lo sguardo ti sembra di vedere un prato pieno di fiori e angeli, e in un angolo, un po' in disparte, ci sono un uomo e una donna. Si tengono per mano e vanno verso un arco di rose. È molto suggestivo. C'è un paravento enorme, se lo apri diventa una casetta, un nascondiglio perfetto.»

«Era lì che ti rifugiavi quando combinavi qualcosa?»

Lei annuì. «Ero una terribile delusione per mia nonna. La facevo davvero arrabbiare. C'erano giorni in cui andavamo d'accordo e sembrava che andasse tutto bene. E lei era felice. Ma c'erano momenti in cui la odiavo. E allora mischiavo i profumi, rovesciavo i composti, mi rifiutavo di studiare, o di parlarle.»

«Proprio una bambina terribile.» Cail rise, ma presto l'allegria si trasformò in una considerazione amara. Anche a lui era capitato di rovinare il lavoro di suo padre. Una delle loro rose migliori era nata dal suo tentativo di sabotare una semina. Capitava spesso che Cail si arrabbiasse. Soprattutto nei periodi in cui suo padre, Angus McLean, spariva. La madre restava sola con lui e la sorellina a badare all'azienda. Dentro di sé riusciva ancora a sentire i singhiozzi soffocati della donna. Sì, comprendeva la rabbia di Elena bambina, il profondo senso di impotenza che si ha a quell'età. La comprendeva intimamente.

«In quella casa ci sono le tue radici, Elena. È normale che tu ci sia affezionata.»

Lei scrollò le spalle. «Sarebbe normale, se non avessi odiato ogni istante che vi ho trascorso.»

Cail guardò oltre le spalle di lei, in un punto lontano. «L'odio è un sentimento molto complesso. Si odia ciò che si desidera intensamente e non si può possedere, si odia ciò che non si comprende, quello che sembra troppo distante. Odio e amore sono troppo vicini, i loro contorni sfumati, non hanno confini chiari.»

Elena lo fissò. «Non l'avevo mai considerato sotto questo aspetto.»

«Perché detestavi quella casa?»

«Mia madre alla fine mi lasciò là, mi disse che era per il mio bene, che sarei stata meglio con la nonna... Erano scuse, voleva solo liberarsi di me. La verità era che Maurice mi detestava e lei voleva rifarsi una vita senza avere tra i piedi la figlia di un altro.»

Si accomodò sul divano, allontanandosi da lui.

«Lei... ti ha mai fatto del male?» La voce si era fatta grave, profonda, lo sguardo cupo.

Elena scosse la testa. «Mia nonna mi ha voluto molto bene, anche se a modo suo. Sai che la notte veniva nella mia stanza? Aspettava che mi addormentassi, poi entrava e si sedeva accanto al mio letto. Dopo qualche minuto si alzava, mi baciava e tornava di sotto. Quelle sono le uniche manifestazioni di affetto che mi abbia mai dimostrato. Durante il giorno, invece, mi parlava come se fossi un'adulta, non ammetteva errori... ma mi rispettava.»

L'emozione giunse insieme ai ricordi, a piccoli episodi che adesso le ritornavano in mente come oggetti di cui avesse perso ogni traccia. Si era dimenticata di quanto il rispetto di sua nonna fosse stato importante per lei. Sorrise e si tirò indietro i capelli.

«Quando dicevo qualcosa, soprattutto se aveva a che fare con i profumi, lei si fermava, smetteva di fare ciò che stava facendo e mi ascoltava. Voleva che andassi oltre il concetto del profumo, oltre la fragranza in sé. Voleva che cercassi il profumo nella mente, che lo trovassi nel cuore. Diceva che il profumo è il cammino, la strada verso la conoscenza più profonda, quella dell'anima. Sosteneva che le parole, le immagini, i suoni e anche il gusto possono trarre in inganno. Ma l'olfatto no, prescinde da tutto.»

Fece una pausa, dentro la sua mente risentiva ancora le parole esatte di Lucia Rossini. Erano vivide come allora, scolpite in modo indelebile nella sua memoria.

L'odore, il profumo, ti entra dentro perché sei tu che lo inviti con il respiro, e poi segue la sua strada. Non puoi decidere se ti piacerà. Viaggia su un'altra dimensione. Non appartiene alla logica, o alla ragione. S'impossesserà di te, però, pretendendo la verità assoluta. Lo amerai allora, oppure ti farà ribrezzo. Ma non ci sarà nulla nella tua esistenza di più autentico di quella prima emozione. Perché quella è la risposta della tua anima.

Cail le accarezzò una mano. «E poi?»

Elena si voltò verso di lui. «In negozio seguiva rituali antichi di generazioni. Non voleva nemmeno sentir parlare di cambiare le tecniche e la strumentazione. Per lei non esisteva altro che quello che aveva appreso. Era ossessionata. Come mia madre, come Beatrice. Come tutte quelle donne.»

«Tua madre... è per quello che se n'è andata? Tua nonna non le permetteva di gestire l'attività?»

Lei scosse la testa, gli occhi incupiti. Non le piaceva parlare del passato. Eppure, mentre raccontava ogni cosa a Cail, le sembrava che il sapore amaro della sua infanzia solitaria si fosse attenuato.

Accolse quella sensazione con un filo di stupore. Ora la poteva sopportare. Era come se, tirandola fuori, mostrandola, avesse perduto di intensità.

Elena si concentrò. Voleva essere precisa, doveva esserlo. «No. A lei non interessava quel genere di profumeria. Non ci credeva. Voleva viaggiare, vedere il mondo. Mia madre adorava tutto ciò che era moderno. Il futuro della profumeria, secondo lei, era nella chimica, nella sintesi. Diceva che il profumo di Beatrice al giorno d'oggi non sarebbe servito a nulla. Troppo vecchio, troppo diverso. Mia nonna, invece, la pensava in modo diametralmente opposto. Per lei quel profumo era speciale, perfetto, un concentrato di idee, sensazioni ed emozioni ancestrali, le stesse che risiedono nella memoria limbica dell'uomo e che vengono trasmesse insieme al patrimonio genetico. Una sorta di codice olfattivo. Quel profumo sarebbe stato sempre attuale perché era l'anima stessa dell'uomo. Era l'amore, la speranza, la generosità, il valore, la fiducia, tutto il meglio che il genere umano conosceva e aveva prodotto.»

«Un'utopia?»

Elena scosse nuovamente la testa. «In teoria è possibile, sai. È vero che il profumo è soggettivo, ma il profumo del fuoco è calore, conforto, pericolo, azione, e lo è per tutti. Così come la pioggia è speranza, futuro. Per qualcuno rappresenta anche l'angoscia, sì, ma comunque è sinonimo di abbondanza. Poi c'è l'odore del mare, del grano, del legno... potrei andare avanti per ore. Gli odori, quelli buoni e quelli cattivi, vengono elaborati dal cervello a livello istintivo, prima che ce ne si renda conto. E scatenano una reazione che affonda le sue radici nella parte più antica della nostra anima.»

«Tu cosa ne pensi?»

Scrollò le spalle. «Io so solo che è stato il profumo a portarle lontano da me, entrambe.»

Cail l'abbracciò, sperando di riuscire a scacciare la desolazione che traspariva da quelle parole appena sussurrate. Avrebbe voluto chiederle di Susanna, sentiva che era la custode del dolore più grande di Elena. Ma lei era troppo turbata per sopportare una conversazione del genere. Allora cercò dentro di sé le parole giuste da dirle e le trovò in ciò che lo univa a lei, in quel misto di amore e odio che aveva provato per il padre da ragazzo e che in seguito aveva superato. «Forse le cose sono più complicate di quello che sembrano. Da quello che mi hai detto, da ciò che sei diventata e da quello che fai, il profumo potrebbe essere ciò che vi unisce...»

Ciò che vi unisce. Elena istintivamente respinse quelle parole. Poi mentre Cail le raccontava di sé e di come l'ibridazione fosse l'unica cosa che aveva in comune con suo padre, ci tornò su e le esaminò come si fa quando si guarda un corso d'acqua potenzialmente pericoloso, che si deve superare a ogni costo per poter raggiungere l'altra riva.

Allora comprese che era vero. Per quanto si fosse ostinata a pensare il contrario, il profumo era forse l'unica cosa che aveva in comune con sua madre e sua nonna.

In quel momento, le tornarono alla mente le parole di Monique. Era stata l'ossessione di Susanna e Lucia, la suggestione che il profumo aveva avuto nelle loro esistenze, la ragione del rifiuto che aveva sviluppato verso di esso. Per quello aveva cercato di cancellarlo dalla sua vita.

Ma il profumo ormai era dentro di lei. Lentamente, con pazienza, aveva trovato ugualmente il modo di raggiungerla e di reclamarla.

«E se anche io... se anche io trascurassi il mio bambino, se lo abbandonassi per questa stupida ossessione? Se non trovassi il tempo?»

Ecco, finalmente era riuscito a farglielo dire, pensò Cail. Le era costato un po', ma alla fine Elena aveva tirato fuori ciò che la tormentava davvero.

«Potresti affrontare la cosa a viso aperto, senza girarci attorno.» "Così come fai con tutto il resto." Ma quello Cail non glielo disse.

Elena si accigliò. «Cosa intendi dire?»

«Apri il tuo negozio, crea i tuoi profumi, cerca la formula perduta. Ma fallo con serenità, è tutto davanti a te. Scegli. Sei tu che decidi.»

Elena scosse la testa. «Un giorno forse. Ora devo pensare al bambino.»

Cail aggrottò la fronte. «Cosa ti impedisce di fare entrambe le cose?»

Già, cosa glielo impediva? «Non lo so, non lo so...»

«Abbi fiducia in te stessa.»

«Non si tratta solo di quello. Per aprire un negozio servono molti soldi. Un patrocinatore, qualcuno che ti presenti alle persone giuste, che ti inserisca nei canali di distribuzione, e questo non è nemmeno l'ostacolo più grande.»

Un sospiro divertito, poi Cail le sollevò il mento. «E quale sarebbe?»

Elena lo fissò negli occhi. «Sai come funziona? Come si procede per creare un profumo?»

Cail scosse la testa. «Solo per quanto riguarda le rose, ma non credo che valga.»

Elena si accoccolò tra le sue braccia e poggiò il mento sul

suo torace. «Si parte da un'idea. Può essere un evento, un sogno, una passeggiata. Un profumo è come un racconto, è una forma di comunicazione, solo più sottile e più immediata. Quando il *brief*, così si chiama, è ben chiaro, allora si parte con la scelta delle essenze. Io le sento tutte, diventano colori, emozioni, mi travolgono, si impossessano di me, non riesco a smettere di pensarci finché il profumo non è terminato.»

Silenzio, nel soggiorno si sentivano solo il respiro agitato di Elena e quello regolare di Cail.

«È meraviglioso. Quello che dici, quello che sei, la passione che metti nel fare il tuo lavoro. Non è un impedimento, è un grande dono. Tu sei una donna molto speciale.»

Disse quello che aveva nel cuore, e in ogni parola c'era ammirazione, rispetto, considerazione. In quel momento Elena cominciò davvero a innamorarsi di lui.

Parigi a novembre sembrava sfavillante e magica. Elena si era abituata ai palazzi dai tetti aguzzi e dai lucernai sporgenti che catturavano i raggi del sole riflettendoli sui passanti, ai parchi cittadini, ai mercatini rionali. Passeggiava con Cail, alla scoperta di luoghi segreti, giardini di ghiaccio, musei che conservavano quadri, arredi, gioielli e uno molto speciale, quello che custodiva tutti i profumi del mondo.

Si erano divertiti molto all'Osmothèque.

Il museo, situato nel cuore di Versailles, conservava più di milleottocento fragranze, alcune delle quali ormai estinte, altre che avevano decretato la fine di un'era olfattiva e l'inizio di una nuova. Su alcuni di quei profumi erano stati scritti interi trattati. Cail aveva annusato Hungarian Queen, del 1815, usato da Napoleone Bonaparte, e gli era piaciuto. Elena gli aveva fatto conoscere il Chypre di Coty e poi avevano ritrovato il sensuale Mitsouko creato nel 1919 da Jacques Guerlain e il più recente Shalimar. Quel profumo speciale partiva da una base di iris e vaniglia chiamata Guerlinade, evocava i famosi giardini di Shalimar, l'omaggio di un principe indiano al ricordo della sua amata. Era incredibile che un profumo del genere fosse il risultato di un incidente: una fialetta di vanillina fu versata per errore in un flacone di Jicky e il risultato fu la base di Shalimar.

Il museo ospitava anche Chanel N° 5, creato nel 1921. Durante quella gita olfattiva si erano imbattuti anche in Joy di Jean Patou, creato da Henri Alméras. Era, all'epoca, uno dei profumi più costosi in assoluto, richiedeva oltre diecimila fiori di gelsomino e più di trecento rose per ottenere appena trenta millilitri di fragranza. Diffuso dopo la guerra, divenne simbolo di rivincita e lusso.

Oltre a questi profumi così famosi c'erano anche fragranze antichissime: il «profumo regale», creato a Roma nel I secolo, l'Acqua della regina d'Ungheria, del IV secolo, e alcune fragranze tratte da ricette tramandate da Plinio il Vecchio.

Madame Lanvin, dell'omonima *maison*, nel 1927 aveva offerto alla propria figlia Marguerite un profumo delicato e floreale con note di testa classiche: neroli, pesca, un cuore di rosa, gelsomino, mughetto, ylang-ylang e come finale sandalo, vaniglia, tuberosa e vetiver. Il profumo era il regalo per il tredicesimo compleanno della bambina, un'elaborata composizione di due grandi nomi dell'epoca: André Fraysse e Paul Vacher. La piccola lo chiamò Arpège. Sulla bottiglia a forma di mela c'era il logo della casa: l'immagine di una donna che danzava con una bambina.

La cosa che sorprese di più Elena, tuttavia, fu riconoscere tra gli elenchi dei profumieri il nome di Giulia Rossini, una delle sue antenate. La sua prozia era stata un'abile profumiera, una delle più dotate. Della sua lunga e fruttuosa produzione l'Osmothèque conservava Giardino incantato, un profumo che lei conosceva bene e che Lucia spesso le aveva citato come termine di paragone. Si trattava di una fragranza delicata e allo stesso tempo decisa. C'erano fior d'arancio, angelica e tuberosa, poi legno di rosa, cedro, mirto e infine ambra. Sapere che era stata una delle Rossini a crearlo, vederlo insieme alle fragranze più significative della storia della profumeria la riempì di orgoglio e di felicità. Il senso di appartenenza che aveva provato riconoscendolo l'aveva scaldata, accarezzandola con dolcezza. Lei era una di loro, una Rossini. Giardino incantato, nella sua prima edizione, era meraviglioso. Annusarlo, immaginare i sentimenti e le emozioni che avevano portato la sua antenata alla creazione di quella fragranza fu una delle tappe più emozionanti della giornata.

15.

Timo. Energetico, rinforzante. Dissipa la confusione, predispone alla logica, dissolve l'incertezza del sogno. Rinnova la stabilità mentale.

Da quando aveva cominciato a prendere gli integratori, Elena si sentiva meglio e anche le nausee erano passate. La gravidanza era diventata per lei qualcosa di magico, una condizione che la riempiva di stupore e paura in egual misura. Aveva iniziato a parlare con il bambino e poi restava ad ascoltare, quasi sperasse in una risposta. Ma era presto per sentirlo muovere. La dottoressa le aveva detto che avrebbe cominciato a percepirlo verso il quinto mese. Ma questo a Elena non interessava, sapeva che suo figlio la stava ascoltando. Parlare con lui era diventato fondamentale. Susanna non aveva mai amato conversare. E questa era una cosa che l'aveva sempre rattristata. Lei invece avrebbe raccontato tutto a suo figlio.

Cominciò con piccole frasi, per poi passare a discorsi, vere e proprie confidenze. Finalmente Elena aveva qualcuno a cui raccontare tutto.

«Con chi stavi parlando?» le aveva chiesto Cail una mattina, entrando in casa.

«Con il bambino, naturalmente.»

Lui l'aveva fissata, poi in silenzio l'aveva raggiunta e abbracciata. Elena, un po' stupita, gli aveva gettato le braccia al collo e Cail ne aveva approfittato per coccolarla un po'. Gli piaceva portarle i capelli all'indietro, liberandole il viso. Gli piaceva accarezzarla, sentire la sua pelle sotto le dita. Gli piaceva toccarla, averla accanto a sé.

E proteggerla. Tenerla al sicuro. Ed era qualcosa che non

riusciva a capire, quell'attaccamento che non aveva nulla di ragionevole, di sensato.

Ma aveva un brutto presagio. C'era già passato, si rammentò aspramente. Meglio che lo tenesse a mente.

Quel dolore era ancora lì. Se ci pensava, se lo cercava, poteva ritrovarlo e con lui i ricordi del suo amore giovanile finito tragicamente. Non era il caso di gettarsi in una relazione complicata come quella che avrebbe di certo avuto con Elena. Aveva anche pensato di andarsene. Ma non poteva, era una questione d'onore. Ed Elena aveva bisogno di uscire, di camminare, di ridere.

L'aveva fatta vestire, allora, ritirandosi in sé stesso, cercando di ripristinare un po' le distanze. L'aveva portata al mercato dei fiori a ritirare i cinorrodi di rose che stava aspettando, dai quali avrebbe estratto i semi per le nuove piantine. Ma senza smettere di osservarla e chiacchierare e sorridere.

A Elena erano piaciuti molto il mercato, i fiori, i profumi, la considerazione e il rispetto che le persone avevano per Cail. Ma la donna che lo aveva servito, una certa Liliane, tutta sorrisi e moine, non l'aveva gradita affatto.

Tutto adesso sembrava procedere bene, nella vita di Elena. Anche da Narcissus le cose sembravano migliorate. Philippe non le aveva porto delle scuse vere e proprie per il suo comportamento inqualificabile, ma si era tenuto alla larga e aveva lasciato che fosse Claudine a trattare con lei. Per fortuna, subito dopo quello spiacevole episodio, era partito. Montier voleva aprire una filiale a Londra e Philippe doveva occuparsi della logistica e di trovare un luogo adatto.

Era quasi l'orario di chiusura quando Adeline Binoche entrò in negozio, seguita da una donna sui cinquant'anni, i capelli rossi cortissimi e l'espressione intensa, che continuava a guardarsi intorno. A Elena ricordò l'estate, dorata e luminosa. Un pizzico di bergamotto, il fieno ormai asciutto steso al sole e fiori di campo.

«Si ricorda di mia cognata?» le chiese Adeline con il suo

solito sorriso amichevole. «Le ho parlato di lei quando sono venuta l'ultima volta.»

«Certo, madame... Geneviève, giusto?» Per fortuna quella donna possedeva un nome particolare, pensò Elena con una punta di sollievo. Non aveva memoria per i nomi delle persone, forse dipendeva dal fatto che invece si ricordava perfettamente del loro profumo.

Adeline Binoche, ad esempio, sapeva di vaniglia, con un cuore di rosa e muschio di quercia. Serena, vivace e acuta. Le stava bene quella fragranza, pensò Elena. Chiara e limpida, senza cedimenti. Come il suo sguardo, così diretto.

«Geneviève Binoche», precisò la donna porgendole la mano. «Ho sentito parlare molto bene di lei. Posso chiamarla Elena?»

«Sì, certo.»

«Bene», rispose la donna. Era sofisticata, elegante e aveva un modo di fare franco e diretto. «Spero che lei mi possa aiutare. Mi serve un profumo, il profumo di Notre-Dame.»

Elena sentì un fremito in fondo alla gola, ma si sforzò di reprimerlo cercando di conservare l'espressione imperturbabile. Se Claudine riusciva a restare seria davanti alle richieste più assurde, voleva dire che era possibile. Dunque lo avrebbe fatto anche lei.

«In senso metaforico, giusto?»

Geneviève scosse la testa. «No, letterario. Ho bisogno di sentire qualcosa che possa ispirarmi, che mi dia un'indicazione. Sto scrivendo un saggio su *Notre-Dame de Paris* e voglio che sia diverso da tutti i precedenti, unico. Victor Hugo ha creato un'opera straordinaria. Il sacro e il profano insieme. Il bene e il male, il bello e il brutto. Voglio un profumo che sia tutto questo, che sia solido e grande come Notre-Dame, che possieda la sua purezza e la vitalità sensuale e innocente di Esmeralda. Mi serve qualcosa in grado di evocare la crudeltà di Febo, la follia di Frollo e soprattutto l'amore di Quasimodo, unico e totale.» Il silenzio calò per un attimo su di loro. Era il concetto stesso della vita. Era la vita nel senso più profondo del termine. «Mi chiedo cosa potrebbe venire fuori dall'accostamento tra profumi e letteratura. La storia, la narrazione stimola l'immaginazione e dunque la vista, il tatto e poi l'udito. Musica, melodia... tutto questo va bene. E se i concetti fossero fruibili anche sotto forma di odori? In realtà, Notre-Dame ha un suo profumo: incenso, candele, l'odore dell'antichità, di quell'umido gradevole dei secoli trascorsi, la patina che milioni di respiri hanno posato sulle statue. Sarebbe l'unione dei sensi e la percezione diventerebbe tridimensionale.»

Qualcuno aveva già percorso una strada simile. Erano state create fragranze ispirate a dei quadri. A Laura Tonatto, la famosa profumiera italiana, era venuta quell'idea osservando l'*Aurora* di Artemisia Gentileschi e in seguito aveva deciso di creare la fragranza che *Il suonatore di liuto* di Caravaggio evocava.

Era un modo magnifico per condurre lo spettatore all'interno di quel capolavoro. Farglielo annusare, oltre che vedere. A Elena la visione della Tonatto era piaciuta così tanto da mettere la visita all'Ermitage di San Pietroburgo, dove era conservato *Il suonatore di liuto* di Caravaggio, nella lista di cose da fare al più presto. Il profumo di un quadro, a rifletterci bene, veniva quasi naturale immaginarlo. Era sollecitato dalla vista. Ma il profumo di *Notre-Dame de Paris*, ecco, quello era un concetto talmente complicato, così profondo, da essere tutto e nulla allo stesso tempo.

«Mi spieghi esattamente la sua idea.»

E Geneviève lo fece. Con dovizia di particolari descrisse a Elena come il profumo che aveva in mente dovesse mostrare il percorso e le varie tappe della vita, i sentimenti e le emozioni. Come dovesse rappresentare la complessità dell'animo umano.

«Lei capisce che ciò che mi chiede necessita di un lungo periodo di elaborazione.»

Geneviève annuì. «Naturalmente. A dire la verità, non pretendo nemmeno che si tratti di un profumo finito. Potrebbe anche solo scegliere delle essenze da farmi annusare in modo che io ne possa trarre ispirazione. Ma se lei riuscisse a creare il profumo sarebbe il massimo. Naturalmente, il denaro non è un problema.»

«Dunque, vediamo. Mi lasci qualche giorno per pensarci. Che ne dice se ci sentiamo lunedì prossimo?»

«Mi sembra un'ottima idea. La ringrazio. Questo è il mio biglietto da visita», le disse porgendole un cartoncino blu. «Spero di sentirla presto. Ci tengo molto», concluse.

Geneviève e Adeline si avviarono all'uscita conversando animatamente. «Che ti avevo detto? Se c'è un modo di trovare quel profumo, Elena ci riuscirà.»

Magari fosse stato così semplice, pensò lei.

Quella sera, se non fosse stata troppo stanca, avrebbe dato una nuova occhiata al diario. Ultimamente non faceva altro che leggerlo. Chissà se in quelle antiche pagine sarebbe riuscita a trovare una traccia, a seguire un indizio. A dire la verità non si era mai interessata troppo al famoso profumo di Beatrice. Ne aveva sempre sentito parlare, certo, ma per lei era stata giusto la proiezione di una leggenda. Non ci aveva mai riflettuto per davvero. Probabilmente era arrivato il momento di farlo.

Consegnò una crema profumata alla violetta a una cliente, poi andò a cercare Claudine. Non l'aveva mai vista ridere veramente, quella donna. Chissà se la richiesta di madame Binoche avrebbe incrinato quella sua aria imperturbabile. Era proprio curiosa di scoprirlo.

Nientemeno che il profumo di Notre-Dame...

Mentre attraversava il corridoio, cominciò a riflettere seriamente su quell'idea. Le note di cuore e di fondo dovevano nascere dal romanzo. L'incenso, di sicuro, e il legno, anche la cera. Le note più volatili, invece, quelle di testa che venivano percepite immediatamente, potevano corrispondere a ciò che Geneviève supponeva fossero la purezza e la carnalità. Fiori bianchi, magari. Perché quel profumo partiva da una visione oggettiva, certo, ma doveva entrare nella sfera emozionale della donna. Alla fine si trattava di un concetto soggettivo. Per questo, avrebbe dovuto lavorare insieme a lei.

«Mi è stato appena commissionato un profumo», disse a Claudine entrando nel suo ufficio dopo aver bussato.

«Raccontami tutto.»

Elena riferì la proposta di Geneviève Binoche e il sorriso di Claudine in effetti si accese, ma si spense quasi subito, sostituito da un'espressione intensa.

«E dici che sarebbe disposta a pagare il prezzo che chiediamo?»

Elena scrollò le spalle. «Così ha detto.»

«Sapresti farlo?»

Elena aveva sperato di sentirsi fare quella domanda. Dentro di lei qualcosa si agitava pieno di entusiasmo. Sì, che poteva farlo e, cosa ben più importante, voleva farlo.

«Posso provarci», rispose. Meglio essere prudenti, pensò, anche se in realtà voleva mettersi subito al lavoro, perché l'idea era affascinante e la tentava.

Claudine seduta alla sua scrivania la valutava con freddezza, ascoltandola con attenzione. Sollevò la mano e indicò la sedia davanti a sé. «Siediti, dobbiamo riflettere bene. Potremmo trattarla come una semplice personalizzazione.»

Elena scosse la testa. «No, se devo farlo io, ho bisogno di lavorare sul testo. Non posso usare un *mélange* già pronto e poi correggerlo. Devo trovare le essenze giuste, solo allora potrò procedere nell'elaborazione di una formula da proporre. In seguito declinerò ogni possibile variante, seguendo le esigenze della cliente.»

Claudine la fissò. «Quanto ti ci vorrà?»

Elena sentì un guizzo di felicità. Claudine le avrebbe dato l'incarico di procedere col profumo. Non vedeva l'ora di raccontarlo a Cail. Un profumo importante, nientemeno che il profumo di Notre-Dame!

«Come minimo due mesi, probabilmente tre.»

Mentre Claudine rifletteva contando i giorni su un'agenda da tavolo, Elena si schiarì la voce.

«Dimmi.» La voce della donna divenne improvvisamente fredda. Come ogni volta Elena si sentì a disagio per quel rapido cambiamento d'umore; avrebbe dovuto essersi abituata ormai, e invece non ci riusciva.

«E se monsieur Montier volesse occuparsi personalmente del profumo?»

Claudine strinse le labbra. «È troppo impegnato, al momento. Comunque provvederò io a informarlo. Tu per ora elabora il progetto. Appena sei pronta, cominceremo a preparare i *mélanges.*»

Elena si alzò. «D'accordo.»

Era arrivata alla porta, quando Claudine la richiamò.

«Mi aspetto la massima discrezione da parte tua. Se questo progetto andrà a buon fine, il ritorno economico e d'immagine sarà notevole. Il profumo di *Notre-Dame de Paris,* ti rendi conto? E questo vale anche per te. Philippe dovrà rimangiarsi tutto quello che ha sostenuto, mia cara.»

Elena distolse lo sguardo. «Certo», rispose.

Si chiuse la porta alle spalle, pensierosa, poi tornò al lavoro. Ma, nonostante le rassicurazioni di Claudine, non riuscì a togliersi di dosso una strana sensazione. E quel suo disagio in buona parte era causato dall'espressione della collega. Nel suo sguardo c'era qualcosa di sfuggente. Di qualsiasi cosa si trattasse, le aveva messo i brividi.

Cail dovette bussare due volte prima che Elena si decidesse ad aprirgli.

«Ciao. Stai bene?» le chiese scrutandola attentamente.

Elena era accigliata. «Perché continui a bussare se hai le chiavi?»

«Quelle sono per le emergenze.»

«Un modo come un altro per mantenere le distanze», rispose Elena tra i denti. Era di pessimo umore e tentare di decifrare i passaggi del diario di Beatrice non aveva migliorato il suo stato d'animo.

Cail ignorò le sue parole. Non avevano mai discusso sulla necessità di tenere la loro relazione entro confini precisi, ma entrambi cercavano di attenersi a quella sorta di patto che pensavano fosse la cosa migliore per tutti. Elena, però, ogni tanto se ne dimenticava. E per lui era sempre più difficile stare sulle sue, mentre la desiderava tanto. Ogni volta che la toccava doveva costringersi a fermarsi, a tirarsi indietro.

Si avvicinò e le diede un bacio sulle labbra. «Gira male?»

Lei fece una smorfia, poi appoggiò la fronte sul suo torace. «Sai di buono. Potrei cospargerti d'olio e poi distillare il tuo profumo come fa Grenouille, il protagonista del libro di Süskind. Farei soldi a palate e non dovrei più dannarmi dietro questo maledetto diario. Nostradamus in confronto era esplicito», borbottò arrabbiata.

Lui le sollevò il viso e la baciò nuovamente. Questa volta si prese il suo tempo, infilando le dita tra i suoi capelli e sciogliendoli sulle spalle.

«Sembrano fili di seta», le disse dopo essersi allontanato un po'.

Elena socchiuse gli occhi. «In un libro di quand'ero piccola il protagonista era un conte, alto e tenebroso. Aveva anche una cicatrice lungo il viso che invece di deturparne l'aspetto lo rendeva terribilmente affascinante. Mi piaceva da morire. Ero innamorata cotta.» Fece una pausa, gli occhi nei suoi. Poi agitò l'indice. «Devi a lui il tuo successo con me. Sappilo!»

Cail sorrise. «Allora, dai, racconta. Cosa è successo?»

Elena tornò sul divano, poi gli porse il diario e si lasciò andare contro lo schienale morbido. «Ecco, guarda. Dimmi se ci capisci qualcosa. Io mi arrendo.»

Con molta attenzione Cail prese il libricino, lo aprì e si accigliò. «Il mio italiano è scolastico... e questi versi sembrano molto difficili.»

«Ma no... è solo una poesia.» Allungò una mano. «Dammi il diario. Poi te la traduco», disse. Cominciò a leggere.

«*Rosa, riso d'amor, del Ciel fattura... Porpora de' giardin, pompa de' prati, / gemma di primavera, occhio d'aprile... Tu, qualor torna agli alimenti usati / ape leggiadra o zefiro gentile, / dai lor da bere in tazza di rubini / rugiadosi licori e cristallini.*» Si fermò. «A parte l'evidente citazione dell'*Elogio della Rosa* dall'*Adone* di Giambattista Marino, c'è poco che possa essere utilizzato per creare un profumo», disse.

«Perché insisti proprio su questo passaggio?»

«È l'unica cosa che possa essere ricondotta a una ricetta. Il resto, prima e dopo, sono osservazioni sui luoghi e la vita di corte. C'è un'altra poesia, sempre del Marino. Fa riferimento alle pietre preziose. E poi la parte finale del diario è dedicata a lui, il committente del profumo. Beatrice soggiornò nel suo castello mentre lo preparava. Una primavera intera e un'estate. In autunno partì per l'Italia, qualche mese dopo si sposò. Solo prima della sua morte raccontò ogni cosa alla figlia e le consegnò il diario. Però non disse mai chiaramente dove avesse messo la formula. Né chi fossero la destinataria del profumo e l'uomo che l'aveva ordinato. Non dice nemmeno il nome del castello, la casata o il villaggio. Mistero assoluto. Mia nonna ha passato anni a scartabellare gli archivi cercando la formula. Lei credeva fermamente che Beatrice l'avesse conservata da qualche parte. Secondo mia madre, invece, l'aveva distrutta», disse allungandogli il diario.

Cail continuava a osservare il volumetto, l'espressione pensierosa. «Non posso aiutarti col testo. È un italiano troppo arcaico per me. Ci sono parole in lingua provenzale, e quelle le capisco. Però...» Fece una pausa. «Posso fare una scansione?»

Elena annuì. «Sì, perché?»

«Ci sono un paio di cose che vorrei verificare. Hai visto i disegni?» chiese alzandosi e dirigendosi verso la piccola scrivania in un angolo del salone dove Elena teneva il suo computer.

«Sì, non sono simboli alchemici, quelli li conosco. Sembrano un misto di qualche codice, o semplici scarabocchi, come dice Monie. Mi è sembrato che uno dei simboli sia la testa di un leone, anche se a dire la verità potrebbe essere anche un lupo. È abbastanza stilizzato. Comunque non credo che Beatrice si sia messa a pasticciare perché non sapeva come ammazzare il tempo, voglio dire, mica avevano la penna a sfera e anche la carta era preziosa... Ma sto divagando.» Riportò la sua attenzione su Cail. «Che fai? Lascia perdere lo scanner. Puoi prendere l'originale», gli disse.

Cail si immobilizzò. Quel diario apparteneva alla famiglia di Elena da quasi quattro secoli, era un documento straordinario, forse il più grande tesoro della sua famiglia. E lei glielo aveva offerto.

Lo tenne stretto, lo voltò e ci passò sopra il palmo della mano, in una lenta carezza.

«Dopo che il bambino sarà nato mi ricorderò di questo momento, e te ne renderò merito.»

La voce di Cail era bassa, roca. Elena sentì ogni parola. Il cuore prese a batterle forte nel petto.

«Quando questo bambino nascerà, pretenderò che tu lo faccia.»

Claudine aveva fatto in modo che Elena si concentrasse unicamente sul profumo di Notre-Dame. Con Philippe fuori dai piedi e anche Jacques quasi sempre a Londra, era riuscita a organizzare le cose affinché la ragazza potesse utilizzare il laboratorio ogni volta che ne aveva bisogno.

Geneviève era tornata altre due volte. La prima, aveva portato a Elena una copia illustrata di *Notre-Dame de Paris* di Victor Hugo. La volta successiva, un CD del celebre musical. Non che fosse necessario, visto che Cail, tramite il suo amico Ben, era riuscito a trovare due biglietti per lo spettacolo. Il musical, per fortuna, era nuovamente in tournée a Parigi. Elena non vedeva l'ora di andarci. La cattedrale invece l'avrebbero visitata insieme lei, Cail e Geneviève la domenica seguente.

Ma niente torri. Anche quella era una cosa che avrebbero fatto dopo la nascita del bambino. La dottoressa era stata molto chiara in merito. Nessuno sforzo. E Cail lo aveva preso alla lettera. Moto inclusa. Quando Elena aveva visto la Citroën blu notte al posto di Hermione, era rimasta talmente male da rifiutare di salirci. Cail le aveva dovuto giurare di non essersi disfatto della moto: la Harley infatti era sana e salva. Non potendola tenere a Parigi perché non possedeva due posti macchina, era stato costretto a farla riportare a casa, in Provenza, e là sarebbe rimasta.

Su quello si era mostrato irremovibile. Non c'era nessuna possibilità che la riportasse a Parigi. I seggiolini da neonato non si montavano sulle Harley. E davanti a quella risposta Elena non aveva trovato le parole per replicare.

«Allora, come procede?» Claudine si era lavata le mani prima di entrare in laboratorio e, stando bene attenta a non sfiorare i flaconi di alluminio che contenevano le essenze, si era avvicinata a Elena per osservare meglio il contenuto del cilindro che la donna teneva davanti a sé.

«Ho le note di testa», rispose lei, gli occhi fissi al contagocce. «E forse anche il cuore. Ma il fondo mi sfugge.» Era pallida e tesa. Le essenze si erano mescolate, ma l'insieme mancava di equilibrio. Non la convinceva completamente. A livello istintivo sentiva che le sfuggiva qualcosa. Aveva provato a sentirne persino il colore, concentrandosi profondamente. Ma quello sforzo l'aveva esaurita e non aveva portato a nulla. Per fortuna Cail sarebbe passato in negozio a prenderla. In quei giorni si stancava facilmente.

Si sfiorò l'addome, come le capitava di fare sempre più spesso. Ogni giorno il suo stato era sempre più visibile. Presto avrebbe dovuto comunicare a Montier la sua gravidanza. E quella era una cosa che la impensieriva. Non sapeva come lui l'avrebbe presa e soprattutto se la notizia avrebbe potuto ripercuotersi su Monique. Sapeva che quei due continuavano a vedersi e che lei era infelice. Era come veleno, quel rapporto. Clandestino, per di più, visto che, secondo la stampa, Montier presto si sarebbe sposato.

«Fammi vedere», le disse Claudine intingendo una *mouillette* nel composto. L'avvicinò al naso e si irrigidì. Chiuse gli occhi e inspirò nuovamente una volta e poi un'altra ancora.

Non riusciva a crederci. Quel profumo ancora incompleto, secondo Elena, era comunque una delle composizioni migliori che avesse mai avuto la fortuna di annusare. Ricordava la struttura complessa del chypre, ma era più nuovo. Armonioso, avvolgente, eppure fresco. Era perfetto. Ecco, la parola che più gli si addiceva era «giusto». Inspirò riempiendosi i polmoni: esperidi, senza dubbio. Ma non avrebbe saputo dire se limone, neroli, bergamotto... no, le sembrò che fosse qualcosa di più delicato. Ci stava ancora riflettendo quando la fragranza mutò, diventando un giardino pieno di fiori che si avviava al tramonto. Il gelsomino prese il posto della rosa e poi anche lui scomparve sostituito da un sentore muschiato e quindi terroso; infine, mentre arrivava alla conclusione di quel viaggio olfattivo, Claudine si sentì avvolgere dalla sensualità del sandalo e della mirra.

«Ripetimi la composizione», le ordinò dopo qualche secondo.

Elena annuì. Avrebbe potuto leggere la formula, ma preferiva ripassare il *mélange* nella sua mente, dividendo, sezionando e ricomponendo le essenze una per una.

«Pompelmo rosa, lavanda e lime come note di testa. Per il cuore: rosa, gelsomino, pesca, artemisia, angelica. Finale dato da mirra, muschio di quercia, cuoio e ambra.»

Claudine scosse la testa. «Sento qualcos'altro... hai inserito un *fougère*?»

Elena annuì. «Sì, vaniglia e lavanda.»

«Quello non lo avevi menzionato.»

Elena si accigliò, sembrava quasi che Claudine la stesse interrogando. Che senso avevano le storie che stava facendo quando la formula era scritta nel blocco lì accanto?

«Ti ho detto che ci sto lavorando. Il profumo non è pronto, manca completamente l'idea della cattedrale, la sua grandezza. E quello è uno degli aspetti fondamentali. Bisogna riprovare con i *blends* e sostituire qualche elemento», disse Elena. Cominciava davvero a seccarsi.

«No! Così è più che perfetto.»

«Si può sapere cosa ti prende? No, che non è perfetto. Si sente da lontano», protestò. Si stava accalorando e non riusciva a capire il comportamento di Claudine.

La porta in quel momento si aprì e Philippe Renaud entrò nel laboratorio, seguito da Jacques Montier.

«Cosa sta succedendo?» La voce di Jacques passò dallo stupore alla rabbia nel giro di un secondo.

«Non sapevo che foste già di ritorno. Buonasera», li salutò Elena.

«Questo è evidente.» La risposta secca di Philippe la sconcertò.

L'uomo incrociò le braccia sul petto, la sua espressione era grave, lo sguardo accusatore.

Elena guardò Claudine che era rimasta in silenzio, rigida come un palo. La tensione nella stanza era palpabile. Si chiese cosa stesse accadendo. Un brivido di apprensione le serpeggiò lungo la spina dorsale, accentuando la sensazione di allarme che lo strano comportamento della collega le aveva provocato. Decise di intervenire, era meglio spiegare ogni cosa. Forse Claudine non aveva comunicato a Montier che quella sera avrebbero proseguito con la ricerca dei *mélanges*.

«Credo che al profumo manchi una nota», rispose allungandosi per prendere il notes dove aveva trascritto tutti i passaggi della giornata.

«Non tocchi quel quaderno», urlò Philippe.

Ma Claudine fu più rapida e glielo strappò dalle mani.

Elena istintivamente si ritrasse spaventata. «Siete impazziti tutti quanti?» La sua voce era meno di un sussurro.

Claudine non rispose, limitandosi a stringere tra le dita il notes di Elena. Philippe continuava a squadrarla con disprezzo.

«Cosa credeva di fare in laboratorio? Lei non ha l'autorizzazione. Come ha fatto a entrare?» le ringhiò contro Montier.

«Certo che ho l'autorizzazione. È stato lei a firmare il mio pass.» Elena non riusciva a capire. Afferrò la tessera e gliela mostrò.

Il viso di Jacques divenne rosso di rabbia. «Quello è un falso.»

«L'ha sentita, *monsieur*? Cosa le avevo detto? È così sfrontata che non si preoccupa nemmeno di mentire», disse Philippe.

La sorpresa iniziale di Elena divenne sconcerto e poi rabbia. Qualcosa in quella faccenda non tornava. «Dovrebbe trovarsi un buon terapeuta, Renaud, lei ha dei problemi.»

L'uomo scosse la testa. Ormai era paonazzo. «Oh, no. È lei che avrà dei problemi, e anche grossi. Voleva rubare le formule? Non si trovano qui.» Scandì le parole come se parlasse con un'idiota, e quello mandò Elena su tutte le furie. «Non c'è nulla qui che lei possa fare, a parte rovinare l'attrezzatura, ovviamente.»

«Perché cavolo ce l'ha tanto con me? Cosa le ho fatto per trattarmi in questo modo?»

Philippe s'irrigidì. «Lei non è stata sincera fin dall'inizio.»

«Ma di che parla?» sussurrò sconvolta Elena. L'ansia che l'aveva tormentata tutto il giorno ora si era trasformata in un nodo che le stringeva lo stomaco. «Questa discussione è assurda.» Cercò con pazienza di radunare i pensieri e spiegare ogni cosa. Probabilmente non volevano che lei lavorasse al profumo. Ma era stata Claudine a darle i permessi necessari, loro dovevano saperlo per forza!

«Il profumo di Notre-Dame è un progetto ambizioso, lo so, ma...»

«Di che diavolo sta parlando?» Montier adesso era davvero arrabbiato. In due passi raggiunse Claudine che non aveva aperto bocca. «Voglio sapere che cosa state facendo, cos'è questa storia del profumo di Notre-Dame?!» esclamò.

«Nulla, solo una sciocchezza. Elena, mademoiselle Rossini, oggi ha concluso una grossa vendita, così ho pensato di incentivarla e mostrarle come si componeva un profumo. Una cliente ha chiesto una fragranza che le evocasse la magnificenza di Notre-Dame. Si tratta di una scrittrice famosa, madame Binoche. Stavamo provando dei *blends* e lei mi ha mostrato qualche idea.»

Philippe digrignò i denti. «Non è autorizzata a entrare nel laboratorio», insistette.

«Come hai detto prima, qui non c'è nulla che potrebbe prendere», replicò Claudine senza però guardarlo.

«Smettetela, tutti e due.» Jacques allungò la mano. «Il quaderno, prego.»

Claudine glielo consegnò. Jacques, dopo averlo guardato, cominciò a sfogliarlo. C'erano pagine e pagine di formule, tentativi, appunti. Conosceva la grafia di Claudine, e non era quella. E comunque lui non aveva mai firmato un pass per la Rossini. Non si prese nemmeno il disturbo di chiedersi cosa avesse avuto intenzione di fare Claudine coinvolgendo di nascosto Elena. Perché lo sapeva. Si sarebbe occupato più tardi di entrambe. L'unica cosa che gli interessava davvero in quel momento era il profumo, non chi lo avesse creato. Diede una rapida occhiata ai *mélanges*. Si trattava di visioni, pura intuizione. Seguiva una tecnica obsoleta, era partita dalle singole note. Prima di testa, fino a trovare quelle di fondo. Nessuno al giorno d'oggi avrebbe realizzato un azzardo del genere. Ma il profumo era buono, era più che buono. Rilesse nuovamente qualcuno dei passaggi più complessi, poi con delicatezza afferrò il cilindro e se lo portò al naso.

Fortuna, semplice fortuna, continuò a ripetersi. Ma le note sprigionate dal profumo erano inebrianti. Come diavolo aveva fatto a ottenere una tale armonia ignorando le tecniche più moderne? Jacques si adombrò. Improvvisamente l'avversione si trasformò in aperta ostilità.

Elena Rossini poteva anche credere di essere una profumiera, ma lui non si lasciava ingannare. Non avrebbe cambiato idea sulle capacità di quella donna solo perché era riuscita ad azzeccare chissà come un buon *mélange.* Quel pensiero gli fece recuperare un po' di terreno. Gli sembrò di sentirsi meglio. Sì, avrebbe fatto in modo che quella donna restasse lontana dal laboratorio.

«C'è stato un malinteso, *mademoiselle.* Lei non è stata assunta in questo negozio per comporre profumi, ricorda? Ne avevamo parlato. Ho del personale esperto che se ne occupa. Il suo compito è vendere. Dovrebbe impegnarsi di più e lasciare la composizione a chi ne possiede i requisiti. Lei, come vede, non è adatta a svolgere questo delicato compito. La profumeria non è un'arte che si improvvisa.»

Elena era impietrita. Era rimasta ad ascoltare quello che aveva detto Claudine perché non aveva elementi per ribattere. Si era fidata di quella donna ed era stata ingannata. All'improvviso tutto divenne chiaro. Claudine voleva la formula del profumo per sé. Ecco perché di sua iniziativa le aveva permesso di crearlo, tenendo i capi all'oscuro. E lei ci era cascata. Non si era mai accertata che Philippe o Montier fossero a conoscenza del suo progetto, non le era nemmeno mai interessato, perché quello che l'aveva coinvolta completamente era la creazione del profumo di Notre-Dame: alla fine, la responsabilità era la sua.

Ma non sarebbe rimasta a lavorare lì. Non sarebbe rimasta in quel posto un istante di più.

«Sa che le dico, Montier? Lei ha proprio ragione. C'è stato un malinteso», disse sfilandosi il camice. «Prendo le mie cose e lascio a voi il compito di creare, vendere e indossare i vostri profumi», concluse un istante prima di raggiungere la porta. Poi si fermò e tornò indietro.

«Mi restituisca il mio quaderno.»

Sul viso dell'uomo apparve un sorriso di scherno. «Vuol dire questo?» disse mostrandole il blocco di appunti.

«Precisamente.» Elena strinse i denti, la sua pazienza era ridotta a brandelli. Tenne la sua attenzione su Jacques perché, se avesse guardato Philippe o Claudine, si sarebbe messa a urlare.

«Questo non le appartiene. Tutto ciò che viene formulato, provato, o semplicemente sperimentato all'interno di Narcissus è mio. Non ha letto il contratto?»

«Di cosa sta parlando?»

Jacques le sorrise. «Ora che ci penso è probabile che questa clausola le sia sfuggita. D'altronde è di competenza dei profumieri e lei, *mademoiselle*, come le ho già detto è stata assunta con un altro compito.»

Non era la prima volta che Elena aveva a che fare con la grettezza umana, ma quella volontà di ferire, di umiliare consapevolmente, era qualcosa di completamente nuovo per lei. Quella cattiveria era gelida e viscida. Le rivoltò lo stomaco. Tenne a bada quel profondo disgusto perché non avrebbe ceduto davanti a quelle persone. Doveva tenere duro, nella mente un unico pensiero, trovare l'uscita, lasciarsi quel luogo alle spalle e dimenticarsi di quella gente.

Riversò nello sguardo che rivolse a Montier tutto il disprezzo che provava. Poi si allontanò, perché non voleva nemmeno respirare la sua stessa aria.

«Si tenga pure i miei appunti», sussurrò.

Non le servivano. Non erano altro che considerazioni, passaggi. Certo, c'erano i *mélanges* e un buon profumiere sarebbe riuscito a recuperare tutto, ma all'ultimo momento aveva variato le quantità. Quando Claudine era entrata, stava per adeguarle. Avrebbero dovuto fare un gas-cromatografo, pensò. Quell'analisi era l'unico modo che avevano per stabilire con certezza quali e quante essenze aveva usato nella composizione. Era una magra consolazione, ma le diede la forza per spingere il pulsante di apertura. Una volta in corridoio, lo percorse fino alla fine, raggiunse gli spogliatoi, infilò la giacca, prese la borsa dall'armadietto e uscì dalla porta di servizio.

L'aria era come un muro di ghiaccio sulla sua pelle. Restò qualche momento immobile, cercando di abituarsi. Si sentiva male. Un dolore che cominciava nel petto e terminava nella gola. Non stava piangendo, quello no. Ma forse sarebbe stato meglio. Invece quella rabbia, quel nodo, lo tenne accanto a sé come monito. Era appena stata derubata a causa della sua sciocca fiducia negli altri. E voleva ricordarsene per sempre. Aveva appena perso il suo lavoro, il suo futuro, i suoi sogni per mano di quella che con troppa leggerezza aveva creduto una collega leale. Era la seconda volta che riponeva la sua fiducia nella persona sbagliata.

Infilò le mani in tasca e cominciò a camminare. Intorno a lei i passanti si affrettavano verso le loro destinazioni. Non fece caso alla gente, non sentiva nulla. Era avvolta in uno spesso strato di torpore che la riparava come un bozzolo. Doveva solo camminare, presto avrebbe raggiunto il Marais e la sua casa. L'avrebbe dovuta lasciare, le venne in mente. Ma in quel momento non aveva voglia di pensarci.

All'improvviso sentì una voce alle sue spalle. «Elena, che succede? Perché non mi hai aspettato? Ti avevo detto che sarei passato a prenderti.»

Continuò a camminare. Un piede davanti all'altro, poteva farcela. Intanto lui non smetteva di chiamarla. Ma non voleva rispondergli, e poi cosa gli avrebbe potuto dire? "Non ti ho aspettato perché non potevo restare un minuto di più in quel luogo?"

Cail la seguì per qualche metro, l'espressione tesa. Quando Elena continuò a restare in silenzio la prese per un braccio e la guidò all'interno di un caffè.

«Un tè sa fare miracoli», disse aiutandola a togliersi il cappotto. Ordinò per entrambi e chiese una fetta di Sacher.

«Ti siedi da sola, o vuoi una mano?» Cail tenne il tono

della voce leggero, ma era preoccupato a morte. Elena era pallida da far paura e tremava. Gli occhi però le brillavano, furiosi.

«Mi sono licenziata», gli disse lei a bruciapelo, continuando a restare in piedi.

Cail si passò le dita sulla fronte, poi le fece scivolare all'indietro fra i capelli.

«Okay, troverai un posto migliore. Evidentemente quello non ti piaceva abbastanza.»

Gli costò dire quelle parole. E anche starsene seduto in quel caffè. Bruciava dalla voglia di andare a chiedere spiegazioni al principale di Elena. E forse lo avrebbe fatto, decise. Adesso però voleva solo che lei si sedesse, bevesse il suo tè e cominciasse a respirare come si deve.

«Mi ha rubato gli appunti, ha detto che tutto quello che viene fatto lì dentro è di sua proprietà.»

Cail le indicò la sedia. «Perché non mi racconti bene tutto quanto dall'inizio?» La voce gli uscì strozzata. Fece ciò che poteva per mantenere una parvenza di calma. Inspirò ed espirò, e si costrinse a restare calmo.

Elena tirò su con il naso. Poi quando il cameriere giunse con le ordinazioni, finalmente si decise a sedersi.

«Bevilo finché è caldo.» Cail le porse una generosa porzione di torta, zuccherò il tè e aggiunse del limone. Quando lei afferrò un pezzetto di dolce, le sorrise.

Ci volle un po' prima che Elena cominciasse a parlare. Lui riempì quell'attesa pesante raccontandole come era andata la sua giornata, soffermandosi sulle prodezze di John e dicendole quello che le avrebbe preparato più tardi per cena.

«Ricordi madame Binoche?»

Cail annuì. «Certo, la signora di Notre-Dame.»

«Oggi ho lavorato al suo profumo...» Elena gli raccontò ogni cosa di quella terribile giornata. Alla fine le tremava il labbro inferiore. Mandò giù un altro sorso di tè e quelle due lacrime che le pungevano gli occhi e che, decise, non avrebbe versato.

Quando ebbe terminato di dirgli ciò che era accaduto, inspirò e deglutì. «Mi ha preso il quaderno dove tenevo gli appunti.»

Cail chiuse la mano, allungò il pugno lungo il fianco.

«Non so come faccia Monie a stare con lui. È un uomo orribile», sussurrò Elena, poi si portò una mano sulla bocca. «Non mi sento troppo bene.»

«Vuoi rientrare?»

Elena scosse la testa. «Gliel'ho detto, sai.»

Cail le cercò una mano e poi la tenne stretta nella sua. Era morbida e fredda. «Cosa?»

«Che è un uomo spregevole.»

Cail sorrise senza allegria. Ci avrebbe pensato lui a fare due chiacchiere con quel Montier. E gli avrebbe detto ben altro.

«Hai ancora fame?»

Lei scosse la testa.

«Ti va di fare una passeggiata? Arriviamo fino al fiume?»

Perché no? Tanto il giorno seguente non doveva andare al lavoro. Indossò la giacca e seguì Cail. La notte era una lastra di cristallo nero e gelido.

16.

Pepe nero. Allerta i sensi, raduna la forza interiore. Insegna che quando la strada sembra perduta, spesso è solo smarrita.

«Si può sapere perché non usate le vostre chiavi? E non vi azzardate a dirmi che le avete dimenticate.» Elena piantò Cail e Monique sulla porta d'ingresso e si trascinò al piano di sopra senza voltarsi indietro.

I due si scambiarono uno sguardo, poi la seguirono. Cail sistemò il bollitore sul fuoco e aprì la scatola colorata che conteneva i *macarons*. Era andato fino al 75 di avenue des Champs-Élysées per comprarli. Erano quelli di Ladurée. Li dispose sul tavolo. Un lieve profumo di meringa e crema alla frutta si sollevò dal vassoio, spandendosi nella cucina.

«Abbiamo una proposta da farti, Elena», disse Monique.

«Certo, come no?» borbottò lei raggiungendo la sua sedia preferita davanti alla finestra. Afferrò un plaid, se lo gettò addosso e si mise a giocherellare con le frange. Era di pessimo umore. Ormai era una settimana che non usciva di casa. Il pallore rendeva la sua pelle diafana, quasi trasparente.

Cail continuava a preparare il tè e la guardava di sottecchi. Sperava che il piano di Monique funzionasse, diversamente avrebbe fatto a modo suo.

«Io e Cail ci abbiamo pensato un po'», riprese Monique. «Visti i presupposti incoraggianti, crediamo sia arrivato il momento di aprire una profumeria. O meglio, tu l'aprirai, noi saremo i tuoi soci finanziatori.»

Ecco, l'aveva detto. Monique sospirò, prese la tazza che Cail le stava porgendo e si concentrò sul liquido ambrato. Aveva proprio bisogno di qualcosa di caldo. L'atmosfera dell'appartamento era gelida. Possibile che Elena non avesse acceso il riscaldamento? «Allora, che ne dici?» le chiese dopo qualche minuto di attesa.

«Io... io sono stanca. Vado a dormire», rispose Elena. Si alzò, la testa china.

Era quasi arrivata in camera quando Cail le sbarrò la strada. «Se non ti va, se non te la senti, devi almeno dirci perché.»

Elena ne aveva abbastanza. Non aveva fatto altro che cercare una soluzione in quei giorni, ma non c'era nulla che potesse fare, o dire. Da qualsiasi parte cominciasse, i suoi progetti si infrangevano davanti ai se e ai ma nati dalle macerie della sua autostima. Era stata Claudine a fare il doppio gioco approfittandosi di lei, ma era stata lei a permetterglielo. Non si era data la pena di verificare con Montier se fosse a conoscenza del profumo ordinato da madame Binoche, non aveva nemmeno parlato con il capo del suo cambio di ruolo. Aveva preso per buona ogni cosa le dicesse la collega.

Ma ciò che le faceva più male, che le bruciava di più, era la consapevolezza che in fondo era stata lei a ingannare sé stessa. Dovevano venirle dei dubbi sul comportamento di Claudine... E invece no, lei aveva ignorato ogni stranezza, liquidandola con superficialità. Perché desiderava creare quel profumo.

Non riusciva a perdonarselo, non riusciva a superarlo. Si era fidata delle persone sbagliate e si sentiva stupida. E quell'errore le sarebbe costato caro, perché non aveva modo di farsi assumere da un'altra parte con il bimbo in arrivo. E come in un meccanismo perverso, questo la metteva davanti a un altro problema: i soldi. Le era rimasto poco, troppo poco per potersi mantenere fino al termine della gravidanza.

Avrebbe dovuto lasciare Parigi. Tornare a Firenze, dove aveva una casa, era l'unica possibilità che le restava, e quello significava rinunciare ai suoi progetti. E a Cail.

Perché non avrebbe preso i loro soldi. Non aveva nulla da dare loro in cambio, niente che potesse impegnare per partecipare alle spese. Quella non era una società, era un regalo.

Sollevò la testa di scatto. «Io non vi devo spiegare nulla», gridò.

Ma prima che riuscisse a concludere la frase, scoppiò a

piangere. «Non sono un caso pietoso. Posso trovare un altro lavoro, posso farcela...» farfugliò indietreggiando.

Cail la lasciò sfogare ancora qualche minuto. Si appoggiò allo stipite della porta e incrociò le braccia sul petto. Socchiuse gli occhi, fissandola in silenzio, l'espressione risoluta.

«Hai finito?»

«No, e piangerò finché mi pare e piace», gli disse Elena asciugandosi rabbiosamente il viso e pestando un piede sul pavimento.

Monique sentì la tensione crescere e decise di lasciarli soli qualche minuto. Scese di sotto sperando che lui riuscisse a farla ragionare, o almeno che la strappasse a quello stato di commiserazione profonda nel quale era caduta.

Quando Cail fu abbastanza sicuro che Elena non avrebbe avuto un'altra crisi di nervi, le prese una mano e la trascinò in bagno. «Fatti una doccia, datti una calmata e torna di là. Abbiamo una proposta da farti e non si tratta né di pietà né di un regalo. E poi volevo chiederti di venire con me in Provenza. Devo partire per un paio di giorni. Cambiare aria farà bene al bambino.»

«Non ci vengo con te.»

«Perché no? Ti porto a conoscere mia madre. Lei è una signora gentile, vedrai, ti piacerà.»

«Ho detto di no!»

«Nemmeno se ti dicessi che probabilmente ho scoperto dove Beatrice ha scritto il suo diario?»

Elena sgranò gli occhi. «Non è vero», sussurrò.

Cail scrollò le spalle. «Ti ho mai mentito?»

Lei restò in silenzio, poi scosse la testa. «Devo farmi la doccia, esci per piacere.»

Lui chiuse la porta del bagno e scese i gradini. Un leggero sorriso gli aleggiava sulle labbra.

«Tra un po' scende», disse a Monique.

La donna sollevò la testa dalla rivista che stava sfogliando e annuì. «Grazie per quello che fai per lei.»

Cail aggrottò la fronte. «Non devi ringraziarmi, non lo faccio per generosità. Sei fuori strada.»

«So bene perché lo fai e non intendevo dire quello», replicò Monique. Era stanca e aveva avuto una brutta discussione con Jacques. L'ultima di una lunga serie. L'ultima e basta, sperava. Finché fosse stata capace di resistergli.

«Quell'uomo... quel Montier, non è una persona perbene.» Cail non le disse altro, si limitò a un'occhiata di avvertimento.

«È stato Jacques a raccontarmi tutto», gli rispose Monique dopo un lungo silenzio. «Mi ha detto che sei andato a cercarlo nel suo ufficio.»

«Tra le altre cose.» Era vero. Cail era andato a farci due chiacchiere. Il giorno seguente Elena aveva riavuto il suo blocco degli appunti, un biglietto di scuse e l'invito a ritornare al lavoro.

«Mi ha detto che ha licenziato Claudine», disse Monique.

«Ha rubato il profumo di Elena.»

«Tecnicamente ha solo tentato di farlo», replicò lei. «E comunque, appena il profumo sarà perfezionato, Jacques lo metterà in commercio. Pagherà a Elena quello che riconosce a tutti i profumieri di cui si serve. E, credimi, è una bella cifra. Era molto... dispiaciuto per l'accaduto.» Si inumidì le labbra e guardò verso la rampa delle scale. «Non è una persona cattiva», concluse.

«Sarà meglio per lui se si tiene lontano da Elena», le rispose Cail freddamente. «Comunque sembra quel genere di persona che non sa dare altro che problemi.»

Elena scese di sotto giusto in tempo per udire le ultime parole. E si vergognò. Aveva trattato Cail malissimo e lui invece di andarsene sbattendo la porta se ne stava lì, nel suo salone. Le aveva persino portato i pasticcini più buoni di Parigi.

«Io... volevo dire che mi dispiace. Non sono di buonumore in questi giorni», disse a voce bassa.

Era pallida, ma aveva fatto la doccia e si era cambiata. Con i capelli liberi sulle spalle e un vestito nero di maglia a coste, sembrava molto giovane. Cail la fissò e Monique dopo averla raggiunta l'avvolse in un abbraccio.

«Prima o poi toccherà a te sopportarmi», le disse sfiorandole il lieve rigonfiamento dell'addome, appena visibile sotto l'abito aderente. «Non pensare neppure per un momento che la passerai liscia.»

«Aspetta qualche anno però. Fammi riprendere, okay?» le rispose Elena ricambiando la stretta.

«Tranquilla. Tra una decina di anni va bene?»

Elena sospirò, poi scosse la testa. «Esagerata.»

«Siediti. Dobbiamo parlare.» Cail tirò fuori dalla tasca una manciata di fogli e glieli porse. Nonostante fossero spiegazzati, la grafia era ordinata. Tutto era schematizzato. Non aveva usato il computer, aveva scritto ogni cosa a mano.

«Ricordi Ben, il mio amico che abita qui vicino?»

Elena annuì.

«La sua compagna, Colette, lavora nello studio di un commercialista molto importante. Può occuparsi della licenza e, almeno per il primo periodo, direi che sarebbe bene si occupasse anche della contabilità, così tu potresti dedicarti completamente al negozio.»

«Ne parli come se tutto fosse deciso.»

Monique sospirò. «Non farla tanto lunga, tesoro. Sono esausta. Sappiamo tutti che aprire una profumeria è ciò che desideri. Possiedi la stoffa, le competenze. Sai trattare con i clienti...»

Elena si alzò dal divano e cominciò a camminare avanti e indietro. Monique non si perse d'animo e la seguì. «Mi stai a sentire una buona volta?» le chiese esasperata.

«Adesso non posso partecipare alle spese e dunque non è una società», rispose lei caparbiamente.

«Se ti fermassi per un momento, se ti decidessi ad ascoltare, sapresti che Montier ti pagherà il profumo.»

«Non me lo avevi detto», protestò Elena fermandosi.

Monique sollevò gli occhi al cielo. «Sì, che l'ho fatto. Ma tu non mi ascolti mai!»

«Perché non vi sedete, voi due?» Cail indicò loro i divani. «Non riesco a seguirvi se continuate a girarmi intorno.»

Le due lo raggiunsero. Elena si sedette accanto a lui, Monique sul divano di fronte. Si guardarono per qualche secondo, poi Elena lisciò con le mani i fogli che le aveva dato Cail.

«Quanto... ehm, quanto pagherà per il profumo?»

«Abbastanza da saldare le bollette e consentirti di mantenerti per almeno un anno», rispose Monique. «Compresa una fornitura completa di essenze.»

Non era vero, ma a quello avrebbe pensato lei trattando personalmente con i fornitori di Le Notre, che era molto soddisfatto dei profumi che Monique aveva composto e le aveva concesso un'ampia libertà di azione. Non lo aveva detto nemmeno a Cail. Lo avrebbe tenuto per sé. Si sentiva responsabile per ciò che era successo. Avrebbe dovuto cacciare Jacques dalla sua vita, per come si era comportato con Elena. Invece aveva ascoltato le sue spiegazioni. E, cosa ben più grave, le aveva accettate.

«Ammettiamo che questo negozio si faccia», replicò Elena. «È vero che qui c'è abbastanza spazio», si guardò intorno. La sala era in ottime condizioni grazie ai lavori che aveva fatto Cail, e dava direttamente sulla strada. «Di sopra potremmo ricavare il laboratorio e comunque all'inizio potrei usare essenze già pronte... ma come faremo a trovare i clienti?»

«Pubblicità», rispose Cail. «La tua non sarà una profumeria qualsiasi. Tu sei in grado di sentire l'anima delle persone, di fornire loro ciò che desiderano. Appena la notizia si spargerà, avrai più clienti di quelli che riuscirai a soddisfare.»

«Esatto», confermò Monique.

Elena era ancora pensierosa. Non poteva negare che quell'aspetto della profumeria artistica, il dialogo con chi desiderava farsi fare un profumo, fosse una delle cose che le piacevano di più. La faceva sentire importante, era in quel momento che si trasformava in un'interprete. Era il punto di contatto tra il profumo e il cliente.

«Ma come faremo con gli arredi?» sussurrò.

«Facile, li prenderemo al marché de la Porte de Vanves», rispose Cail. «A me piace restaurarli. E poi daranno carattere all'ambiente. Dovrò giusto applicare dei faretti per illuminare meglio la stanza.»

«Sì, è un'idea stupenda», replicò Monique.

Elena pensò ai grossi recipienti di porcellana smaltata stipati nel magazzino di sua nonna. Sarebbero stati perfetti.

Anche qualche libro magari, su delle mensole a vista. Lentamente quella sorta di amara apatia che si era portata dentro negli ultimi giorni si dissipò, lasciando il posto a una speranza, a un progetto concreto.

«Okay... risparmiare sull'allestimento ci darà un margine di vantaggio, ma non basterà.» Ci pensò un po' su, poi guardò entrambi. «Inizialmente potrei usare le formule delle Rossini. Si tratta di profumi molto semplici e naturali. Le essenze non sono troppo costose, potrei usarle almeno finché non avrò la possibilità di crearne qualcuna da me.»

«O potresti usare prodotti di sintesi», le disse Monique.

«Certo, potrei farlo, solo che... » Fece una pausa. «Se voglio riuscire, se voglio avere una possibilità di differenziarmi dagli altri, ogni profumo dovrà raggiungere la coscienza di chi lo indossa. E senza la sua parte mistica, senza l'energia naturale delle essenze non riuscirei a creare un profumo speciale, ma solo uno buono. E poi non posso competere con i grandi marchi, se non con delle motivazioni assolutamente convincenti. Certo, i prodotti chimici sono molto più economici, e hanno potenzialità infinite, ma mancano completamente di *mistero*.»

«Mistero? In che senso?» disse Cail incuriosito.

«In alchimia ogni essenza naturale è composta dalla linfa, il succo, per capirci la sua parte fisica, e dal *mistero*, che invece identifica la parte perfetta della pianta, quella che racchiude la sua potenzialità, le virtù e i benefici. È un campo di energia. Solo gli organismi viventi possono emanarla. Questo vuol dire che i profumi creati con essenze naturali sono diversi da quelli sintetici. Sono vivi. E io userò ogni tecnica che conosco», replicò Elena. «Ogni segreto che mi ha insegnato mia nonna, che era una sostenitrice di questa filosofia. Il profumo è vita, si mescola con l'energia del corpo e la fortifica. Tirerò fuori tutto il repertorio, cercherò nei diari di famiglia. Potrei correggere i profumi sulla base delle esigenze dei clienti, ricombinarli al momento. In questo modo ognuno avrebbe il suo profumo personalizzato senza dover aspettare.»

Cail era completamente d'accordo. Anche Monique dopo

qualche minuto annuì. «Tieni conto che al massimo potrai contare su... quattrocento, forse cinquecento fragranze al posto di almeno tremila.»

«Ci ho pensato», replicò Elena.

«Allora, se questa è la tua scelta, va bene. Sono d'accordo.» Fece una pausa, poi sorrise. «Tua nonna farebbe i salti di gioia. Era da tanto tempo che non sentivo quella parola. *Mistero,* la parte alchemica della pianta, la sua vitalità.»

Continuarono a discutere per ore. Presero appunti, su alcuni aspetti si trovarono d'accordo, su altri meno. Ma, alla fine, quando Monique decise di tornare a casa, le basi della società erano state gettate. Jasmine avrebbe ricevuto un affitto per l'uso del locale, anche se non lo sapeva ancora. Cail si sarebbe occupato dell'allestimento, la manutenzione, la pubblicità e la parte burocratica. Elena avrebbe creato i profumi e gestito il negozio. L'ideale sarebbe stato fare l'inaugurazione per Natale, ma essendo già ai primi di dicembre avrebbero deciso in quale data aprire dopo aver ricevuto tutti i permessi.

«Sicura che non vuoi restare a cena?» le chiese Elena sulla porta.

«No, te l'ho già detto. Ho un altro impegno.» Le sorrise, era elettrizzata. «Mi piace da morire questa idea, tesoro. Pensa, un negozio tutto nostro, un sogno che si avvera.»

E mentre Monie usciva, Elena comprese di provare lo stesso entusiasmo dell'amica. Tornò dentro, rabbrividendo. Cail era di sopra. Il profumo della salsa di pomodoro arrivava fino a lei, ricordandole che non aveva toccato cibo da quella mattina.

Salì le scale con apprensione. C'erano molte cose che voleva dirgli, altre che le sarebbe piaciuto fare. La loro relazione era una lunga serie di eventi rimandati. Era come se il bambino fosse un ostacolo tra loro. Improvvisamente si immobilizzò. Il ricordo di Maurice le torse lo stomaco. E se anche Cail... ma non terminò la frase. Perché sapeva che non c'era la minima possibilità che i due agissero nello stesso modo. Cail si era mostrato da subito felice del bimbo. No, Cail non era Maurice.

Lui era... ma non trovò nessun termine di paragone. Non c'era nulla nel suo passato che potesse accostare alla loro relazione. Sapeva solo che la faceva sorridere, con lui stava meravigliosamente. Conosceva i suoi pensieri senza bisogno di tradurli in parole. Quando erano lontani non faceva altro che pensare a lui. E solo quando le era vicino riusciva a sentirsi veramente viva.

«*Merde*», borbottò tra sé. Avrebbe dovuto fare due chiacchiere sull'amore con monsieur Lagose. Peccato che era davvero improbabile che lo rivedesse ancora.

«Tra cinque minuti scolo la pasta», le disse Cail sentendola entrare in cucina.

Elena lo fissò, era chino sulla pentola, uno spaghetto tra le labbra. Sentì una stretta al cuore. Era come un dolore, ma dolce. Era qualcosa che la scaldava e la spaventava a morte.

«Apparecchio la tavola», gli disse costringendosi a muovere le mani.

Lui annuì distrattamente. Messa la pasta in una terrina, aggiunse un paio di mestoli di sugo e una generosa manciata di parmigiano. Andava a comprarlo in un negozio che vendeva prodotti italiani, lo faceva da tanto, aveva raccontato a Elena. Andava matto per il sugo di pomodoro. Aveva imparato a farlo da una signora americana che usava olio extravergine d'oliva, un pezzetto di cipolla, uno spicchio d'aglio, pomodori maturi sbollentati e schiacciati con una forchetta, e cuoceva tutto dentro una padella d'argento. Elena all'inizio non ci aveva creduto, allora Cail le aveva mostrato le fotografie. «La batteria intera sarà costata un patrimonio», aveva commentato con gli occhi spalancati.

Tagliò il pane a fette e terminò di apparecchiare immersa nei suoi pensieri.

«Davvero hai trovato il castello dell'amante di Beatrice?»

Cail le riempì il piatto di spaghetti. «Ora mangia e poi ti racconterò ogni cosa.»

Elena si accigliò, ma aveva troppa fame per discutere. E dagli spaghetti proveniva un odore meraviglioso. Si fermò un istante, chiuse gli occhi il tempo di inspirare con calma.

«Allora, come hai fatto?» gli chiese poco dopo cominciando a mangiare.

Cail fece spallucce. «Nel diario qualche indicazione sui luoghi c'è, a guardare bene... elementi che ti dicono qualcosa solo se li hai già visti. Ma ricordati che la mia è solo una teoria.»

Elena scosse la testa. «Comunque sia, adesso trovare la formula del Profumo Perfetto non ha più importanza. Madame Binoche comprerà il profumo di Narcissus.» Avrebbe dovuto telefonarle, pensò. E quello la metteva nella posizione di doverle spiegare qualcosa... non sapeva proprio cosa raccontarle della spiacevole situazione che si era creata con Montier. Dunque, non le restava altro che dirle la verità. Da quel momento in poi sarebbe stato un altro profumiere a occuparsi del suo progetto.

«Questo non significa nulla, non credi? Se risolviamo l'enigma, potresti usare la formula di Beatrice come base per una linea particolare», rispose Cail.

Ma più Elena ci pensava e meno ci credeva. «Adesso dobbiamo concentrarci sul negozio. Però prima hai detto una cosa.»

Cail inarcò un sopracciglio. «A cosa ti riferisci?»

«Hai detto che hai riconosciuto il luogo, il castello?»

«Ho detto che ci sono buone probabilità», precisò. «Non è molto lontano dalla proprietà dei miei genitori. Allora, vieni con me?»

Elena ci pensò sopra. «Un weekend... sì, credo di potermelo permettere.»

«Brava la mia ragazza!» esclamò Cail.

17.

Cannella. Profumo corposo sensuale, intensamente femminile.
Esotico e speziato.
Passionale e caldo come il sole dei luoghi lontani dove nasce.

Montier era stato di parola. E con il denaro le preoccupazioni di Elena sul futuro e sulla società si erano smorzate, mentre la sua determinazione era cresciuta. Un po' le dispiaceva non lavorare più al profumo di madame Binoche. Ci pensava ancora di tanto in tanto, ma era sempre meno il tempo che aveva a disposizione per questo genere di cose. Il negozio era quasi pronto e lei aveva molto da fare in quei giorni frenetici.

«Qui va bene?» Cail la guardava in attesa che lei decidesse.

Elena si mordicchiò il labbro, pensierosa. «Un po' più a destra. Ecco, così.» Ma non sembrava molto convinta. Scosse la testa. «No... non va bene. Proviamo da quella parte.»

Ben lanciò un'occhiata esasperata a Cail, poi entrambi ricominciarono a spingere il pesante bancone verso il lato opposto della stanza.

«Non potevi farle un prospetto al computer?» sussurrò Ben ingoiando un'imprecazione.

«Chiudi la bocca e datti da fare.»

«Lo abbiamo praticamente messo in ogni posizione possibile», sibilò.

«Dobbiamo ancora piazzare le poltrone e il tavolino. Risparmia il fiato, ti conviene», replicò Cail.

Elena li raggiunse. «Non vi sento se bisbigliate», disse fissandoli, gli occhi socchiusi, sospettosi.

«L'idea è quella», le rispose Ben con una smorfia.

«Siete stati voi a offrirvi volontari», protestò Elena. «Avete detto che sistemare i mobili sarebbe stato un gioco da ragazzi. Me lo ricordo benissimo. Vuoi che ti citi le esatte parole?»

Cail sollevò gli occhi al cielo. Poi afferrò l'amico per una spalla e lo trascinò fuori. «È incinta, Ben, non hai nessuna possibilità con lei, ti farà a pezzi e poi ti ritroverai a chiederle scusa.»

Silenzio. «È così che ti tratta?» replicò Ben.

Cail lo fissò truce. «No, io sono un'altra storia.»

«Non capisco perché se la prende con me, non sono mica io che l'ho messa in quella situazione. Dovresti essere tu quello su cui dovrebbe affilarsi le unghie.»

Con la fronte aggrottata Cail stava per spiegare all'amico che il bambino non era suo. Ma le parole gli restarono imbrigliate in bocca.

«Si vede che continuo a piacerle», borbottò sollevando la pesante poltrona.

«Quando vi sposate?»

Cail masticò un grugnito. Diede uno strattone e trascinò la poltrona dentro. Ben, che non aveva nessuna intenzione di mollare l'osso, lo seguiva con un grande sorriso sulle labbra.

«Non ti sembra di avere saltato qualche passaggio?» lo incalzò. «Prima ci si sposa, poi si mettono in cantiere i figli. Non te lo ha detto tua madre? Sfido che Elena è così nervosa...»

«Non è nervosa. Tu non l'hai mai vista nervosa», insistette Cail sbuffando. «E se hai finito, c'è un altro scaffale da sistemare.»

Ben spalancò gli occhi. «Un altro? Ma cosa diavolo ci dovete mettere qua dentro?»

«Saponi, essenze, acque e tutto ciò che serve a fare i profumi... non lo avevi ancora capito?» Cail indicò la porta. «Il distillatore va di sopra, nel laboratorio di Elena. E fai attenzione, è molto fragile.»

Ben decise che da quel momento in poi avrebbe tenuto la bocca chiusa. Ogni volta che si metteva a protestare, Cail gli trovava qualcos'altro da trascinare, spolverare, muovere...

«Sento un cellulare», disse Elena all'improvviso. Poco distante da lei, accanto allo scaffale dei profumi, c'era il giaccone di pelle di Cail.

«È il mio», rispose lui.

Elena era più vicina, lo afferrò e prese il telefono, poi glielo porse.

«McLean», disse lui senza guardare chi chiamava, mentre con la punta del pollice le toglieva un baffo di polvere dal naso.

«Cosa?» replicò allarmato. «Com'è successo? Calmati, mamma, calmati e ripetimi tutto dall'inizio.» La sua espressione improvvisamente era diventata tesa, la voce dura.

Elena si avvicinò. Gli sfiorò un braccio e Cail le cercò la mano, stringendogliela.

«Adesso dov'è?» Attese qualche secondo, poi si passò le dita fra i capelli. «Prendo il primo volo. Sto arrivando.» Chiuse il cellulare, poi afferrò la giacca che gli stava porgendo Elena. «Mio padre ha avuto un incidente con la macchina. Devo partire subito.»

Ben lo guardava in silenzio. «Posso fare qualcosa?» gli chiese.

Cail annuì. «Finisci di aiutare Elena, per piacere.»

Lei lo accompagnò alla porta. «Mi dispiace moltissimo, Cail.»

«Ti chiamo più tardi. Ben porterà dentro il resto dei mobili. Telefona a Monique, dille che non so quando tornerò e che tu hai bisogno di aiuto», replicò sbrigativo.

«Posso farcela benissimo da sola», gli rispose seguendolo nell'atrio.

Cail si voltò arrabbiato. «Maledizione, per una volta potresti fare quello che ti chiedo?» Non attese risposta, la piantò in asso e corse su per le scale, facendo i gradini a due a due.

Elena restò sulla porta. Era la prima volta che Cail le parlava in quel modo e, nonostante comprendesse che era sconvolto, era ferita dallo sguardo che le aveva lanciato, dall'asprezza dei suoi modi.

Avevano quasi finito di sistemare, quando Cail passò nuovamente davanti all'appartamento. Elena lo vide raggiungere il portone. Non le aveva fatto nemmeno un cenno di saluto. Si voltò, obbligandosi a concentrarsi sui flaconi che stava togliendo dalla confezione.

«Elena, puoi venire un momento?»

Tirò su la testa e si trovò davanti Cail. Era molto nervoso, la cicatrice livida spiccava sul volto teso.

«Non eri già uscito?»

«Sono tornato indietro. Ti va di parlare un attimo?»

Elena non rispose. Lui le porse la mano per aiutarla ad alzarsi.

«Ce la faccio da sola.»

Un lungo sospiro, poi Cail le indicò la porta che dava sull'atrio. «Vieni, usciamo.»

Una volta fuori si fissarono in silenzio.

«Non hai pensato che non si tratta di te? Forse sono io ad avere bisogno di saperti al sicuro. Forse non posso partire col pensiero che ti ritroverai da sola.»

Elena incrociò le braccia sul petto. «Non sono un'incapace.»

«Incinta, Elena, non incapace, ma incinta. Potrebbe capitarti di svenire. Ricordi? Una volta stavi per cadere dalle scale.»

«Ma non è successo», protestò lei. «Non puoi fasciarti la testa per qualcosa che non è accaduto. Non si può vivere in questo modo», gli rispose arrabbiata.

La fissò un istante, poi socchiuse gli occhi. «Okay, va bene. Come vuoi. Allora rimango.» Afferrò lo zaino che aveva poggiato accanto alla porta e tornò alle scale che portavano al suo appartamento.

Elena lo seguì con lo sguardo, poi ingoiò una parolaccia. Quell'uomo era più cocciuto di un mulo.

«Va bene! Telefonerò a Monique», gli gridò dietro.

Lui si voltò, poi la raggiunse. «Promettilo.»

«Va bene, va bene... lo prometto», disse a denti stretti. «Ora sbrigati o perderai l'aereo.»

Cail si chinò verso di lei, le sfiorò la guancia con le labbra. «Grazie», sussurrò.

Elena trattenne il respiro. Era arrabbiata, preoccupata, voleva abbracciarlo, e tutto nello stesso tempo. Era arrivato al portone quando lei lo richiamò. «E John?»

«Ci penserà Ben. Ora torna dentro e copriti», le ordinò seccamente.

Ma Elena aveva perso quel poco di pazienza che ancora possedeva. «Non parlarmi in quel modo, Cail. Non mi piace.»

Lui s'irrigidì, poi scosse la testa. «Allora fai come ti dico. Ne riparleremo al mio ritorno comunque.»

«Forse, o forse no.» Elena lo guardò andare via col cuore in gola e una voglia matta di rompere qualcosa.

Una volta che la rabbia sbollì, rimase solo un acuto senso di nostalgia, dubbi e recriminazioni. Non avrebbe dovuto darle ordini. Non era una bambina e non era nemmeno un maledetto soldato.

Cail restò fuori una settimana. Le telefonate furono brevi, telegrafiche. Gli ultimi due giorni Elena non rispose, delegando Monique. Moriva dalla voglia di sentirlo e di vederlo. E questo la faceva arrabbiare. Non avrebbe ceduto, però. Si costrinse a lavorare, a pensare ad altro, e scoprì che una cosa era la mente, un'altra il cuore.

Quando lui tornò, il negozio era praticamente pronto per essere inaugurato. Il permesso per la rivendita era arrivato subito grazie al principale di Colette e Monique aveva fatto il resto utilizzando i fornitori di Le Notre. Restava da ottenere quello per il laboratorio, ma non era essenziale al momento.

«Ciao.»

«Ciao.» Elena tenne gli occhi fissi ai flaconi che stava sistemando. Ignorò il battito frenetico del suo cuore e si costrinse a continuare.

«Avete fatto un ottimo lavoro.»

«Già», replicò lei.

Era nervosa e le tremavano le dita. Lui le andò accanto e le porse una rosa. «Pace?»

«Non mi piacciono gli ordini.»

«Nemmeno a me.»

«Strano, perché sembravi un dannato generale. Ti veniva bene, credimi.»

Cail ignorò le sue parole e continuò ad agitarle sotto il naso il bellissimo fiore. Aveva i petali di un caldo color oro che sui bordi diventava rosa carminio. «Si chiama Pace», le disse nuovamente.

Elena sentì il profumo lieve e fruttato sprigionato da quei petali serici, affascinata allungò la mano e l'accettò.

«Di secondo nome però fa Gioia.»

«Com'è possibile?»

Cail le accarezzò il viso col pollice. Elena era pallida e i segni sotto gli occhi erano profondi. «Perché ogni paese le ha dato un nome, in Italia divenne Gioia, in America fu Pace, in Germania Gloria Dei. Per Meilland, il suo creatore, fu semplicemente Madame Meilland e decise delle sorti di quella famiglia che, messa in ginocchio dalla seconda guerra mondiale, riuscì a risollevarsi e a guadagnare una fortuna.» Fece una pausa, poi le sollevò il mento con la punta del dito. «Allora? Pace?»

Lei annuì, lentamente, ma restò rigida tra le sue braccia. Anche quando lui se la strinse forte al petto, premendole le labbra su una tempia.

Il padre di Cail era stato tamponato, ma alla fine se l'era cavata con un braccio e qualche costola rotti. Quelle furono le uniche cose che lui le raccontò del viaggio. Non gli andava di parlarne ed Elena decise di non insistere. Non gli avrebbe chiesto altro per il momento.

I preparativi dell'inaugurazione, peraltro, assorbivano tutto il loro tempo e le loro energie. Nei giorni seguenti lavorarono dal mattino alla sera tardi. Elena ogni tanto scopriva Cail intento a fissarla. E quegli sguardi cupi, quasi furtivi, la inquietavano.

«Dovremo rimandare il viaggio al castello di Beatrice», le disse lui una sera. Erano seduti sul primo gradino della scala, esausti. Cail aveva appena finito di installare gli estintori nel laboratorio. Per il momento Elena si sarebbe limitata a adoperare essenze già pronte, ma appena fosse arrivata l'autorizzazione avrebbe provveduto a ricavarle da sé.

Lei annuì, pensierosa. Rimase in silenzio ancora un po', poi gli sfiorò una mano.

«Che tipo di donna credi che fosse Beatrice? Voglio dire, è da un po' che stiamo leggendo il suo diario... sei riuscito a farti un'idea?»

Cail fissò un punto del soffitto, strinse le labbra. «Era una sognatrice. Ha avuto il suo momento di gloria, ma non le è bastato. Non le bastava mai nulla. Era una di quelle persone che non si sentono mai soddisfatte, che devono provare ogni cosa, che si spingono sempre oltre.» La sua voce era piatta, remota. Troppo intenso quel discorso, troppo personale.

«Sembra che parli di qualcuno che hai conosciuto.»

Cail scrollò le spalle. «E tu, cosa pensi di lei?»

«Che ha seguito il suo cuore. E non credo sia una brutta cosa.»

«No, ma ne ha pagato il prezzo.»

«Tutto ha un prezzo, Cail. Poi uno decide se è disposto a pagarlo e rischiare, oppure se è meglio tirarsi indietro e restare a guardare qualcuno più coraggioso.»

«Stiamo parlando di Beatrice, giusto?»

«Giusto.» Tirò via la mano. Cail distolse lo sguardo. Tra loro scese un silenzio teso.

«Un po' mi dispiace rimandare il viaggio.» Dopo un lungo momento Elena ricominciò a parlare. Lo fece più che altro per riempire quello spazio che improvvisamente si era creato tra loro, perché non riusciva a capire. In realtà avrebbe voluto approfondire il discorso di Cail, ma lui era immerso nei propri pensieri, lo sguardo cupo, l'espressione seria.

«Beatrice, la sua vita, il suo amore sfortunato. È un enigma affascinante», continuò. «Sai, pensavo al profumo che ha creato. Tutti nella mia famiglia ne hanno sempre parlato come se si trattasse della fragranza per eccellenza, il profumo migliore del mondo, capace di cambiare l'umore di una persona. Un vero e proprio elisir. La pietra filosofale del profumo. Mi chiedo quali fossero gli ingredienti di base...»

Cail sbadigliò. «Non credo fossero molto diversi da quelli attuali... Forse ne esistevano di meno rispetto a oggi. Molte sostanze sono state scoperte di recente. Giusto?»

«Sì. Ma questo non riduce il numero degli ingredienti, perché ai tempi di Beatrice erano reperibili altre essenze oggi introvabili, come lo zibetto, i muschiati, le radici e alcune qualità di sandalo, senza considerare l'ambra grigia.»

Lui ci pensò un po'. «Che ne dici di proseguire le ricerche in primavera? Per allora il negozio sarà avviato.»

«Sì, mi sembra l'unica cosa da fare.» In quel momento si rese conto che Cail sembrava tornato a essere l'uomo che aveva incontrato al suo arrivo a Parigi. Taciturno, essenziale. «Sei ancora curioso di scoprire la formula nascosta nel diario?»

«Non so se si tratta solo di quello, o semplicemente di sapere se il mio ragionamento torna. So solo che intendo andare fino in fondo.»

Le accarezzò i capelli e lei chiuse gli occhi poggiandogli la testa su una spalla.

«Mi piace come hai deciso di chiamare il negozio.»

Elena si tirò su e gli sorrise. «Davvero? Absolue, la parte più pura dell'essenza... sì, piace tanto anche a me.»

«Domani mattina passerò a ritirare i volantini. Li distribuiremo un po' dappertutto.»

Elena sospirò. «Sai che temevo non riuscissero a prepararli in tempo?»

Cail si accigliò. «Perché?»

«Be', sai... siamo quasi a Natale. Molti chiudono in questo periodo.»

«Noi invece apriamo», replicò Cail con un sorriso che ebbe la capacità di stringerle il cuore.

Natale, erano quasi a Natale. Distolse lo sguardo.

«Quando parti?» gli chiese.

Cail la osservò in modo curioso. «Per andare dove?»

«Non torni a casa per le feste?» Cercò di restare impassibile. Ma il pensiero di trascorrere quei giorni da sola le causava una profonda tristezza.

«Sono già a casa. E poi questo è il nostro primo Natale insieme. Merita di essere festeggiato, non credi? Per capodanno magari potremmo uscire, fare qualcosa di speciale.»

Elena lo fissò, le labbra socchiuse, lo stupore dipinto in faccia.

«Cucino io, però... al massimo ti lascio fare la torta, okay?» precisò Cail accarezzandole il viso.

«Certo. Perfetto.» Era così felice che quasi non riuscì a rispondere.

Parlarono ancora un po', poi lui le sfiorò le labbra con un bacio e le diede la buonanotte.

Una volta a letto, Elena restò per ore a guardare il soffitto, tenendo a bada i pensieri, le domande, tutto ciò che la preoccupava. Da quando era arrivata a Parigi aveva imparato a vivere nel presente e per la prima volta aveva anche l'impressione di centrare il suo obiettivo. Le sembrava che in passato avesse fatto di tutto pur di evitare ciò che desiderava davvero. Si era impegnata a girarci attorno, ecco. Ogni cosa pur di tenersi lontano dal profumo. Ma lui aveva comunque trovato il modo di farsi ascoltare.

Pensò anche a Cail... alcune volte era un enigma. Ma, comunque andassero le cose, lui c'era sempre. Era lì, come una certezza. Non era pronta in quel momento a fare chiarezza sui sentimenti che provava per lui, lo sapeva. Decise di affrontare un problema alla volta. Non aveva senso fare altrimenti. Sapeva solo che ogni momento passato con lui era bello. Cail lo rendeva unico, magico.

Finalmente chiuse gli occhi in quel confine sfumato che separava la veglia dal sonno e si lasciò trascinare via dalla stanchezza.

Era piovuto tutto il giorno. Elena si aggirava per il negozio osservando ogni cosa, spostava qualche flacone, disponeva meglio un espositore, spesso si sfiorava il ventre. Il peso del bimbo cominciava a farsi sentire. Di tanto in tanto guardava nervosamente verso la finestra. Monique camminava da un lato all'altro della stanza, Cail chiacchierava con Ben. Quella sera c'era anche Colette, la sua compagna. Tutto era pronto, lo champagne, i bicchieri, il rinfresco. Ci sarebbero stati molti ospiti e qualche giornalista. Quella era la grande serata. Quella sera si sarebbe inaugurato Absolue.

«Per fortuna ha smesso.» Monique si era avvicinata alla finestra, aveva sollevato la tenda e scrutava il cielo.

Un lungo sospiro, poi si voltò verso Elena. «È quello che volevi, vero?»

«Che smettesse di piovere?» le chiese lei.

«No, intendo Absolue.»

Si accigliò. «Perché me lo chiedi in questo modo?»

«Non vorrei averti forzato la mano. Non mi sembri felice.»

Elena scosse la testa lentamente. Era molto carina nel suo abito di seta nera, i capelli intrecciati. Ma lo sguardo tradiva il suo nervosismo. «Ci sono dei momenti in cui provo una gioia talmente forte che mi sembra di scoppiare. È spaventoso, sai...» rispose aggrottando la fronte. «Altri in cui le preoccupazioni mi paralizzano, come un vento gelido che ti entra dentro, ti afferra e l'unica cosa che ti resta da fare è aspettare che passino i brividi. La dottoressa mi ha detto che gli sbalzi d'umore sono normali durante la gravidanza. Ma io non so se si tratta di quello, o semplicemente della consapevolezza che mi è stata data un'altra possibilità. Qualcosa che deve andare bene a tutti i costi, perché non ci sono alternative. Prima la vita mi scivolava addosso. Era comodo. Absolue è un confine tra ciò che ero e quello che diventerò. Ed è anche un monito, mi ricorda ciò che non devo fare mai più.»

Monique distolse lo sguardo. «Farsi trasportare dalla corrente alcune volte sembra l'unica cosa da fare. Poi un giorno ti svegli e ti accorgi che tutto è stato deciso, ma non da te. La comodità ha un prezzo molto alto. È come restare con un uomo che non stimi, con il quale non riuscirai a costruire nulla.» Fece una pausa e si inumidì le labbra. «Quando lui ti porta in paradiso tu pensi che non importa, che non serve costruire qualcosa per essere felice. Poi la mattina dopo ti guardi allo specchio e vedi una nuova ruga. Cominci a farti domande, ti tieni accanto il telefono con il respiro chiuso in gola aspettando una chiamata che non arriva», sussurrò. «Tu piano piano scompari e lui si prende tutto lo spazio che gli hai lasciato. Certo, ti resta sempre il tuo lavoro, la famiglia. E suppongo che ad alcuni basti. Ti ammiro, sai, tu sei diversa.» La voce di Monique era scesa di qualche tono.

Elena si accigliò. «Questa me la devi spiegare.»

«Ti ho sempre ammirata per le tue capacità di trovare combinazioni meravigliose, fragranze capaci di imprigionarti nella loro magia. Era qualcosa che desideravo per me. Non mi interrompere, per favore.» Fece una pausa. «Credo anche di averti odiata per questo, qualche volta. Non nel vero senso del termine, non fraintendermi, ti prego», si affrettò a precisare, cercando la mano di Elena. «Hai superato i limiti che ti eri imposta, un rapporto fallito, hai persino tenuto il bambino. Stai vivendo. Ti sei piegata giusto un po', ma continui comunque ad affrontare tutto.»

«Non ho deciso io, e tu lo sai. Io avevo programmi diversi, poi le cose sono andate in un'altra direzione. Il punto è che non mi restava altro da fare che cercare una strada nuova... che poi in realtà era quella vecchia.» Roteò gli occhi. «Diamine, mi sto confondendo...» Si sistemò una ciocca di capelli dietro l'orecchio, poi sorrise. «Comunque mi piace il tuo modo di trasformare la verità. Sei sempre stata brava a tirarmi su il morale», replicò.

Nuovamente quella cupa malinconia negli occhi di Monique. Elena finse un'allegria che non provava; le parole dell'amica l'avevano turbata profondamente. E poi sentì il bisogno di cambiare discorso.

«Grazie per i fiori», le disse riferendosi ai mazzetti di rose essiccate che Monique era riuscita a farsi spedire da Grasse. Li avevano disposti al centro di uno dei tavoli e, oltre a profumare l'intera sala, erano molto belli a vedersi. Piccoli boccioli che mantenevano ancora i loro colori originali e sprigionavano un'essenza affascinante.

«Sei pronta? È ora di aprire.»

«Sì, sono pronta.»

Un profondo respiro e Monique spalancò la porta che dava direttamente sulla strada. Cail aveva acceso il faretto che illuminava l'insegna. Ogni cosa era pronta. Per un lungo istante, in cui non accadde assolutamente nulla, regnò il silenzio, gli occhi di tutti erano puntati sull'ingresso.

«Che ne dite di un brindisi? Non si può fare un'inaugurazione senza un brindisi», disse Ben spezzando la tensione. Tirò fuori dal piccolo frigo portatile una bottiglia di champagne e dopo averla stappata riempì i bicchieri.

«È buono», disse Monique.

«E vorrei vedere...» Ben si lanciò in una spiegazione dettagliata sulle origini di quel vino che produceva un suo amico nel Nord della Francia. Ma presto Elena perse il filo del discorso. Era tesa, era preoccupata. Ma non si era mai sentita tanto viva.

Un sorriso, uno sguardo sfuggente, e l'ansia prese il posto del respiro. Cominciarono a entrare i primi ospiti. Uno, due, cinque. A un tratto il negozio era pieno. Monique si avvicinò all'ingresso, Cail dietro il bancone. Elena raggiunse l'altro tavolo. C'erano molti addetti ai lavori, invitati da Monique. Tutte persone che lavoravano nel campo della profumeria, modelle, tecnici, pubblicitari. Poi arrivarono i colleghi di Cail, quelli di Ben e di Colette.

Il cuore di Elena batteva forte. Parlò un po' con un giornalista, fissò qualche intervista. Rispose alle domande più banali e a quelle più strane. E poi fece la sua prima vendita.

«Buonasera. È vero che preparate profumi su misura?» le chiese un uomo sui trentacinque anni. Aveva uno sguardo gentile, il viso affilato, gli occhi sporgenti.

Su misura... Una definizione bizzarra, ma era giusta, in un certo senso, pensò Elena. «Noi preferiamo chiamarli i profumi dell'anima.»

«Davvero? E perché? Voglio dire, l'anima ha un profumo?» Ma prima che Elena potesse rispondergli si era voltato. «E quelli?» chiese l'uomo indicando una piramide di confezioni colorate.

«Sono acque profumate ottenute con la distillazione di erbe e fiori. Aveva già un'idea o vuole dare ancora un'occhiata?»

«Nessuna idea. Non sono bravo a fare regali. Ma questa volta... sa, io e mia moglie stiamo attraversando un brutto periodo. Faccio due lavori e quando torno a casa sono stanco morto. Lei non fa altro che lamentarsi. Dice che la trascuro.» Fece una pausa e strinse le labbra. Un'espressione mesta rabbuiò il suo sorriso. «È vero, sa... che la trascuro. E così quando ho visto la pubblicità della vostra profumeria ho pensato che magari sarebbe stata una cosa speciale. Insomma ci metterete il suo nome sopra, giusto?»

Era un cliente. Il suo primo cliente. Elena decise che gli avrebbe dato quello che voleva, a ogni costo.

Gli sorrise, cercando di metterlo a suo agio, perché era quasi più nervoso di lei. Non aveva fatto altro che spostare il peso da un piede all'altro, guardarsi intorno, passare la punta del dito sulla superficie del tavolo. L'ansia traspariva da quello sguardo che guizzava da una parte all'altra, ed era contagiosa.

«Sì, quella è una delle cose che facciamo. Mi racconti qualcosa di sua moglie, che genere di fiori preferisce? Qual è il profumo che adopera di più?»

«Non saprei... è importante?»

Un respiro profondo. Elena sapeva che ce la poteva fare. Avrebbe cominciato dal principio, portando il cliente dentro il ragionamento. «Perché desidera che sua moglie abbia un profumo speciale, monsieur...?» gli chiese porgendogli la mano.

«Leroy, Marc Leroy.»

«Io sono Elena Rossini, piacere di conoscerla.» Gli strinse la mano e lui sembrò rilassarsi. «Mi stava dicendo di sua moglie. Mi sembra di capire che voglia un profumo speciale... come mai?»

Marc si morse un labbro, tra le sopracciglia si era formata una ruga profonda. Sembrò pensarci attentamente, poi scosse la testa. «Così capirebbe che penso a lei. Si tratta di qualcosa che porterebbe lei, e nessun altro.»

«Quel profumo identificherebbe sua moglie.»

«Esatto. Proprio quello che intendevo.»

Elena annuì. «Sarebbe unico come lei, giusto?»

«Sì, sì. Unico.»

«Torniamo ai fiori. Ricorda qualche preferenza?» Domanda difficile, lo sguardo dell'uomo divenne nuovamente vacuo, poi improvvisamente si illuminò.

«Rose, le piacciono molto le rose bianche.»

"Signore, ti ringrazio", pensò Elena. Aveva una buona scorta di acque di diverse rose, dalle centifolia a quelle bulgare.

«C'è un colore che a sua moglie piace in modo particolare?»

«Il verde», rispose l'uomo entusiasta per esserselo ricordato.

Elena aveva qualcosa di pronto, con note di agrumi e la freschezza della menta, che poteva andare anche se era una semplice acqua profumata. «Venga, le mostro una cosa che credo possa fare al caso suo. Non è un profumo. Per quello ci vuole tempo, almeno un mese, e mi pare di capire che lei vorrebbe portarlo via oggi.»

L'uomo annuì. «Sì, subito.»

«Immaginavo. Ecco, senta se questo le piace.» Elena aprì una confezione, preparò una *mouilette* e la porse all'uomo.

Lui inspirò, poi chiuse gli occhi, e inspirò ancora. «Mi piace, è delicato, però si sente proprio bene. Lo prendo», le disse.

Elena preparò la confezione e sotto il nastro infilò un biglietto bordato con i colori e il logo di Absolue.

«Ci scriva Marie Leroy.»

Fece come le aveva chiesto il cliente e, una volta pronta la confezione, vi spruzzò qualche goccia di vaniglia.

«E per il profumo come facciamo?» le chiese Marc.

«Parli un po' con sua moglie, le chieda tutto quello che le viene in mente, perché ci vogliono molte risposte per poter fare un profumo personalizzato. Deve piacere anche a lei, ma la persona che lo porta lo deve sentire suo», precisò. «Non si limiti agli oggetti, si faccia raccontare i suoi sogni, le ambizioni, i suoi desideri più nascosti, e poi torni qui.»

«I desideri nascosti.» Aveva un'espressione grave mentre lo ripeteva. Di tutto ciò che gli aveva detto Elena pareva che solo quelle due parole gli fossero rimaste impresse. E così non sapeva nulla dei desideri più profondi di sua moglie. Oh, ma presto avrebbe colmato quella lacuna. Elena ci avrebbe scommesso.

Il profumo era il sentiero, percorrerlo significava trovare la strada.

Sempre e comunque.

Chi ha detto che con la morte le persone scompaiono? Non è così. Ci sono momenti in cui la loro presenza è incisiva, potente. Elena si trovava davanti a uno di essi. Le parole di sua nonna non erano più un'eco lontana. Mai come in quel momento ne comprese pienamente il significato.

Mentre osservava il cliente uscire dal negozio con il suo bagaglio di pensieri e il sacchetto fra le mani, Elena incontrò gli occhi di Cail. Sentì un fremito nel petto, come ogni volta che lui la guardava in quel modo. Lo desiderò ardentemente, voleva raggiungerlo e abbracciarlo, poi lui si voltò e lei dopo un istante tornò al suo lavoro, servendo un altro cliente.

18.

Geranio. Concreto, energico, ricorda il profumo della rosa senza possedere la sua raffinatezza. Fiore femminile per eccellenza, è simbolo di bellezza, portamento e umiltà.

Fu un successo. Il giorno seguente i clienti tornarono anche solo per dare un'altra occhiata al negozio. Elena sorrideva, spiegava e ricordava.

Quella forse era la cosa che aveva fatto di più, ricordare: parole, istanti, intere sequenze. Era come se fossero sempre stati là in attesa che lei si decidesse a prenderli in considerazione, che sollevasse il velo del passato. Erano familiari, privi di quel sottile stupore che accompagnava le nuove scoperte e che lasciava addosso prudenza e timore.

Lei invece conosceva tutto, anzi, lo riconosceva.

Cominciò a creare i profumi. Prima mentalmente, richiamando l'odore delle singole essenze e procedendo a unirle una alla volta, immaginando come sarebbero state insieme. In quei momenti lavorava in modo febbrile, lasciandosi trasportare dalle emozioni che quegli odori evocavano. Perché ogni odore era come una parola, ma privo delle barriere linguistiche.

Il profumo era da sempre il più sottile, immediato ed efficace metodo di comunicazione.

Elena componeva il profumo nella sua mente partendo dalle note di testa, poi univa quelle di cuore, infine quelle di fondo. Prima di cominciare a crearlo fisicamente, il profumo era già pronto dentro di lei. Ma la cosa davvero importante era la consapevolezza di essere finalmente felice. Ogni volta che utilizzava la prima essenza, che ne inalava la fragranza, si sentiva invadere dalla gioia. Era come essere inondati da una profonda sensazione di benessere. Sentiva, in quei momenti, una sorta di completezza. Le sembrava allora di essersi finalmente ricongiunta a una parte di sé che aveva perduto e poi ritrovato.

Preparò fragranze di ogni genere. Da quelle che ricordavano notti appassionate alle fresche passeggiate in montagna o nei giardini caldi e fioriti del Sud Italia. Cisto, limoni, menta e poi rosa, sandalo, iris, violetta, muschio, passando da note fruttate ad altre più intense, quasi ipnotiche.

A guidare la sua mano era l'emozione, o la storia che desiderava raccontare.

E quello la portava a ripensare a Notre-Dame e al profumo di madame Binoche. Le era dispiaciuto dover interrompere quel progetto. Le parole non sarebbero mai riuscite a spiegare l'emozione che si provava entrando nella cattedrale, o meglio, ne avrebbero mostrato solo una parte. Il profumo invece sarebbe andato direttamente alla fonte della coscienza, alla sua sorgente, e lì avrebbe agito.

Tutti avrebbero compreso, senza nessuna distinzione.

A differenza delle parole, gli odori arrivavano dritti ai sensi delle persone. È l'olfatto il primo dei sensi in assoluto, perché si annida negli oscuri recessi dell'anima primordiale e reagisce alle sollecitazioni secondo una serie di archetipi olfattivi nati con l'uomo. È emozione pura.

Ci pensò su per un po', poi alla fine decise di fare quella telefonata che aveva in mente da diverso tempo. Una sera, sul tardi, chiamò. Geneviève rispose subito.

«Madame Binoche?»

«Sì.»

«Buonasera, sono Elena Rossini.»

«Finalmente. Ormai disperavo di riuscire a sentirla ancora. Come sta? In profumeria mi hanno detto che ha lasciato il lavoro.»

«Sì, infatti. Volevo parlarle del profumo di Notre-Dame.» Si interruppe, racimolò le parole e poi riprese. «Avevo preparato una versione abbastanza in linea con la sua idea iniziale e intendevo mostrargliela appena conclusa. C'erano delle cose che non mi convincevano. Ma la situazione si è... complicata. Ora non so bene come abbiano deciso di procedere da Narcissus. Potrebbe chiedere a loro di farle sentire qualche proposta.» Fece un'altra pausa. Era una conversazione difficile. Aveva preso un impegno e non lo aveva portato a termine. Che la responsabilità non fosse sua era solo un dettaglio.

«Non credo che lo farò, anzi a dirle la verità ho già chiarito a monsieur Montier che il profumo che mi ha proposto non mi interessa. Non l'ho nemmeno voluto sentire», rispose madame Binoche dopo un lungo sospiro. «Sa, mia cara, queste cose, almeno per me, sono frutto di una sorta di feeling. Ho bisogno di guardare in faccia le persone con cui ho a che fare. E devo potermi fidare di loro. Sono una donna molto istintiva. Questo lavoro... il saggio su *Notre-Dame* è molto importante. Mi sarebbe piaciuto completarlo con il profumo. Sarebbe stato un lancio perfetto. Il punto è che volevo fosse lei a occuparsene.» Fece una pausa. «Pazienza. Probabilmente le cose dovevano andare così. Mi dica, sta bene?»

«Sì, considerata la situazione», rispose Elena. «Ho aperto una profumeria artistica, per il momento sembra che ci sia molto interesse, di certo molta curiosità.»

Altra pausa, poi Geneviève si schiarì la voce. «Potrei venire a trovarla... mi piacerebbe fare una bella chiacchierata. Non ho capito che differenza passa tra i profumi griffati e quelli che crea lei. Non sono fatti entrambi nello stesso modo?»

«Non proprio; a parte le composizioni, che nelle industrie in genere sono di natura sintetica, mentre nelle botteghe artigiane sono quasi sempre a base di oli essenziali, il progetto alla base è sostanzialmente diverso. E poi il cliente, il fruitore finale non è più l'individuo medio, standardizzato, ma una persona ben precisa, con particolari esigenze, unica, da tenere in grande considerazione perché il profumo nasce per lei e possiede tutto ciò che desidera e che la identifica. Un po' il discorso che abbiamo fatto per il profumo di Notre-Dame.»

«Straordinario», rispose Geneviève dopo un lungo istante.

«Venga a trovarmi», replicò Elena. «Approfondiremo l'argomento, le mostrerò i miei appunti, chissà che le siano comunque di aiuto, anche se mi pare di capire che la prima stesura del saggio ormai sia finita. La profumeria si trova al Marais, rue du Parc-Royal.»

«Ah, bene! Il Marais, magnifico quartiere. Parlerò con Adeline. Verremo insieme. Sono davvero felice che mi abbia chiamata. Sapevo che non mi ero sbagliata sul suo conto.»

«Non vedo l'ora», rispose Elena mentre un calore confortante si spandeva nel suo petto, risollevandole il morale. «Saluti per me sua cognata. A presto.»

La vigilia di Natale fu un delirio. Cail dovette restare in negozio e aiutare Elena. Anche Ben venne arruolato. Monique era dovuta partire nuovamente e sarebbe rimasta fuori per tutte le feste.

Elena sperava che quel viaggio in Russia con lo staff di Le Notre potesse aiutare l'amica a fare chiarezza sui propri sentimenti per Jacques. Monique era sempre più irritabile e infelice.

Il negozio era diventato l'unico terreno sicuro sul quale incontrarsi e di cui parlare.

Alla fine erano stati costretti a ordinare profumi artigianali realizzati da altri profumieri. Quelli che aveva creato Elena non sarebbero stati pronti prima di qualche mese. Absolue non avrebbe potuto tirare avanti solo con talchi, creme e saponi, così avevano deciso di proporre prodotti di altri ma comunque di ottima qualità. I bouquet erano semplici, dedicati soprattutto alle stagioni e agli stati d'animo. E i clienti li apprezzavano. La cosa importante era che ogni fragranza fosse composta di sostanze naturali.

La profumeria di tendenza, scintillante, fatta di glamour e prodotti di sintesi era un universo splendente, sotto certi versi straordinario, ma non apparteneva a Elena Rossini. Ora lei lo sapeva con certezza.

«Sei pronta?»

Elena aveva appena chiuso la profumeria e se ne stava seduta su uno dei divani. «Certo, prontissima.»

Cail l'aiutò a indossare il pesante cappotto. «Ti va piccolo», disse accigliato.

«Devo comprare qualcosa, ormai non mi sta più nulla», borbottò Elena sfiorandosi il ventre.

Uscire all'aperto fu come scontrarsi con un muro gelido. «È pazzesco questo freddo», brontolò Elena.

Cail le passò un braccio attorno alle spalle e l'attirò a sé. «Adesso passa, vedrai.»

«Tu come fai? Voglio dire, guardati, hai una giacca, per giunta aperta, e sotto cos'è quella? Una maglia? Ma di che lana è fatta per scaldarti a quel modo?» Era indignata. Lui non aveva mai freddo.

«Sono scozzese, sarà per quello.» Cail sorrise camminando di buon passo. «Guarda, siamo quasi arrivati», le disse indicando il ponte che conduceva all'Île.

Luce e oro: ovunque guardasse dominavano la notte, si riflettevano sulla Senna, si stagliavano contro il cielo. Anche il ponte non era altro che una lunga striscia dorata. Elena e Cail camminavano in silenzio, tenendosi per mano, immersi in quell'atmosfera che rallegrava l'anima, in quei profumi di festa che invogliavano a mettere da parte i cattivi pensieri, perché non c'era posto per loro davanti a tanto splendore. I canti natalizi in sottofondo poi facevano la loro parte.

E allora fu semplice lasciarsi andare, sorridere, godere di quello spettacolo che era una festa per l'anima. Non era importante il credo religioso. Elena non praticava da anni, Cail nemmeno. Ma in quel momento, in quel luogo, vi era quanto di più bello l'ingegno umano avesse potuto creare. Ed era in tutto ciò, alla proiezione di quel concetto di bene, che entrambi credevano fermamente.

Quando giunsero alle porte di Notre-Dame la messa delle sei era già cominciata. Cercarono un angolo dove sedersi e rimasero fino alla fine, e anche oltre, ascoltando il coro di voci bianche che dopo una pausa ricominciò a cantare. La melodia si levava verso l'alto e raggiungeva ogni angolo della chiesa. L'incenso si mescolava alla cera fusa, al fumo e alla mirra, al profumo dei secoli trascorsi.

Elena chiuse gli occhi, Cail le aveva tolto i guanti e la teneva stretta. La sua pelle era calda, confortante. In quel momento lei si rese conto di provare qualcosa che, se non era proprio felicità, le assomigliava veramente tanto.

«Ehi, sta nevicando.» Con il viso rivolto al cielo, Elena sentiva sulla pelle i fiocchi che si scioglievano in gelide gocce.

Cail la fissò, poi scosse la testa e l'asciugò con un lembo della sciarpa. «È solo una spruzzatina.»

«Ma oggi è la vigilia di Natale, è speciale.»

Lui si avvicinò, le prese il viso tra le mani e la fissò a lungo. «Vieni, torniamo a casa.»

Elena era commossa e profondamente emozionata. Quell'uomo riusciva a farla sentire bene, gli bastava uno sguardo e il gioco era fatto... accidenti a lui.

La neve ora cadeva fitta e Cail decise di chiamare un taxi. Quando giunsero al Marais, a Elena sembrò di entrare in un mondo a parte. Era un paese fatato: pennacchi, torrette, timpani candidi, edifici che sembravano uscire da una di quelle cartoline natalizie dove tutto era magia.

Una volta arrivati a casa, Cail lasciò Elena al pianterreno. «Aspetta un minuto a salire, devo fare una cosa. E non barare, intesi?» le disse.

Elena sbuffò. «Sappi che la tua sfiducia mi offende moltissimo.»

Cail sorrise e corse di sopra.

Quando Elena fu abbastanza sicura che lui non sarebbe tornato indietro, entrò in negozio. Il regalo che gli aveva comprato era dentro il cassetto dove teneva anche il diario di Beatrice. Prese il pacchetto, lo tenne tra le mani un istante, fissando il fiocco un po' storto. Mentre chiudeva il cassetto sfiorò il libricino con la punta delle dita.

«Oggi niente malinconie. Oggi si festeggia», disse piano spingendolo in fondo.

Mentre saliva di sopra con il regalo tra le mani, si chiese per la millesima volta se Cail lo avrebbe apprezzato. Era una frana con i regali, senza considerare che a confezionarli era pure peggio. Però quello l'aveva colpita immediatamente.

L'aveva trovato nel mercatino di Natale sugli Champs-Élysées. Ci era andata da sola e le era piaciuto da matti comprare i regali per i suoi amici.

«Sto entrando.»

La porta era aperta e il terrazzo era tutto al buio, eccetto una piccola luce che le servì per orientarsi. Elena avanzò circospetta, sorridente, con un senso di anticipazione che le ballava dentro.

Quando arrivò davanti alle vetrate del soggiorno, le trovò socchiuse. Entrò e in quel momento, in un angolo della stanza, un albero si illuminò. Cail la raggiunse e le prese una mano, per sfiorarla con le labbra. Poi le mise sul palmo un pacchetto.

«Buon Natale.»

Elena ricacciò indietro le lacrime. «Grazie», sussurrò, e gli porse il suo regalo.

«Ma non è ancora mezzanotte, li lasceremo sotto l'albero», esclamò Cail riprendendosi il pacchetto.

«Uffa», protestò Elena. Poi si accorse che c'erano molti altri pacchi. Forse Cail aspettava qualcuno. Quel pensiero la mise in allarme. Non aveva mai incontrato nessuno della sua famiglia. Non era molto brava con le suocere o cose del genere. Le tornò in mente la madre di Matteo e rabbrividì.

«Stai aspettando qualcuno?» La domanda le uscì prima che potesse rifletterci. «Scusa», si affrettò a dire. «Non volevo essere invadente.»

Cail si accigliò. «Se ci pensi, Elena, abbiamo superato il confine dell'invadenza da un pezzo.»

«È che non so... magari la tua famiglia», buttò là, senza terminare la frase.

«Ti ho già risposto qualche giorno fa. Qui ho tutto ciò che mi serve e che voglio.»

Se non era una vera e propria dichiarazione quella... tuttavia un filo dell'antica prudenza frenò l'entusiasmo di Elena. In quell'ultimo periodo Cail le era sembrato sempre più lontano, più assente. E lei si era fatta una promessa, l'aveva fatta a sé stessa e a quel bimbo che portava in grembo.

Non avrebbe fatto entrare nella sua vita un uomo sbagliato, sbagliato per lei e per suo figlio, o sua figlia. Non aveva voluto conoscere il sesso del bambino, voleva che fosse una sorpresa.

Mangiarono a lume di candela, chiacchierando rilassati come non facevano da tempo. Cail aveva preparato una cena a base di risotto alla zucca, soufflé di formaggio, omelette, diverse quiche di sfoglia e verdure. Il vino era dolce e profumato e la torta soffice e delicata. Lei si era proprio scordata di pensarci.

Ogni cosa era bella, semplice e meravigliosa. E lei si sentiva importante, era importante. Lo era per sé stessa, lo era per Cail. Assaporò ogni istante, aspirando il profumo dei cibi, del dolce, della stanza e di lui. Ah, il profumo di quell'uomo era perfetto, la faceva sentire completa e felice.

Dopo cena Elena aiutò Cail a riordinare e si sedettero insieme sul divano, coperti da un plaid scozzese.

«Per ora devi accontentarti della coperta... forse un giorno ti mostrerò il vero *feileadh breacan*, che sarebbe il grande kilt scozzese, e non quella specie di gonna che qualcuno si ostina a portare in memoria del passato. Ma non succederà oggi.»

Elena arricciò le labbra. «Uff, e io che pensavo fosse quella la mia sorpresa natalizia.»

«Sbagliato», esclamò lui. «E comunque è mezzanotte e quelli», disse indicando il mucchio di pacchi, «aspettano te.»

Elena lo fissò sbalordita. «Tutti?»

Lui annuì. «Tutti quanti. Ma quello piccolo, quello aprilo per ultimo, va bene?» C'era un filo di incertezza nella sua voce. Elena sentì l'impulso di abbracciarlo forte, di baciarlo...

John le si era avvicinato e la guardava speranzoso. Elena non aveva ancora superato l'antica paura. Sì, sorrideva al cane e qualche volta gli parlava, ma accarezzarlo era qualcosa che ancora le veniva difficile.

Guardò i pacchi, poi si avvicinò all'albero decorato quasi con timore, diffidente.

«Ti posso assicurare che non c'è nessun coccodrillo dentro e nemmeno una puzzola.»

Elena però non rise della battuta. Si sedette accanto ai regali, sul tappeto di lana, e continuò a guardarli.

«I primi anni tornavo a casa di mia madre per le vacanze di Natale. Maurice non era credente e non gli piacevano neppure l'albero e le decorazioni. Diceva che erano tutte sciocchezze. Una volta avevano appena litigato e lui ha dato un calcio al presepe che mia madre aveva preparato per me. Lei ha raccolto le statuine in silenzio, senza protestare, con rassegnazione, e lo ha ricomposto.» Per un istante la scena si ripresentò vivida ai suoi occhi. La respinse, e con essa l'amarezza e il dolore. «Non sono più tornata da loro per Natale. Un paio di volte sono stata invitata a casa di Monique.» Fece una pausa. «Ci sono momenti in cui la solitudine riesce a toccarti fin dentro le ossa», sussurrò. «Non importa quanta gente tu abbia intorno. Non importa...»

Cail ora si era inginocchiato al suo fianco. «Un giorno o l'altro dovrai presentarmi il tuo patrigno», le disse porgendole il primo pacco. Non la toccò, non la consolò, non ce n'era bisogno. Elena lo sentiva accanto, dentro di sé. Lui era lì, come una certezza, una promessa mantenuta.

«Non ti piacerebbe. E poi ormai sono tanti anni che non lo vedo più... Prima tu», gli disse all'improvviso, spezzando così la tensione e indicando il suo pacchetto.

Cail lo prese con delicatezza e cominciò a scartarlo, con una cura che innervosì Elena.

«Quel genere di lentezza la devi mettere da parte per quando deciderai di farmi uno strip tease. E in quel momento dovrai indossare il kilt, o quella cosa impronunciabile che hai detto prima. E ora sbrigati a scartare il regalo, o lo farò io.»

«Bada ai tuoi di regali, questo è il mio e lo scarto come voglio», replicò Cail con un'espressione così buffa da strapparle una risata.

Un istante dopo un antico orologio da tasca, in argento massiccio, comparve tra le sue grandi mani. Lui lo aprì con delicatezza e in quel momento si rese conto che la rotellina per caricarlo era in realtà una minuscola rosa stilizzata.

Cail era senza parole. Era bellissimo, e racchiudeva la perfezione e la fragilità del fiore che lui amava più di tutti. Lei lo aveva capito. Quello era il suo modo di dirglielo. Si sentì sereno. C'era rispetto nel gesto di Elena, e considerazione. A Cail non era mai importato più di tanto dei sorrisi di derisione che la gente gli rivolgeva quando scopriva che il suo campo di lavoro erano i fiori e le rose. Ma quel gesto così delicato lo colpì profondamente.

Elena trattenne il respiro. Poi gli toccò una mano. Quando si accorse che tremava, la ritirò.

«Non ti piace? Io... scusa. Credevo che per te avrebbe significato...»

Cail non la lasciò finire. Con l'orologio stretto in mano, afferrò Elena e se la portò in grembo. «Grazie, è il regalo più bello che abbia mai ricevuto», sussurrò.

Elena non avrebbe mai dimenticato lo sguardo che lui le rivolse. E sperò di rivederlo ancora tante, tantissime volte. Ma dato che era anche una donna pratica e che le labbra di Cail erano giusto là, a un soffio dalle sue, pensò di mostrargli il tipo di ringraziamento che avrebbe gradito.

Lo baciò con entusiasmo, mettendo in quei gesti, nelle carezze che gli rivolse, tutta la passione che provava per lui, dimenticando i dubbi, i silenzi. E Cail si lasciò trasportare, ricambiandola con lentezza, finché le cose tra loro si fecero roventi. Allora si fermò, tenendo il viso di Elena incuneato nelle sue grandi mani. Le sfiorò nuovamente le labbra gonfie per i suoi baci. La sua espressione era grave, seria, lo sguardo incupito dal desiderio e da ciò che non aveva il coraggio di portare a termine.

«Grazie», le disse prima di aiutarla ad alzarsi.

«Grazie a te, non sai quanto abbia significato per me questa serata.»

Cail le prese una mano e la portò alle labbra, baciandone il palmo. «Non è ancora finita, ci sono altre cose da vedere», le rispose indicandole i pacchetti che erano rimasti intatti.

Più tardi, prima di lasciarsi andare al sonno, Elena sfiorò con la punta delle dita l'antico ciondolo in oro che le aveva regalato Cail. Si trattava di un portaprofumi francese del XVIII secolo. Non aveva quasi il coraggio di immaginare quanto gli fosse potuto costare. Gli altri regali erano nell'armadio. Un cappotto rosso di cashmere, un paio di stivali, due maglioni sottilissimi e straordinariamente caldi nei toni del blu, una sciarpa e dei guanti che sembravano essere stati confezionati apposta per lei. Due vestiti e un paio di pantaloni. Ogni capo era bello, comodo e colorato. Si era dato molto da fare, anche se in tutti Elena aveva visto qualcosa di Monique. E dire che la sua amica non si era fatta scappare nemmeno mezza parola. Cail doveva essere stato davvero convincente.

Nessuno aveva mai fatto qualcosa di simile per lei. E restava ancora una sorpresa, le aveva detto Cail prima di baciarla a lungo, sulla porta di casa. Il pensiero di Elena subito era andato in una certa direzione. Cominciava a pesarle stare accanto a Cail dando dei limiti a quel rapporto che ogni giorno si faceva sempre più intenso. Lo desiderava e sentiva che lui provava lo stesso per lei. Era una donna adulta, conosceva i segnali e, se non fossero bastati, il suo profumo avrebbe parlato per lui, un profumo che diventava più forte e deciso quando stavano insieme.

Si sfiorò le labbra, un dolore lieve in fondo al cuore. Come sarebbe stato fare l'amore con Cail? Si ritrovò a fantasticare su di lui, ma presto i pensieri presero un'altra strada. E sentì che il dolore cresceva. E poi divenne umiliazione. Perché lei non osava farsi avanti? si chiese. E perché non lo faceva nemmeno lui?

E poi la risposta arrivò con un piccolo fremito, quasi una carezza del suo bimbo, abbastanza chiara da farla sorridere tra le lacrime. Era incinta, e quello chiudeva tutta la questione. Si accarezzò il ventre, come faceva sempre più spesso. Era meglio così. I chiarimenti andavano rimandati a dopo la nascita del bambino, pensò, benché ancora molto turbata e dispiaciuta.

Allora si concentrò sui baci di Cail. Quei baci... Elena rabbrividì e si chiese se non ci fosse un prezzo da pagare per tutta quella felicità.

Rosso, blu e un pizzico d'oro. Absolue aveva accolto le feste con i colori che i tre soci preferivano. Quel giorno anche la luce del sole inondava il negozio, preoccupando un po' Elena. Ma era da tanto che il sole non si faceva vedere, così decise di lasciarla entrare e di spostare le confezioni dei profumi, riparandole dal calore.

«Baciata dal sole! Avrei dovuto sapere che se la sarebbe cavata egregiamente», le disse Jean-Baptiste Lagose entrando in negozio.

Elena gli andò incontro. «*Monsieur*, ma che piacere. Come sta?»

«Adesso che l'ho vista, mia cara, molto meglio.» Le baciò la mano e si guardò intorno. «Intimo, accogliente, molto bene. E visto che lei qui ci abita, deduco che sia suo.»

Elena sorrise. «In parte, ma venga, si accomodi. Posso offrirle qualcosa di caldo?»

«No. Non posso trattenermi troppo. Le confesso che non sapevo cosa aspettarmi. Sono tornato da Narcissus, ma lei non c'era. E non ho trovato nemmeno la strega... ehm quella donna, il suo capo.»

Elena restò in silenzio. Preferiva evitare di parlare di Claudine.

«Ha fatto bene a licenziarsi, mia cara», continuò Lagose. «All'inizio ho avuto qualche problema a rintracciarla, nessuna Elena Rossini sull'elenco telefonico. Poi ho deciso di venire di persona. Mi ricordavo dove abitava... Bel quartiere. Il Marais è sempre stato uno dei posti di Parigi in cui vivere è un piacere.»

Era d'accordo, il Marais sembrava un mondo a parte. «E la sua signora?»

«Mia non lo è mai stata. E se mai avessi avuto dei dubbi in merito, me lo ha detto chiaramente.» Lagose si era irrigidito. «È testarda come un...» Bofonchiò la parte finale della frase. «Dice che è troppo vecchia per sposarsi. Ci crederebbe?» Si grattò la fronte. Era davvero sconcertato.

«È proprio indispensabile farlo? Voglio dire... forse ora ha bisogno di un rapporto differente.» Elena non avrebbe mai creduto di poter pronunciare una frase del genere, lei che aveva cercato la sicurezza sacrificandole ogni cosa. Ma la relazione che aveva con Cail aveva cambiato di molto la sua percezione della vita. Ora trascorreva ogni momento come se fosse unico, non in virtù di qualcosa che sarebbe potuto accadere prima o poi. Questo modo di fare l'aveva costretta a confrontarsi con la vita così come veniva, mettendo al centro sé stessa e il bambino.

«Cosa pensa di fare?»

Lui scrollò le spalle. «Non lo so. Niente, suppongo. Probabilmente mi sono sbagliato. Non ha funzionato prima, perché dovrebbe farlo ora?»

«Però la signora ricambia i suoi sentimenti, giusto?»

«Mi era sembrato. Alla gente piace illudersi, sa, è uno degli sport preferiti dalla maggior parte delle persone. E comunque al momento non ne sarei troppo sicuro.»

«Avete litigato.» Sperò di non essere troppo indiscreta, ma era davvero curiosa.

«Ci può giurare», rispose. Poi guardò l'orologio che teneva al polso. «Sono proprio contento di essere passato da lei questa mattina. Ma si è fatto tardi, devo andare.»

Lagose sarebbe ritornato presto. Voleva un altro profumo. Un chypre come l'altro, le aveva spiegato, ma che si adattasse meglio alla sua personalità, come un vestito, e voleva essere l'unico a possedere quell'odore. Un altro profumo su misura.

Elena era dispiaciuta per lui. Sembrava rassegnato e quella era una condizione pericolosa. Una persona rassegnata non combatte, si lascia andare.

Sospirò e riprese a sistemare i profumi.

Dopo monsieur Lagose, Elena rivide un'altra dei suoi clienti: Eloise Chabot. La ricordava bene. A dire il vero, rammentava con precisione il profumo che aveva corretto per la figlia.

«Speravo tanto che si trattasse di lei quando ho letto il volantino. Pensi che coincidenza, io abito in rue des Rosiers.»

«*Madame*, che piacere vederla. Proprio qui a due passi... davvero una coincidenza!»

Eloise l'abbracciò. Una nuvola di profumo dolce e penetrante avvolse Elena, pizzicandole il naso. C'era qualcosa di strano nel *mélange* che la signora indossava. Come una nota stridente. Una caduta di stile, ecco. Eppure il suo aspetto era sempre impeccabile, dall'acconciatura all'abito da mattina antracite. Chanel probabilmente. Perché portava quel profumo così strano, se poteva permettersi il meglio?

«Absolue, che nome affascinante. Il negozio è suo?»

«In parte. Diciamo che è anche mio.»

Eloise si guardò intorno, osservò ogni dettaglio. Era incantata. «I profumi hanno avuto sempre una grande importanza per me. Non potrei mai farne a meno. È la prima cosa che uno percepisce di noi e anche l'ultima. Sa che mia figlia Aurore vuole diventare una profumiera? La responsabilità è in parte sua, mia cara. Il profumo che mi ha consigliato le è piaciuto molto. Quando le ho detto che lo avevo fatto correggere per adattarlo alle nostre esigenze è stato come se le si aprisse un mondo. Da allora non ha fatto altro che mescolare i miei profumi, poi è passata a quelli del padre.» Sospirò. «È inutile che io ne compri degli altri, perché lei continua a giocarci. Sta diventando una cosa davvero... imbarazzante.»

Elena trattenne un sorriso. «Vuol dire che quello che indossa è un profumo che ha fatto un brutto incontro?»

«Prima era un meraviglioso Coco Noir di Chanel. Adesso non saprei. Ma non è proprio malvagio. È che a un certo punto l'armonia si spezza. Mi dà l'impressione di un'unghia stupenda, dipinta in modo elegantissimo, che improvvisamente si mette a giocare su una lavagna.»

Elena ridacchiò. «Quanti anni ha Aurore?»

«Diciotto.» Un lungo sospiro che fu più eloquente di qualsiasi frase. «Per i primi tredici tutto è andato bene. Solite questioni da ragazzi. Ma le assicuro che questi ultimi anni sono stati davvero difficili. Adesso però è felice. Così, da un giorno all'altro. Io proprio non riesco a comprendere.» Fece una pausa e sollevò entrambe le mani. «Non è cambiato nulla se non questo gioco che fa con i profumi. Non mi fraintenda, ci sono momenti in cui è sempre difficile parlarle, ma almeno ora vediamo il suo sorriso. In genere, questa sua felicità coincide con il fatto che indossiamo le sue creazioni. Mio marito appena arriva in ufficio deve lavarsi accuratamente. Aurore sembra non fare caso alla distinzione tra note maschili e femminili. L'ultima volta, ha mescolato il dopobarba del padre con un'acqua alla violetta.»

Elena sorrise. «Ha pensato di farle seguire un corso di profumeria di base?»

Eloise inarcò le sue sopracciglia perfette. «Non è una ragazza molto socievole, sa...» Non aggiunse altro, ma Elena riuscì comunque a percepire una grande preoccupazione.

«Potrebbe venire da me. Magari un pomeriggio alla settimana.»

Eloise spalancò gli occhi. «Davvero? Le darebbe lezioni, qui in negozio?»

«In realtà ho un laboratorio attrezzato di sopra. Ho mezza giornata libera e non si tratterebbe di vere lezioni. Direi più delle chiacchierate, degli appuntamenti che spieghino a Aurore le basi della profumeria naturale. Se poi continuerà ad avere la passione dei profumi, potrebbe farla diventare una professione.»

«Suo padre vorrebbe che facesse l'ingegnere come lui... sa, quest'anno termina il liceo.»

«Gli adulti coltivano questo genere di speranze.»

Eloise guardò Elena, poi le sorrise. «Temo che abbia ragione. È capitato anche a lei?»

«Più o meno. Alla fine ho scoperto che creare profumi era davvero quello che volevo fare. Ma se ci fossi arrivata da sola mi sarei risparmiata un mucchio di problemi.»

«Suppongo che sia così», replicò pensierosa. «Ma ora mi dica, avete anche delle candele?»

«Sì, naturalmente.» Elena le mostrò qualche proposta. Le candele erano molto eleganti nelle confezioni semplici ma raffinate. Erano quadrate o rotonde, dai colori decisi, proprio come i profumi che sprigionavano. Le fragranze erano fiorite oppure cariche, speziate, sempre avvolgenti.

«Questa mi piace molto.»

«La base è il gelsomino, sensuale, inebriante. In aromaterapia aiuta a calare le barriere, ad aprirsi alla vita e ai sentimenti. Annusi ancora, non le sembra di trovarsi in una calda notte d'estate?»

«Sì, ha proprio ragione.»

Era vero, una calda notte d'estate, sul terrazzo di Cail... sotto un cielo pieno di stelle.

19.

Ginestra. Ricco come il colore dei fiori, è un profumo inebriante, fresco, con una nota floreale emozionante. Annuncia la primavera, il passaggio dal vecchio al nuovo. Aiuta a non perdersi d'animo.

«È lei Elena Rossini?»

Una domanda diretta, nessun buongiorno, nessuna pausa di riflessione. La nuova arrivata non si era nemmeno guardata intorno. Elena aveva alzato la testa dal diario di Beatrice e aveva volto lo sguardo verso la porta dove una ragazza dai capelli blu, con un abito lungo, i lineamenti infantili sotto il trucco pesante, la fissava in modo sfrontato.

Fino a pochi istanti prima, Elena era stata in un'altra epoca, in un altro mondo. Il cuore le batteva ancora forte, la gola era stretta, un filo di disperazione legava i suoi pensieri. Ma non erano i suoi, li aveva solo presi in prestito. Erano quelli di Beatrice.

Si alzò in piedi, ripose il diario e andò incontro alla ragazza.

«Sì, sono io. Tu devi essere Aurore, entra pure.» Non si sarebbe potuta sbagliare. Eloise l'aveva avvertita che sua figlia sarebbe passata quel pomeriggio e che era un po' particolare. Magrissima, capelli tinti, piercing al labbro, una giacca di lana sopra il vestito di pizzo bianco, un paio di anfibi lucidi. Aveva giocato ancora con i profumi, questa volta aveva usato della lavanda, insolita e attraente. E vi erano mughetto e garofano. La fragranza poi mutava all'improvviso diventando polverosa, quasi stucchevole. E allora saltava fuori il sandalo. Ma oltre ai profumi mescolati dei genitori, c'era ancora qualcosa che apparteneva solo a lei ed era un lieve aroma di fior d'arancio, che era rimasto sulla sua pelle, riconducibile di sicuro al suo ultimo esperimento. Elena era pronta a scommetterci.

Definirla particolare era di certo riduttivo. Se la ragazza stava cercando di differenziarsi, aveva avuto successo, su quello non c'era il minimo dubbio.

«Mia madre mi ha detto che lei mi dirà come si fanno i profumi.» Non era avanzata nemmeno di un passo. Se ne stava rigida, accanto alla porta, l'espressione tesa, lo sguardo sospettoso.

«Be'. Per cominciare», le rispose Elena, «ti spiegherò le basi della profumeria naturale, poi sarai tu a decidere cosa fare. Se proseguire con gli studi, oppure lasciar perdere. Non è una strada semplice e richiede molta disciplina e parecchi sacrifici.»

Aurore socchiuse gli occhi. «Io conosco bene il significato di queste parole. Lei mi sta giudicando sulla base del mio aspetto.»

«Il tuo aspetto è l'unica cosa che hai voluto mostrarmi finora.»

«Lo sapevo», borbottò Aurore.

Elena strinse le labbra, era necessario un chiarimento. A quanto pareva, la ragazza usava il suo look come un alibi, una maschera dietro la quale nascondersi, che diventava all'occorrenza causa ed effetto. Un po' come aveva fatto lei stessa molto tempo prima... anche se al contrario. A Elena non piaceva stare al centro dell'attenzione. Invisibile era la parola. Se nessuno ti vede, nessuno ti può colpire.

«Non ti ho giudicato, comunque. Ti avrei detto le stesse cose anche se ti fossi presentata vestita di rosa e con le ali da angelo», precisò. «I profumi che creo sono composti da essenze naturali estratte con procedimenti che necessitano di una cura scrupolosa, con tempi e calcoli che vanno rispettati. Ogni minima goccia cambia il profumo. Devi contare, calibrare, tenere tutto a mente. Devi sapere che certe sostanze copriranno quelle più tenui, altre le esalteranno. Si deve studiare molto. La profumeria può essere noiosa, mortalmente. Come ogni cosa, possiede un lato tecnico e uno creativo. Non puoi avere l'uno senza l'altro, quindi decidi, Aurore.

Questa è la mia pausa, non ho nessuna intenzione di sprecarla.»

Elena tornò a sedersi. Ignorare Aurore le richiese molta determinazione. Ma non era di gentilezza che aveva bisogno quella ragazza. E lei non gliela avrebbe offerta. Le avrebbe dato altro, le avrebbe fatto desiderare di arrivare alla meta. Si scoprì a sperare che Aurore accettasse le sue condizioni. Quella ragazza in fondo l'aveva intenerita. C'era una profonda vulnerabilità dietro l'apparente aria aggressiva. Ed era pronta a scommettere che il profumo per Aurore fosse un modo per comunicare, il suo linguaggio.

«E se studierò? Ammettiamo che io segua queste... regole, lei mi insegnerà?»

Il desiderio era tutto là, in quella richiesta piena di timore, priva dell'arroganza dietro la quale si era nascosta fino a quel momento. Certo, il termine «regole» era uscito da quella bocca come una parolaccia, ma c'era di peggio, pensò Elena sollevata.

«È quello che farò, almeno se tu mi starai a sentire.»

Aurore avanzò verso il centro del negozio. Passi timidi, lievi, come in punta di piedi. Tutto in quella ragazza era una contraddizione. Il suo sguardo, l'aspetto, i vestiti. Ma più di tutto il profumo.

Monique entrò in quell'istante. Era tornata dal suo viaggio giusto la sera prima. Elena sospettava che lo avesse fatto per via di Montier, ma non le aveva chiesto nulla e lei era stata molto riservata. Avevano parlato solo dei regali ricevuti per Natale. Elena era molto curiosa di sapere cosa Cail avesse dovuto promettere a Monique per farsi aiutare e poi farle tenere la bocca chiusa. «Nulla», le aveva risposto. «È solo che lui ci teneva davvero tanto a farti una sorpresa. Quell'uomo sa come conquistare una donna.» E il dolore in fondo agli occhi di Monique aveva fatto pentire Elena della sua curiosità.

«Buonasera», disse rivolgendosi a Aurore.

Monique quel pomeriggio indossava un miniabito di chiffon verde smeraldo dalla linea classica, molto elegante. Aveva stirato i capelli nerissimi che le scendevano fino alla vita in una cascata di seta. Aurore la stava fissando a bocca aperta. Spesso Monie faceva quell'effetto alla gente, pensò Elena con un sorriso.

«Scusa il ritardo, cara. Tutto bene?»

«Sì, ti ho scritto un paio di appunti. Ci sono delle consegne da fare. Lei è Aurore, le piacciono i profumi.»

Monique sapeva perfettamente chi fosse la ragazza. E l'idea di tenere dei corsi le piaceva moltissimo.

«Ciao, Aurore, piacere di conoscerti. Elena mi ha detto che vorresti imparare l'arte della composizione. Non vedo l'ora di sentire qualche tua creazione. Penso che sarà interessante», disse sorvolando con lo sguardo l'eccentrico abbigliamento della ragazza.

Elena ridacchiò. «Una la stai già sentendo, vero, Aurore?»

La ragazza annuì. Finalmente il viso perse l'espressione imbronciata, distendendosi.

Monique spalancò gli occhi. Oddio! Era da quella strana ragazzina che proveniva quell'odore? «Ehm... Sono sicura che qualche lezione risolverà i problemi legati all'armonia delle fragranze», replicò indietreggiando di qualche passo. «Comincerai da quelli, vero?» Si rivolse direttamente a Elena, sgranando gli occhi.

«Vieni, Aurore», replicò l'altra con un sorriso. «Il laboratorio è di sopra.»

In realtà avrebbe tenuto la prima lezione in cucina, era più intimo e non voleva scoraggiare troppo la sua allieva. Mise il bollitore sul fuoco. «Ti va un tè?»

«Sì.» Aurore era seduta sulla punta della sedia, rigida come un palo, schiena dritta, espressione seria. Era terribilmente tesa.

«Vedi quelle erbe?» le disse indicando un fascio di rami di mirto che aveva appena ricevuto da un coltivatore della Sardegna, che la riforniva anche di cisto e rosmarino selvatico. «Se le distilli ottieni un liquido composto in parte di acqua, in parte di olio. La maggioranza delle essenze si ottiene in quel modo. Sono necessarie migliaia di foglie per pochi millilitri di prodotto.»

«E lei li fa così i profumi, con le erbe?»

Elena, compiaciuta dal tono più rilassato della ragazza, scosse la testa. «No, è solo l'inizio: con quel procedimento ottieni un liquido profumato composto da acqua e olio. L'acqua ricavata dalla distillazione si chiama idrolato, l'olio invece essenza, o olio essenziale. Per fare il profumo si utilizza l'olio.» Fece una pausa, perché quello era il concetto più importante e voleva che Aurore lo comprendesse bene. «Tuttavia esistono anche altre sostanze odorose. Sono ricavate con altri metodi estrattivi e prendono sempre il nome di essenza, sostanza o materia odorosa. Dunque, riepilogando, le essenze sono un elemento fondamentale del profumo. Esse sono ricavate da fiori, foglie, muschi, legni, radici, frutti, cortecce, resine di natura vegetale, animale, oppure da sintesi chimiche. Insomma, possono essere naturali, o di origine sintetica. Le essenze – o sostanze odorose, o materie – vengono mescolate e poi diluite in un mezzo inerte che le sostiene. Può essere alcol oppure un altro olio. Il risultato di questo procedimento è appunto il profumo.»

Aurore la fissò per un istante a occhi spalancati, poi si morse un labbro distogliendo lo sguardo. «Io uso i profumi già pronti», sussurrò.

«Sì. Me ne sono accorta», rispose. «Ma, vedi, devi considerare che così facendo tu cancelli il messaggio che il profumiere voleva dare, non ne crei uno nuovo. Il tuo profumo non racconterà nulla, sarà una miscela di tanti odori che non sanno da che parte andare.»

«Sembra quasi che il profumo racconti qualcosa.»

«Precisamente, il profumo è il linguaggio più immediato che esista e anche quello più comprensibile.»

«Non ci avevo mai pensato.»

Elena versò il tè nelle tazze.

«Ma come si può decidere quali essenze mettere in un profumo?»

«Il profumiere conosce gli odori, li ricorda e sa quali sostanze possono coprire, esaltare, annullare le essenze. Sulla base di queste conoscenze e sulle proprie capacità intuitive, utilizza le sostanze.» Fece una pausa. Cercò i biscotti al cioccolato che le aveva mandato Jasmine e li dispose su un piatto che offrì alla ragazza. Aurore sembrava immersa in una profonda riflessione.

Era sempre così, pensò Elena. Il profumo veniva spesso considerato in modo molto riduttivo e, quando uno scopriva che c'era un intero universo dietro, rimaneva sconcertato. Il profumo non è solo qualcosa di bello da mettere addosso, come un semplice accessorio, in realtà contiene molte implicazioni.

«Vedi, Aurore, il profumo è qualcosa in cui noi ci riconosciamo, sul quale proiettiamo sogni, aspirazioni, ricordi o semplicemente un profondo benessere, o perché no... una repulsione istintiva. È qualcosa che nasce dall'armonia, dall'oggettività e dalla soggettività più profonda. Perciò qualcosa ti potrebbe piacere da morire, mentre certi odori ti potranno suscitare allarme, ansia, disgusto.»

«È straordinario. Voglio dire... è un argomento così complesso.» Sorseggiò il suo tè, lo sguardo sulla tovaglia rossa. Poi riportò l'attenzione su Elena. «Ma da dove parto per cominciare a farne uno? Non capisco...» sussurrò.

Elena morse un biscotto. «Proviamo a partire dalle basi, okay? Ci arriveremo a poco a poco.»

Aurore annuì.

«I profumi possono essere suddivisi in sette famiglie olfattive: esperidati o agrumati, fioriti, *fougère*, *chypre*, *boisé* o legnosi, ambrati o orientali, *cuirs* o cuoiati. Quando si crea un profumo bisognerebbe tenerne conto.»

«Ma come si capisce quali elementi mescolare e quali no?» le chiese ancora Aurore.

«Potresti cominciare da quelli appartenenti alla stessa famiglia, per questo è fondamentale conoscere le classificazioni. È un po' come mescolare dei colori. Quando li unisci uno con l'altro ottieni una serie di sfumature, giusto? Crei un nuovo colore. Se utilizzi quelli pastello otterrai una sfumatura tenue, allo stesso modo con colori decisi avrai gradazioni forti. Con i profumi accade la stessa cosa, ma invece di vedere, senti...»

«Forte!» esclamò Aurore.

«Devi anche tenere a mente un'altra cosa molto importante. Il profumo è sempre un percorso, un'idea. Le persone che si occupano di creare i profumi vengono chiamate "nasi", perché sanno distinguere le varie essenze, anche tremila odori diversi, e le mescolano dando vita ai profumi. Ognuno di essi viene creato seguendo uno schema prestabilito, tu sentirai subito le note di testa, poi quelle di cuore e infine quelle di fondo. Questo sistema, chiamato piramide olfattiva, è la carta d'identità del profumo. Perciò se vuoi sapere cosa contiene ad esempio...» Fece una pausa. Per un istante pensò di citare a Aurore un profumo artistico, ma dubitava che la ragazza potesse conoscerlo: erano comunque produzioni di nicchia. Dunque ripiegò su qualcosa di universale. Un profumo molto famoso. La cosa importante in quel momento era che lei comprendesse il concetto che le stava spiegando. «Diciamo For Her di Narciso Rodriguez: sentirai immediatamente i fiori di arancio e l'osmanto, poi la vaniglia e infine un sentore di legni e il muschio che agisce da stabilizzante e fissa le altre fragranze. Queste sono le cose fondamentali. Ne riparleremo ogni volta, faremo un discorso generale, poi affronteremo un tema specifico. Se ci sono cose che non capisci, fermami.»

Ma Aurore sembrava ipnotizzata, con gli occhi fissi su Elena seguiva con attenzione ogni parola che lei le diceva. L'ora passò in un baleno. Quando si salutarono la ragazza sorrideva. «Ma poi lo faremo un profumo? Io non sono un naso», disse con una punta di delusione nella voce.

«Questo non lo sappiamo ancora e poi, in realtà, tutti possono creare profumi. I risultati naturalmente cambieranno in base alla conoscenza della materia, alla competenza, alla tecnica e all'intuito. Ma questo non significa che uno non possa arrivare a una composizione straordinaria, pazzesca, o vincente semplicemente mescolando le essenze che lo affascinano.» In casi del genere si poteva paragonare il risultato a una vincita alla lotteria. Ma quello non glielo disse. Non aveva senso smontare il suo entusiasmo. Le avrebbe fornito una base sulla quale lavorare, il resto sarebbe stato una scelta di Aurore. E poi era possibile che la ragazza possedesse una naturale predisposizione olfattiva e mentale. Già il fatto che amasse tanto i profumi da giocarci in quel modo era un segno. «Noi faremo un profumo, anzi sarai tu a farlo.» La incoraggiò con un sorriso che Aurore ricambiò timidamente.

«Non vedo l'ora di dirlo a mia madre. Grazie, mi è piaciuto tanto. Quando posso tornare?»

«Direi tra una settimana, che ne pensi?»

Aurore annuì. «Stessa ora di oggi?»

«Perfetto», rispose Elena accompagnandola alla porta.

Il negozio era silenzioso, Monique era impegnata con un cliente. Tutto sembrava tranquillo. Elena aveva davanti la sua sera di riposo. E sapeva già come l'avrebbe trascorsa. Raggiunse il tavolo, aprì il cassetto e prese il diario di Beatrice, poi tornò di sopra.

«È per qualche cosa che ho detto?»

Cail si passò il polso sulla fronte e guardò Elena. Era da un po' che se ne stava in un angolo a guardarlo lavorare. Quella in effetti era la prima frase che gli rivolgeva.

«Non capisco. A cosa ti riferisci?» le chiese tuffando nuovamente le mani nell'erba. I vasi si erano riempiti di erbacce e Cail aveva deciso che quella domenica piena di sole era il giorno più adatto a recuperare un po' di lavoro arretrato.

Lei si strinse nella vecchia giacca da lavoro di lui. Aveva i capelli liberi sulle spalle e l'aria abbattuta. Anche John sembrava essersi accorto del suo stato d'animo. Era a pochi passi da lei, come al solito. Da quella volta in cui si erano scontrati, John si teneva a una distanza di sicurezza di due metri precisi. Si limitava a guardarla, oppure la seguiva, ma non oltrepassava mai quello spazio.

Non c'era poi molta differenza tra di loro, pensò Cail.

«Allora è per via del bambino?»

Si trovavano nella serra. Avevano appena terminato di riordinare la cucina. Elena aveva chiacchierato per tutto il pranzo, lui non aveva avuto molta voglia di parlare. Poi avevano semplicemente smesso. Il silenzio a volte era l'unica forma di comunicazione possibile.

«Che c'entra il bambino adesso?»

Elena perse la pazienza. Non le piaceva girare intorno alle cose. O meglio, non le piaceva più. «Senti, non mi scuserò per qualcosa che non so nemmeno di aver fatto, perciò se ti ho offeso in qualche modo farai bene a dirmelo, o col cavolo che ti chiederò scusa.»

Gli scappò da ridere. Era sempre così con lei. Cail scosse la testa. «Perché pensi che ce l'abbia con te?»

Era davvero arrabbiata, il viso arrossato, gli occhi brillanti di collera.

Lasciò perdere la prudenza e andò dritta al punto. «Perché non mi parli come facevi prima, non ridi più. Te ne stai tutto il tempo a ruminare quello che ti affligge gustandotelo per bene, neanche fossi uno di quei cammelli africani che non fanno altro tutto il santo giorno. Superalo una buona volta, qualsiasi cosa sia. Ci puoi fare qualcosa? Bene, allora falla, diamine! Non si può? Allora che ci rimugini a fare?»

Cail la fissava, accigliato. Elena lo aveva raggiunto e se ne stava a mezzo metro da lui.

«Vuoi sapere cosa mi tormenta?»

Lo sapeva che qualcosa non andava per il verso giusto. Un grumo gelido di paura le si formò alla bocca dello stomaco.

«L'idea è quella. Ti ascolto», replicò costringendosi a tirare fuori le parole una per una.

Cail si tolse prima un guanto, poi l'altro. Gli occhi in quelli di lei. Si tirò su e fece un passo in avanti.

«Il tempo», disse.

Silenzio, poi Elena inspirò profondamente.

C'erano delle volte in cui non le bastava sognare di abbracciarlo, stringerlo forte, stare con lui. Poi c'erano altri momenti, come quello. Non solo la spiazzava, ma la costringeva a inseguirlo. E lei voleva motivi validi per farlo.

«Mi vuoi spiegare che accidenti c'entra il tempo adesso?»

Lui non si mosse. Continuò a guardarla intensamente. «Il tempo segna le nostre vite, ogni cosa. Il tempo cambia tutto.»

Era vero. Ma quella era un'ovvietà ed Elena non aveva nessuna voglia di intrattenersi a parlare con Cail di speculazioni filosofiche.

«Io sto aspettando, Elena.»

Lei chinò la testa, poi osservò John che non si era mosso di un millimetro dall'ultima volta che lo aveva guardato, infine riportò l'attenzione su Cail. Era abbastanza calma, pensò. Poteva sostenere una conversazione senza mettersi a urlare, poteva farcela. «Sai, devo confessarti che preferisco la tua parte dinamica, quella riflessiva è a dir poco inquietante.»

Lui le sorrise come non faceva da tempo. «Ti ho promesso una sorpresa. Oggi è il giorno. Andiamo.»

Le offrì una scappatoia comoda. E per un istante Elena pensò di accettarla. «Le tue sorprese invece mi piacciono un sacco. Meglio delle tue frasi sibilline», rispose. «Ma non finisce qui.»

Lui scosse la testa. «È quello che spero.»

«Speri?» Lui non era tipo da affidarsi alle semplici speranze. E ora le sembrava di non averci capito mai nulla in quel loro rapporto.

Non avrebbe aspettato oltre per chiarire la situazione, decise. E poi non voleva nessuna scappatoia. Quei tempi erano finiti da un pezzo ormai. «Perché invece di girarci attorno non la risolviamo questa cosa?»

«E se non ci fosse niente da risolvere?» le chiese Cail.

Tenne duro. Gli restò davanti, perché voleva delle risposte e le voleva subito. «C'è un motivo particolare che ti ha fatto pensare di non avere più tempo?»

«Non ho mai detto che il problema sia il tempo che non ho.»

Elena ingoiò la parolaccia che le era salita alle labbra. Inspirò profondamente per recuperare un po' di calma, poi fece un passo in avanti. Adesso era a pochi centimetri da lui, dovette sollevare la testa per poterlo guardare in faccia. «Sai, Cail, è scientificamente provato che le donne incinte abbiano poca pazienza. La usano tutta per impedirsi di pensare a quanto la gravidanza cambi il loro aspetto, d'altronde una passa la vita a tenersi in forma e poi nel giro di pochi mesi tutti i suoi sforzi vanno in fumo... sono cose che minano l'autostima, cosa credi. Così non ne rimane poi molta per tutto il resto. Ti pregherei perciò di essere più chiaro. Molto più chiaro. Mi sta per venire una crisi isterica, ti avverto. Strillerò e forse piangerò. E ti pentirai di non avermi dato retta.»

«Una minaccia proprio terribile.» Cail le passò un braccio attorno alle spalle, poi le baciò i capelli. «Mi piace il tuo spirito, ti va sempre di scherzare. Dai, rientriamo, vuoi? Preparo un tè e ne parliamo seduti sul divano.»

Scherzare? Ma quale scherzo e scherzo, era diventata matta a furia di immaginare i motivi che c'erano dietro il comportamento troppo riservato di Cail. «Il tè va bene, ma guarda che io dicevo sul serio. Voglio sapere tutto sul tuo tempo, su ciò che rappresenta per te.» Ora che le sembrava di avere aperto una breccia nelle sue difese, non si sarebbe tirata indietro.

La cucina di Cail era piena di luce e sempre molto ordinata. La coperta di John era accanto alla porta, il sole filtrava dai vetri privi di tende illuminando i vasetti di germogli e foglie smeraldine disposti sui davanzali delle finestre. Il profumo che aleggiava nell'appartamento era in parte dovuto alle essenze sprigionate dalle piantine aromatiche. Sul tavolo c'era un mazzo di tulipani gialli che aveva preso al mercato dei fiori un paio di sere prima. Ormai era un'abitudine consolidata. Due mazzi di tulipani, uno per lui, uno per Elena. E sempre dello stesso colore. A entrambi piacevano molto. All'altra estremità della stanza Cail aveva ricavato una zona soggiorno con divani, tavoli e un televisore che restava spento la maggior parte del tempo.

Elena, accomodata sul divano, lo guardava armeggiare tra i fornelli. Tra di loro c'era sempre silenzio. Ma adesso non era teso, era più un cercare le parole giuste.

Cail appoggiò il vassoio sul tavolino del soggiorno e si sedette accanto a lei. Le passò un braccio attorno alle spalle e prese a giocherellare con i suoi capelli.

«Ricordi l'incidente che ha avuto mio padre?» le disse dopo qualche minuto.

«Oddio, si tratta di quello? Sta male?» gli chiese tirandosi su.

Cail scosse la testa. «Sta bene. Non si tratta di lui. Non direttamente almeno.» Sospirò, e chiuse gli occhi un istante. «Vedi... cinque anni fa anch'io ho avuto un incidente, con la moto. Quello che è accaduto a mio padre ha riportato a galla vecchi ricordi.» Pensò che fosse arrivato il momento di dirle tutto, di raccontarle di Juliette e di come era morta. Ma poi non lo fece. Ci sarebbe stato un momento più opportuno, decise. Quello che stavano vivendo in quell'istante era solo loro. E poi scoprì di non avere nessuna voglia di parlare del suo passato. Era morto e sepolto con Juliette, mentre lui era sopravvissuto. Fece una pausa, inspirò ed espirò lentamente. C'erano molti motivi alla base di quella decisione, non ultimo la riluttanza a portare alla luce il costante senso di colpa che spesso lo strappava al sonno e lo costringeva continuamente a comportarsi in modo da tenere sotto controllo le conseguenze delle sue azioni. «Non ricordo molto di quell'episodio. Ma un profondo senso di impotenza mi è rimasto incollato addosso. Certe cose non le puoi evitare, solo subire.» Le prese una mano, portandosela sul viso. «Questo è un ricordo di quel giorno.»

E ce n'erano degli altri, avrebbe scommesso Elena. Indelebili quanto quella cicatrice, solo più nascosti. «Sei rimasto ferito gravemente?»

Lui annuì. «Sei mesi di riabilitazione.»

Elena non lo avrebbe mai immaginato. Cail aveva la scioltezza di movimenti di un atleta, non sembrava fosse rimasto vittima di un avvenimento così traumatico. In genere questo tipo di incidenti lasciava delle tracce, o almeno una sorta di prudenza istintiva. Cail invece era sicuro di sé, affrontava lo spazio con decisione, non si curava troppo degli altri, andava dritto per la sua strada senza compromessi. Certo, era anche un uomo concreto, come se fosse concentrato più sulla sostanza delle cose piuttosto che sul resto. Ad esempio, faceva davvero poche concessioni al proprio aspetto esteriore. Parigi era piena di uomini che avevano fatto dell'abbigliamento un emblema. Cail in quell'ambiente spiccava per la sua sobrietà. Non che fosse un problema: i semplici capi sportivi che indossava gli donavano straordinariamente, ed Elena non poteva impedirsi di notarlo.

«Eppure continui a salire sulla moto, a usarla. Sei sempre tu a decidere, non le tue paure. Non si tratta di quello, dunque.»

Era vero. In quel momento non aveva paura per sé stesso. Cail pensò di dirle quanto lei fosse diventata importante e quanto questo lo spaventasse. Alla fine ciò che temeva davvero era quel vuoto che provava quando non erano insieme, quando non la vedeva o non poteva parlarle. Non gli serviva molto per stare tranquillo. Gli bastava anche solo guardarla. La sua vita era diversa da quando Elena ne faceva parte. E quello era un dannato problema perché lei era incinta di un altro. Un figlio, un bambino che avrebbe potuto essere un punto di unione tra di loro e invece non lo era affatto, perché, per quanto lui desiderasse che le cose fossero diverse, quel figlio l'avrebbe sempre legata a un altro uomo.

E quello era qualcosa che non poteva cambiare. Poteva solo aspettare.

Non era mai stato uno a cui piaceva condividere le cose. Anche nel suo lavoro era un assolutista. E questo lato del suo carattere lo portava a evitare il lavoro di squadra. Aveva fatto un'eccezione per Absolue. Ma quella era un'altra cosa. Desiderava che Elena fosse felice e la sua soddisfazione era ciò che lo aveva subito spinto a investire in quell'impresa. In passato aveva già fatto un tentativo di cambiare la propria natura. Quell'errore gli era costato caro. Il risultato era stato quello stramaledetto incidente in cui Juliette aveva perso la vita. Se non si fosse lasciato convincere a lasciarle la guida probabilmente le cose sarebbero andate in modo diverso.

Non si sarebbe fatto persuadere un'altra volta a fare qualcosa in cui non credeva. Sapeva cosa significava rimettere insieme i pezzi della propria vita e tirare avanti con la consapevolezza di aver commesso un grave errore, uno sbaglio che aveva avuto conseguenze disastrose.

Con Elena avrebbe fatto le mosse giuste.

Anche se gli costava ogni grammo della sua determinazione tenere fede ai suoi propositi. Avrebbe aspettato. Avrebbe aspettato perché non poteva fare altrimenti.

«Avrei potuto evitarlo. Alla fine il punto è questo.»

Elena si prese qualche momento per pensarci su, poi si accigliò. «Non ho mai avuto l'impressione che tu fossi uno di quegli uomini che vogliono avere tutto sotto controllo. Quello è più il campo di Jacques Montier.»

Montier? Che diavolo c'entrava ora? «Spiegati.» Non gli piaceva per nulla quel paragone. E non lo capiva.

«Lui decide tutto, non si preoccupa delle conseguenze e pretende che le cose girino nel senso che lui ritiene giusto. È una follia. Le cose vanno come devono andare.»

«Non conoscevo questo tuo lato fatalista.»

«Non si tratta di essere fatalisti, ma pratici. Cail, tu non mi sembri così arrogante da pretendere di avere il controllo su tutto ciò che accade.»

Un lungo istante di silenzio, poi Cail la fissò dritta negli occhi. «Sono un uomo, Elena. Certo che voglio avere il controllo delle cose. Non credere nemmeno per un momento che non abbia desideri. Che non senta il bisogno di portare questa relazione dove dovrebbe stare. O che non voglia tenerti al sicuro. Sbaglieresti.» La sua voce si era fatta profonda, sferzante, come il suo sguardo. Le dita trovarono l'attaccatura della nuca, la sfiorarono poi scesero più giù in cerca della pelle. La carezza si fece più intima.

Elena deglutì. Ecco, aveva avuto la sua risposta. E nonostante intuisse che dietro le parole di Cail c'era molto altro, comprese che anche a lui pesava la situazione in cui si trovavano. E forse pesare non era nemmeno la parola giusta. La sua franchezza la riempì di ammirazione e di paura in parti uguali.

«Anche io sto aspettando, Cail», sussurrò.

Per un momento, dopo averglielo confessato, le sembrò di sentirsi più leggera. Ci avevano girato un po' intorno, ma alla fine si erano detti ciò che sentivano.

Eppure la consapevolezza non era una soluzione. Il punto era che quel loro giocare sul confine di un rapporto che era molto più di una semplice amicizia, e meno di una relazione, la faceva impazzire. Certe volte avrebbe voluto che il bambino fosse già nato per capire se fosse possibile per loro tre stare insieme. Certe volte avrebbe voluto lasciarsi andare senza alcun pensiero, e basta.

Le sorrise. «Ecco, vedi? Il tempo è il nostro problema. Capiremo meglio i nostri sentimenti quando il bambino sarà nato. Bisogna avere pazienza; alcune volte però è difficile.»

Si lasciò andare sulla spalla di lui, aspirò il suo profumo. Le piaceva la sensazione che provava tra le sue braccia. Cail le premette le labbra sulla tempia, e lei sospirò di piacere.

E poi quei pensieri che le mulinavano in testa dopo la confessione di Cail presero forma. Aveva sempre pensato che la sicurezza che traspariva dai modi di lui derivasse dalla profonda coscienza che aveva di sé stesso. E le appariva strano adesso sapere che invece lui doveva fare i conti con i propri problemi esattamente come gli altri. Le sembrò allora di avergli mancato di rispetto e di considerazione. E questo la fece vergognare.

Lui continuava ad accarezzarla con le labbra, era così vicino da permetterle di sentire il calore del suo respiro sulla pelle. E quel suo profumo di uomo, caldo e speziato, che sapeva di sapone, di dopobarba, di lui e basta, la imprigionò tenendola incollata a quel divano.

Gli toccò il viso e con la punta del pollice seguì la cicatrice sfiorandola lentamente. «Cosa faresti...» La voce le si spezzò, ma non aveva nessuna intenzione di mollare. Deglutì, inspirò e riprese. «Cosa faresti se le cose fossero diverse?»

Cail poggiò la fronte su quella di lei. Non c'era più dolcezza nei gesti di lui. Solo desiderio. Elena sentì l'impatto di quello sguardo, la profonda sensualità dei suoi movimenti. Cail si allontanò appena, le prese il viso tra le mani, poi le accarezzò le labbra. Dapprima delicatamente, poi con più sicurezza. Era proteso verso di lei. Ancora nervoso per ciò che era rimasto in sospeso, per i mille dubbi che continuavano a tormentarlo. Poi Elena gli passò le mani sulle braccia, gli toccò il torace.

Quando Cail comprese che era il battito del suo cuore ciò che lei stava cercando, sentì una profonda emozione. Lei si afferrò al suo maglione, si strinse a lui, annullando lo spazio che ancora restava tra loro. E quel desiderio così onesto spazzò via i suoi ultimi pensieri.

L'abbracciò stretta, le labbra premute sui capelli.

Era felice. Solo felice.

20.

Ambra grigia. Dolce e seducente, il più antico profumo amato dalle donne. Trasportata dal mare che la deposita sulle spiagge come un dono prezioso, ne conserva il fascino misterioso e profondo. Evoca il risveglio della femminilità, l'eleganza, il calore di una notte d'estate.

Dopo quella lunga chiacchierata, Elena e Cail si erano messi il cappotto ed erano usciti di corsa. Il sole tramontava presto in quel periodo dell'anno, ma lui voleva assolutamente mostrarle una cosa.

«Accidenti, questa sì che è una sorpresa», aveva sussurrato Elena osservando le gigantesche serre al Jardin des Plantes. Le costeggiarono fino a raggiungerne una più piccola ma altrettanto bella. Vi entrò con un senso di riverenza, stupita e completamente affascinata. E anche dopo, immobile davanti alla fitta vegetazione che le si parava davanti, quasi non riusciva a credere ai suoi occhi. Ma l'odore, quello non poteva ingannarla. Umidità pesante, felce, muschi e fiori. Avrebbe dovuto immaginare che Cail l'avrebbe lasciata senza parole.

Non sapeva da che parte guardare, perché ogni angolo di quell'ambiente le toglieva il fiato. Fece qualche passo in avanti, incapace di distogliere l'attenzione dai grappoli colorati di *Phalaenopsis*, però c'era troppo da vedere per potersi soffermare a lungo su un fiore, per quanto splendido potesse essere, o su un dettaglio. Poco distante, un ciuffo di miltonie fucsia spuntavano dal tronco di un albero, accanto alle felci. Sembravano tenere violette. Elena provò la tentazione di sfiorarle, di annusare il loro profumo. C'erano alcune piante dalle larghe foglie di un verde brillante, altre invece erano così strette da sembrare lunghi nastri. Non aveva mai visto nulla di simile.

Cominciò a camminare lungo il sentiero. Tolto il cappotto, immersa in quell'aria umida e profumata, si sentiva leggera e allegra. Era passata da un gelido inverno al caldo della giungla in pochi secondi. Quando erano arrivati, non avrebbe mai immaginato che quelle gigantesche cupole di vetro e acciaio nascondessero un angolo di foresta.

Non riusciva a capacitarsi di quello straordinario contrasto. Sotto lo sguardo divertito di Cail tornò indietro, raggiunse le pareti di cristallo e guardò all'esterno gli strati di ghiaccio che circondavano la struttura. Il gelo aveva incrostato ogni cosa, la patina argentata rifletteva le luci della serra e tutto sembrava immerso in un grigio perlaceo.

Allora si voltò, ed ecco che come per magia venne catapultata in un altro mondo. Fu travolta dai colori. Il verde in ogni sfumatura possibile, il rosa delle orchidee, il giallo, il fucsia, persino il blu. L'acqua del ruscello bagnava le pietre sulle quali erano posate decine di farfalle dai colori più strani, alcune addirittura con le ali trasparenti. Poi spiccavano il volo, improvvisamente, formando una nuvola che vibrava, per tornare quindi sulle pietre e sulla sabbia.

Elena era estasiata. Quando una farfalla dalle enormi ali gialle le si posò su una spalla, si irrigidì, afferrò il braccio di Cail e chiuse gli occhi.

«Non mi dirai che hai paura di una farfallina?» la prese in giro lui.

«È più grande di un pappagallo, ti rendi conto?» sibilò Elena con gli occhi serrati.

«Ma non ha il becco. Non ti farà nulla, rilassati. Guardala, è meravigliosa.»

Elena aprì un occhio. Un istante dopo la falena si alzò in volo. Dalle ali di un giallo puro, brillante, con due macchie arancio intenso, partivano due lunghe bande d'oro. Elena non aveva mai visto una farfalla tanto grande.

«Falena cometa», le disse Cail mentre lei continuava a seguirla con lo sguardo.

«Falena?»

«Sì, non tutte le falene sono notturne, ci sono anche quelle diurne. Questa può essere definita crepuscolare, esce la mattina presto e la sera.»

«Credevo si trattasse di una farfalla.»

Cail scosse la testa. «Guarda le antenne: quelle delle farfalle sono lunghe e sottili, quelle delle falene sono più grandi e hanno diverse forme, alcune sembrano minuscoli pettini. Le farfalle chiudono le ali a libro, le falene le dispongono in un modo diverso», disse indicando gli insetti fermi sulla sabbia del torrentello.

Elena moriva dalla voglia di sapere molto altro. Le accadeva sempre così. Ogni volta che scopriva qualcosa di nuovo doveva sapere tutto ciò che poteva sull'argomento. Aveva sempre pensato che le farfalle fossero creature bellissime, ma non si era mai soffermata a rifletterci. Stava per fare un'altra domanda a Cail, quando una farfalla le si posò sulla testa. «Meno male, questa è più piccola», sussurrò, come se la sua voce potesse disturbare l'insetto. Non voleva che quella meravigliosa creatura volasse via. Il cuore le batteva forte, la voglia di ridere le premeva in gola. Allungò le braccia e attese immobile: quando la sua costanza venne premiata, si concentrò sulla sensazione che le davano le zampette della farfalla sulle braccia e poi sui colori intensi delle ali e sull'odore di quel luogo. Lo inspirò più volte, fissandolo nella memoria. Perché voleva ricordarselo per sempre.

«Non avevo idea che conoscessi tante cose sulle farfalle.»

«Infatti conosco giusto il nome della falena cometa. E di qualche altra... In primavera ho fatto da consulente per il roseto del Jardin des Plantes. Lucien Musso, il responsabile, mi ha spiegato il loro progetto. E mi ha mostrato le varie fasi dell'introduzione degli insetti. Inserire le farfalle nella serra delle specie esotiche è solo un esperimento, per ora. L'idea è quella di ricostruire un angolo di foresta tropicale tenendo conto di tutte le specie che ne fanno parte. Le farfalle stanno scomparendo, Elena. Anche se ci sono molti allevatori che si sforzano di reintrodurne il più possibile nei loro habitat naturali, continuano a morire prima di aver concluso il loro ciclo vitale. Spesso non riescono a deporre le uova.»

«Lasciami indovinare... pesticidi anche lì.»

«Si tratta di un mix letale, molecole pensate per distruggere gli insetti. Non fanno distinzione tra una mosca, una farfalla o un'ape.»

Ci era voluto un po' prima che Cail riuscisse a convincere Elena a uscire dalla serra. Lei sembrava non averne mai abbastanza, ma alla fine si era lasciata trascinare all'aperto, sul viso un'espressione sognante e nel cuore un profumo diverso, nuovo e meraviglioso.

«Ti ci porterò ancora in primavera!» La promessa di Cail l'aveva convinta a lasciarsi alle spalle quel luogo incredibile e ora passeggiavano sui viali dell'Île de la Cité tenendosi per mano. La guglia di Notre-Dame si stagliava sul cielo nero, tutta illuminata. Dall'alto le statue gotiche sembravano sorvegliare la città. Continuarono a camminare, chiacchierando mentre il respiro si condensava in vapore, raccontando sé stessi attraverso le loro speranze, i loro desideri, ciò che avrebbero voluto fare.

«Esattamente qual è il tuo campo? Hai detto che sei stato consulente del roseto del Jardin des Plantes.»

«Lo sono ancora. Ho una laurea in agraria, la mia specializzazione sono le malattie delle rose. L'ibridazione, come sai, invece è il mio mestiere, nella nostra famiglia lo è da generazioni, è ciò che facciamo per vivere.»

Elena annuì. «Allora sei una vera autorità in materia!»

Un ampio sorriso e un bacio a fior di labbra. Cail le passò un braccio attorno alle spalle e poi ripresero a camminare. «Le rose ci sono sempre state... diciamo che mi assicuro che continuino a trovarsi dove dovrebbero.»

Così, semplicemente. Si assicurava che tutto proseguisse come doveva. Senza polemiche, senza grandi discussioni. Cail agiva, in silenzio. Era tipico di lui quell'atteggiamento, pensò Elena. Occupava un posto nel mondo, non viveva solo la propria vita, badando ai fatti suoi. No, lui avrebbe lasciato un segno del suo passaggio.

E lei? Quel pensiero era gioia e sconforto insieme. Lei si era limitata a vivere, anzi per un po' era sopravvissuta. Aveva stabilito con un certo margine di certezza ciò che non voleva e lo aveva distinto da ciò che desiderava. Poi aveva seguito il suo obiettivo infischiandosene di tutto il resto. Compresa sé stessa. Era stata testarda.

E adesso? Quali erano davvero i suoi progetti?

«È cambiato tutto, ora», sussurrò.

Il sorriso di Cail le scaldò il cuore. «Un figlio ti cambia la percezione delle cose.»

Sì, e lei lo sapeva bene. «La prossima settimana devo fare un'ecografia.»

«Ti va di avere compagnia?»

Voleva accompagnarla davvero, era tutto scritto là, in quello sguardo diretto. Le chiedeva il permesso di entrare un altro po' nella sua vita. Con lui era sempre così, pensò Elena. Le dava sempre spazio, non le faceva pressioni. Era facile con Cail essere sé stessi. Eppure c'era ancora qualcosa che non andava bene tra loro. C'era qualcosa che lo tormentava, qualcosa di cui lui non le aveva ancora parlato.

«Sì, mi piacerebbe molto», gli rispose.

Restavano tanti interrogativi. Con alcuni avrebbe dovuto fare i conti. Non era più possibile ormai rimandare la questione. Uno per uno i suoi pensieri e i problemi si erano radunati, e in fila attendevano pazientemente che lei li passasse in rassegna, li risolvesse e infine li mettesse da parte.

Il primo di tutti riguardava Cail.

DAL DIARIO DI BEATRICE

Oggi ho proceduto a donargli il profumo. Lui lo ha scaldato con i palmi delle mani, lo sguardo addolcito sull'ampolla. Bramo il loro calore, l'ho provato sulla pelle mia. Vorrei scacciarle, e vorrei che mi stringessero ancora, come accadeva verso il mezzo della notte, quando il vento gelido soffiava dalle pareti di pietra e lui mi accoglieva.

Siamo alla fine e io ho timore che non ci sia più nulla per me. L'angustia affannosa del mio animo è tanta, ma il mio compito è terminato.

Ho freddo ora. Lui continua a guardare desideroso il profumo, non si accorge di me, dei miei occhi lagrimosi. Non si accorge di nul-

la. È perduto nell'istante che precede la scoperta, nell'allegrezza della vittoria. Se ciò che gli ho consegnato è quello che è stato pattuito, mi ricoprirà d'oro e fili di perle. Lo ha promesso.

Ora non mi resta che attendere di sapere...

«Stai ancora leggendo il diario?»

La voce di Monique la strappò a un passato nel quale scivolava sempre più spesso. Beatrice possedeva un'eloquenza molto diversa da quella del suo tempo. Non usava frasi artificiose, era immediata, i suoi sentimenti erano vividi sulla carta. Urlati quasi. Ogni parola era passione e dolore. Elena sollevò lo sguardo verso l'amica e deglutì.

«È struggente. Sapeva che lui l'avrebbe lasciata.»

«Sì. Era una donna coraggiosa. Ha affrontato ogni cosa, è tornata a Firenze e si è rifatta una vita.»

«Senza l'uomo che amava...»

Monique scrollò le spalle. «Sai, a volte ci penso. Non è detto che dopo, con suo marito, Beatrice non sia stata felice. Ha avuto anche una figlia. L'amore possiede molti volti. Non è come la passione. Quella ti divora e ti fa vivere sempre al limite.»

Elena avrebbe scommesso che Monique stesse parlando per esperienza. Non voleva chiederle di Jacques, non era un argomento che affrontavano a cuore aperto. Né riuscivano a scherzarci sopra. E da qualche tempo Monique aveva smesso di chiederle come andassero le cose con Cail. Era come se tra di loro si fosse creata una sorta di reticenza. Si cercavano, alcune volte riuscivano anche a trovarsi, come in quel momento, ma non riuscivano più a sentirsi a loro agio come un tempo.

«Oggi verrà Aurore?»

Elena annuì. «Pensavo di mostrarle le differenze tra le essenze naturali e qualcosa di sintetico. È molto portata, sai, credo che potrebbe avere grandi soddisfazioni se continua a studiare.»

«A Grasse?» chiese Monique.

«Potrebbe essere, o anche l'Institut Supérieur International du Parfum, a Versailles. I genitori non hanno problemi economici. L'unico ostacolo sarebbe la commissione che dovrebbe valutare le sue attitudini e darle le credenziali per accedere alla scuola.»

Monique storse le labbra. «O potrebbe imparare da te.»

Elena si accigliò. «Dai, Monie, cosa dici? Sai bene che una cosa sono le conoscenze di base, quello che abbiamo imparato noi, ben altro è il mondo della profumeria estetica e alimentare. All'ISIPCA avrebbe molte più chance di entrare in uno staff qualificato, di ricoprire un ruolo prestigioso.»

«Resta il fatto che per entrare in quella scuola devi avere un aspetto di un certo tipo. La loro parola d'ordine è apparire. E sono d'accordo, perché si tratta di un mondo che ti insegna a fare dell'estetica una filosofia di vita, ma Aurore... non saprei. Dovrebbe cambiare. Potrebbe costarle caro. Non lo trovo giusto», replicò Monique pensierosa.

«Per ora mi pare ancora prematuro fare congetture del genere. Magari la sua resterà una semplice passione, chi lo sa.»

Monique scosse la testa. «Annusa tutto ciò che le capita a tiro, mi sembra una Grenouille in gonnella», borbottò.

«Bada che non ti senta», la rimproverò dolcemente Elena. «Non le piace per nulla quel personaggio. Invece adora Proust e le sue *madeleines.*»

«Ci avrei scommesso.»

Monique restò per tutta la lezione di Aurore, poi dovette uscire. Elena stava quasi per chiudere quando si presentò una signora di mezza età.

«Buonasera, *madame,* un amico ha comprato un vostro profumo. Mi ha detto che realizzate fragranze su misura, è vero?»

«Sì, certo. Venga, si accomodi», le disse Elena indicandole il divano.

La signora era sulla sessantina, molto elegante, con i capelli raccolti, un abito blu notte e un filo di perle che spiccavano nitide sulla stoffa dell'abito. Vaniglia cremosa, raffinata e sobria come il suo aspetto e poi una punta di iris, muschio, mandorla amara, eccentrica e di carattere. Quel profumo parlava di lei, della sua indole volitiva. Aveva l'odore della campagna e della pioggia le cui gocce ancora costellavano il soprabito. La signora poggiò l'ombrello e si tolse il cappotto con calma, guardandosi intorno.

«Aveva in mente qualcosa di particolare?» le chiese Elena con il blocco degli appunti sulle ginocchia.

«Sì, mi piacerebbe un profumo semplice e adeguato», le rispose accomodandosi accanto a lei.

«A cosa?»

La signora aggrottò la fronte. «Come, prego?»

Elena le sorrise. «Ha detto che vorrebbe un profumo adeguato, mi chiedevo a cosa.»

«Ma a me, naturalmente.»

«E lei com'è? Cosa potrebbe essere nelle sue corde?»

La signora era spiazzata. Elena sorrise. Era sempre così. Di rado i clienti avevano le idee chiare quando si trattava di scandagliare i propri desideri, quelle che credevano essere certezze e che invece erano solo impressioni. Nessuna precisione, solo idee vaghe.

«Mi dica, *madame*...?»

«Dufour, Babette Dufour.»

Elena cominciò a fare le domande di rito, da ciò che la cliente amava a quello che invece detestava. E in quel cercare, divenne a poco a poco uno strumento nelle mani di Babette. La donna raccontava a Elena le sue emozioni, le impressioni, ciò che desiderava, e lei codificava ogni cosa, immaginando il tipo di fragranza che più si sarebbe adattato alle esigenze della signora. Aromaterapia, profumoterapia, profumo e basta. Ogni ingrediente che avrebbe scelto per comporre il profumo della donna si univa nella sua mente e le dava un'idea della strada da seguire. Avrebbe tenuto conto di molte cose, non ultima l'azione sinergica che gli ingredienti naturali avrebbero avuto sulla cliente. Quel momento era fondamentale. Era il cuore di tutto il procedimento che sarebbe venuto dopo. Era empatia, era la parte primordiale del processo creativo. Quello era ciò che la distingueva da tutti gli altri, che faceva di Elena una profumiera artistica. La straordinaria sensibilità, la capacità di sentire intimamente quello che la gente voleva per sé stessa, e di trasformarlo in un'armonia di fragranze, in una vera e propria melodia.

«Comincerò a lavorarci e poi la chiamerò per farle sentire le varie declinazioni. Partiremo da una composizione leggera, abbastanza classica: una base di agrumi delicati, un cuore fiorito, un fondo appena movimentato.»

Babette spalancò gli occhi e annuì. «Mi piace quel "movimentato".»

Elena ci avrebbe scommesso. Un pizzico di trasgressione rende la vita più affascinante.

Durante il mese di gennaio il ghiaccio aveva preso il posto della neve. Nell'aria c'era odore di legna bruciata, unito alle esalazioni delle auto e degli impianti di riscaldamento e al fumo dei bivacchi allestiti sotto i ponti della Senna: era denso, appiccicoso, galleggiava nell'aria e ti restava addosso. Elena non ne poteva più, sperava ardentemente che giungesse il vento a disperdere la cappa di smog che premeva su Parigi. Le venne in mente che a Grasse soffiava il mistral e in quei giorni il cielo diventava azzurro e terso come il cristallo.

Certo, il fatto che Cail fosse fuori per lavoro non migliorava il suo umore. Si sentiva davvero molto irritabile. Quel suo malessere era dovuto in parte al diario, in parte all'ecografia che avrebbe dovuto affrontare quel giorno.

«Ciao.»

Elena lasciò cadere sul tavolo il mazzo di fiori che teneva in mano e corse verso Cail che l'aspettava sulla porta. Lui allargò le braccia e, dopo averla abbracciata, la sollevò finché i loro occhi si trovarono alla stessa altezza.

«Perché ci hai messo tanto?» protestò Elena.

Cail non le rispose, in compenso la baciò lentamente, con dedizione. Elena decise che, davanti a motivazioni così valide e convincenti, le parole non erano necessarie.

«Ho fatto prima che ho potuto», le disse con un ultimo bacio prima di lasciarla andare. «Allora, l'ecografia è per oggi pomeriggio?»

«Sì. Alle cinque dobbiamo essere in clinica. Ma se sei troppo stanco...»

«Tieniti pronta per le quattro, meglio arrivare in anticipo. Resterà Monique in negozio?»

«Sì.»

«Bene, a più tardi.»

Elena lo seguì con lo sguardo finché lui non scomparve oltre la rampa delle scale. E si scoprì a sospirare come un'adolescente.

«Accidenti a te, Cail McLean», borbottò tornando dentro.

La prima volta che Elena aveva sentito il battito del cuore del suo bambino, si era agitata talmente tanto che poi non aveva chiuso occhio per tutta la notte. Cail quella volta era rimasto ad aspettarla fuori dalla clinica e, quando era uscita e se lo era trovato davanti, le aveva raccontato di essere capitato lì per caso. Non che gli avesse creduto. Così la volta successiva gli aveva comunicato data e ora con largo anticipo, in modo che non si dovesse scapicollare per arrivare in tempo.

«Ecco, questa è la manina. Una, due, tre, quattro e cinque. Vedete? Faremo un ulteriore controllo alla ventesima settimana con la morfologica, ma sembra essere tutto a posto.»

La dottoressa Rochelle ormai si era abituata davvero a tutto. Ma due che si tenevano aggrappati l'una all'altro in un silenzio quasi religioso, con gli occhi incollati allo schermo dell'ecografo, erano qualcosa che le capitava di rado. Erano emozionati e cauti. Lui era davvero un uomo singolare, alto e massiccio. Sguardo franco, duro. Almeno finché non si posava sulla ragazza.

«È il vostro primo figlio, suppongo.»

«Sì!»

Risposero insieme. Poi Cail s'irrigidì e si allontanò di qualche centimetro. O almeno ci provò, prima che Elena gli riacciuffasse la mano riportandola dove l'aveva tenuta fino a pochi secondi prima, sulla rotondità del suo ventre cosparso di gel. Più tardi uscirono dallo studio medico tenendosi per mano.

Quella sera, mentre la dottoressa Rochelle ricontrollava le schede delle pazienti che aveva visitato, si rese conto che in quella di Elena Rossini mancava una voce. Sotto il nome del padre del bambino, il campo era rimasto vuoto.

Che strano, pensò. Poi lo aggiunse: Caillen McLean. Meno male che si rammentava bene il nome dell'uomo. In effetti era uno che si faceva ricordare.

Un paio di settimane dopo, Cail partì nuovamente.

Nei giorni che trascorreva da sola, il tempo di Elena era tutto per Absolue. Sminuzzava, distillava, filtrava e componeva. Quello che non faceva lei lo comprava da altri erboristi profumieri, che a loro volta acquistavano le sue creazioni. Era una catena di produttori che avevano fatto della raccolta e trasformazione delle erbe e delle essenze la loro filosofia. E così preparavano talchi, idrolati e candele con gli stessi metodi utilizzati dai loro predecessori, che a loro volta si erano ispirati alla tradizione più squisitamente artigiana, proveniente da secoli e secoli addietro.

Elena gestiva quasi tutto ormai. Monique era sempre più distante. Se non era a causa di Jacques, era per Le Notre. Ma se partiva Cail, arrivava Monique. Erano sincronizzati. Elena era pronta a scommettere che quei due avevano stretto un patto di cui lei non era a conoscenza.

Un po' la disturbava il fatto che Cail avesse chiesto a Monique di farle compagnia. E tuttavia c'erano momenti in cui quell'eccesso di attenzioni la lusingava. Era stata sola per molto tempo e avere qualcuno che si dedicava a lei con quella costanza incrollabile era una bella novità.

Con il procedere della gravidanza, Elena si stancava rapidamente. Per fortuna Aurore aveva cominciato ad andare in negozio sempre più spesso.

«Grazie di essere venuta.»

«Lo sai che per me è un piacere.» E lo era davvero.

Aurore non assomigliava più a quella ragazza tutta pelle e ossa e arroganza che si era presentata da Elena durante le feste di Natale. A mano a mano che le lezioni andavano avanti, la ragazza acquistava più sicurezza e serenità. Non mescolava più i profumi già pronti: Elena le aveva mostrato come unire qualche essenza, niente di difficile, giusto un paio di combinazioni, e Aurore si era dimostrata all'altezza degli insegnamenti. L'entusiasmo di quella ragazza era contagioso, Elena sempre più spesso si trovava a fare i conti con qualcosa che assomigliava davvero alla brama. Aurore moriva letteralmente dalla voglia di creare un profumo completo. Per quello si dava da fare senza risparmio. Se Elena le consigliava di leggere qualche pagina di un libro, Aurore lo divorava da cima a fondo e ne cercava degli altri. Ora i profumi non erano più un mistero per lei. Conosceva la tecnica. Elena gliel'aveva spiegata passo passo. Molto presto avrebbero composto il suo primo profumo.

Aurore aveva cambiato anche il suo look. E di questo, Elena ne era praticamente certa, la responsabile era Monique con il suo favoloso guardaroba. Un esempio di stile ed eleganza. I jeans strappati e le maglie nere che la ragazzina aveva indossato come una sfida erano stati sostituiti da colori più allegri e modelli che valorizzavano la sua figura. Quando poi aveva smesso di tingersi i capelli, si era presentata in negozio con una zazzera bionda di un color ambra scuro così ricco da lasciare Elena e Monique senza parole.

«Conosco gente che ucciderebbe per quel colore di capelli, e lei lo teneva nascosto sotto un blu puffo inguardabile.»

Elena, al contrario di Monique, non aveva commentato. Ma adesso che era lei a guardare il mondo dalla parte degli adulti, capiva quello che aveva potuto pensare sua nonna di tutte le diavolerie che lei aveva fatto.

In effetti qualcuna l'aveva combinata proprio grossa, ora che ci pensava.

Il profumo ha trionfato. Le più fosche previsioni sono avverate.

Presto si sposeranno.

Mai nulla creai ancor più prezioso. Niente lo rimembra nel regno di Francia o altrove. Talora ha il sentore di una passeggiata sotto un arco di rose, con il favorevole sole e poi in piena notte, quando la fugitiva luce bagna le foglie, e le picciole nubi sembrano d'argento.

Lui è felice, ride, dice impetuoso di ciò che presto sarà suo, delle grandi ricchezze. Ruba gioia al mio cuore, la luce alle stelle e non se n'avvede.

Si può morire d'amore? Quale carico di dolore può patire un animo?

M'interrogo, mentre sorrido ove vorrei che il pianto alleviasse le mie pene. La sua fortuna è la mia disgrazia. Mi procurai da sola questo tormento. M'ingannai sul suo amore.

Mi lascerà, dunque.

Non ho onore e non m'importa. Se lui mi volesse, gioirei ai suoi piedi.

Ma inutile è ormai questa considerazione. Inutile e dura.

Ciò che gli serviva è di già suo.

Devo andarmene prima che sia lui a scacciarmi.

Elena chiuse il diario, nuovamente quel dolore in fondo alla gola. Quante volte aveva letto quelle righe? Ormai conosceva il testo a memoria. Ma la pena che quelle parole suscitavano era sempre forte. Forse dipendeva anche dalla consapevolezza che quegli avvenimenti non erano il frutto dell'immaginazione di uno scrittore, ma la vita in tutta la sua tragica verità. Erano la vita. Era una parte del suo passato.

Beatrice Rossini e il suo profumo meraviglioso.

Elena lasciò scivolare via la malinconia, il senso di profondo rimpianto che le aveva evocato la lettura di quelle pagine. Bello e sublime quel profumo, nulla era paragonabile alla fragranza sprigionata dall'ampolla d'oro. Perché era nell'oro che il cavaliere l'aveva fatta conservare come dono per la sua principessa.

Cosa, in nome del cielo, componeva la formula? Cosa aveva potuto metterci dentro Beatrice nel pieno del XVII secolo, in Francia?

«Ancora dietro a quel diario?»

Elena chiuse il libricino e si alzò. «Non riesco a trovare gli ingredienti, Cail, e questa cosa mi fa arrabbiare. Voglio dire, quando li cercavano le mie antenate non c'era Internet, l'informazione non viaggiava alla velocità della luce. Non avevano tutte le conoscenze di cui io posso disporre. Mi fa rabbia non riuscire a capire dove Beatrice abbia nascosto la formula.»

Cail pensò di metterla al corrente dei suoi sospetti. Aveva elaborato una teoria. Se Beatrice aveva descritto il castello senza però dire mai il suo nome, né il titolo del signore, o della dama, c'erano molte possibilità che qualcosa in quel luogo fosse legato alla formula del profumo, che ne potesse svelare il mistero. Prima di parlarne con Elena però voleva approfondire ancora. Ma era convinto che la soluzione del mistero nascosto nel diario di Beatrice fosse nel villaggio, o nel suo castello.

«Madame Binoche mi ha contattata nuovamente. Mi ha detto che ha quasi finito di scrivere il libro. L'idea del profumo di Notre-Dame continua a sembrarle buona. Non è tornata da Narcissus, vuole che sia io a comporre il profumo.»

«Sì, me lo avevi detto. Comunque dovrà aspettare. Devo partire di nuovo, ma questa volta c'è un weekend di mezzo. Che ne dici di accompagnarmi? Finalmente potremo vedere il castello di Beatrice.»

21.

Cedro. La sua essenza, estratta dal legno, è una delle più antiche.
Rinforza lo spirito e lo custodisce.
Aiuta a mantenere lucidità, equilibrio, senso delle proporzioni.
Evoca l'osservazione più profonda.

Profumi e colori. Quella era la Provenza. Elena la ricordava bene, e le sensazioni vorticavano dentro di lei, indecise, quasi non sapessero da che parte fermarsi. Erano un po' come quelle farfalle che aveva visto nella serra, qualche mese prima. Volavano e volavano, per poi posarsi all'improvviso. Solo che era quasi impossibile sapere dove si sarebbero fermate.

«Siamo quasi arrivati. Stai bene?»

«Sì, tutto okay.» Ma non era vero. Non stava bene affatto. E improvvisamente fare quel viaggio non le sembrava più una buona idea.

«Se continuerai a stringere in quel modo la cintura di sicurezza finirai per strapparla.»

«C'è l'assicurazione», rispose lei distrattamente, gli occhi incollati al finestrino del SUV che Cail aveva noleggiato all'aeroporto.

I cespugli di lavanda, su entrambi i lati della strada, erano sentieri argentei di cui non si scorgeva la fine. S'inerpicavano lungo le colline, scendevano lungo le valli e poi salivano verso il cielo, scomparivano per poi riapparire poco dopo. E quando a giugno sarebbero fioriti, al grigio perlaceo delle foglie si sarebbe aggiunto il blu carico delle spighe.

E poi ci sarebbe stato il profumo. Non esisteva nulla che potesse anche solo assomigliare al profumo della lavanda in fiore. Elena ne aveva chiaro il ricordo. Di giorno era il ronzio delle api ad accompagnarlo, la notte il frinire dei grilli.

Il cielo era terso quella mattina di aprile, quasi abbagliante.

«Venti minuti e saremo a casa», le disse Cail.

Elena si irrigidì. «Non possiamo fermarci in un albergo?»

Lui scalò le marce, poi rallentò. «Sì, certamente. Possiamo fare tutto quello che vogliamo. Motivo?»

«Non vorrei crearti dei problemi...»

«Non lo stai facendo. Dunque rilassati, okay?»

Elena si passò le mani tra i capelli, li sollevò e cercò di annodarli. Appena li lasciò le ricaddero sulle spalle in spesse onde dorate.

«Ultimamente lo fai di continuo», le disse Cail dopo averle rivolto un'occhiata penetrante.

«Cosa? Cosa farei di continuo, scusa?»

«Giocare con i capelli, cercare di raccoglierli e poi lasciarli andare.»

Elena si afferrò nuovamente alla cintura di sicurezza, allontanandola un po'. Le sembrava che quell'affare la soffocasse.

«Sono nervosa, ecco tutto!»

«Okay, ora mi vuoi dire cosa ti sta passando per la testa?» le chiese Cail.

Elena inspirò profondamente. «In genere non m'importa, okay?»

«Cosa? Piacere alla gente? Permettimi di dubitarne. Tu vuoi piacere a tutti. Per te è fondamentale.»

«Ma... ma questa è una cosa terribile», balbettò lei guardandolo a occhi spalancati, lucidi, in un misto di sconcerto e indignazione, il cuore che le batteva forte.

Cail scosse la testa. «No. Terribile è pensare che qualcuno ti vorrà bene solo se tu ti comporterai come vuole lui. Terribile è anche essere così dannatamente insicuri da non capire quanto si valga davvero. Lasciarsi ricattare da chi non possiede altri mezzi che piegare gli altri per riuscire ad avere uno straccio di rapporto. Quello è terribile, Elena.» Lo disse serenamente, senza alterarsi, con lo stesso tono che aveva usato poco prima per mostrarle qualcosa che adesso lei nemmeno ricordava. «È il modo perverso che un buon numero di persone usa per sottomettere bambini e adulti», continuò Cail. «Se fai così non ti voglio più bene... il concetto alla fine è quello. Guardati, Elena, tu sei bella, dentro e fuori. Non lasciarti manovrare dalla tua vulnerabilità...»

Un lungo silenzio, poi lei lasciò la cintura, chiuse le mani a pugno e si voltò nuovamente verso il finestrino. «Non mi piace essere psicanalizzata.»

Cail sorrise. «Perché sono bravo, e questo ti innervosisce... E poi ti dico sempre la verità, non m'importa ciò che fai, o dici. Sai bene che non sono cose che mi farebbero cambiare idea su di te. Per questo ti piaccio.»

Questa poi! Elena gli rivolse uno sguardo di fuoco. Ma davanti all'espressione di Cail dovette mordersi un labbro per contenere la risata che le pizzicava la gola. «Non sei tu a piacermi, è il tuo profumo. Mi dispiace deluderti, ma è così.»

Cail sorrise. «Io non metto mai profumo. Non sentirei quello delle rose se lo facessi.»

«Ma... non è possibile», sussurrò lei.

«Giuro, nessun profumo. Mai.»

Elena era sconcertata, lo sentiva bene il profumo di Cail. Anche in quel momento. Era intenso, speziato e avvolgente, ed era anche la prima cosa che aveva sentito di lui. Ancora prima di scorgere il suo viso.

«Dunque come vedi ho ragione io, c'è poco da fare. Rassegnati.»

Elena sollevò gli occhi al cielo, poi allungò una mano e accese la radio. Dopo un paio di minuti la spense e guardò verso Cail.

«Pensi che troveremo delle risposte al castello?»

«Rilassati, Elena. Andrà tutto bene. I miei ti adoreranno. È fisiologico, credimi. Non potrebbero farne a meno anche se lo volessero. Tu entri nel cuore della gente dalla porta secondaria, senza prepotenza. Così è praticamente impossibile cacciarti via. In quanto a Beatrice non saprei cosa dirti, suppongo che lo scopriremo una volta arrivati.»

Silenzio. Cail aggrottò la fronte, poi guardò verso Elena, che se ne stava rannicchiata sul sedile come se volesse sparirci dentro.

«Ehi... che ti succede? Vuoi che fermi la macchina?» le chiese con dolcezza.

«Non puoi dire semplicemente che mi vuoi bene?»

Cail sorrise. «Sarebbe riduttivo, non credi? E ora non posso spiegarti troppe cose. Il tempo, ricordi? Ne abbiamo già parlato... giusto?»

Elena sbuffò. «Sì, sì... il tempo, il bambino, bla, bla, bla.»

Proseguirono in silenzio per qualche chilometro. Dopo aver superato Avignone abbandonarono la strada principale per una secondaria, inoltrandosi nella campagna. I prati presto lasciarono il posto alle colline. Elena notò che sulla sommità di quelle più alte si concentravano abitazioni e piccoli villaggi. Alle pendici, come un manto colorato, si estendevano le coltivazioni di fiori, i vigneti e gli uliveti.

«Ecco, quella è La Damascena», disse Cail indicandole un muro di pietre, interrotto da una cancellata in ferro. «Sono dieci ettari tra macchia mediterranea, ulivi secolari e le serre dove teniamo le rose. C'è anche un ruscello che scorre all'interno. Angus... mio padre lo ha deviato verso un lago artificiale, così durante la piena le acque vengono contenute e non allagano più i campi. Nella parte più alta c'è la casa padronale. Poi una dépendance dove abita mia sorella Sophie, e un po' più a valle c'è la mia casa.»

Gli brillavano gli occhi mentre parlava della proprietà. Dalla voce traspariva quel sottile orgoglio che derivava da anni di lavoro passati a migliorare, sistemare, curare le proprie terre. Alla fine si identificava con loro. Elena aveva provato qualcosa del genere con il palazzo delle Rossini. Con quella che non aveva mai considerato casa sua e che invece l'aveva reclamata, come aveva fatto La Damascena con Cail.

«E noi dove staremo?» Lo chiese con un filo di apprensione.

«Insieme, naturalmente. La mia casa non è grande, ma ha due camere da letto e ci troveremo abbastanza bene. Avremo più libertà. Una volta che mia madre ti avrà messo le mani addosso, sarà difficile liberarsi di lei.»

Porca miseria, ora sì che si sentiva meglio, pensò Elena.

«Io... le hai detto del bambino?»

Cail restò in silenzio.

Elena si inumidì le labbra e concluse il discorso. «Non vorrei crearti dei problemi con loro...»

«Nessun problema. Stai tranquilla. Ecco, siamo arrivati», le rispose ignorando la parte della domanda di Elena che gli bruciava nello stomaco.

Se anche lei avesse voluto aggiungere dell'altro a quella loro conversazione fatta di parole smozzicate e lunghi silenzi, non ce ne fu la possibilità. La strada che avevano preso dopo che Cail aveva azionato il cancello automatico finiva in un largo spiazzo ricoperto di ghiaia. Davanti a loro i muri di quello che doveva essere stato un antico mulino, di cui era ancora visibile parte della struttura con la ruota immersa nel torrente, raccontavano molto di quella proprietà. La casa distava un centinaio di metri sulla destra. Era certo la costruzione più recente del complesso: tutta in pietra bianca, si elevava su tre piani. Al sole di mezzogiorno gli infissi azzurri allineati ordinatamente sembravano sorridere. Sotto il portico di legno c'era un gruppo di orci di terracotta molto simili a quelli che Elena conosceva a Firenze. E poi rose, una profusione di rose che mai prima di allora le era capitato di vedere. Si arrampicavano lungo i muri, scendevano dai vasi, tappezzavano le aiuole. Rosse, gialle, rosa, in tutte le sfumature possibili e di diverse forme, a calice, a cipolla o affusolate. Alcuni boccioli erano semplici, eleganti, altri invece tondi come palline.

Cail parcheggiò davanti alla casa, scese e aiutò Elena.

«Finalmente, pensavo che avessi cambiato idea.» Una donna di mezza età, ancora bella, dal passo sicuro e dal sorriso cordiale andò loro incontro.

Elena si irrigidì. «Non lasciarmi», disse piano.

Cail le cercò la mano e intrecciò le dita a quelle di lei. «Mai», sussurrò con una stretta leggera.

«Ci siamo fermati ad ammirare il panorama», rispose. «Mamma, lei è Elena.»

«Certo che è lei, chi altri poteva essere?» rispose Elizabeth sciogliendosi dall'abbraccio del figlio. «Benvenuta, cara. E adesso, se mio figlio vuole essere così gentile da lasciarti la mano, vorrei salutarti come si deve.»

«Grazie», sussurrò Elena.

Elizabeth sapeva di rose, il suo profumo era tuttavia delicato, discreto, come quello che emanavano i boccioli. E subito si inseriva la gardenia, poi la vaniglia. Era dolce, come lo sguardo che le stava rivolgendo.

Non si era aspettata un benvenuto così caloroso. E quando, dopo pochi minuti, arrivò Angus McLean, non ebbe bisogno di presentazioni per riconoscerlo. In quel momento ebbe un'idea abbastanza precisa di come sarebbe stato Cail dopo una trentina d'anni.

L'uomo la strinse in quelle sue braccia da orso e la baciò sulle guance.

«Diamine, figliolo. Sei sempre stato bravo a fare sorprese, ma addirittura due in una...!» disse indicando Elena. «Credo che questa volta tu abbia superato te stesso.»

Elena, Cail ed Elizabeth cercarono di ignorare le allusioni dell'uomo, ma lui continuò a congratularsi con il figlio, dandogli forti pacche sulle spalle e rivolgendogli grandi sorrisi. Elena si rese conto che, come Cail, anche Angus odorava di rose. Erano entrambi forti e massicci, così consapevoli della loro personalità da non temere di scomparire dietro un profumo prettamente femminile. Ma su di loro non aveva nulla di fragile né di affettato. In Angus, tuttavia, vi era dell'altro; pepe nero, cedro e altri legni. Era eccentrico, quel profumo, e forte.

Come da due persone così loquaci ed espansive fosse potuto nascere un uomo come Cail poteva essere spiegato solo con la legge della compensazione.

Elena fu coccolata, vezzeggiata. Angus la portò a visitare il giardino e le mostrò le serre. Cail tirò fuori Hermione dal garage e fece un paio di giri. Elena lo vide sparire con un rombo profondo che somigliava al panico che le stringeva lo stomaco. Ma, prima che questo potesse trasformarsi in qualcosa di più concreto, lo sentì tornare e, quando si tolse il casco e le strizzò un occhio, scoppiò a ridere.

Poi arrivò Sophie. La sorella di Cail era una vera bellezza

ma sembrava non curarsene affatto. Semplice, come quel sentore di agrumi dorati che parlavano di lunghi periodi trascorsi sotto il sole, anche lei sapeva di rose. Gentili, discrete, che si univano al gelsomino diventando complesse e penetranti.

Le fece tantissime domande sui profumi. Era molto ferrata sui vegetali da cui si estraevano le essenze, soprattutto dal punto di vista della protezione delle specie in estinzione.

Cail le aveva detto che la sorella aveva molto a cuore l'ambiente, faceva l'insegnante di scuola primaria e dedicava il suo tempo libero alla coltivazione di piante autoctone che stavano scomparendo, per poi reimpiantarle in natura insieme a Cail e all'associazione di cui facevano parte entrambi.

«E che mi dici delle balene, del cervo muschiato, del castoro o dello zibetto? È vero che vengono utilizzate parti di quegli animali per creare profumi?»

Elena scelse le parole con cura. «Potrei risponderti di sì... ma non sarebbe del tutto esatto. L'ambra grigia è una secrezione spontanea del capodoglio, molto rara. In quanto ai derivati dagli altri animali, ormai nessuno più li usa.»

«Davvero?»

«Sì. A parte il fatto che è vietato dalla legge, i profumieri con cui ho avuto modo di lavorare li hanno sostituiti da anni con sostanze sintetiche più accettabili da tutti i punti di vista», precisò.

«Dunque non crei profumi con quegli ingredienti?»

«Per me la profumeria è benessere, rispetto della natura. Certo, devo lavorare con meno essenze, ma va bene così. Credo che ogni profumiere debba fare un ragionamento etico su questo punto. Anche estrarre sostanze naturali può avere un forte impatto ambientale. Il sandalo, ad esempio, ormai è un legno preziosissimo, praticamente in via di estinzione. E ci vuole una tonnellata di acqua per ottenere un solo litro di olio essenziale di bergamotto. A quel punto il prodotto di un laboratorio chimico può essere un'ottima alternativa. È meglio sfatare il mito: naturale uguale buono, sintetico uguale cattivo. Alla base di una scelta ci deve essere sempre la massima consapevolezza.»

Sophie ascoltava le spiegazioni di Elena con molta attenzione, gli occhi di un blu così scuro da sembrare quasi neri conferivano profondità al suo sguardo. Era bionda come sua madre, di una tonalità chiarissima. Cail invece aveva ereditato i caratteri somatici da Angus, che portava ancora con un certo orgoglio una chioma castana da leone, con appena un po' di bianco sulle tempie. L'uomo era alto e massiccio come il figlio, e in quel momento i due stavano conversando animatamente davanti al grande camino di pietra, nell'enorme sala da pranzo della casa. Elizabeth li guardava ogni tanto, mentre preparava la tavola. Elena non riusciva a sentire ciò che si stavano dicendo, ma li osservava con un filo di inquietudine.

«Fanno sempre così», le disse Sophie. «Mio padre adora mostrare i muscoli, ma con Cail c'è poco da fare. Mai visto un uomo più cocciuto.»

Elena sorrise, ma continuava a essere preoccupata. E se fosse a causa sua che stavano discutendo?

Sophie sembrò comprendere i suoi pensieri e le diede un colpetto di incoraggiamento. «Sai, continua a ribattere a ogni cosa che gli dice come un bastian contrario», continuò porgendole un bicchiere di un vino che sapeva di more. «E poi, appena mio fratello gira le spalle, non fa che vantarsi con tutti dei suoi successi, delle sue teorie. Cail dice questo, Cail dice quest'altro... Sai che a Parigi, ai primi di giugno, si terrà il concorso delle nuove rose al Parc de Bagatelle?»

Elena annuì.

«Noi parteciperemo con una rosa speciale. Papà è molto soddisfatto del lavoro che ha fatto mio fratello. Crede che sarà la rosa di Cail a vincere, anzi, ne è sicuro. Ma continua a discuterci, gli propone sempre altre soluzioni che Cail si limita a respingere. Lui ha già deciso cosa proporre al concorso. Una rosa nuova, una rosa rossa.»

Elena lo sapeva, Cail le aveva parlato spesso di quell'evento. Si trattava di uno degli appuntamenti più importanti della stagione. Ci sarebbero andati insieme. E lei non vedeva l'ora.

In quel momento lui intercettò il suo sguardo, le sorrise e sollevò il bicchiere nella sua direzione.

«Cail non sembra turbato dalla discussione», sussurrò.

Sophie la guardò, perplessa. «Perché dovrebbe? Si sta divertendo un mondo. Da quando è diventato alto come mio padre, verso i tredici, quattordici anni, non ha fatto altro che sostenere le proprie posizioni. Era divertente guardarli litigare. Sai, Elena, non avrebbe potuto essere altrimenti, mio padre è un uomo dalla personalità forte.»

Anche sua nonna lo era, ma sua madre e lei stessa avevano sempre cercato di evitare il confronto diretto. Susanna era addirittura partita per cercare la propria strada, sbarazzandosi di tutto ciò poteva esserle d'intralcio.

E lei? Be', anche lei quando voleva sapeva essere molto testarda. Non aveva rifiutato di seguire gli insegnamenti di Lucia solo per rivendicare la sua libertà di scelta? E non aveva cercato di sposare un uomo che non amava e che, grazie a Dio, l'aveva tradita, facendosi scoprire?

Ridacchiò. E quel pensiero ora da dove saltava fuori? Grazie a Dio perché lo aveva scoperto mentre si dava da fare con Alessia? D'impatto quel tradimento l'aveva presa alla sprovvista, gettandola nello sconforto. Ma la vita alla fine era davvero tutta una questione di prospettive. Ora si rallegrava di ciò che le era capitato. Sembrava quasi assurdo, ma era la verità. Il tradimento di Matteo aveva innescato una reazione a catena che l'aveva portata dritta nelle braccia di Cail, verso una nuova vita e soprattutto una nuova Elena.

E per la prima volta capiva il senso di tante cose, aveva ambizioni, un progetto e degli obiettivi.

Guardò Cail che continuava a parlare col padre. Botta e risposta. Era bello, accidenti se lo era. E lei era una donna vergognosamente fortunata.

Doveva aspettare giusto la nascita del bambino per esserne assolutamente certa.

«Sei sicuro che il castello sia proprio quello?»

Elena continuava a guardare la costruzione maestosa che

si stagliava sulla sommità di una bassa collina, tra un villaggio e una splendida vallata verde. Erano partiti presto, lasciando La Damascena all'alba. Cail si era fermato da un cliente strada facendo, poi avevano raggiunto il villaggio di Lourmarin.

«No, ma ci sono un paio di cose che mi hanno fatto pensare che possa esserlo.»

Elena continuò a guardare l'edificio, che tuttavia le sembrava troppo recente. «Non saprei, guarda le torri, e poi laggiù. Non ti sembra... nuovo?» disse indicando un'ala della costruzione.

Cail la fissò. «Nuovo? Considera che durante la rivoluzione è stato gravemente danneggiato, è possibile che quella sia la parte restaurata più di recente.»

Sì, era possibile. Elena si guardò intorno, cercando di scoprire dettagli che potessero ricondurla al diario, a ciò che aveva scritto Beatrice. Erano dentro il paese, adesso, e il sole si rifletteva sulle pietre chiare delle case e sulle torrette medievali di cui restava ancora qualche parete inglobata dalle costruzioni successive.

C'erano molti turisti che passeggiavano nei viottoli stretti, dove l'edera cresceva rigogliosa sulle pareti. Nel complesso, Lourmarin non era poi molto diverso dalle centinaia di piccoli villaggi della Provenza. Strutture solide, pietra e legni stagionati, piazze dove si affacciavano i negozi di tessuti tipici nei toni del rosso e del turchese, di essenze e profumi che riportavano la dicitura «naturale», di mazzi di lavanda essiccata e altre erbe. E poi i caffè e i ristoranti dove la gente si fermava a gustare i piatti locali. Eppure a Lourmarin c'era anche qualcosa di speciale, che distendeva lo spirito. Era davvero carino, di una bellezza pacata, fatta di cose semplici e solide.

«Ora è tutto cambiato», le disse Cail.

«Sì, è tutto molto bello, ma non trovo nulla che possa ricordarmi le descrizioni del diario.»

Lui le indicò il castello e rallentò l'andatura, in modo che Elena non facesse fatica a stargli dietro. Il viso di lei cominciava ad apparire affaticato.

«Mi sento un po' stanco. Che ne dici di fermarci?»
«Balle!» esclamò Elena. «Cammina e smettila. Te lo dirò io quando sarò così stanca da non poter proseguire.»
Cail scosse la testa, poi si portò la mano che teneva stretta nella sua alle labbra.
«Adesso perché non mi dici cosa ti ha convinto che il castello potrebbe essere questo?»
«Ricordi che ti dissi di esserci già stato? Ho visitato molti villaggi della Provenza, il mio insegnante di storia aveva una passione per i castelli. E in quello di Lourmarin ho visto un paio di dettagli che mi sembrano molto simili a quelli descritti da Beatrice.»
«Esattamente a cosa ti riferisci?» gli chiese Elena.
Non ci fu bisogno di risposta. Appena apparvero le torri e il mastio, vide la *gargouille*.
«Ho sempre immaginato che parlasse di un leone, ma mi sbagliavo», sussurrò con gli occhi incollati alla scultura che ornava la torre poligonale. «È più un lupo.»
«Lei non dice esattamente che animale fosse, ma il diario fa riferimento a una sorta di criniera. E il lupo è anche il simbolo dei signori di Lourmarin.»
Elena continuava a guardare la scultura, pensierosa, il naso all'insù. «In effetti questo sembra un dettaglio importante... ma non credo che possiamo basarci solo su quello, credo fosse uno degli elementi decorativi più diffusi dell'epoca...»
«Era anche funzionale», rispose Cail.
Elena lo osservò perplessa. «Sai che non l'ho mai capito davvero? Ci sono pure a Notre-Dame. Ma non sembra che servano a far defluire le acque. Sembrano più dei guardiani di pietra», sussurrò.
Continuarono a osservare la scultura per qualche minuto, ma non c'era davvero modo di capire se si trattasse di un leone o dell'emblema del lupo.
Cail le indicò il portone d'ingresso. «Vieni, entriamo.»
Risalirono i gradini e superarono il portone. Si trovarono davanti una corte interna, con un laghetto ricoperto di ninfee. A un'estremità c'era la statua di una donna che sembra-

va riposare. «Questa non la ricordo», sussurrò Elena riferendosi al diario.

«Possibile che non fosse stata ancora scolpita. Che sia successiva al tempo di Beatrice.»

Era vero. Chissà cosa era accaduto dopo. Il tempo stravolgeva e occultava molte cose.

Continuarono a guardarsi intorno, passando dalle aiuole fiorite alle botteghe all'aperto dove uomini e donne abbigliati con costumi medievali mostravano ai turisti prodotti artigianali tipici del luogo. All'interno del castello, però, tutto cambiò. L'aria era densa, umida. I secoli avevano lasciato la traccia dei milioni di passi che avevano consumato i gradini della magnifica scala a chiocciola.

Non ci fu bisogno di parole. Elena e Cail si scambiarono un sorriso e cominciarono la visita. Quella splendida scala la ricordavano bene. Si chiesero se fosse la stessa che il signore del castello saliva per andare a trovare Beatrice nella sua stanza, sulla sommità della torre.

Visitarono una stanza dopo l'altra, arredi magnifici, pezzi di antiquariato straordinari, ma tutto successivo ai primi decenni del Seicento, quando Beatrice avrebbe dovuto trovarsi là.

«Credo che adesso sia venuto il momento... sai, quello in cui tu dici che ti senti stanco e io annuisco e ti consiglio di riposarti», sussurrò Elena.

Si staccarono dal gruppo di visitatori e Cail la condusse in una piccola saletta. Si sedettero accanto alla finestra, su una sorta di panca di pietra ricavata nelle spesse mura. «Non è molto comodo, ma si vede tutta la vallata», le disse Cail.

Elena, però, non lo ascoltava. Seduta accanto a lui fissava un angolo della stanza schermato da un paravento.

Cail continuò a parlarle, leggendo la storia del castello da un libro che avevano acquistato al loro arrivo. «Costruito nel XV secolo da Foulques D'Agoult sulle rovine di una fortezza precedente, *le château* ebbe diversi proprietari, alla fine del XVI secolo passò ai Créqui-Lesdiguières... Ecco direi che è il periodo che più ci interessa. Potrebbe essere lui, Carlo I di Blanchefort. Ascolta, qui dice che sposò la figlia del duca

François de Bonne e ne ereditò i possedimenti. Però... diamine, tutto ciò che c'era nel castello andò perduto. Si salvò giusto qualche arredo che rimase nascosto in una stanza sotterranea... Elena, mi stai ascoltando?»

Lei scosse la testa e indicò il paravento. Cail vide che l'indice della ragazza stava tremando.

«Che diavolo...»

Elena non gli rispose. Si alzò, subito seguita da Cail e raggiunse il paravento.

«Guarda», gli disse. «È come quello di mia nonna», sussurrò.

Si avvicinarono lentamente, frugando con gli occhi tra i disegni. Cail girò attorno, controllando le cornici di legno, poi si concentrò sulle scene rappresentate. Elena era alle sue spalle.

Un cavaliere e una dama danzavano in un giardino. Nel pannello successivo, lui la conduceva sotto un arco di rose. Tre rose bianche erano chiaramente stilizzate. E poi in un terzo pannello la donna era chinata su un tavolo da lavoro, davanti a lei c'era un alambicco.

«È un distillatore, guarda.»

Cail si avvicinò e annuì. Dopo aver fissato le immagini per qualche minuto, Elena passò dalla parte opposta del paravento e continuò a seguire la produzione del profumo... perché era di quello che si trattava. Rose, tre, bianche. Acqua e olio. Agrumi, limone, arancio, poi gardenia... no, impossibile, doveva essere iris.

Elena guardò a lungo quel pannello, poi andò oltre. Ecco che ora la donna del dipinto mescolava le essenze e le disponeva in tre ampolle. Elena si affrettò a raggiungere l'ultimo pannello. E restò senza parole.

«È questa la formula, Cail. Capisci?» gli disse afferrandogli un braccio. «Beatrice ha raccontato la formula in questo paravento. Guarda, non è un dipinto. È un arazzo.»

Lui osservò il disegno e annuì. «Hai ragione.» Cail andò avanti e indietro, ripercorse tutto dall'inizio e sorrise. «Ora sai cosa compone il profumo misterioso?»

Elena scosse la testa. «No, questo è solo una parte della ricetta. Sembra che Beatrice abbia formulato il profumo esattamente come facciamo oggi, non ha unito semplicemente delle essenze, ma le ha pensate. Rosa, agrumi, iris. Non ho idea di quante gocce, forse solo tre, o trenta. Devo provare», disse. «Poi ha aggiunto acqua, sempre se questa è acqua, e ha atteso tre lune. Giusto?»

«Sì, in quel cielo ci sono tre lune. Perché dici che questa è solo una parte?»

Elena continuava a fissare il paravento. «Devono esservi altri ingredienti... E a Firenze c'è un paravento molto simile nella bottega di mia nonna. La struttura è identica ma il disegno differente, seppure nello stesso stile.»

«Pensi che c'entri qualcosa?»

«Non saprei... Erano suppellettili molto comuni a quei tempi.»

Però lo sperava, lo sperava davvero. C'era una buona possibilità. E se anche non avesse concluso la formula, magari l'arazzo di Firenze avrebbe potuto dare delle indicazioni utili. Insomma, due paraventi: uno nel castello dove Beatrice aveva soggiornato, uno dove era vissuta... Le coincidenze potevano esistere, d'accordo, ma Elena era convinta che tra i due ci fosse un legame. Forse l'uno completava l'altro?

«Se davvero a Firenze si trova l'altro pezzo della formula, le Rossini l'hanno avuta sotto il naso per tutti questi anni. È assurdo, non credi?» disse pensierosa.

«Dipende da cosa raffigura... Senza questo», disse Cail indicando il paravento, «come avreste potuto capire? Nessuno avrebbe potuto trovarla, se non possedendo entrambi gli arazzi che sono stati inglobati nelle cornici, guarda.»

«Un modo davvero assurdo di conservare la composizione del profumo.»

«Non tanto assurdo, se voleva tenerla nascosta.» Tirò fuori la macchina fotografica che aveva già usato per immortalare la *gargouille* e cominciò a fare delle foto.

Lasciarono Lourmarin solo in serata. Avevano passato la giornata a cercare altri indizi del passaggio di Beatrice, ma, a parte il paravento e la *gargouille* con la testa di lupo, non avevano trovato altro.

Forse però poteva essere considerato un indizio anche la grande quantità di cognomi di chiara origine italiana fra la popolazione del villaggio. A quanto pareva c'era stata una massiccia immigrazione di piemontesi già sotto il primo signore di Lourmarin. L'insediamento degli italiani era stato favorito da una maestranza di allevatori del baco da seta. Il flusso migratorio incoraggiato dalla prima regina de' Medici, Caterina, era poi continuato fino alla seconda regina italiana di Francia, Maria.

Lo avevano scoperto quasi per caso, leggendo la guida. E poi avevano chiesto nel ristorante in cui avevano pranzato, Le Moulin, nientemeno che un due stelle Michelin.

Tornarono alla Damascena esausti. Cail aveva un altro appuntamento la mattina seguente, poi nel pomeriggio sarebbero tornati a Parigi.

Elizabeth e Angus passarono molto tempo insieme a Elena. Ognuno di loro moriva dalla voglia di chiedere qualcosa sul bimbo, ma si trattennero. E questo le fece molto piacere, perché non avrebbe proprio saputo come rispondere. Certo, avrebbe potuto dire la verità, che il bimbo era solo suo. Ma c'erano troppe cose in ballo. Alcune le aveva chiare, altre no. Cail era sempre al centro dei suoi pensieri. Eppure lei sentiva che ancora non era pronta ad andare oltre. Perché non si trattava solo di lei.

E sapeva che nemmeno Cail era pronto. Ma quella sorta di compromesso al quale erano giunti insieme era solo loro, non riguardava nessun altro. Prima o poi sarebbero andati oltre.

Elena lo sperava. Con tutto il cuore.

Avignone era esattamente come la ricordava, piena di fascino, discreta e raffinata. Il palazzo dei papi, dalle mura massicce, continuava a levarle il fiato per la sua imponenza, le torri dai tetti appuntiti, le merlature del mastio.

Cail condusse Elena ai giardini. Fiori, piante e cigni. Un

numero incredibile di cigni galleggiava placidamente nei corsi d'acqua che attraversavano la vegetazione. Fecero una lunga passeggiata, pranzarono sulla terrazza di un ristorante, poi raggiunsero l'aeroporto.

Mentre aspettavano, Elena chiamò Monique. Non vedeva l'ora di raccontarle del paravento e della possibilità che vi fosse riportata una parte della formula. La sua antenata si era mostrata davvero fantasiosa nel tramandare il Profumo Perfetto. Parlò con Monique per qualche minuto, aggiornandola brevemente, poi si voltò verso Cail.

«Ti va di andare a cena fuori? Monie ha ricevuto una promozione, ci porta al Lido de Paris.»

Lui inarcò un sopracciglio. «L'hanno nominata vicepresidente?»

Elena ridacchiò. «Sciocco! Allora andiamo?»

«Non sei troppo stanca?»

«Hai sentito quello che ti ho detto? Il Lido de Paris sugli Champs-Élysées!» disse scandendo le parole.

«*Oui, ma belle*», le rispose Cail.

«Veniamo», strillò quasi. E continuò a chiacchierare per un po'. Quando chiuse la comunicazione si sentiva decisamente allegra. «Monie ti saluta», disse rivolta a Cail che continuava a leggere i vari volantini che aveva preso a Lourmarin.

«Come sta?»

«Al solito. Quel Jacques... guarda. Meglio che stia zitta», borbottò accigliata. Poi si riprese. «Dice che non vede l'ora di conoscere i dettagli. Sai, quando eravamo piccole abbiamo fatto un mucchio di congetture su Beatrice e sul suo magico profumo. Quasi non mi sembra vero che la sua formula sia così semplice. Almeno nelle note di testa... non saprei cosa dire per il resto.»

«E se fosse proprio nella seconda parte il suo segreto?»

22.

Ylang-ylang. Caldo e femminile, dona la capacità di superare la delusione e l'offesa. Per sua natura aiuta a esprimere i sentimenti più nascosti, la poesia che alberga dentro l'anima.

Il Lido de Paris. Aveva deciso che quella sera sarebbe stata diversa. Monique non ne poteva più di restare in casa. Non era per lei quel genere di vita. *Merde!* Quasi non riusciva a riconoscersi.

Mentre si vestiva, gli Apocalyptica suonavano la prima versione di *Hope*. Sì, ne aveva davvero abbastanza. Cominciò a ballare a piedi nudi, lasciando che le note di rock duro penetrassero dentro di lei, e un istante dopo, quando vennero sostituite da un'improvvisa melodia dolcissima, le sembrò di sentirsi davvero meglio. Accordi violenti, alti, che le rimbombavano nel cuore, e poi lenti, armoniosi, melodici, capaci di commuoverla fino alle lacrime. E la vita non era forse uguale? No, la sua ultimamente non lo era.

Il familiare nodo, che da un po' le stringeva la gola e alle volte le impediva anche di respirare, decise di farsi vivo nuovamente. Ma lei digrignò i denti e respinse quella spiacevole sensazione.

«Non ti va bene? Allora cambia e smetti di fare la lagnosa.» Jasmine glielo aveva detto senza mezzi termini l'ultima volta che era andata a Grasse. Sua madre era una donna molto pragmatica. E aveva tutta la ragione del mondo!

Avrebbe cambiato ciò che non le andava bene. Jacques odiava che lei uscisse senza di lui. In realtà, soprattutto negli ultimi tempi, non facevano altro che stare a casa, a letto. La loro relazione si era ridotta al sesso, punto. Bello, anzi no, fantastico, una bomba. Niente di più. Ogni volta che affrontavano qualche argomento finivano per litigare, così lentamente avevano smesso di parlare e si incontravano nell'unico campo in cui sembrava riuscissero a comprendersi. Ma dopo... il dopo era triste, amaro, pieno di astio. E lei ne aveva abbastanza.

Quella sera sarebbe uscita da single, mentre i suoi amici ormai erano una coppia. Certo, per Elena non era il momento ideale per vivere pienamente una relazione, ma ormai la gravidanza era avanzata. Quella situazione sospesa volgeva al termine. Presto lei sarebbe diventata zia, Elena mamma... chissà come si sarebbe comportato Cail. Sperava davvero che per una volta le cose andassero un po' come nelle favole.

Quella sera Monique aveva indossato un abito cortissimo di Dolce e Gabbana, nero, scintillante, peccaminoso. Due lacci di seta, un po' di stoffa e perline, una quantità enorme di cristalli lucenti. Tacco dodici, capelli ricci. E un tocco del nuovo profumo. Le Notre era entusiasta di quella creazione. Non era tutto merito suo, naturalmente. Era stato Ilya Rudenski, il nuovo *maître parfumeur* a progettare la fragranza, mentre lei aveva semplicemente guidato la declinazione del profumo verso un gusto più semplice e popolare.

Era stato molto interessante lavorare con quell'uomo. Era un genio, e il profumo una bomba, quasi interamente sintetica. Doveva esserlo per consentire quel genere di penetranza e durevolezza. La fantasia, la visione che Ilya aveva avuto, avevano conquistato tutti. Il profumo possedeva giusto un paio di essenze naturali, che gli avevano conferito spessore e un fascino un po' rétro.

Elena sarebbe inorridita davanti a quella composizione. Ma a Monique non importavano i retroscena. A lei era sempre e solo interessato il profumo finale, non ciò che lo componeva. E adorava cambiare, spesso. A seconda dell'umore e del suo stato d'animo. Per lei il profumo era come un abito, oggi questo, domani quello.

E, a proposito di vestiti, decise di portare qualcosa con sé. Era pronta a scommettere che Elena non aveva nulla da indossare per la sera. Quella donna era tremenda in fatto di moda.

Terminò di prepararsi, un velo di rossetto, un cappotto leggero e un ultimo sguardo allo specchio.

«Peggio per te, Jacques», esclamò. «Quando tornerai da Londra ti racconterò di come mi sono divertita.»

Elena aveva disfatto le valigie, aveva innaffiato le piante e ci aveva fatto due chiacchiere. E poi era scoppiato il dramma. Non c'era nulla nel suo armadio che potesse andare bene per una serata elegante in un locale come il Lido.

Dopo avere scartato tutti i vestiti, con un umore infernale, chiamò Monique.

«Non posso venire, non ho niente da mettermi!»

«Sto arrivando. E ho un paio di cose per te. Dunque, respira profondamente, fatti una lunga doccia calda e raccogliti i capelli. Penso a tutto io, okay?» Chiuse immediatamente, in modo che Elena non potesse protestare. Quella sera sarebbero usciti a tutti i costi.

Elena guardò accigliata il cellulare. Poi, brontolando qualcosa sulle acciughe che non avrebbero mai capito le balene nemmeno in un milione di anni, fece un lungo bagno, intrecciò i capelli annodandoli in uno chignon basso e lasciando un paio di ciocche ai lati del viso. Mise il mascara e un filo di eyeliner.

Se non si guardava al di sotto del décolleté, aumentato di un paio di taglie, poteva pure andare, pensò.

«Sali», strillò poco dopo sentendo la voce di Monique che la chiamava dal piano di sotto.

«Guarda se questi ti vanno bene. Sono larghi, leggeri e il blu snellisce un sacco», le disse dopo averle rivolto una lunga occhiata. «Stai davvero bene, tesoro, questa vacanza ti ha giovato. Allora, ci sono novità?» le chiese strizzandole un occhio.

Elena la fulminò con un'occhiataccia e le indicò il ventre prominente. «Sì, ho messo su mezzo chilo, è questa l'unica novità. A parte il fatto che probabilmente abbiamo scoperto dove è stata Beatrice durante il suo soggiorno in Francia e chi era l'uomo che le ha spezzato il cuore.» Prese dalle mani di Monique la gruccia con un paio di abiti. Era di pessimo umore e la vestaglia giallo banana che indossava non migliorava le cose. «Sono grassissima», brontolò. «Non so nemmeno se mi entrano.»

Monique moriva dalla voglia di chiederle altro, ma in quel momento Elena era pronta a scoppiare. Meglio disattivare il detonatore... «Tranquilla... vedrai che ti sorprenderanno. Hai un paio di scarpe con i tacchi?»

Elena entrò in bagno e socchiuse la porta. «Sì», rispose. «Tutte quelle che mi hai portato tu. Come cavolo fai a camminarci, proprio non riesco a capire», brontolò.

Un lungo respiro profondo, poi un altro. «Ricordati questo momento quando toccherà a me e ti verrà voglia di strozzarmi», le disse Monie da dietro la porta.

Elena mugugnò qualcosa e dopo un paio di minuti uscì dal bagno.

«Wow! Stai benissimo.» Monique prese dalla busta che aveva portato con sé una pochette in tinta e gliela porse. Elena strinse le labbra. Ma non accennò a prenderla.

Cail la raggiunse, le prese una mano e la fece roteare su sé stessa. «Stai molto bene», sussurrò un istante prima di sfiorarle le labbra con un bacio.

«Se voi due la smettete di sbaciucchiarvi, sarebbe ora di andare. E badate che non ho nessuna intenzione di reggere il moccolo. Voglio sapere tutti i dettagli su quello che avete scoperto.»

Mentre raggiungevano il locale, le fecero un riassunto. Il cavaliere, molto probabilmente, era Carlo I di Blanchefort. Con l'aiuto del profumo di Beatrice aveva conquistato tutto ciò che voleva, dalla sposa ai possedimenti, ogni cosa, compreso il ducato.

«Mi chiedo come un semplice profumo abbia potuto avere un tale potere», sussurrò Monique.

«In genere, a quei tempi i profumi mascheravano i cattivi odori. La scarsa igiene imperava. Pensa all'effetto che avrebbe avuto un leggero sentore di rose, neroli, o comunque di agrumi, e iris. Le note di cuore non mi sono chiarissime, quelle di fondo invece non sono proprio indicate. Beatrice ha lasciato che la mistura macerasse per tre mesi, credo che abbia usato alcol e acqua, e temo che come fissatore finale ci sia di mezzo un muschio animale. Non mi spiego altrimenti il profondo effetto che ha avuto sulla giovane signora di Lourmarin.»

«Ambra grigia?» propose Monique.

«Non saprei... potrebbe essere. Appena torno a Firenze voglio dare una bella occhiata al vecchio paravento, sai, quello che c'è nella bottega.»

«Vuoi dire che è là che Beatrice ha scritto la formula?»

Elena scrollò le spalle. «Non ne sono sicura, ma ci sono buone possibilità.»

«Accidenti, che roba! Quando partiamo?» le chiese Monique. «Perché, voglio dire... pensa se fosse davvero così. Antica formula di un profumo del Seicento raffigurata su un paravento. Ne uscirebbe una bomba, e non parlo del profumo, ma della storia. Immagina se la notizia venisse divulgata...»

Cail si accigliò. «Dopo la nascita del bambino ci andremo insieme, okay? Guardate, siamo quasi arrivati.» Indicò la zona piena di luci e la gente che si accalcava sui marciapiedi.

Elena la fissò a bocca aperta. Diamine, quanto era grande!

Non ci fu modo di continuare la conversazione. Scesero dal taxi e si avvicinarono alle porte. C'era molta gente quella sera. Lo spettacolo attirava un enorme numero di turisti.

Monique ci era andata spesso. All'inizio della loro storia, Jacques ce la portava molto di frequente. Adorava quel locale, le piacevano molto gli spettacoli e l'atmosfera. I ballerini erano assolutamente straordinari.

Mentre Monique consegnava i biglietti, Cail dovette tornare indietro e recuperare Elena che si era fermata a guardarsi intorno come una bambina.

Se l'esterno del locale era lussuoso e affascinante, l'interno sembrava lo scenario di un film. Il blu e l'oro erano i colori dominanti; una maestosa galleria conduceva alle sale. Cail aiutò Elena a togliere il cappotto e lo consegnò al guardaroba. Monique fece lo stesso. Stava per raggiungere gli amici che erano andati avanti quando, voltandosi verso di loro, si scontrò con una donna.

«Mi perdoni», chiese con un sorriso.

«Guarda dove vai, idiota!» le ringhiò contro l'altra lisciandosi rabbiosamente le pieghe dell'abito.

Monique sollevò la testa e incontrò lo sguardo furibondo di una ragazza molto giovane e molto graziosa. «In teoria avresti dovuto fare attenzione quanto me, non hai il diritto di precedenza», replicò freddamente.

Poi la riconobbe e il cuore perse un battito.

«Cosa succede?»

Sarebbe accaduto, prima o poi. Quella era l'unica cosa a cui Monique riusciva a pensare mentre Jacques si avvicinava alla sua fidanzata.

«Questa stupida mi ha urtato, ho perso la borsa», si lamentò.

Per un istante Monique prese in considerazione l'idea di allungare la mano e dare una lezione a quella piccola serpe.

Jacques stava impietrito fra le due donne.

Monique ribolliva di rabbia. Il cuore le batteva forte e aveva una voglia matta di picchiare qualcuno. Quante bugie... "Impegni improrogabili legati alla gestione della nuova sede di Narcissus", che bastardo... Lo sfidò con lo sguardo, anche se in realtà avrebbe voluto dargli una sberla.

Jacques raccolse la borsetta dal pavimento e la porse alla ragazza che continuava a inveire contro Monique. Non un gesto di saluto, nemmeno uno sguardo.

Quando Monique si rese conto che stava fingendo di non conoscerla, sentì il sangue che le defluiva dal corpo. Era una corrente gelida, che si portava via tutto il calore, l'allegria e il buonumore che aveva provato fino a qualche istante prima. Un brivido la scosse e poi un altro. Improvvisamente aveva freddo, come non l'aveva mai provato prima.

In sottofondo la musica aveva aumentato il ritmo, la fidanzata di Jacques continuava a frignare, lui cercava di arginare quel fiume di parole.

Monique era nauseata. Da sé stessa, da lui e da quella piccola sciocca che credeva di essere la padrona del mondo. Ma non era forse così che si sentiva lei quando stavano insieme?

La padrona di una menzogna, di un'illusione. La padrona di un pugno di polvere pronto a sfuggirle dalla mano appena avesse disteso le dita.

Jacques finalmente si decise a guardarla. Era pallido, l'espressione impenetrabile. «Andiamo via», disse all'improvviso rivolgendosi alla ragazza. «Ne ho abbastanza dei tuoi capricci.»

Monique, tesa, li seguì con lo sguardo finché scomparvero entrambi. Poi cercò Elena e Cail. Erano a una decina di metri. Immobili, la stavano fissando. Notò che si tenevano per mano, Cail sovrastava Elena. Sembrava quasi volesse proteggerla.

Era così che avrebbe dovuto essere, pensò Monique. Non fu la consapevolezza che avessero assistito alla scena ciò che le fece decidere di andarsene. Fu la profonda compassione che traspariva dalle loro espressioni. Per un istante si vide con i loro occhi e si sentì male.

Elena fece un passo in avanti. Monique si portò il dorso della mano alla bocca. Scosse la testa e indietreggiò. Uscì nella notte con la piccola borsa stretta in mano. E le sembrò che quella fosse tutto ciò che le restava della sua vita.

Non sono in casa, lasciate un messaggio e vi richiamerò.

Elena ascoltò per la decima volta il messaggio della segreteria telefonica di Monique e attese il *bip*. «Chiamami, o giuro che vengo là... anzi no, chiamo Jasmine e le racconto tutto. Parola!»

Mise giù il ricevitore, sbattendolo più del necessario. Aurore, che stava sistemando una piramide di saponi profumati, le lanciò un'occhiata perplessa prima di riprendere il lavoro.

Elena aveva deciso di assumere la ragazzina per qualche ora alla settimana. Da quella sera al Lido, Monique era sparita. Non rispondeva al telefono se non per dirle che stava bene. Ma quelle due parole erano tutto ciò che Elena era riuscita a strapparle. Le mancava moltissimo, era preoccupata per lei e si sentiva maledettamente sola.

Durante il giorno Cail era fuori per lavoro. Aveva spostato parte delle sue piante in una serra fuori città, affinché potessero crescere nel migliore dei modi. Nel terrazzo al Marais non c'era abbastanza spazio. Il concorso di Bagatelle si avvicinava. Tutto doveva essere perfetto per quel momento. La sera, quando tornava a casa, era talmente stanco che spesso si addormentava sul divano mentre chiacchieravano. Così Elena smetteva di parlare e lo copriva con un plaid prima di andarsene a dormire. Per fortuna almeno il bambino continuava a partecipare attivamente, scalciando con una foga che alcune volte la sconcertava.

Maledizione! Spostò nervosamente gli oggetti sul bancone, poi li rimise al loro posto. Quel fastidio nei confronti di Monique e di Cail era ingiusto, e lo sapeva. Ma non poteva farci proprio niente. Era davvero di pessimo umore in quei giorni.

Cail si sottoponeva a viaggi estenuanti pur di rientrare a dormire a Parigi. Elena era consapevole del fatto che lo faceva unicamente per non lasciarla sola. Ma quello non cambiava le cose, né attenuava in alcun modo il fatto che lui le mancasse. Che diamine, sembravano tutti spariti. Prima Monique, adesso Cail. Lavoro, lavoro, lavoro. E a lei chi ci pensava? Nessuno, ecco!

Non era vero, naturalmente. Nei momenti in cui il malumore la lasciava in pace, Elena ammetteva con sé stessa di essere una donna molto fortunata. Ma poi bastava uno sguardo allo specchio, anche di sfuggita, e l'irritazione tornava. Quel maledetto mal di schiena non le dava tregua e, se pure avesse smesso di tormentarla, restava l'evidenza dei fatti a dirle che, se presto non avessero allargato le porte, col cavolo che sarebbe riuscita a passarci attraverso.

Quella sera Elena era davvero molto stanca. La giornata era stata lunga e faticosa. Aurore era rimasta in silenzio per tutto il tempo. Più di una volta l'aveva sorpresa a guardare con profondo desiderio il piccolo organo del profumiere che teneva in un angolo del negozio. Glielo aveva regalato

Cail, che lo aveva trovato in pessime condizioni in un mercatino, e poi lo aveva restaurato. Le era costato un po' trovare delle bottigliette di essenze adatte allo stile ottocentesco ma ci era riuscita, e adesso il mobiletto era una delle attrazioni di Absolue. Era quello che mostrava ai clienti quando doveva preparare i profumi su misura. "E perché no?" decise. La sera successiva avrebbe fatto comporre alla ragazza il suo primo profumo completo.

Provò a richiamare Monique e questa volta le lasciò un messaggio di fuoco. Era riuscita a sapere che aveva rotto con Jacques, in modo definitivo. Era stata Jasmine a dirglielo. E poi, in una delle loro silenziose telefonate, Monique le aveva fatto capire che voleva cambiare aria. E questo impensieriva molto Elena. Senza gli amici, senza la sua famiglia, come avrebbe potuto superare quel momento difficile?

Si chiese cosa potesse aiutare Monique. Ma non le venne in mente nulla.

E poi c'era anche un'altra cosa che la preoccupava. Non poteva gestire Absolue da sola, non ora che il parto era imminente e Cail sempre più impegnato col lavoro. Avrebbe dovuto chiudere, e quel pensiero la spaventava profondamente.

Si sedette su uno dei divani e si coprì il viso con le mani. Poi sentì il campanellino della porta e si ricompose.

«Tutto bene, cara?» Geneviève Binoche le si avvicinò con un grande sorriso. Dalla prima volta che era andata a trovarla, la scrittrice era diventata un'assidua frequentatrice della profumeria.

«Sì, sì. Solo un po' di stanchezza. E lei come sta?»

«Bene», le rispose accomodandosi accanto. «Volevo darle una bella notizia.»

«Ne ho proprio bisogno», replicò Elena.

«Vedrà che questa la tirerà su. Allora... al mio editore interessa l'idea del profumo di Notre-Dame e vorrebbe sostenermi nella sua produzione. Senza contare che sarebbe straordinario comporlo davanti a tutti, magari il giorno della presentazione. Immagini la scena: lei, mia cara, che sceglie le essenze una per una e, mentre le dosa, spiega al pubblico che cosa l'ha ispirata. La grandezza della cattedrale, la carnalità, la passione che domina gli uomini, il calcolo e la freddezza di chi ha rinunciato all'amore per ricchezza e potere. Sarà un successo clamoroso, senza contare il ritorno di immagine che ne ricaverà Absolue.»

«Mi sta offrendo di creare il profumo?» chiese Elena.

«Naturalmente! Ne abbiamo sempre parlato come di qualcosa che sarebbe potuto accadere, e dopo la sgradevole questione con Narcissus avevo pensato di lasciar perdere. Ma sarebbe un vero peccato, Elena. Io mi fido di lei. Sono certa che può creare quel profumo.»

Elena sorrise. «Sarebbe bellissimo.» Ma presto i suoi pensieri andarono in un'altra direzione, diametralmente opposta a quella di Geneviève.

Non era il successo ciò che la spinse a pensare alla formula del Profumo Perfetto, ma la similitudine tra ciò che era accaduto ai personaggi del romanzo e alla sua antenata. Si ritrovò proiettata nel passato. Febo, l'uomo che Esmeralda amava, aveva rinunciato a lei per sposare la ricchissima Fiordaliso... Carlo di Blanchefort aveva fatto lo stesso con Beatrice.

E con prepotenza il Profumo Perfetto delle Rossini tornò a essere il protagonista della scena. Chi più della sua antenata avrebbe potuto esprimere il sentimento di profondo dolore e struggimento di un amore sottovalutato, disprezzato, che non poteva competere con la brama di potere e ricchezza? Poteva essere quello il profumo di Notre-Dame.

Beatrice aveva saputo fin da subito di non avere speranza in quella sua passione. Il cavaliere che le aveva commissionato il profumo le aveva detto che era per la sua futura sposa, ricca e nobile. Una nobildonna di alto lignaggio, che gli avrebbe cambiato il futuro. Con lei si era solo divertito. Elena sentì un nodo alla gola. Per Esmeralda, per Beatrice e anche per Monie. Alla fine i secoli passavano, ma gli uomini e le donne commettevano sempre gli stessi errori.

Sospirò e si concentrò sul profumo. Aveva mezza formula, il resto, era pronta a scommetterci, si trovava nel paravento gemello a Firenze. Avrebbe dovuto adattare la ricetta alla cattedrale, ma era comunque già pronta.

«Quanto tempo abbiamo prima della presentazione del suo libro?» chiese a Geneviève.

«Si terrà a settembre.»

Erano ormai a maggio. Beatrice aveva lasciato la mistura a macerare per tre mesi. Il bambino sarebbe nato ai primi di giugno. E sempre a giugno ci sarebbe stata la premiazione della rosa di Cail, alla quale si era dedicato anima e corpo.

Ci pensò e ripensò, ma anche se avesse fatto i salti mortali ci sarebbe stato sempre poco tempo. Alla fine scosse la testa. «Temo che sia troppo presto.»

Geneviève si adombrò. «Un vero peccato, mia cara. Mi sarebbe piaciuto molto che fosse lei a occuparsi di tutto. Sarà una seccatura rivolgersi a qualcun altro per fare il profumo. Ci tenevo davvero tanto.»

«Non ci siamo con i tempi, capisce?» replicò Elena. «Il profumo deve maturare e per comporlo devo tornare a Firenze. In questo momento non posso allontanarmi da Absolue. Non può aspettare ancora un po'?»

Madame Binoche si alzò in piedi, l'espressione pensierosa. «Non saprei... potrei provare», rispose. «Facciamo così, io ne parlo con l'editore, lei cerchi di accelerare le cose.»

Meglio di nulla, pensò Elena, che sentiva crescere sempre di più il desiderio di comporre quel profumo.

«Ci pensi sopra, mia cara», continuò Geneviève. «Vorrei che fosse lei a creare il profumo. C'è una casa molto famosa che lo acquisterà per produrlo e distribuirlo. Si parla di una cifra molto alta. E naturalmente lei apparirà come la creatrice dell'essenza.»

Le sarebbe piaciuto farlo. Elena in quel momento ne fu certa. Era sicura che il profumo di Beatrice sarebbe stato perfetto per Notre-Dame. Ma non aveva idea di come far combaciare tutto.

«La ringrazio per la sua considerazione.»

Geneviève l'abbracciò e le disse che l'avrebbe chiamata per avere la risposta definitiva.

Era stato Cail ad averle fatto ascoltare il pianoforte di Ludovico Einaudi per la prima volta. Lo metteva sempre mentre guardavano le stelle. Elena preferiva stare sdraiata sulla sedia a dondolo avvolta in un plaid, mentre lui armeggiava con il telescopio. Erano momenti di assoluto relax, poche parole, molta contemplazione. E pensieri... tanti. *Nuvole Bianche* era il suo pezzo preferito. Cail le aveva regalato qualche CD, lunghe compilation che lei aveva cominciato a mettere nel lettore quando lavorava. Ormai era diventata un'abitudine.

«Non ti annoia?» le chiese Aurore mentre le note del pianoforte cominciavano quasi in sordina e, in un crescere d'intensità, si elevavano per discendere e riacquistare il ritmo che prendeva a vorticare, prima di quietarsi ancora. Era una base, quella musica. Per i pensieri felici, per quelli malinconici, per chi ne aveva abbastanza delle difficoltà, ma più di tutto Elena pensava che fosse una compagnia ideale perché piaceva a entrambi, a lei e a Cail.

«Mi aiuta a concentrarmi, è come un flusso sul quale poggiano i miei pensieri, assorbe gli scossoni... E poi mi calma. Quando ero piccola e componevo i miei primi profumi, non ero capace di arginare le essenze, subivo il loro potere. Le vedevo sotto forma di colori, le temevo, le adoravo, le emozioni che provavo annusandole erano così intense da rendermi euforica e sconvolgermi allo stesso tempo.»

«Ma è una cosa fantastica!» esclamò Aurore.

Elena fece un sorrisetto. «Non la pensavo così, allora. Ed è durata per un pezzo. Non sempre i profumi sono stati qualcosa che desideravo. Per molto tempo li ho odiati. Poi sono diventati una necessità, un dovere. Solo di recente li ho riscoperti per ciò che sono veramente e sono tornati a essere gioia e piacere.»

Aurore non riusciva a capire. «Come si fa a odiare i profumi?»

«Bella domanda. Forse un giorno te lo racconterò. Ma ora andiamo avanti. Dunque... Non ti sei profumata, giusto?»

«No, mi avevi raccomandato di non farlo.»

«Brava.»

«Proseguiamo. Punto primo: le essenze... e le abbiamo. Sono queste dentro i flaconi di alluminio.» Le indicò una per una, poi si immobilizzò.

Quella scena era come un déjà-vu. Un'immagine balenò nella sua mente, facendosi largo tra i suoi ricordi. Lei da piccola e sua nonna che le stava mostrando le essenze esattamente nello stesso modo, compiendo gli stessi gesti che ora faceva lei mentre insegnava a Aurore come si creava un profumo. Il cuore prese a batterle forte e sentì uno struggente senso di appartenenza e di perdita insieme. Si sfiorò l'addome, perché improvvisamente si sentì sola. Le mancava da morire Lucia, le mancavano anche i suoi silenzi, i suoi sguardi, il modo che aveva di affrontare ogni cosa. Le mancava la sua presenza. Sospirò e si rese conto che Aurore le stava chiedendo qualcosa. L'immagine sbiadì lentamente. Il laboratorio delle Rossini scomparve sostituito da quello luminoso del Marais. Aurore continuava a parlare. La fissò cercando di capire cosa le stava chiedendo. Poi si rese conto che, nonostante l'acuta nostalgia che sentiva per sua nonna, non vi era tristezza in lei. La stava celebrando, Lucia Rossini. Lo stava facendo con quei gesti che erano appartenuti a sua nonna e che adesso erano diventati i suoi, insegnando la conoscenza che aveva appreso, trasmettendola a chi un giorno ne avrebbe fatto buon uso.

«Sì, sì, me lo hai già detto questo. Ma poi? Cosa viene dopo?»

L'impazienza nella voce di Aurore era palese. A Elena venne quasi da ridere: la ragazza era talmente tesa e ansiosa da sembrare un'atleta sulla linea di partenza. Mise da parte i ricordi e i sentimenti e si concentrò sul lavoro che si apprestavano a fare.

«Contagocce, *mouillettes*, cilindro dove mettere la nostra composizione, alcol, filtri di carta. Abbiamo tutto quello che ci serve. Oggi però ho pensato che il profumo che comporremo non sarà semplicemente un profumo, ma sarà il tuo.»

«Non capisco», mormorò Aurore.

Elena le sorrise. «Questo profumo diventerà il profumo di Aurore. Lo farai seguendo la procedura che utilizziamo per creare un profumo dell'anima, o, come dicono i clienti, su misura.»

«Davvero?»

«Guardami, ti sembra che abbia voglia di perdere tempo o di scherzare? Il mio senso dell'umorismo è pessimo», borbottò. «Spero che una volta nato il bambino le cose cambino. Sono una lagna ormai e non c'è nulla di più deleterio di una persona che si lamenta. Sai che restringe le cellule cerebrali di chi ascolta? Pietoso, davvero un caso pietoso.»

Aurore però aveva smesso di ascoltare le divagazioni di Elena da un pezzo. Avrebbe fatto il suo primo profumo, e lo avrebbe fatto per sé stessa. Non riusciva ancora a crederci.

Perfetto, pensò Elena sorridendo tra sé. Era riuscita a sdrammatizzare un po'.

Dal viso della ragazza traspariva la massima concentrazione. Elena avrebbe scommesso che Aurore stava già immaginando come mescolare le varie essenze e si affrettò a darle qualche spiegazione prima che si facesse prendere dalla sua vena artistica.

«Il profumo è emozione. E su questo siamo d'accordo. Ma il profumo ha una struttura, è oggettivo perché nasce da uno schema, compie un percorso, e di questo dobbiamo tenere conto. Ma esso diventa immediatamente soggettivo, visto che stimola le emozioni di chi lo annusa. Ora, il profumo su misura è ciò che più di tutto, in assoluto, ci rappresenta, ci piace, nasce da noi. Dunque comunica con gli altri, con chiunque, non è vincolato solo a chi conosciamo.»

«Quando parli così ti ascolterei per ore», sussurrò Aurore.

Un sorriso, un guizzo di soddisfazione, e la lezione riprese. «Per rappresentarci, il profumo su misura deve parlare di noi. Questo è ciò che dobbiamo avere ben chiaro. Chi siamo? Cosa vogliamo? Cosa ci piace? Cosa non ci piace? Possiamo anche schematizzare i concetti. Su quelli poi dovremo ragionare per creare la formula. Più sapremo con chiarezza cosa dovrebbe rappresentare il profumo del nostro cliente, più diverrà semplice trovarlo. In genere chi chiede un profumo personalizzato si può dividere in tre categorie: c'è chi aspira a una fragranza che emani gioia, benessere, allegria a ogni respiro. Alcuni invece desiderano che il profumo li identifichi. È unico, appartiene a loro, li distingue dal resto del mondo. Poi c'è chi vede il profumo su misura come glamour, espressione di raffinatezza, contrapposto al profumo standardizzato, che ha perso la sua identità.»

«È vero», ragionò Aurore.

Elena fece una pausa; ora veniva la parte più difficile e voleva che la ragazza afferrasse bene i vari meccanismi della procedura. «Per capire bene cosa piace e cosa no, dobbiamo partire dai cinque sensi: colori visivi, sensazioni tattili, suoni, musica, il piacere del cibo, gli aromi e naturalmente gli odori, tenendo presente quali profumi sono stati portati e i motivi che hanno spinto al loro acquisto. In poche parole, un identikit sensoriale completo. E infine, ma non meno importante, bisogna tenere conto della personalità di chi desidera farsi fare il profumo, e questo avviene con un colloquio, uno scambio di e-mail, un contatto personale. Queste sono le cose fondamentali che si devono conoscere.»

«Certo, così tutto assume un aspetto diverso.»

«Esatto, il profumo non è semplicemente qualcosa che uno si mette addosso, ma è un mondo straordinario, complesso, un simbolo.» Fece una pausa. «Quando il quadro generale diverrà sufficientemente chiaro, il profumiere dovrà interpretarlo, lo trasformerà in odori. Avverrà dunque la scelta delle note di base che costituiranno la colonna portante del profumo. Da lì si procederà con alcune proposte, che poi il cliente dovrà scegliere. Si tratterà comunque di una bozza, che poi sarà corretta sulla base delle sensazioni del suo padrone, perché di questo si tratta.»

«Il padrone del profumo... wow. Dunque io potrei diventare la padrona del profumo che stiamo per fare», disse Aurore.

«No, non potresti... lo sarai.» Tacque per un momento, voleva che la ragazza comprendesse bene. «Adesso procediamo. Prima domanda: chi è Aurore?»

Lei rise nervosamente, poi il sorriso si dileguò dalle sue labbra. Un'espressione di profondo smarrimento le comparve sul viso.

Elena le sorrise e le strizzò un occhio. «Comincia da una cosa facile, cosa detesti?»

«La gente che grida, le verdure cotte, quelli che se la tirano un sacco e pensano che il mondo gli appartenga, le scuole private, il rosa, chi indossa le pellicce.» Aurore sembrò rilassarsi.

«Cosa ti piace?»

«L'azzurro, la stoffa sottile, la cioccolata, chi sorride per un nonnulla, la musica etnica, il gelato alla fragola, il profumo di mia madre e quello di mio padre. Quando li mischio, però, diventano davvero brutti. Ma non posso indossarne uno solo. Loro ci potrebbero restare male.»

Elena annuì. «Capisco. Ma unendoli minacci di stendere chi ti passa vicino.»

Aurore spalancò gli occhi, poi guardando bene Elena si rese conto che la stava solo prendendo un po' in giro. Risero insieme e l'atmosfera divenne più rilassata.

«Okay, mi pare che tu abbia ben chiaro il concetto. Adesso direi di partire da un'idea, che sarà il nostro *brief.* Il tuo profumo cosa dovrebbe significare?»

Aurore ci pensò su, poi prese a giocherellare con il bordo della sua maglia. «Mi piacerebbe che indicasse un cambiamento. Che ci fossero dei fiori, vestiti leggeri, il tepore del sole sulla pelle e la luce che si vede a maggio, quando il cielo è limpido.»

«Mi sembra la descrizione della primavera», replicò Elena.

«Sì, credo di sì. Mi è sempre piaciuta, la primavera.»

«Okay, che ne dici se partiamo dai fiori? Potrebbero essere le note di testa. Poi approfondiremo il concetto, scegliendo le note di cuore e infine quelle di fondo. L'anima del profumo.»

Iniziarono a scegliere le essenze: tiglio, mughetto, angelica e poi altre ancora, più delicate, che ricordavano la primavera fresca e luminosa di Parigi, e le disposero sul tavolo. Annusavano, si passavano le boccette e le separavano da quelle che non erano idonee. Alla fine rimasero solo quelle che avrebbero adoperato.

Ogni volta che aggiungevano una goccia diversa lasciandola scivolare all'interno dei piccoli filtri, segnavano tutto su un blocco, annusavano il profumo sulla *mouillette* e decidevano se fermarsi o aumentare la dose.

Ci volle tutta la sera, ma alla fine la primavera di Aurore fiorì dentro il cilindro graduato. Il profumo sarebbe rimasto a riposo per qualche settimana, in modo che l'alcol sciogliesse tutte le molecole, poi lo avrebbero annusato nuovamente e, se necessario, avrebbero provveduto a correggerlo secondo il gusto della ragazza.

«Sono felice. Questo profumo significa molto per me.» Aurore era in piedi, accanto alla porta di Absolue, ma non accennava ad andarsene.

Elena la comprendeva intimamente. Trovare un profumo, sapere che era quello giusto, sentirlo e viverlo era una sensazione straordinaria. La creazione dava sempre quel senso di gioia.

«Anche per me. Sai, sono rimasta molto colpita dal tuo intuito, da come hai scelto le essenze. Hai dimostrato una competenza e una sensibilità straordinarie. Credo che sia arrivato il momento di prendere in considerazione l'idea di proseguire i tuoi studi in questo campo. Saresti una *fragrance designer* bravissima.»

Il viso di Aurore splendeva di gioia. «La prossima volta posso preparare un profumo per mia madre?»

Elena annuì. «Certo. La prossima volta farai il profumo di Eloise.»

23.

Tuberosa. Bianco, intenso, dolce e seducente,
è il profumo dell'audacia e della consapevolezza.
Stimola la creatività, evoca la forza del cambiamento.

«Vado via.»

«Come sarebbe?» Erano sedute nella cucina di Elena, intorno al tavolo. Monique si era presentata quella mattina all'apertura di Absolue. A Elena era bastato uno sguardo per capire le condizioni disastrose in cui si trovava l'amica. L'aveva fatta entrare e aveva abbassato la saracinesca del negozio.

«Le Notre ha bisogno di qualcuno nella filiale di New York. Mi sono offerta volontaria.»

Elena strinse la tazza che teneva in mano. Il profumo del tè l'aiutò ad assorbire il colpo. «E Absolue?»

«Sai bene quanto me che è molto più tuo che mio», rispose Monique dopo una lunga pausa. «E poi diciamocelo onestamente, tesoro. La profumeria naturale è il tuo campo. Ti viene da Dio, perché tu possiedi un'intuizione formidabile, una predisposizione naturale. Il tocco magico, chiamalo un po' come ti pare... Ma io non mi ci ritrovo. Ho bisogno di stabilità e per raggiungere risultati apprezzabili devo usare le molecole sintetiche.»

Elena restò in silenzio. Era vero, tutto ciò che le stava dicendo Monie era la pura verità. Aveva ascoltato quei discorsi da bambina. Sua madre e sua nonna non avevano fatto che discutere su quello, restando entrambe ancorate alle proprie posizioni. Una naturale, l'altra sintetica. In quanto a lei, aveva scelto la profumeria di nicchia perché non voleva competere con altri e perché sentiva le essenze. Era stata una scelta ragionata e consapevole. Ma era un lavoro molto difficile.

«Come farai a mantenerti? Hai investito quasi tutto quello che avevi da parte per Absolue. Io ho qualcosa, ma...»

Monique la interruppe con un gesto secco della mano. «Non pensarci nemmeno, quei soldi ti servono per il bambino. Già mi sento un verme, considerando che probabilmente non ci sarò quando nascerà il mio nipotino.»

Era così affranta, così triste che Elena non riuscì a trovare le parole per replicare.

«Mi dispiace tanto che le cose siano andate così.»

Monique si tirò indietro i capelli e li annodò. Quel giorno li portava lisci, le arrivavano fino alla vita. L'abito che indossava, blu cobalto, le stava d'incanto. Era bellissima, come sempre, ma aveva perso quella sua aria un po' spavalda che la rendeva così speciale. Nonostante il suo magnifico aspetto, in fondo al suo sguardo c'era una desolazione profonda.

«Ti va di parlarne?» le chiese.

Monique scosse la testa. «Mi passerà... ma devo andarmene se voglio recuperare le forze. Lui mi conosce, sa come fare per ingannarmi, sa dire le parole giuste. Non ho chiuso occhio questa notte, ho cominciato a fantasticare su di noi. Quello che mi avrebbe detto per spiegarmi che si era trattato solo di un fraintendimento, i discorsi che mi avrebbe fatto per convincermi che sono io la donna che ama davvero. E quando mi sono resa conto che dopo ciò che mi ha fatto non desidero altro che farlo tornare nella mia vita, mi sono sentita male. Ho dato di stomaco. Poi ho capito che devo mettere più distanza possibile tra di noi.» Era tesa e un filo di disperazione traspariva dal suo sguardo.

«Devo farlo ora, Elena, prima che mi passi quel po' di orgoglio, prima che lo divori lui, insieme a ciò che resta della mia anima. Non so più chi sono, non so più nulla.» La voce si ruppe. Il tremito delle labbra era così forte da impedirle di pronunciare le parole.

Sembrava così facile andarsene e allo stesso modo così definitivo, così tragico.

«Tesoro», sussurrò Elena cercando di confortare l'amica.

Monique si passò le dita sugli occhi, tamponandoli per non sbavare il trucco. Inspirò più volte, poi sorrise. «Mi sento terribilmente patetica, giuro, mi faccio pena da sola. Adesso capisco Beatrice. Alla fine è andata via per ritrovare sé stessa.»

Piansero insieme, imprecarono ed escogitarono tutta una serie di torture che avrebbero inflitto a Jacques e alla sua ricchissima e titolata *fiancée*.

«È la figlia di Dessay, uno dei più grandi esportatori di profumi. Non ho uno straccio di possibilità. Ma sai che ti dico? Penso che alla fine non ne valga nemmeno la pena.»

Non era vero, entrambe lo sapevano. Quelli erano momenti in cui ci si crogiolava nella sofferenza e nella speranza di punizioni esemplari assegnate dal destino. Era una tappa. Tutti coloro che erano stati calpestati nei sentimenti prima o poi ci passavano. Era qualcosa da superare. Alla fine ci sarebbe stato un dopo... c'era sempre d'altronde. Se tutto andava bene, sarebbe stato solo un rimpianto, lo struggente desiderio che le cose fossero andate in modo diverso. La vita in seguito avrebbe fatto il suo corso.

Nel caso di Monique c'era di sicuro il lavoro. Prestigioso, interessante, svolto in un ambiente esclusivo, quasi elitario. Avrebbe avuto successo, Elena ne era convinta. E forse avrebbe conosciuto qualcuno in grado di amarla per ciò che era. Questo invece se lo augurava. Ma, comunque andassero le cose, l'amore che Monique aveva provato per Jacques sarebbe rimasto da qualche parte, in fondo alla sua anima. In ogni caso, non sarebbe mai scomparso del tutto.

Trasferirsi a New York... Elena non riusciva nemmeno a immaginarlo. Era un posto così lontano, così diverso. Un altro continente. A Monique sarebbe mancato tutto. E se anche avesse chiesto un anticipo sullo stipendio, non avrebbe potuto farcela senza soldi, sola, a New York. Aveva bisogno di contanti.

Elena ci pensò e ripensò. E i suoi pensieri corsero tutti verso un'unica soluzione. Madame Binoche e la formula di Beatrice.

Il punto era che per lei presto sarebbe stato impossibile.

Non avrebbe potuto affrontare il viaggio verso Firenze prima di un mese o due. Dipendeva tutto dal bambino, dalla sua salute, dai documenti per l'espatrio.

E se invece fosse partita subito? L'idea le balzò alla mente come uno di quei pensieri un po' assurdi che in genere escludeva subito. Ma non quella volta.

Scese di sotto e accese il computer. Si collegò al sito dell'aeroporto Charles de Gaulle e controllò i voli giornalieri per Firenze. Senza scalo, Firenze, ecco. C'erano ancora dei posti liberi. Cavolo, le sarebbe costato un patrimonio, pensò. Controllò ancora l'orologio. La partenza era per il pomeriggio. Se voleva farcela con un ragionevole anticipo, avrebbe dovuto sbrigarsi, pensò.

Scelse un'agenzia, inserì i dati per la prenotazione, dichiarò di essere incinta di trentaquattro settimane, esitò qualche istante prima di premere INVIO. Partire così all'improvviso, senza avvertire nessuno... Era una follia, era una cosa che non aveva senso.

Il viso di Monique le apparve davanti e comprese che era la cosa giusta da fare. Non poteva fermarsi a pensare. Se lo avesse fatto, non sarebbe mai partita. E lei doveva andare, ora, subito.

Per fortuna l'aeroporto distava dal Marais meno di un'ora di taxi. Per arrivare a Firenze avrebbe impiegato un altro paio d'ore. Non le sarebbe servito molto. Un giorno, forse due. Poi avrebbe potuto comporre il profumo là, a Parigi.

Corse in camera, gettò un paio di vestiti in un trolley, medicine, integratori. Poi chiamò Aurore.

«Puoi occuparti del negozio fino al mio ritorno?»

«Certo, quando? Lo dico anche a mia madre, sarà felice di aiutarmi.»

«Ora, subito. Sto andando a Firenze.»

«Wow. Arrivo», replicò Aurore.

«Okay, grazie. Starò via al massimo un paio di giorni», rispose trafelata. Terminò di accordarsi con la ragazza, le spiegò dove avrebbe trovato le chiavi e ripassarono insieme i sistemi di chiusura e apertura delle porte. E poi comunque avrebbe avuto il cellulare sempre con sé, per qualsiasi evenienza potevano sentirsi.

Chiamò un taxi e, mentre scendeva le scale, decise di che avrebbe telefonato a Cail direttamente dall'aeroporto. Qualcosa le diceva che non sarebbe stato entusiasta della decisione che aveva appena preso. Respinse il pensiero. Una cosa alla volta, o sarebbe diventata pazza.

«Ci mancava solo la pioggia», brontolò Elena due ore più tardi in aeroporto. Moriva di fame, l'aereo per Firenze non sarebbe partito prima di un'altra mezz'ora e, come se non fosse sufficiente, non era riuscita a mettersi in contatto con Cail.

Controllò nuovamente i documenti e il biglietto che aveva stampato. Le era costato una cifra tale da averle procurato il mal di stomaco. Ma ne sarebbe valsa la pena, se lo sentiva. Tirò indietro la testa, poggiandola alla parete. Era stanca e il bambino non aveva fatto altro che agitarsi. Chiuse gli occhi un istante e sperò che si decidessero a chiamare il volo.

«Eccolo», esclamò tirandosi su a fatica. Controllò il telefono per la millesima volta, sperando che Cail avesse ricevuto il suo messaggio, ma il suo cellulare risultava ancora irraggiungibile.

«*Merde, merde, merde*», imprecò. Poi raggiunse la hostess che attendeva nella zona di imbarco.

«Si sente bene?»

Elena si costrinse a sorridere. «Manca ancora un bel po', non si preoccupi.»

La donna sorrise. «Sì, vedo che nel biglietto è indicata la data del parto, dieci giugno, giusto? Tuttavia manca il certificato medico.»

Elena spalancò gli occhi. «Non basta la dichiarazione?» chiese allarmata.

La hostess scosse la testa. «Sarebbe meglio un certificato... Il bambino potrebbe decidere di nascere prima, e sa, in aereo non siamo attrezzati...»

«Ma il volo sta partendo...» farfugliò agitata. «Devo assolutamente andare a Firenze... la prego, è molto importante.»

La hostess guardò nuovamente i documenti. «Suppongo che, date le circostanze, l'indicazione che riporta il biglietto sia sufficiente», disse dopo qualche secondo occhieggiando la fila che si stava formando dietro Elena. «Okay», disse infine. «Vada e faccia buon viaggio. Ma tenga in considerazione che dopo la trentaseiesima settimana nessuna compagnia aerea le permetterà di viaggiare.»

«Certo», replicò Elena con un sorriso sollevato. Prese i documenti che le stava porgendo la hostess e si affrettò a passare oltre. Per fortuna aveva comprato un biglietto andata e ritorno, pensò. E riguardo alla data del parto, non è che avesse proprio mentito... diciamo che aveva considerato il ritardo di qualche giorno con cui nasceva di solito il primo figlio. Dove lo aveva letto?

«Non succederà nulla», si scoprì a sussurrare. Ignorò il brivido che le serpeggiava sotto la pelle e continuò a camminare. Non aveva dolori, stava benissimo e aveva un mucchio di cose da fare. Un giorno, le serviva solo un giorno. Avrebbe trovato la formula, preso un paio di cose dal laboratorio di sua nonna e sarebbe tornata a Parigi.

Cosa poteva accaderle?

Cail estrasse la carta SIM da ciò che restava del cellulare e la inserì nel telefono che aveva appena comprato. Banale incidente, ma non ci voleva.

Aveva lasciato Elena quella mattina e sembrava in forma, anzi era fin troppo agitata. Non aveva fatto altro che raccontargli di Aurore e di come la ragazza avesse composto il suo primo profumo.

Cail digitò il PIN e lo smartphone cominciò a vibrare. Dieci chiamate perse. Gli si annodò lo stomaco. Elena! Il bambino. Era di sicuro arrivato il momento e lui non c'era. La richiamò immediatamente, sbagliando la sequenza, finché non trovò il numero memorizzato. Attese col cuore in gola che lei rispondesse, il respiro tra i denti.

L'utente da lei chiamato non è raggiungibile.

Imprecò e provò ancora. Poi corse alla macchina. Mentre

si inseriva nel traffico chiamò la ginecologa di Elena. Si sarebbe fatto dire dove l'avevano portata. Parigi era appena a un'ora di macchina, doveva solo sbrigarsi. La dottoressa rispose dopo una serie di tentativi. Ma non aveva nessuna notizia in merito alla paziente.

«Le assicuro che la signora non è in travaglio. Ha un codice, se anche fosse stata portata in un altro ospedale lo avrei saputo; stia tranquillo, sua moglie sta bene.»

«Grazie», rispose Cail. Ma non ne era convinto. Non lo sarebbe stato finché non lo avesse sentito direttamente da Elena; se poi fosse riuscito a sincerarsene di persona sarebbe stato anche meglio. Provò nuovamente a chiamarla, ma il suo telefono continuava a essere spento.

Mentre tornava in città, passando da tutte le scorciatoie che conosceva e infrangendo un numero considerevole di divieti, Cail aveva spazzato via tutti i pensieri. Era quasi al Marais quando squillò il telefono. Fermò la macchina e rispose.

«Cail, finalmente.»

"Dio, ti ringrazio." Quando sentì la voce di Elena il cuore di Cail ricominciò a battere in modo regolare. «Sto arrivando, tesoro, stai bene? Sarò da te in cinque minuti.»

«Ehm... è proprio di questo che ti volevo parlare. Non sono a Parigi.»

Cail credette di aver sentito male. «Puoi ripetere? Dimmi se Monique è con te. Non è prudente viaggiare nelle tue condizioni, Elena, lo sai. Il bambino potrebbe nascere prima.»

Altro silenzio. Poi Elena si schiarì la voce.

«Cail, sono successe un paio di cose. Sono a Firenze.»

Fu come ricevere un pugno in faccia. Cail allontanò il ricevitore dall'orecchio e restò così per qualche secondo.

«Ci sei? Guarda è capitato tutto questa mattina... Monique parte, si trasferisce a New York. E madame Binoche mi ha rinnovato l'offerta per il profumo, ricordi? Te ne ho parlato. Se trovo la formula di Beatrice, posso correggerla e adattarla a Notre-Dame. Avrei il denaro da restituire a Monique e poi... sai, Cail, io voglio davvero farlo quel profumo.»

Silenzio. Cail non si era mai sentito solo come in quel momento. Solo, improvvisamente.

«E non hai pensato di aspettarmi.» La voce era meno di un sussurro e non era una domanda, ma un'amara considerazione. Una considerazione inutile, visto che Elena ormai si trovava a Firenze, ma lui sentì il bisogno di formularla ugualmente.

«Non c'era tempo. Ti ho chiamato molte volte. Ma tu non eri raggiungibile.»

«Mi è caduto il cellulare. Uno dei dipendenti dell'azienda ci è passato sopra col trattore», disse in tono piatto.

«Capisco», rispose Elena. «Stai bene? Mi sembri arrabbiato.»

L'uomo inspirò e si fece la stessa domanda. «Secondo te, come dovrei sentirmi scoprendo che mi hai mollato così? Non ti sei fatta nessuno scrupolo. Hai deciso per conto tuo. Non volevi la mia opinione perché sapevi che non sarei stato d'accordo. Semplicemente non ti interessava.»

«Senti, ne parliamo meglio al mio ritorno, okay? Ti spiegherò tutto», replicò Elena che incominciava a seccarsi.

«Perché? Non c'è nulla da spiegare. Non hai preso nessun impegno con me. Io non ho nessun diritto, non sono nemmeno il padre di tuo figlio. E me lo hai appena ricordato.»

Merde! Era incavolato nero, pensò Elena.

«Questa è una sciocchezza, Cail, e tu lo sai bene. Al massimo domani sarò di ritorno e ti spiegherò ogni cosa.»

Ma lui non la pensava così. In quel momento la loro reale situazione gli si parò davanti e la vide per ciò che era. Con spietata lucidità prese atto di ogni cosa. Strinse il cellulare nella mano, poi guardò davanti a sé, lontano, in un punto indefinibile.

«Spiegare? No, Elena, non c'è niente da spiegare. Io... Abbi cura di te.»

Chiuse la comunicazione e rimase col cellulare tra le mani, lo sguardo sulla Senna che scorreva poco distante, scura, pesante, come la sua anima.

Quando Elena richiamò, Cail spense il cellulare. Non aveva nessuna voglia di parlare ancora con lei, non voleva sentire la sua voce. Non avrebbe sopportato di sentirsi sbattere la porta in faccia un'altra volta. Dio, erano appena poche ore che non la vedeva e già gli mancava da morire. Dopo qualche minuto mise in moto e con uno stridore di gomme si inserì nel flusso del traffico.

Il taxi la lasciò quasi davanti alla porta.

«Dicono che faccia bene camminare, nel suo stato, ma sa... io invece credo che meno sforzi fa e meglio è», le disse l'autista aiutandola a portare il trolley. «Sicura che va tutto bene?»

No, che non andava bene. «Sì, grazie», rispose Elena, poi pagò la corsa e, dopo aver salutato il tassista, si chiuse la porta alle spalle.

Eccolo. Il profumo di casa l'avvolse nel suo abbraccio, Elena raggiunse l'ingresso e si lasciò andare sul divanetto. Silenzio. Intorno a lei tutto sembrava dormire, come se fosse arrivata di notte. Si guardò attorno e le sembrò di aver lasciato quel luogo solo il giorno prima. Il bimbo scalciò e lei si coprì il viso con le mani.

Era passata una vita da quando era andata via da Firenze, una vita intera.

Si alzò e cercò l'interruttore principale, lo azionò e accese le luci. Aveva da fare e non voleva perdere nemmeno un minuto. Cail c'era rimasto malissimo e questo le dispiaceva davvero molto. Non vedeva l'ora di rivederlo, di spiegargli le sue ragioni. Monique aveva bisogno di denaro... e lei voleva creare quel profumo. Sentiva di doverlo fare. Lo voleva fare, punto.

"Prima di tutto il paravento, poi il resto", pensò. Attraversò il corridoio ed entrò nella bottega. Eccolo. Lo raggiunse e accese la lampada che illuminava l'angolo dove era stato riposto.

Un brivido le risalì su per la colonna vertebrale. Era uguale a quello di Lourmarin, non c'era dubbio. Anche la cornice sembrava la stessa, semplice, lineare, quasi fosse stata creata unicamente per contenere l'arazzo. Immaginò Beatrice china sul tessuto e le si strinse il cuore.

«Vediamo un po'...» Le parole le morirono in gola. Una dama su un cavallo, era in viaggio. Sola. Il cavaliere era lontano, alle sue spalle, e accanto a lui c'era un'altra dama abbigliata riccamente.

«La sposa», sussurrò Elena.

Continuò a seguire il disegno, ma quello era il motivo di tutto un lato del paravento.

«Dove l'hai messa?» borbottò sconcertata.

Poi passò alla facciata opposta. Un cervo, piccolo, e una foresta. Alberi, un ruscello, una collana che poteva essere d'oro, o... d'ambra. Acqua, la luna. E un'ampolla.

Prese il quaderno degli appunti che teneva in borsa e ricominciò a ispezionare il paravento da cima a fondo. Mentre osservava ogni dettaglio cercò di immedesimarsi nella scena... d'altronde aveva visto quei luoghi, che, seppur cambiati dal tempo, restavano comunque gli stessi, no? Così la foresta ai piedi del castello prese vita nella sua mente. L'aria si riempì di profumi, era piovuto da poco, si era formato un ruscello che gorgogliava sulle pietre. Elena sentì i richiami dei cavalieri, sollevò la testa; il cielo era azzurro, terso, i falchi volavano nel cielo. Si festeggiavano le nozze del signore. Urla e canti di giubilo echeggiavano per tutta la valle.

Beatrice incitava il cavallo. Aveva atteso fino all'ultimo istante, poi si era resa conto che non ci sarebbe stato posto per lei. Non voleva sentire con quanta gioia venivano festeggiate le nozze, non voleva vederlo mentre baciava la propria sposa. Lui le aveva dato una scorta per il viaggio. E le aveva spezzato il cuore.

Un cervo... e tre alberi. Querce. Erano querce. Beatrice aveva usato muschio animale e muschi di quercia per produrre il profumo, e ambra grigia, tutti ingredienti tipici dell'epoca. Il simbolo della collana giocava sull'omonimia fra l'ambra grigia e quella fossile.

Elena tornò alla realtà e riprese a osservare, a cercare. E alla fine si fece un'idea precisa di cosa componeva il profumo. Scrisse la formula e chiuse gli occhi.

Era quasi banale nella sua semplicità... non poteva essere, pensò. Ripensò al paravento visto in Francia. Rosa, limone o esperidi, quello non lo aveva ancora stabilito con certezza. E poi rosa, iris, gelsomino, legno, muschio, ambra. Acqua, olio. Un percorso, una passeggiata in un giardino, tutto qua.

Non era possibile, pensò. Quella era una semplicissima formula che pure Aurore avrebbe potuto ricavare da sé se avesse posseduto gli ingredienti. Alla fine, l'unica cosa che in quel momento rendeva speciale il profumo di Beatrice era l'uso del muschio, della componente animale, ormai vietata per ragioni etiche, ma sostituita da molecole di natura sintetica.

Sua madre aveva avuto ragione a credere che quel profumo potesse assumere una certa importanza nel XVII secolo, ma non nella loro epoca. Ma allora perché tutte le Rossini lo avevano cercato con tanta intensità?

Anche sua nonna, che era così concreta e pragmatica, aveva dedicato la sua intera esistenza alla ricerca del Profumo Perfetto. Ma per quanto fosse buono, e lo era, la formula che Elena teneva in mano non poteva arrivare a suscitare l'amore di una donna, la sua passione... non poteva in alcun modo intervenire sulla sua volontà.

Elena lo poteva sentire nella sua mente, era una delle cose che aveva sempre saputo fare, comprendere il profumo semplicemente leggendone la formula. E non riusciva davvero a capacitarsi.

Scese nello scantinato, col blocco in mano. Accese le luci ed entrò nello studio. Ora che conosceva gli ingredienti, voleva provare a combinarli.

Elena cominciò a cercare. Le essenze erano contenute dentro una cassa di legno, lo ricordava bene. L'ultima volta che ci aveva dato uno sguardo ne aveva dovuto buttare via una buona parte. Ma non aveva controllato i muschi, né l'ambra. Si inginocchiò sul pavimento e scelse alcune bottiglie di metallo. Ma quando le aprì le sue speranze si volatilizzarono. Rancido, andato. Tutto da buttare. Un sospiro, un filo di rabbia. La delusione era grande, era fredda, e lasciava un gusto amaro in bocca.

Aveva la formula e non poteva realizzarla. Un sorriso divenne presto una risata, e poi arrivarono le lacrime.

Si trascinò su una sedia, mentre il bambino scalciava. Il Profumo Perfetto che intere generazioni di Rossini avevano tramandato era la storia di un amore sfortunato. E poi ogni considerazione fu spazzata via da ciò che le pesava sul cuore. Cail, le sue parole, la delusione e il dolore contenuti nella sua voce quando si erano parlati. Sperò di non aver commesso un grave errore, di non aver rovinato tutto.

«Sicuro che non vuoi lasciarmelo? Non mi costa nulla tenerlo.» Ben era a disagio. Guardava Cail che riempiva il suo zaino e non sapeva che fare.

«Non so per quanto tempo starò via, meglio che John venga con me.» La voce di Cail era secca, il suo volto appariva scavato.

Ben moriva dalla voglia di chiedergli cosa era accaduto.

«Cazzo, Cail, non puoi sparire così. Elena non se lo merita. Avete litigato? Bene, parlatene e fate la pace, cosa mai sarà accaduto? A tutto c'è rimedio.»

Cail non rispose. Ormai lo faceva di rado. Afferrò lo zaino, lo mise in spalla e uscì dalla camera da letto. «Chiudi tu», disse a Ben.

E quella fu l'unica risposta che riuscì a ottenere.

Elena si era svegliata presto quella mattina, aveva messo nel trolley i diari che intendeva utilizzare per riproporre profumi di sapore vintage, qualche oggetto che sarebbe stato bene da Absolue e un contenitore pieno di ambra. Quella l'aveva trovata. Non aveva idea se sarebbe riuscita a utilizzarla, o se avrebbe dovuto ripiegare su qualche molecola equivalente, ma comunque l'avrebbe portata con sé.

Era seduta in cucina, come migliaia di volte nella sua infanzia, tra le mani una tazza di tè. Sulle pareti, tra i mobili, c'era una collezione di porcellane. Erano i piatti che sua nonna usava di rado, quelli della festa. I ricordi le tornarono in mente, nitidi, trasportati dal profumo della casa. Era un pezzo della storia della sua famiglia, quel servizio. Sua nonna usava anche i calici di cristallo e le posate d'argento. Le aveva comprate una delle Rossini. Un'altra aveva ordinato un servizio di bicchieri a Venezia, completo di caraffe e bottiglie. I piatti invece erano francesi, della fine del Settecento.

Si sorprese a pensare che le sarebbe piaciuto raccontare a suo figlio di come ognuna delle sue antenate avesse contribuito a quel piccolo patrimonio che parlava di loro, di ciò che amavano, della tradizione che era così fortemente radicata. Del gusto del bello. Perché erano davvero belli quei piatti. Come lo erano i mobili, il paravento, gli oggetti che nel corso dei secoli erano stati raccolti e ritenuti degni di essere conservati per chi sarebbe venuto dopo.

Famiglia: la parola si stiracchiò nella sua mente e prese vigore mentre lei continuava a ricordare. Non le era mai importato nulla di quelle cose, prima di allora. E adesso perché aveva voglia di piangere?

Si asciugò il viso, sospirò e decise di finirla di mettere ordine in quei pensieri.

Era solo stanca e delusa.

«Il profumo di Beatrice non esiste. È solo la proiezione di un desiderio. Il mio... quello della nonna, o di chi c'era prima di lei. Non è altro che un concentrato di speranze e illusioni. Siamo state noi ad avergli dato quel potere. Noi che lo abbiamo creduto speciale.»

Doveva smetterla di parlare da sola, o con gli oggetti. Era imbarazzante. Era ciò che facevano le persone che non avevano nessun altro con cui parlare.

Lei invece aveva il bambino, con lui parlava moltissimo, giusto? E poi c'erano tante persone intorno a lei. Non in quel momento, d'accordo... però c'erano. Aurore, per esempio, era la persona che l'ascoltava di più e in un certo qual modo le somigliava. Avevano tante cose in comune.

In quel momento Elena si ricordò del profumo che le aveva chiesto Eloise per la ragazzina. Strinse le mani intorno alla tazza, poi la lasciò andare e si alzò. Rapidamente raggiunse la camera da letto della nonna. Eccola, la cassa era lì, al solito posto. L'aprì e fissò ciò che conteneva. Una pila di diari ben allineati, documenti, sacchetti pieni di essenze, fotografie sbiadite dal tempo, qualche gioiello di poco conto. Elena si accigliò. Eppure sua nonna aveva messo là dentro il profumo che Susanna aveva fatto per lei come dono per il suo sedicesimo compleanno, ne era sicurissima perché l'aveva guardata mentre lo riponeva.

«Non lo voglio, non so che farmene. Sarà una schifezza, anzi, di sicuro è stato Maurice a farlo, magari ci ha messo pure un po' di veleno», aveva gridato Elena.

Lucia aveva stretto le labbra in una linea sottile e dilatato le narici. Era proprio arrabbiata. «Quando qualcuno ti porge la mano, Elena, faresti meglio ad accoglierla. Si tratta di misericordia, sai. Credi che tu nella vita non commetterai errori? Mi dispiace deluderti, ragazzina, ma non esiste un tale modello di perfezione, se non nell'arroganza di certa gente, e tu non sei così, vero?»

Elena si era rifiutata caparbiamente di rispondere. Non voleva quel profumo e non voleva nemmeno più sua madre. Non sapeva che farsene, aveva pensato rabbiosamente.

«Un giorno capirai che ci sono tante cose di cui tenere conto, bambina.»

«Buttalo via. Non lo voglio il suo profumo, non voglio nulla da lei», aveva gridato prima di scappare dalla stanza. Ma quando aveva raggiunto la porta si era fermata, il cuore in gola. E se la nonna lo avesse gettato via veramente? Si era voltata, allora, decisa a riprendersi il pacchetto che Susanna le aveva inviato. Ma Lucia lo teneva tra le mani, sul viso un'espressione profondamente triste. Era salita di sopra, ed era entrata nella sua camera da letto. Lo aveva riposto nella sua cassa, quella che teneva sempre chiusa a chiave. Elena l'aveva seguita, ma dopo un momento era uscita di casa.

Era passato così tanto tempo da allora, possibile che le facesse ancora tanto male ricordare quella scena? Non si era comportata bene. Era stata meschina e cattiva. Comprese che per tutti quegli anni aveva mascherato la propria vergogna per quel gesto così sprezzante con la rabbia nei confronti di Susanna. Alla fine aveva fatto di sua madre il capro espiatorio di ogni cosa.

Il profumo doveva per forza essere là, pensò. Ora lo voleva. Lo voleva sentire.

Col cuore che le batteva forte spostò gli oggetti, le lettere e tutti i fogli che sua nonna aveva conservato. E poi lo vide.

La scatolina era esattamente come allora, quando l'aveva ricevuta tanti anni prima. Inspirò un paio di volte per farsi coraggio, poi con attenzione l'aprì. Alla luce del mattino la bottiglietta di cristallo sembrò brillare sulla sua mano. Il liquido ondeggiò, era di un tenue rosa pastello. Lei adorava quel colore. Possibile che sua madre se ne fosse ricordata? Quel pensiero le diede un'emozione profonda.

Lo avrebbe portato con sé, decise. Non lo aprì, nonostante tutto non ne aveva la forza, ma se lo sarebbe portato a Parigi.

Tornò nell'atrio e prese il cellulare. Non ebbe bisogno di controllare per sapere che Cail non l'aveva richiamata. Lo conosceva abbastanza da sapere che non l'avrebbe perdonata tanto facilmente.

«Stupido idiota. Col cavolo che mi molli così!»

Parigi era inondata di luce. L'aereo atterrò in orario. Elena non aveva fatto altro che guardare quel cielo terso e luminoso.

Non vedeva l'ora di mettersi all'opera. Aveva deciso che avrebbe comunque composto il profumo. A prescindere dalla formula di Beatrice. L'organo del profumiere era pieno delle essenze di cui aveva bisogno. E grazie a Monique aveva anche un cospicuo assortimento di sostanze chimiche. Per quella volta avrebbe fatto un'eccezione. Per comporre il profumo di Notre-Dame aveva bisogno di utilizzare molte sostanze, di tenere la formula stabile il più possibile. Non poteva permettersi di scivolare nei capricci delle essenze. Il profumo doveva essere riproducibile senza difficoltà.

Si sarebbe adattata, decise. D'altronde non capitava tutti

i giorni di comporre il profumo di un libro. Geneviève avrebbe avuto il suo profumo, a ogni costo.

Mentre tornava a casa decise che avrebbe affrontato una cosa alla volta. Il dolore che sentiva in fondo alla gola non voleva andarsene. Ma lei stabilì che se lo sarebbe tenuto. Perché le avrebbe ricordato che aveva una faccenda da chiarire con un uomo. Il suo uomo.

«Grazie», disse al tassista. Pagò la corsa ed entrò da Absolue.

«Ciao, Elena, non ti aspettavo così presto. Avresti dovuto chiamare, mamma sarebbe venuta a prenderti», le disse Aurore.

«È meglio così. Allora, tutto bene?»

La ragazza annuì. «Sì, perfetto. Ho venduto un paio di creme, qualche sapone. Poi è venuto un signore, dice che deve parlarti di sua moglie per un profumo su misura.»

Elena la fissò perplessa, poi si ricordò. «Deve trattarsi di Marc Leroy. Diamine, pensavo che avesse lasciato perdere.» Le fece piacere che fosse tornato, molto piacere.

«Puoi trattenerti tutto il giorno? Devo fare un paio di cose, ho ancora bisogno di te.»

Aurore le sorrise. «Certo, scherzi? Per me è un vero piacere. La gente ti guarda in modo diverso quando sei dietro un bancone.»

«Già, alla fine è tutta una questione di prospettive», mormorò Elena trascinando il trolley dietro il muro che Cail aveva alzato per separare Absolue dalla zona del negozio che comunicava con l'appartamento di Elena.

«Ci vediamo dopo.» Salutò Aurore e uscì nell'atrio. Fece le scale e bussò alla porta di Cail.

Dopo alcuni minuti si decise a spingere, ma la porta era chiusa a chiave. Allora tornò di sotto, uscì nel cortile interno dello stabile e si diresse verso il palazzo di fronte. Un minuto dopo bussava a casa di Ben.

«Ciao», lo salutò quando lui le aprì.

«Elena, che piacere. Vieni, entra.»

Ma lei restò sulla porta. Ben la stava guardando in un modo che non le piaceva per niente. Il cattivo presentimento che aveva provato dopo la discussione con Cail scelse quel momento per riproporsi. La conosceva bene la compassione, e la vedeva nello sguardo di Ben. Il cuore prese a batterle forte.

«Sai per caso dov'è Cail? Non risponde al telefono e non è in casa.»

Ben le lanciò una breve occhiata, poi si fece da parte. «Entra, dai. C'è pure Colette. «Tesoro, puoi venire? È arrivata Elena», gridò voltandosi.

«Eccomi, sto arrivando.»

Sembrava che la stessero aspettando, pensò Elena con un filo di sconcerto.

«Grazie, ma non posso. Scusa se ti ho disturbato, proverò a cercare Cail più tardi», disse.

«Aspetta... non c'è. È partito.»

Elena indietreggiò, poi scosse la testa. «Come sarebbe... e John? È da te?»

Lui scosse la testa. «Lo ha portato con sé. Non ho idea di quando tornerà.» "O se lo farà mai." La frase restò sospesa tra di loro.

«Mi dispiace molto, Elena. Se posso fare qualcosa...» sussurrò Colette.

«Non fa nulla», replicò lei con un mezzo sorriso. «Probabilmente si è dimenticato di avvisarmi. Sono sicura che mi chiamerà presto per dirmi dove posso trovarlo», buttò lì con più allegria.

«Certo, deve essere di sicuro come dici tu.»

Elena si costrinse a sorridere. «Certo...»

Si voltò e per un istante il mondo divenne nero. Vacillò, ma si riprese subito. Un respiro profondo, il cuore in gola. Aveva affrontato di peggio, poteva farcela.

«Stai bene?» le chiese Ben correndole dietro.

«Perfetto, tutto bene. Ho solo inciampato. Stai tranquillo.»

Mentre attraversava il cortile tornando verso casa, sentì chiaramente un paio di imprecazioni.

Le sembrava di avere la testa piena di cotone. I rumori le giungevano distorti, il dolore in fondo alla gola adesso era un buco che aveva raggiunto lo stomaco.

Tornò in casa e salì le scale. Una volta di sopra andò in bagno, si fece una lunga doccia e si vestì. Indossò il camice che portava quando lavorava, prese il blocco degli appunti ed entrò nel laboratorio. Ignorò le immagini che si formavano nella sua mente, Cail mentre posizionava il distillatore, Cail che le sorrideva, Cail che la baciava.

«Basta!» gridò. Doveva fare un profumo. Doveva cercare di concentrarsi, doveva imparare a gestire la sua vita una volta per tutte. Si sedette davanti ai raccoglitori delle essenze: questo organo del profumiere non era di legno come quello piccolo che teneva da basso, che le aveva regalato Cail. Quello che aveva comprato Monique era moderno, in alluminio. Ma le piaceva lo stesso. L'unica cosa che aveva cambiato in effetti era la disposizione. Le boccette delle essenze erano ordinate per famiglie olfattive come le aveva insegnato Lucia, e non alfabeticamente. Gli agrumati, i floreali, i *fougère*, i *chypre*, i legni, gli orientali e per ultimi i *cuirs*. Scelse con cura le essenze che le servivano, una per una le mise su un vassoio e poi cominciò a prepararsi per comporre il profumo. Dovette provare più volte prima di riuscire a concentrarsi, ma alla fine riuscì a fare ordine in quel caos di pensieri e sentimenti. Gli insegnamenti di sua nonna spazzarono via confusione e disordine. Il mondo scomparve e non restò altro che una distesa profumata alla quale attingere.

Doveva realizzare due profumi: Beatrice e Notre-Dame. Due profumi molto speciali. Il primo sarebbe stato la base di partenza del secondo. Sapeva che quella era la strada giusta da seguire. Doveva esserlo, perché ci aveva puntato tutto.

Beatrice avrebbe dato vita a Notre-Dame.

Dispose le essenze davanti a sé, le osservò, le immaginò insieme, chiuse gli occhi e compose il profumo della sua antenata nella mente. Solo quando fu abbastanza convinta di quello che sarebbe stato il risultato, cominciò. Contò le gocce di ogni essenza con attenzione: limone, iris, gelsomino, rosa, ambra, muschio di quercia. Le osservò scivolare sulla superficie del piccolo imbuto, ne inspirò l'aroma. Ogni passaggio era importante, era determinante. Segnò tutto sul suo quaderno, meticolosamente. Una volta ultimata la miscela, si fermò. Restò un momento a fissarla, poi la annusò.

Quello era il profumo che Beatrice aveva creato per una dama secoli prima. Un profumo che per la sua antenata era stato un inizio, e una fine insieme.

Si asciugò col palmo della mano una lacrima, e con attenzione versò il profumo in una boccetta. Lo avrebbe fatto riposare per qualche ora e poi avrebbe provato a sentirlo nuovamente.

Si alzò e uscì dal laboratorio. Aveva bisogno di una tazza di tè.

Quando tornò annusò nuovamente il profumo, controllò la formula che aveva segnato nel quaderno, e annuì. Poi fu travolta da un vortice di emozioni: struggimento, passione, dolcezza. Si sedette lentamente, chiuse gli occhi e assaporò ogni sfumatura di quel profumo, lasciò che le scivolasse sulla pelle, dentro l'anima. Era importante, seducente, suscitava sensazioni profonde.

Ma quello che sentiva dentro di sé ora non era grandezza, era struggimento, era il dolore dell'abbandono.

Oh, non era nuova a questo genere di sensazioni, sapeva perfettamente che sapore avesse, sapeva ogni cosa, ne conosceva ogni stramaledetta sfumatura. L'abbandono per lei aveva persino un odore.

Trascorsero le ore. Elena rimase per tutto il tempo con lo sguardo fisso sul pavimento, in attesa che le molecole del profumo si fossero sciolte abbastanza da darle una traccia di quello che sarebbe stato il risultato, perché non se la sentiva di far conto sulle proprie capacità.

Era confusa. Ma il profumo le venne in aiuto. Una dopo l'altra le essenze si combinarono, anche quelle sintetiche che infusero nuova forza e sfumature luminose. Le aveva usate alla fine, perché alcuni degli elementi utilizzati da Beatrice non esistevano più. Non aveva avuto scelta. Ma non era pentita. Il profumo era buono, era più che buono. Eccolo il profumo di Beatrice. Quello che aveva segnato il destino della famiglia Rossini.

Lo annusò ancora e fu come un'esplosione di fiori. Petali di rose ovunque, un cuore fiorito, risate, giochi intorno a una fontana, sotto il sole, in un giardino di agrumi, una lieve brezza tiepida e il profumo dei limoni. E poi la notte, umida, oscura, animale. Legno avvolgente, improvviso, e un prato d'argento, sotto i pallidi raggi della luna. Gelsomino, iris. Amore, ma non quello dolce, niente sussurri, nessuna concessione. E poi un guizzo improvviso, sensuale, quasi ipnotizzante. Un racconto denso, struggente, doloroso.

Elena si asciugò nuovamente le lacrime. Era spossata, le sembrava di non avere in sé nemmeno un grammo di energia. Ma doveva continuare. Adesso doveva procedere.

Il profumo di Beatrice era la base da cui partire, ma doveva trovare la misticità della cattedrale di Notre-Dame, la sua magia, i secoli di storia. E quell'unione avrebbe dato vita a un nuovo profumo: quello di *Notre-Dame de Paris.*

Conservò una delle due provette che contenevano il profumo della sua antenata in uno stipetto, al buio. Nella mente le parole di sua nonna che le indicavano i passaggi che avrebbe dovuto seguire per la nuova creazione. Partire da una base e poi trovare nuovamente il sentiero del profumo non sarebbe stato semplice, ma lei poteva farcela, lo sapeva, se lo sentiva dentro.

Inspirò e si fece forza. Trasferì in un cilindro graduato il contenuto della seconda provetta e chiuse gli occhi un istante, cercando dentro di sé la direzione da prendere. Poi aggiunse una goccia di incenso al composto. Annusò e continuò finché non fu abbastanza convinta. E poi fu la volta del vetiver, perché voleva l'acqua e l'umidità. E adesso che l'aveva trovata aggiunse ancora una goccia di mirra e attese pazientemente.

Lavorò senza sosta, in modo quasi febbrile, provando e riprovando. E poi a un tratto si fermò. Lo annusò ancora una volta e annuì.

Eccolo, era tra le sue mani, lo aveva trovato.

Quando scese di sotto, il profumo di *Notre-Dame de Paris* era pronto.

Non restava che lasciarlo riposare. La procedura le imponeva di annusarlo ancora e poi eventualmente correggerlo. Ma lei sapeva che non sarebbe stato necessario.

Aurore era andata via, aveva chiuso il negozio e le aveva lasciato un biglietto. Avevano vacanza da scuola, sarebbe tornata anche il giorno seguente. Elena fissò il foglietto, la scrittura regolare, chiare lettere decise e quel fiore stilizzato al posto del punto. Lo mise in tasca, poi raggiunse il telefono.

«Madame Binoche? Sono Elena Rossini. Il profumo di Notre-Dame è pronto. Sì, grazie. Venga pure quando vuole, le mostrerò la bozza, da lì cominceremo a lavorare per la versione definitiva.»

Riagganciò, salì nuovamente le scale e si sdraiò sul letto, vestita così com'era, poi si addormentò.

24.

Neroli. Ricavato dai fiori d'arancio, è l'essenza celestiale dei petali del fiore. È il profumo della pace. Evoca i buoni sentimenti. Apre la strada all'amore.

Se Elena aveva pensato, dopo aver consegnato il profumo a Geneviève Binoche, che la donna avrebbe smesso di andare a trovarla, si era sbagliata di grosso. Il profumo che aveva realizzato per lei era piaciuto a tutti. Ma la scrittrice ne era stata completamente ammaliata. Le aveva detto che quello era un profumo perfetto. Il suo Profumo Perfetto. In seguito aveva continuato a farle visita regolarmente, e nonostante Elena non avesse molta voglia di uscire, o di parlare, non si era persa d'animo. E anche quella sera l'avrebbe accompagnata a fare spese.

I grandi magazzini Lafayette erano affollati come al solito e avevano in vendita delle cose molto belle. Geneviève aveva deciso che sarebbero stati la prima tappa della loro spedizione.

«Non sono mai andata a comprare vestiti per bambini. Io non ne ho mai avuti e Adeline nemmeno. Mio fratello è morto prima di poter diventare padre e mia cognata è una di quelle donne molto difficili da accontentare. Almeno così mi ha risposto una volta che eravamo in vena di confidenze. Le avevo fatto notare che era ancora giovane e poteva rifarsi una vita. Ha ribattuto che non avrebbe mai trovato un altro uomo come Jasper. Non è romantico?»

Dal momento che lui era morto dopo solo un anno di matrimonio, c'era davvero poco di romantico... ma ognuno vedeva la vita a modo suo, pensò Elena. Sapeva che madame Binoche stava cercando di mostrarsi gentile con quel suo chiacchiericcio continuo, ma non riusciva a esprimerle la propria gratitudine. Le sembrava che fosse passata una vita intera da quando era tornata da Firenze, invece che un paio di settimane. Cail era sparito dalla sua vita e lei non riusciva a provare più nulla. Guardava tutto con distacco, l'unica cosa che non era cambiata era il sentimento di attaccamento istintivo che aveva nei confronti del bimbo. In effetti, era l'unica cosa che l'aiutava ad alzarsi al mattino e a vivere un istante dopo all'altro.

«Grazie», rispose meccanicamente. «Devo preparare la valigia, ormai ci siamo.»

La dottoressa Rochelle le aveva raccomandato di tenere tutto pronto. Il tracciato aveva evidenziato alcune contrazioni, ormai la gravidanza era agli sgoccioli.

«Dovevo venire con Cail», sussurrò Elena.

Non ebbe la forza di continuare il discorso. Lo lasciò cadere, come faceva ogni volta che diventava troppo difficile sostenere un pensiero.

«Ma noi donne siamo più pratiche in questo genere di cose, mia cara.»

Geneviève, per fortuna, era dotata di un intuito formidabile e afferrò immediatamente la questione. Aveva avuto una buona idea. Un'intensa giornata di shopping alla fine era proprio quello che ci voleva.

Raggiunsero il reparto dedicato ai neonati e fu come entrare in un negozio di dolci. Era tutto nei toni pastello, dalle pareti agli arredi. Bambole, trenini, orsacchiotti di tutte le dimensioni. E il profumo di talco e vaniglia. Madame Binoche cominciò a indicare pagliaccetti e completini che sarebbero stati bene sia ai maschietti che alle femminucce. Poi passò a colori più decisi, infine all'azzurro e al rosa.

«Secondo me, i bambini dovrebbero essere vestiti in una tonalità arcobaleno. Non è giusto appioppare loro un colore che li identifichi. È discriminatorio», borbottò scrutando con occhio critico un'intera esposizione a tema.

Elena ogni tanto annuiva. Guardava i completini e metteva nel carrello tutto quello che le piaceva di più. Jasmine le aveva raccomandato di comprare pochi capi: i bambini crescevano a vista d'occhio, non servivano più di tre o quattro cambi alla settimana. Ma Elena voleva che a suo figlio non mancasse nulla. E così finirono nel carrello calzine con i musetti di anatre e maialini, tutine rosse, rosa, celesti. Camicine, spazzole, ogni cosa che le sembrava bella la comprava. Non aveva idea se suo figlio sarebbe stato un maschio o una femmina, dunque decise di scegliere anche qualche vestitino.

Il denaro non era più un problema per lei. La cifra che aveva ricevuto per la formula del profumo di Notre-Dame aveva coperto interamente la quota di Monique e le era avanzato un mucchio di soldi. Absolue non avrebbe venduto solo profumi dell'anima, ma una linea intera che rendesse onore alle donne della sua famiglia.

«Che ne pensa di quella carrozzina?» le chiese Geneviève.

«Non saprei, è blu...»

«E non le piace quel colore?»

No, non le piaceva. Voleva il giallo per il suo piccolo, il colore del sole, oppure il celeste, come il cielo.

«Vorrei qualcosa di più chiaro, come un turchese.»

Geneviève si guardò attorno, poi allungò un dito. «Eccola lì. Ma quanto sono belle!» esclamò raggiungendole.

Lentamente Elena la seguì. Adesso doveva muoversi con attenzione, se le capitava di fare movimenti bruschi il bambino si agitava e scalciava. Presto lo avrebbe visto, e quello era ciò che l'aveva aiutata a tirare avanti senza Cail.

Elena era un'esperta in fatto di abbandono, ma quella voragine in mezzo al petto non l'aveva mai provata. Era vuoto assoluto. Era l'essenza del nulla. Bastava un istante per smarrirsi al suo interno. Per quello si teneva occupata in ogni modo. Per non pensare, per non caderci dentro.

La carrozzina fu un regalo di Geneviève. Elena non sapeva cosa dire, erano tutti così gentili con lei che a volte le veniva voglia di rannicchiarsi in un angolo e urlare. Si costrinse a ringraziare, sorridere, andare avanti.

Doveva ricordarsi di respirare, quello era importante, un respiro, poi un altro. Un passo avanti, un altro.

Proseguirono nella scelta di lenzuola, copertine, pigiami. E poi cuffiette, biberon, ciucci e tettarelle. Avevano acquistato una gran quantità di cose ed Elena cominciò a preoccuparsi di come avrebbe potuto trasportare tutto ciò, quando la commessa le diede un bigliettino da visita.

«Non deve fare altro che chiamarci, *madame*», le disse con un grande sorriso. «Appena il bimbo nasce ci occuperemo di consegnarle ogni cosa. Trasporto, montaggio, è tutto a nostro carico. Lei non deve preoccuparsi di nulla.»

Sollievo. Un altro grazie... le sembrava di non aver fatto altro ultimamente. Tutti si aspettavano che lei fosse allegra, che sorridesse. Pagò e tirò avanti ancora per un altro giorno.

Doveva solo avere pazienza fino al parto, il resto sarebbe venuto da sé. Il bambino era l'unica cosa che contasse davvero, e poi c'era Absolue... Se lo doveva ripetere molte volte al giorno, e qualche volta funzionava. Qualche volta le bastava.

Durante il giorno riusciva a gestire ogni cosa abbastanza bene. Aurore tornava da scuola e correva a darle una mano, Eloise veniva ogni volta che poteva. E così Ben. Anche Colette passava a trovarla molto spesso, cucinava pranzo e cena e le lasciava tutto in piccoli contenitori monoporzione che poi metteva nel congelatore. Elena non doveva fare altro che infilarli nel microonde e il gioco era fatto. Non la lasciavano mai sola, nemmeno per un momento.

Il giorno seguente Elena ricevette un invito.

Monsieur Lagose e Babette erano appena andati via. Sembrava che la situazione tra loro si fosse appianata, ma continuavano a punzecchiarsi. Non doveva essere poi così grave, visto che durante i litigi si sorridevano a quel modo. Se prima vederli insieme le piaceva e la rallegrava, adesso la loro felicità era qualcosa che riusciva a farle bruciare gli occhi, che le annodava la gola.

«È per te. Sembra un invito», le disse Adeline guardando la busta di pesante carta color avorio. Era passata a salutarla, poi aveva deciso di restare.

Elena sollevò la testa dal registro che stava aggiornando e le lanciò un'occhiata distratta. «Puoi aprirla?»

«Certo», rispose Adeline. «Hai partecipato a un concorso?» le chiese.

Elena si accigliò. «No, nessun concorso.»
«Ma qui dice che devi ritirare un premio.»
«Sarà un errore», rispose Elena tornando a concentrarsi sul registro.
«C'è il logo della fondazione: *Concours International de Roses Nouvelles de Paris-Bagatelle.* Ne ho sentito parlare. È un evento molto importante. Si tiene nei giardini più belli di Parigi. Ha vinto la Floribunda Hélène.»
Silenzio, incertezza. Poi un'esitazione.
«Fammi vedere», sussurrò con il cuore impazzito, allungando una mano. Quello era il concorso di Cail, della rosa che aveva creato. Lo sapeva perché ci sarebbero dovuti andare insieme.
Adeline le porse la lettera. Lei la lesse da cima a fondo, diverse volte.
«Non capisco», disse piano.
«Sicura? C'è qualcuno tra le tue conoscenze che magari ha pensato di farti una sorpresa?»
Sì che c'era. Cail. Ma lui aveva deciso di non vederla, di non parlarle. Non era possibile...
«È per sabato», sussurrò. «Non ho niente da mettermi.»
Che pensiero sciocco, pensò. Cail le faceva mandare un invito dopo quei lunghi giorni in cui era praticamente sparito dalla sua vita, e la prima cosa a cui lei riusciva a pensare era che non aveva un accidenti di vestito da indossare.
«Conosco un negozio che è una meraviglia. Ci possiamo andare appena arriva Aurore, che ne dici?»
Elena chiuse le dita sul cartoncino. «Non saprei... non credo che andrò.»
Poggiò l'invito sul banco e ricominciò a controllare il registro. Adeline non replicò. Si limitò a guardarla con la sua solita espressione dolce, dietro gli occhiali a mezzaluna. Elena sentiva su di sé il peso di quello sguardo paziente. Provò a ignorarla, poi si decise a sollevare la testa.
«Si tratta di Cail.» Fece una pausa. «Ma lui non risponde nemmeno alle mie chiamate, che ci vado a fare?»
«A dirgliene quattro?»
Oh sì. Quanto le sarebbe piaciuto farlo! Moriva dalla vo-

glia di sbattergli in faccia due o tre cose. «È complicato», sussurrò.

«Se non lo fosse non varrebbe nemmeno la pena di perderci del tempo, non credi?»

«L'ho tenuto a distanza... sai, per via del bambino. Volevo essere sicura che ci fosse una possibilità per noi tre. Perché io non sono sola, Adeline. Io ho un figlio. O meglio... presto lo avrò e lui sarà parte della mia vita. Io non lo lascerò mai, a nessuno.»

Non sapeva come quel sussurro fosse diventato un grido. Si sorprese ad ascoltarsi, gli occhi sbarrati e il cuore che le scoppiava nel petto. Adeline la raggiunse e le accarezzò una mano.

«Calmati, Elena, tuo figlio sente tutto e adesso si starà chiedendo perché la sua mamma è così sconvolta.»

Si riprese quasi subito. «Perdonami, io... non volevo», sussurrò passandosi una mano sul viso. «È un momento un po' difficile.» Sorrise o, meglio, si impegnò a provarci. «Ho perso il controllo, ti chiedo scusa, Adeline. Penserai che sono pazza.»

«Tesoro, sei incinta, hai appena litigato con il tuo compagno. Non sarebbe normale se tu non fossi almeno un po' scossa, non sei mica fatta di acciaio, no? Bene. Ora asciugati il viso. Brava, così.»

Elena tremava. Le parole le erano uscite come un fiume spinte dallo spettro del passato, da Maurice. Il suo patrigno l'aveva odiata profondamente perché era la figlia di un altro. Non avrebbe mai messo il proprio bambino in una situazione simile. Sarebbe rimasta sola piuttosto.

«Io... La mia vita quando ero piccola è stata difficile», disse con un filo di voce. «Devo essere certa che il bimbo verrà amato e protetto. Avrei dovuto parlarne con Cail, invece ho lasciato tutto sottinteso. Ho fatto una follia tornando a Firenze senza nemmeno consultarlo. Avrei potuto aspettare, renderlo partecipe della mia decisione.»

Adeline le sorrise. «Non ho la più pallida idea di quello che mi stai dicendo. Non conosco la vicenda. Però ho avuto modo di conoscere Cail. A parte il fatto che è un gran pezzo di figliolo, ha gli occhi giusti.»

«Gli occhi?»

«Esatto. Gli occhi. L'indole di un uomo si riconosce da alcuni dettagli. A parte l'evidenza del comportamento, è lo sguardo a dare un indizio preciso. Cail s'illumina quando ti guarda. E ti sta sempre accanto. Ho avuto modo di osservarlo con attenzione. È uno dei vantaggi di essere una vecchietta ormai fuori mercato quello di guardare chi ti pare senza preoccuparsi di essere fraintesi.» E sul fatto che lui l'avesse abbandonata senza voltarsi indietro, Adeline aveva qualche dubbio. Le era sembrato di vederlo un paio di volte nei pressi di Absolue.

«E se avesse deciso che non ne vale la pena? Guardiamo i fatti come stanno, sono incinta del mio ex e voglio questo figlio. Quale uomo accetterebbe una situazione del genere?»

«Andiamo, Elena!» esclamò. «Non è mica un leone che vuole disfarsi dei cuccioli, è solo un uomo.» Adeline le sorrise. «Ciò che conta davvero sono i fatti. Ti ha invitato alla premiazione? Sì. Ha creato una rosa e l'ha chiamata come te? Sì. Di quale altra prova hai bisogno? La domanda alla quale dovresti rispondere davvero è: cosa vuoi tu?»

E così ci erano arrivate. Dopo tutto quel girare era infine quello il punto della questione. Non c'era alcun dubbio che lei lo amasse. Era perdutamente innamorata da tanto tempo. Ma era anche abbastanza intelligente da sapere che l'amore da solo non bastava.

«Sono arrabbiata. Sono furiosa. Mi ha mostrato come avrebbe potuto essere, mi ha amata per ciò che ero. Con lui mi sentivo me stessa, e poi... non sono sicura di poterci passare ancora. È un dolore fisico. Mi chiude la gola. Di notte mi sveglio e credo che sia tutto un sogno. Una volta sono salita da lui, mi sembrava di averlo sentito rientrare, invece mi ero sbagliata.» Era un filo d'acciaio la sua voce, sottile e tagliente. Ogni parola le feriva la gola.

«Se non vai a fondo, se non chiarisci questa cosa, non te ne libererai mai. Lo so bene che non sono affari miei», disse Adeline, «ma io ci andrei, non fosse altro per dirgli addio. Sai... come si deve, guardandolo in faccia.»

Addio. Definitivamente. Elena ci pensò su, poi sospirò. Sì... alla fine quella era una cosa che avrebbe potuto fare.

«Dove hai detto che si trova quel negozio?»

Nonostante tutti si fossero proposti per farle compagnia alla premiazione della nuova rosa allo Château de Bagatelle, Elena aveva deciso diversamente. Era voluta andare da sola.

Il parco della dimora era un'estensione di verde brillante, nel quale i cespugli di rose erano ricoperti da fiori di forme, colori e dimensioni diverse. I viali erano divisi da decine di aiuole dalla forma regolare, che ricordavano un giardino all'italiana. E nel mezzo rose di tutti i colori: dalle sfumature gialle e rosa più tenere ai rossi vividi e brillanti, ai granata, a bianchi puri, quasi improbabili, dai petali cangianti, carnosi o sottili come la più fine organza.

Aveva passeggiato un po', ma poi si era dovuta sedere. Era stanca e aveva paura. C'era un po' di tutto in quel suo timore. Alla fine, quando la rabbia scemava, restava solo un profondo senso di desolazione. Voleva che Cail l'abbracciasse, voleva che le cose tornassero come prima. Si sentiva ridicola a desiderare quelle cose, e molto stupida.

Chiuse gli occhi un momento, il sole di giugno le scaldò il viso. Lentamente il profumo che aleggiava nell'aria si insinuò nei suoi pensieri, calmandola. Quando si alzò per avvicinarsi al luogo dove sarebbe avvenuta la premiazione, si sentiva meglio.

Era stato attento a non farsi mai vedere. La rabbia era passata presto ed era rimasto solo il vuoto.

Non era riuscito a lasciarla. Era rimasto a Parigi ed era tornato al Marais almeno una volta al giorno a controllare che lei stesse bene.

Gli era mancata da morire, lei e tutte quelle pazzie che le

venivano in testa. Saltare sul primo aereo e andarsene a Firenze, incinta di quasi nove mesi. Un altro colpo del genere e ci sarebbe rimasto secco, pensò Cail.

Eccola, finalmente era riuscito a vederla. Si spostò per guardarla meglio. Gli sembrò così triste, così desolata. Dovette costringersi a indietreggiare. Doveva aspettare il momento giusto. Doveva essere sicuro che lei avrebbe capito prima di parlarle.

Era bella. Lo era sempre stata, in un modo sereno, di una bellezza quasi inconsapevole che insieme alla voce e alla sua dolcezza lo aveva incantato subito. Ma adesso mentre camminava dritta, con quel vestito nero e i capelli intrecciati, gli sembrò di vederla per la prima volta.

Cail si tenne in disparte. Non voleva che lo scorgesse, non ancora. Ma non sarebbe mancato a quel momento per nessuna ragione al mondo. Era il suo tributo.

«Madame Elena Rossini ritira il premio per la Floribunda Hélène. Creazione di Caillen McLean della McLean Roses.»

Ecco, era arrivato il momento. Cail sentì il battito del cuore accelerare. Elena si alzò e lentamente, tra gli applausi del pubblico, raggiunse il palco e ringraziò il presentatore.

«Abbiamo avuto modo di apprezzare molte creazioni firmate McLean. Devo dire tuttavia che Hélène è una delle mie preferite. Il profumo è senza dubbio uno dei suoi punti di forza. Fruttato, intenso, che scivola dolcemente su note speziate. Un contrasto eccellente. Ogni mazzo è composto da una decina di boccioli a forma di calice che si aprono dando vita a un *bouquet* straordinario. E il colore, quel rosso porpora con un cuore d'oro, merita una menzione per la sua purezza e per l'intensità cromatica. Sì, è senza dubbio una delle rose più rilevanti della stagione.»

Elena aveva ascoltato pazientemente e si era fatta un'idea di come potesse essere la rosa.

«Posso vederla?»

La domanda spiazzò il presentatore che si riprese subito. Dopo aver fatto un cenno a un collaboratore, le rivolse un grande sorriso. «Ma certamente.»

Cail era arrivato alla porta quando si rese conto di quello

che stava accadendo. Chinò la testa e poi ritornò al suo posto. Voleva vederla, voleva conservare l'espressione del suo viso. Il giorno seguente sarebbe andato a parlarle, non era disposto a lasciare che le cose finissero in quel modo tra di loro.

Era buffa la vita. Juliette la conosceva da sempre, erano cresciuti insieme, era stato quasi naturale pensare di formare una famiglia con lei. Non ci aveva riflettuto molto. Era accaduto e basta. Poi c'era stato l'incidente. E non aveva potuto fare altro che raccogliere ciò che era rimasto della propria esistenza. Pochi secondi e tutto era finito.

Elena invece l'aveva scelta, desiderata. L'aveva voluta più di ogni altra cosa. Non aveva fatto altro che pianificare attentamente ogni dettaglio, in modo che non potesse accadere nessun imprevisto. E lei gli aveva dimostrato che era solo un illuso. Non aveva nessun potere decisionale, non poteva fare altro che stare a guardare. Esattamente come in passato.

E quel profondo senso di impotenza era qualcosa con cui Cail non era riuscito a venire a patti. Gli era sembrato allora che tutta la sua vita e la loro storia non fossero che un enorme castello di carte, un mucchio di foglie pronte a volare via al primo vento. E per un istante si era tirato indietro.

Ora Elena stava ringraziando, teneva la targa che le avevano appena consegnato stretta al petto e sorrideva al pubblico.

E poi i loro sguardi s'incrociarono. Lei allungò la mano, porgendo il riconoscimento al presentatore, e senza mai distogliere lo sguardo scese le scale, andando verso di lui.

«Viene da me», sussurrò Cail.

A un tratto lei si mise la mano sul ventre e si fermò.

Elena inspirò profondamente, poi espirò. Ma quella sensazione non accennava a diminuire, anzi aumentava. Improvvisamente sentì una forte fitta al ventre e uno strappo.

«Credo che mi si siano rotte le acque», sussurrò incredula.

E poi non le importò più nulla. Voleva Cail, subito. Non le importava un accidente di tutta quella gente che le si era avvicinata e le chiedeva come si sentisse. Non riuscivano a vederlo da soli? Era incinta e stava per partorire!

«Cail», gridò con tutto il fiato che aveva.

Quell'urlo. A Cail si ghiacciò il sangue nelle vene. Si fece largo tra la folla e raggiunse Elena. Gli bastò un'occhiata per rendersi conto che era arrivato il momento.

«Stai tranquilla, amore. È tutto a posto. Andrà tutto bene.»

«No, non va bene. Te ne sei andato e il bambino ha deciso di nascere ora. Adesso. Non ho nemmeno la valigia con me. La dottoressa ha detto che dovevo portarla in ospedale. Perché non hai voluto ascoltarmi? Me lo avevi promesso, ti ho creduto. Ho trovato la formula di Beatrice, te lo volevo dire, te lo volevo dire ma tu non c'eri...»

Cail le prese il viso tra le mani. «Guardami, Elena, ascoltami. Adesso ti porto in ospedale, entrerò con te, ti starò vicino.»

«Non mi lasciare. Non farlo mai più.» Fu solo un sussurro, ma Cail lo sentì bene. Gli si piantò nel cuore. Non le rispose, ma la baciò. Là davanti a tutti. Poi la prese tra le braccia.

«Ho la macchina qui fuori. Prendi il cellulare dalla mia tasca», ordinò alla sorella Sophie che, richiamata da quel trambusto, si era fatta largo tra il gruppetto di persone che li circondava.

«Elena, tesoro, stai bene?» chiese lei avvicinandosi.

«Il bambino sta nascendo, Sophie, chiama l'ospedale, il numero è in memoria. Di' che stiamo arrivando.»

Elena era troppo spaventata per protestare, o fare qualcosa di diverso da stringersi a Cail. Ma una volta in macchina, mentre lui correva verso l'ospedale, le parole che aveva immaginato di dirgli trovarono la strada da sole.

«Perché non hai risposto al telefono? Perché non mi hai parlato?»

«Non c'era nulla da dire, Elena. L'errore è stato mio, ho semplicemente frainteso. Te l'ho già detto.» Non era il momento dei chiarimenti quello. Scalò le marce e cambiò corsia.

«Mi avevi detto che mi avresti amata comunque, che non importava ciò che avrei fatto, o come mi sarei comportata. Tu me lo avevi promesso, io mi fidavo di te. Mi hai ingannato, Caillen, mi hai mentito!»

«Dopo, parleremo dopo. Ora cerca di stare tranquilla!»

Elena voleva replicare, aveva bisogno di farlo, ma non riusciva a respirare bene. Allora allungò la mano, afferrandosi alla camicia di lui. Cail schiacciò sull'acceleratore. E poi non ci fu tempo per altro.

Cail litigò con la ginecologa che non voleva farlo entrare in sala parto, ma alla fine la spuntò. Restò con Elena tutto il tempo, tenendole la mano anche quando il travaglio divenne difficile e lei perse conoscenza. Riuscirono a farlo allontanare solo mentre le praticavano un taglio cesareo d'urgenza. Ma lui restò incollato al vetro della sala operatoria, a pochi metri da lei.

Niente e nessuno lo avrebbe tenuto lontano da Elena. Non finché avesse avuto respiro o fosse rimasto cosciente perché, a dirla tutta, un paio di volte aveva visto un mucchio di puntini luminosi davanti agli occhi.

«Va tutto bene», non faceva che ripetere a voce alta.

Quando il primo vagito lacerò il silenzio, a Cail si fermò il cuore.

«È una bambina! Benvenuta, piccola», disse la ginecologa tirandola su e porgendola all'infermiera che subito l'avvolse in un panno.

Cail era livido. Un'infermiera aprì la porta e gli diede un camice e una mascherina, aiutandolo a indossarli. Poi gli concesse di entrare. Cail prese con delicatezza la mano di Elena, che intontita dall'anestesia si era assopita un istante. Tenne saldamente gli occhi puntati sul fagottino che si agitava tra le mani dei medici, sui movimenti concitati dell'infermiera e del pediatra.

«Cosa succede?» La voce gli uscì strozzata.

Elena non sarebbe sopravvissuta se alla sua bambina fosse accaduto qualcosa. Non riusciva a pensare ad altro.

«Nulla, stia tranquillo. Ora aspiriamo il liquido che questa signorina ha ingerito e poi potrà vedere sua figlia. Devo dire che è proprio carina», disse il pediatra posando la piccola sulla bilancia. I vagiti divennero sempre più sicuri e forti, come i movimenti.

Cail allungò il collo, scorgeva un pugnetto che fendeva l'aria, adirato.

Una femminuccia, Elena aveva una figlia. Un'emozione improvvisa gli bruciò la gola, gli appannò gli occhi.

«Ecco, adesso è quasi pronta», continuò l'infermiera.

Ma lui non riusciva a vedere nulla. E poi gliela misero in braccio. Fu molto difficile tenerla senza lasciare la mano di Elena, ma Caillen McLean era un uomo che sapeva improvvisare, così se la cavò a fare entrambe le cose.

«È piccola. Cristo santo, è piccola», sussurrò terrorizzato. «Siete sicuri che sta bene?»

«Stia tranquillo, la sua bambina è assolutamente sana. I test sono eccellenti. Due chili e settecento grammi per cinquanta centimetri, perfettamente normale.»

Ma Cail aveva smesso di ascoltare dopo la prima rassicurazione. E adesso fissava la bambina che lo guardava a sua volta. Aveva smesso di piangere, ma continuava a muovere le manine. Una gli colpì la maglia, le piccole dita istintivamente si chiusero sulla stoffa e lo tennero saldamente. Anche Elena faceva così.

Quel grumo gelido che si era portato dietro per tutto quel tempo si sciolse sotto un'improvvisa vampata di calore.

«Ciao, amore», sussurrò. Lentamente, con molta attenzione poggiò le labbra sulla testolina della piccola, che continuava a tenerlo stretto. «Sei bellissima, sei come la tua mamma.»

Elena aveva sempre temuto quel momento... e lo aveva atteso con trepidazione. Guardò Cail e comprese che era stata una sciocca a non fidarsi del proprio cuore. Lui continuava a parlare alla bambina, le sorrideva e non l'aveva lasciata. Non l'aveva mai lasciata.

«Sta bene?» mormorò.

Cail si voltò e le sorrise, poi si chinò verso di lei, sfiorandole le labbra con un bacio. «È meravigliosa», sussurrò.

Elena sentì il sapore salato della sua emozione e ricambiò il sorriso. Era stravolto, era meraviglioso. Poi guardò sua figlia. La bambina sembrava imbronciata, anzi accigliata, rossa, rugosa, completamente pelata. Cail la vedeva bellissima. Allora comprese che lui era davvero l'uomo giusto.

«Me la vuoi dare?» Aveva bisogno di toccarla, di sentirla. Sua figlia, la sua bambina.

Cail avvicinò la bambina al viso di Elena.

«Ciao, piccola», sussurrò lei. Lentamente, con delicatezza, le sfiorò il nasino, seguì il profilo, il contorno del piccolo viso. «Non ha nemmeno un capello», mormorò.

«Be', cresceranno», rispose Cail. «Non ha nemmeno le sopracciglia... È perfetta, vero?»

La piccola per tutta risposta sbadigliò e chiuse gli occhi.

Elena la baciò, se la strinse al petto e fu inondata da una gioia che non aveva mai provato prima. Mentre la cullava, la consapevolezza di tenere tra le braccia sua figlia si fece largo in quel groviglio di emozioni che era la sua anima, finché tutto il resto scomparve. Rimase solo lei, la sua bambina, il suo peso, il respiro caldo, il profumo lieve e delicato che si levava dalla sua pelle. E capì che quel momento era un confine netto tra ciò che lei, Elena Rossini, era stata prima e quello che adesso era diventata.

Dovettero spostarla in una stanza singola, Cail non voleva sentire ragioni. Lasciava Elena per il tempo necessario alle medicazioni e alle visite, poi tornava da lei. E se aveva fatto un'eccezione per la notte, di giorno non c'era verso di tenerlo lontano.

Poi cominciò a comportarsi in modo strano. Continuava a gironzolare intorno alla culla, lanciando occhiate a Elena, in silenzio. Lei non riusciva proprio a capire. Cail sembrava un'anima in pena.

«Ti devo dire una cosa», sbottò lui a un tratto.

«Ti dispiace dirmela sedendoti accanto a me?»

Ma lui non si mosse dalla culla.

«Okay.» Elena sospirò. «Prendila in braccio, ma dovrai farlo sempre, anche quando peserà dieci chili, intesi?»

Cail sorrise, con molta delicatezza prese la bambina e l'accomodò tra le proprie braccia. Poi si sedette accanto a Elena.

«Dicevi sul serio prima?»

«Prima quando?» replicò Elena perplessa.
Lui sospirò. «Sul fatto di poterla tenere in braccio.»
«Perché non avrei dovuto?» gli chiese perplessa.
Non le rispose e distolse lo sguardo, fissando la piccola.
«Ascoltami bene. Le mie cellule cerebrali si sono ristrette. Oh, non ti preoccupare, torneranno normali appena smetterò di allattare la bambina. Sai, è un modo che la natura ha trovato per impedire alle mamme di occuparsi di troppe cose insieme. Così non c'è possibilità alcuna che io capisca a cosa cavolo ti stai riferendo se non me lo dici chiaro e tondo.»
Cail scosse la testa, ma presto il sorriso lasciò il posto a uno sguardo serio.
«Ho firmato le carte. Sai, quelle che spettavano al padre.»
«Tu... cosa?»
Elena era senza parole. Non riusciva a capacitarsi.
«Tutti credono che io sia il padre, anche la dottoressa Rochelle lo ha pensato. È anche scritto sulla tua cartella», si affrettò a specificare.
Elena deglutì, poi guardò verso la finestra. Un minuto dopo riportò lo sguardo su Cail.
«È per quello che lo hai fatto? Perché tutti pensano che sia tua figlia?»
La domanda era chiara, diretta.
Cail scosse la testa. «No, non è stato per quello. Io... non so spiegartelo, Elena. Ci sono molte cose di cui dobbiamo parlare. Ci sono cose che non sai. È tutto molto complicato. Ma io ti amo... ti amo», sussurrò piano.
Le ci volle qualche minuto per assimilare quello che lui le aveva appena detto. Sentì caldo, e poi freddo. Le venne voglia di piangere, di ridere e di abbracciarlo. Invece deglutì e continuò a guardarlo.
«Allora è per questo che vuoi riconoscerla, perché mi ami?»
Cail scosse la testa. «Io la sento mia», disse. «Lei è figlia della mia anima, del mio amore per te.» Fece una pausa. «Per questo ho scritto su quelle carte che io sono suo padre.»
C'era poco da fare, quell'uomo sapeva dove trovare il suo

cuore, ne conosceva l'esatta ubicazione, ne possedeva le chiavi.

«Perché stai piangendo adesso?» le chiese sconcertato. «Lo so... avrei dovuto chiedertelo prima», le disse. Ma non sembrava pentito, non lo era affatto. Continuava a tenere la piccola e aveva un'espressione determinata dipinta in faccia.

Elena tirò su col naso, si asciugò gli occhi e lo fulminò con lo sguardo. «Si piange pure di gioia, cosa credi...»

Un lampo di felicità gli passò negli occhi. Chinò la testa e diede un bacio alla bambina che continuava a dormire placidamente. Poi si alzò e la depose nella culla.

«Credo che abbiamo saltato un passaggio», disse tornando accanto a Elena.

Le si sedette accanto e le prese il viso tra le mani.

«Allora è meglio che tu ti metta in pari.»

«Sì, lo credo anche io.»

Le sfiorò le labbra e approfondì il bacio. Le disse ciò che aveva nel cuore, come erano state quelle settimane in cui si era tenuto lontano, l'abbracciò e la baciò ancora. Adesso tutto era chiaro fra loro. Adesso erano solo un uomo, una donna... e una figlia.

«Vorrei chiamarla Beatrice. Sarà felice, sarà amata, avrà un futuro bellissimo. E poi...» Fece una pausa e cercò la mano di Cail. «Pensi che a Elizabeth dispiacerà se la chiamiamo anche come lei?»

Cail sentì un guizzo nel petto. Sua madre sarebbe svenuta per la felicità. «Non saprei», rispose. «Dovrai chiederglielo. Sarà qui a momenti. Sophie mi ha mandato un SMS poco fa. C'è anche mio padre. Ti dispiace?»

Lo afferrò con entrambe le mani per la maglia e dopo averlo attirato a sé lo baciò. Ne aveva abbastanza di piangere, non vedeva l'ora di uscire dall'ospedale. Aveva fretta, fretta di vivere.

In quei giorni che Elena dovette passare in ospedale, loro due parlarono a lungo. E Cail le raccontò di Juliette e della sua morte. Di come era stato affascinato dalle sue prodezze e dalla sua spensieratezza. Lui l'aveva seguita, assecondata nelle sue follie, l'aveva amata senza farsi domande, come se non esistesse un domani. E questa sua irresponsabilità alla fine gli era costata cara, anzi era costata cara a lei, a Juliette, che era morta perché lui non aveva mai saputo e voluto dirle di no.

Non fu semplice spiegarsi, c'erano cose che lui stesso stentava a comprendere. Ma il senso di profonda impotenza che lo aveva dilaniato per tutti quegli anni, insieme al rimorso, quello gli era chiarissimo. Come la disperazione che non voleva sapere di andarsene, le domande che lo assillavano, l'incertezza... il non sapere se in qualche modo avrebbe potuto evitare l'incidente. Era giovane allora, e si era portato quel dolore nell'anima come un monito che gli impediva di andare oltre. Finché Elena aveva cambiato tutto.

Allora davanti a lui si era tratteggiata una nuova possibilità, che non aveva nulla da spartire col passato. Elena non era Juliette, e lui non era lo stesso uomo di allora.

Rivangare ciò che era successo non aveva senso, e lui non voleva farlo.

Aveva deciso dunque di guardare avanti, lasciandosi tutto alle spalle. Adesso era arrivato il tempo di sorridere, di vivere, di amare.

Inizialmente Elena si risentì per quella omissione, poi dovette ammettere con sé stessa che ciò che stava provando non era giusto. Anche lei, d'altronde, non era stata del tutto sincera. Cominciò a riflettere sulle parole che lui le aveva detto e un po' alla volta comprese cosa lo aveva spinto a tirarsi fuori dalla loro storia. Ma pretendeva un resoconto dettagliato del passato di Cail, che lui si guardò bene dal farle, distraendola con ottime argomentazioni.

Il passato era morto e sepolto. A loro interessava solo il futuro.

Elena in quel momento si rese conto di avere una famiglia. Una vera famiglia. Il senso di appartenenza era intenso, confortante.

Fu un via vai di persone. Geneviève Binoche e Adeline, monsieur Lagose e Babette, Ben, Colette, Eloise, Aurore che non riusciva a staccarsi dalla culla e già immaginava i profumi che avrebbe composto per la piccola Beatrice. E poi arrivarono i genitori di Monique, suo fratello e le sorelle. Elena parlò un po' con Jasmine. In disparte. A quanto pareva, Susanna le aveva fatto visita. Avevano parlato a lungo. Avevano parlato soprattutto di Elena.

E lei, nonostante l'amarezza che provava ogni volta che pensava alla propria madre, scoprì di non sentire più quell'acuto dolore che aveva sempre accompagnato i suoi ricordi.

Monique chiamava al telefono da New York, tutti i giorni. Elena fu molto lieta di sentirla più serena. Forse era anche un po' merito del *parfumeur maison* con il quale aveva lavorato di recente, quello dallo strano nome esotico, Ilya. Lui l'aveva invitata a uscire un paio di volte. Elena non sapeva se Monique fosse interessata, ma di una cosa era certa: l'amore porta con sé gioia. Il dolore e la disperazione sono un'altra cosa.

A un certo punto diventa necessario disfarsi di ciò che ti avvelena l'anima. È una questione di sopravvivenza.

Sperava che Monique un giorno riuscisse a dimenticarsi di Jacques Montier e che guardasse oltre, verso l'orizzonte illuminato dal sole che ogni giorno sorgeva, dando speranza e vita.

EPILOGO

Inula. Profumo prezioso, dorato come quei fiori che accolgono il sole. Accompagna la crescita interiore, rassicura, aiuta a esprimere i sentimenti del cuore. Scaccia ogni genere di timore.

Avevano deciso che l'appartamento di Cail sarebbe stato il più adatto per viverci. La camera accanto alla sua era stata trasformata nella stanza della piccola Beatrice. Cail l'aveva dipinta di turchese e giallo e su una parete aveva incollato decine di stelle, che al buio brillavano. La culla era stata posizionata al centro, intorno mobili bianchi, tutto doveva essere luminoso e accogliente.

Cail aveva anche sostituito il proprio letto con uno matrimoniale. Era già lì quando Elena tornò dall'ospedale. Pronto ad accoglierla. All'inizio semplicemente dormirono insieme, limitandosi a cercarsi nella notte e a stare abbracciati. Ma presto i loro gesti dimostrarono quel bisogno che nel tempo era cresciuto diventando brama. Non c'era più motivo di fermarsi, ora. Pelle contro pelle, i respiri mescolati... il possesso e l'appagamento erano tutte cose che credevano di conoscere, ma che scoprirono nuovamente insieme, mentre il loro mondo assumeva consistenza e si perdevano l'uno nell'altro.

A Elena piaceva da matti quel letto, soprattutto quando ci restavano fino a tardi, abbracciati, recuperando il tempo perduto, o le notti passate a vegliare Bea.

La felicità si era insinuata piano piano nella loro vita e ne aveva preso possesso. Così ogni cosa aveva assunto aspetti diversi. I torti subiti sembravano vecchi ricordi che nemmeno il profumo riusciva a richiamare. Era un fenomeno strano che portava a prendere in considerazione situazioni che fino a poco tempo prima sarebbero state impensabili.

Quella mattina Elena si era svegliata presto. Aveva aperto gli occhi e osservato come l'alba illuminava la loro camera da letto. Cail era accanto a lei, ne sentiva il calore, l'odore, il bisbiglio di quei discorsi strampalati con la figlia che teneva seduta sul torace.

«Buongiorno, amore», le disse lui accorgendosi che si era svegliata.

Elena lo baciò sul petto, mordicchiò il piede di Bea che strillò felice, poi dopo un lungo sbadiglio si alzò e raggiunse la cucina. «Ti va un po' di tè?» gli chiese.

«Sì, grazie», le rispose Cail.

Elena aprì le finestre, accese il gas sotto il bollitore e poi preparò la caffettiera per sé.

Parigi era in piena attività, dall'esterno provenivano i rumori della vita di ogni giorno. Quella mattina aveva un paio di appuntamenti importanti, per due profumi su misura, e poi doveva incontrare il rappresentante di un consorzio di piccole profumerie di nicchia che voleva commercializzare alcune delle sue creazioni a base assolutamente naturale. Adesso che Aurore frequentava l'ISIPCA, a Versailles, aveva meno tempo libero. Per fortuna c'era Adeline a darle una mano.

Anche Cail le era di grande aiuto. Quella mattina sarebbe rimasto con Beatrice e l'avrebbe portata ai giardini.

All'improvviso un refolo d'aria sollevò le tendine, penetrando nella cucina. Il caffè scelse quel momento per salire, spandendo il suo aroma. Il tè riposava già nella tazza di Cail. John scodinzolò, Elena gli sorrise e gli riempì la ciotola. Lui aspettò che lei lo accarezzasse prima di avvicinarsi. Era ancora difficile per lei toccarlo, ma con un po' di determinazione ci stava riuscendo. A dire la verità, con quella stessa determinazione era riuscita a fare tante, tantissime cose.

Versò il caffè nella propria tazzina, attenta a non schizzare la cartolina che aveva dimenticato sul tavolo la sera precedente. La prese e la ripose accanto alle altre. Jean-Baptiste era in vacanza insieme a Babette e da ciò che le scriveva sembrava che tutto procedesse nel migliore dei modi. Ripensò a quando erano andati a salutarla, prima della partenza. Le erano sembrati davvero molto emozionati. Sorrise tra sé e mise il miele in entrambe le tazze. Era tutto pronto.

Stava per chiamare Cail quando lo sguardo si posò su una scatolina turchese che aveva appoggiato sopra la credenza. Era il profumo che Susanna aveva fatto per lei tanti anni prima, quello che si era portata dietro da Firenze. Lo aveva lasciato là, bene in vista. Un giorno o l'altro l'avrebbe aperto.

Prese un vassoio dove sistemò le tazze e su un piattino dispose alcuni biscotti. Ma il suo sguardo tornò a quella scatolina e al suo contenuto. La fissò per qualche istante, poi si decise a prenderla. L'aprì con delicatezza ed estrasse la bottiglietta. Non pesava nulla, pensò tenendola sul palmo.

Per un istante fu tentata di rimetterla a posto, di rimandare ancora. Ora la sua vita era bella, che le importava di quel profumo?

Lo fissò, poi chiuse gli occhi. Quando li riaprì, svitò lentamente il tappo e si portò la boccetta al naso.

Il primo impatto le tolse il fiato. Era forte e pungente. Possibile che si fosse deteriorato? Ma non era possibile, era rimasto sigillato e al sicuro. Allontanò il profumo dal naso e decise di indossarlo. Un paio di gocce sul polso, e poi attese.

Una dopo l'altra le molecole che componevano le note di testa si levarono, scaldate dal calore della pelle. Forte e pungente, si ripeté. Come lei, come il rapporto conflittuale che la legava alla madre. Ma subito vi fu quasi un'esplosione fiorita e un guizzo di vaniglia. Il cuore del profumo.

Il calore di un abbraccio, una ninna nanna nascosta nei meandri della sua memoria... come faceva quel ritornello? *Dorme la chioccia col suo pulcino, dorme la mamma col suo bambino...*

E poi divenne più stabile, avvolgente e caldo. Come un abbraccio. Era bellissimo. Era una delle cose più belle che Elena avesse mai sentito.

Infine lo riconobbe. Si accigliò e un lieve fremito si agitò dentro di lei. Deglutì, la sua gola improvvisamente era diventata secca. Lo fissò ancora e pensò di essersi sbagliata. Ma non era vero. Non c'era alcuna possibilità di errore, e lo sapeva.

Quello era il profumo che aveva preparato per sua madre

quando era solo una bambina. Solo che c'era qualcosa di nuovo, di diverso. E poi comprese. Susanna aveva conservato il profumo e lo aveva completato.

E adesso era perfetto. Ecco il suo Profumo Perfetto.

Lo annusò ancora e la rosa affiorò tra le note, e poi fu la volta della vaniglia, e in quel cuore fiorito Elena trovò il significato di quel messaggio.

Era la risposta di sua madre, era il suo abbraccio, era il suo amore per lei. Lieve e quindi intenso, aspro e anche un po' dolce. Caldo, avvolgente. Era il profumo della vita, era il profumo della felicità.

Restò immobile, aspirandolo lentamente, con gli occhi chiusi, immersa nella sua magia. Poi li riaprì. Era arrivato il momento.

Mentre Cail continuava a parlare con Beatrice e la bambina gli rispondeva a modo suo, prese il cellulare dalla borsa, si sedette su una sedia e compose un numero. Attese con pazienza, il cuore che le batteva forte, contando gli squilli.

«Pronto.»

«Ciao mamma, sono io, Elena.»

Profumi di fiori

Achillea: equilibrio interiore. È il profumo del cielo e della terra insieme. Aromatico e resinoso, favorisce l'armonia dove regna il contrasto, induce alla chiarezza, incoraggia lo spirito.

Angelica: conoscere sé stessi. Erba degli angeli, che svela l'essenza nascosta di ogni cosa. Rimedio per ogni male, profumo dolcissimo, mielato e avvolgente. Favorisce una conoscenza che va nel profondo.

Camomilla: serenità. È il profumo della calma. Intensamente floreale e caldo. Aiuta la chiarezza di pensiero. Combatte l'agitazione dello spirito.

Calendula: non aver paura. Fiore del sole, lenisce e rinfresca. Conforta con la delizia della sua fragranza. Libera dai cattivi pensieri.

Cisto: sorridi. Simile a una piccola rosa, delicato e grazioso, ha un aroma avvolgente, penetrante e speziato che infonde calore sciogliendo il gelo dell'anima, evocando la capacità di sorridere e amare.

Elicriso: ti capisco. Dolce come il miele e amaro quanto un'alba senza riposo, il profumo è intenso, potente come la bontà. Da usare con parsimonia, miscelandolo a sentori delicati come le rose, capaci di accoglierne il sentimento. Unisce il cuore e la mente, la passione e la ragionevolezza. Evoca la compassione.

Frangipani: fascino senza eguali. Estratto dal fiore della plumeria, è profumo deciso, voluttuoso, intensamente floreale. L'essenza della femminilità che sboccia e si apre alla vita.

Gelsomino: sensualità. Il fiore della notte concede il suo profumo solo all'alba o al tramonto. Inebriante, caldo, evoca il mondo magico, ne assottiglia i confini. Sensuale, facilmente adattabile. Il piacere è nascosto nei piccoli petali candidi, coglierlo è solo l'inizio.

Geranio: intensità. Profumo concreto, energico, ricorda quello della rosa senza possedere la sua raffinatezza. Fiore femminile per eccellenza, è simbolo di bellezza, portamento e umiltà.

Ginestra: coraggio. Ricco come il colore dei fiori, è un profumo inebriante, fresco, con una nota floreale emozionante. Annuncia la primavera, il passaggio dal vecchio al nuovo. Aiuta a non perdersi d'animo.

Inula: non essere timido. Profumo prezioso, dorato come quei fiori che accolgono il sole. Accompagna la crescita interiore, rassicura, aiuta a esprimere i sentimenti del cuore. Scaccia ogni genere di timore.

Iris: fidati di me. Prezioso ed essenziale come l'acqua, l'aria, la terra e il fuoco, è un profumo intenso e luminoso. Scaccia le tensioni e rinnova la fiducia dell'anima.

Lavanda: contro lo stress. Questo complesso profumo seduce e ammalia. Rinfresca e purifica lo spirito, scaccia la stanchezza, la paura e l'ansia.

Magnolia: verità. Uno sguardo non basta, di rado gli occhi percepiscono ciò che si cela dietro le apparenze. Profumo intenso, brillante, illumina la mente favorendo la conoscenza interiore, liberando l'energia necessaria ad affrontare i segreti, le menzogne, ciò che sembra ma di rado è.

Mimosa: sii felice. Intensamente floreale, il profumo dei fiori di mimosa dona gioia e vitalità. Smorza la tristezza, induce al dialogo.

Narciso: desiderio. Intensamente sensuale e inebriante, è il profumo del piacere e dell'erotismo.

Neroli: sposami. Ricavato dai fiori d'arancio, è l'essenza celestiale dei petali del fiore. È il profumo della pace. Evoca i buoni sentimenti. Apre la strada all'amore.

Rosa: amore. Essenza difficile da ottenere, dolce, lieve, è il simbolo dei sentimenti e delle emozioni. Favorisce l'iniziativa personale e le arti.

Tuberosa: non aver paura di cambiare. Bianco, intenso, dolce e seducente, è il profumo dell'audacia e della consapevolezza. Stimola la creatività, evoca la forza del cambiamento.

Verbena: sii di buonumore. Caldo e avvolgente, il profumo di verbena rasserena e rallegra. Favorisce la socializzazione.

Violetta: eleganza e discrezione. È il profumo della femminilità dolce e delicata. Tranquillizza e tonifica.

Ylang-ylang: libera i sentimenti nascosti. Caldo e femminile, dona la capacità di superare la delusione e l'offesa. Per sua natura aiuta a esprimere la poesia che alberga dentro l'anima.

Profumi di frutti, bacche, erbe aromatiche

Arancio: allegria. Il pomo dorato del giardino delle Esperidi prospera nel sole e ne mantiene luce e calore. L'olio prezioso si concentra nella scorza. Combatte la tristezza.

Basilico: sii contento. Profumo regale, profondamente aromatico, fresco e speziato. Solleva la mente e lo spirito, liberando il cuore dalla malinconia.

Bergamotto: speranza. Agile, spumeggiante, dona energia e leggerezza quando ogni aspettativa sfiorisce sotto il peso della monotonia. Illumina il cammino e aiuta a scorgere le alternative.

Cannella: ti seduco. Profumo corposo, sensuale, intensamente femminile. Esotico e speziato. Passionale e caldo come il sole dei luoghi lontani dove nasce.

Cardamomo: attrazione. Avvolgente, dolce e lievemente speziato, è il profumo dell'eros. Stimola lo spirito ed evoca la condivisione.

Chiodo di garofano: dolcezza. Intensamente speziato, dolce e aromatico, è il profumo della tenerezza, aiuta a sopportare l'attesa, favorisce la transizione.

Citronella: entusiasmo. Stimolante, convoglia le energie. Profumo di limone, aromatico e intenso.

Cumino: passione. Misterioso, profondo, delicato ma allo stesso tempo caldo e avvolgente. Induce all'apertura, rinforza l'eros.

Fieno: calma. Profumo antico, ancestrale quanto quelli del fuoco, del mare e della terra. Inciso in profondità nell'anima antica che ognuno possiede. Evoca la tranquillità.

Finocchio: scaccia i pensieri negativi. Piacevole, aromatico. Allontana la paura, i dubbi, e aiuta ad affrontare le situazioni difficili.

Ginepro: purifica lo spirito. Intenso e balsamico. Neutralizza la negatività, rasserena, allontana i disagi e le paure. Purifica l'ambiente e l'anima.

Issopo: purezza. È il profumo dolce e freschissimo di un'alba appena nata. Del mattino conserva la leggerezza e la spensieratezza. Stimola la concentrazione, schiarisce le idee. Come tutte le erbe rituali, favorisce la meditazione.

Limone: razionalità. È il profumo della ragione. Intenso, freschissimo, avvolgente. Scaccia l'eccesso, induce alla riflessione. Modera l'instabilità. Respinge il peso oscuro dell'anima.

Maggiorana: contro il dolore. Addolcente e confortante. Scaccia il timore della solitudine, rinforza lo spirito, lenisce la sofferenza della perdita.

Mandarino: spensieratezza. Delicato, spumeggiante e fresco. Conduce all'ingenuità dell'infanzia. Rallegra e dona leggerezza.

Melissa: conforto. Dona sollievo e dissipa il timore dell'ignoto. Aiuta a superare il dispiacere, induce alla consapevolezza del proprio io.

Menta: creatività. Fresco e tonificante, raduna le idee e le schiarisce, stimola la fantasia, smorza l'arroganza e favorisce il giudizio.

Noce moscata: determinazione. Profumo speziato, profondo, piccante. Favorisce la decisione, stimola il coraggio, induce all'azione.

Pepe nero: perseveranza. Allerta i sensi, raduna la forza interiore. Insegna che quando la strada sembra perduta, spesso è solo smarrita.

Rosmarino: mi prendo cura di te. Rugiada di mare che protegge e rincuora, stimola il coraggio, evoca la forza d'animo. Induce alla perspicacia e alla chiarezza.

Salvia: saggezza. Profumo fresco e dolce, scaccia il dubbio. Favorisce il buonsenso, l'acutezza dei sensi e la memoria.

Timo: dona energia. Rinforzante. Dissipa la confusione, predispone alla logica, dissolve l'incertezza del sogno. Rinnova la stabilità mentale.

Tonka, fava: generosità. Allegro come un raggio di sole, è un profumo dolce, caldo. Rilassa l'animo più inquieto, induce alla morbidezza e alla condivisione.

Vaniglia: ti proteggo. Il profumo dell'infanzia, dolce e caldo. Dona conforto, buonumore, aiuta ad affrontare le difficoltà, allenta le tensioni. Si combina con la pelle. Poche gocce uniscono e guidano i gesti del cuore.

Profumi di legni, resine, foglie d'albero

Benzoino: combatte l'ansia. Come il grande albero da cui la resina scura viene estratta infonde serenità, così l'essenza balsamica, densa e penetrante, scaccia le preoccupazioni. Permette all'energia spirituale di trovare la forza, prepara alla meditazione.

Betulla: benessere. Profumo intenso e aromatico, avvolgente e terapeutico. Libera la mente dal peso del dolore, rilascia lo spirito, favorisce il recupero fisico e intellettuale.

Canfora: sii deciso. Forte e profondamente balsamico, è il profumo del coraggio, della fermezza. Rafforza la volontà.

Cedro: riflessione. La sua essenza estratta dal legno è una delle più antiche. Rinforza lo spirito e lo custodisce. Aiuta a mantenere lucidità, equilibrio, senso delle proporzioni. Evoca l'osservazione più profonda.

Cipresso: ti sostengo. Piacevole, delicato, aromatico, il profumo del suo legno rinfresca, rilassa e scaccia i fastidi. Aiuta in ogni cambiamento, fortifica l'anima e la prepara ad affrontare le prove più ardue.

Elemi: consapevolezza. Profumo aromatico e pungente. Riequilibrante, evoca la pace. Raduna le paure più nascoste portandole alla luce. Scaccia le illusioni riconducendo alla realtà.

Eucalipto: positività. Intenso, vegetale, purificante. Scaccia le negatività, induce alla respirazione profonda, riconduce alla ragione.

Galbano: armonia. Intensamente speziato, vegetale, è il profumo della natura e del bosco. Allenta la collera.

Incenso: medita. È un profumo unico, fresco e dolcemente canforato. Rallenta il respiro inducendo uno stato di calma e serenità, evoca la spiritualità più profonda. Predispone alla meditazione e alla preghiera.

Legno di rosa: non aspettare. Dolce, fruttata, con lievi segni speziati, questa essenza di alberi tropicali è il profumo della fiducia, della serenità. Evoca il dolce dolore dell'attesa e della speranza.

Mirra: sicurezza. Più terreno e concreto dell'incenso, è un profumo che rappresenta il legame tra lo spirito e la realtà. Forte, saldo, nessuna incertezza. È il profumo della costanza e della trasparenza dei sentimenti.

Mirto: perdonami. Sempreverde, magico, bellissimo. Intenso e profondamente aromatico, rassicura lo spirito, scaccia la rabbia e il rancore. È il profumo della serenità, dell'essenza stessa dell'anima.

Muschio di quercia: non avere rimpianti. Intenso, penetrante, ancestrale, è il profumo della costanza e della forza. Scaccia la delusione che appesantisce l'anima quando la consapevolezza dell'errore filtra nelle certezze illusorie. Attenua la nostalgia di ciò che poteva essere e non è stato.

Opoponax o mirra dolce: ottimismo. Delicato, balsamico, intensamente floreale, è il profumo della serenità.

Patchouli: sii misterioso. Sensuale ed esotico, è il profumo inebriante della vita. Favorisce la decisione.

Petit-grain: concentrazione. Estratto dalle preziose foglie dell'arancio, questo profumo risveglia lo spirito, schiarisce la mente, aiuta a prendere decisioni importanti.

Pino: fermezza. Solido e tenace, è l'albero della forza d'animo. Non si piega né si spezza. Il profumo è balsamico, aromatico; induce al coraggio, stimola la fiducia in sé stessi.

Sandalo: tentazione. Potente, misterioso e avvolgente, è il profumo dell'eros. Estremamente complesso, acuisce i sensi, apre il cuore e rinnova i sentimenti.

Vetiver: resistenza. Tenace, invincibile, è il profumo pesante e complesso della terra. Fresco, umido, vegetale. Dona forza, induce all'apertura verso il prossimo, al perdono di sé stessi.

Profumi di origine animale

Ambra grigia: bellezza. Dolce e seducente, è il più antico profumo amato dalle donne. Trasportata dal mare che la deposita sulle spiagge come un dono prezioso, l'ambra ne conserva il fascino misterioso e profondo. Evoca il risveglio della femminilità, l'eleganza, il calore di una notte d'estate.

Cera d'api: delicatezza. Caldo e gentile, il profumo della cera conserva il potere della natura, dei fiori e dei pollini.

Cuoio: sii forte. Animale, intenso, dalla vigorosa personalità, è il profumo dell'energia primordiale e della forza virile.

NOTA DELL'AUTRICE

Ho sempre amato i profumi, ma a un certo punto essi sono entrati di prepotenza nella mia vita. Quando il tuo benessere dipende dai fiori che sbocciano e regalano il nettare alle api che allevi, la percezione della natura cambia. Le fioriture, e il loro profumo, scandiscono i giorni e i mesi, li suddividono a seconda dei raccolti. È stato allora che ho cominciato ad annusare il mondo che mi circondava e l'idea di un romanzo ha preso vita.

Parlare di profumi tuttavia non è facile. I concetti olfattivi sono molto difficili da mostrare. Eppure è possibile. Lo hanno fatto in modo splendido due giovani profumiere italiane: Marika Vecchiattini e Caterina Roncati, *fragrance designer* della Farmacia del Castello di Genova. Nel loro Profumificio entrambe creano profumi su misura, quelli dell'anima. Così un giorno, dopo aver parlato loro del mio libro, ne ho ricevuti ben tre: il profumo di Beatrice, quello di Aurore e il meraviglioso profumo di Elena. La mia sorpresa è stata enorme. Non solo avevano risposto alle mie domande con pazienza e gentilezza, spalancando le porte di un mondo che io avevo appena intuito, ma utilizzando le mie descrizioni avevano creato i profumi delle protagoniste. Chi volesse dunque annusare i tre profumi può farlo presso il Profumificio del Castello.

Marika inoltre ha scritto un saggio, *Il linguaggio segreto del profumo,* che mi è stato molto prezioso durante la stesura del romanzo, così come il suo blog «Bergamotto e Benzoino». Un percorso olfattivo continuo, pieno di suggestione, di professionalità e di magia. Così ho scoperto una profumeria diversa da quella più conosciuta e glamour: la profumeria di nicchia. Per tutto questo, grazie Marika e grazie Caterina.

Ci tengo a precisare che, pur utilizzando ambientazioni reali, *Il sentiero dei profumi* è un'opera di fantasia, e si avvale delle licenze proprie della narrazione. I grammi, con le bilance di precisione, hanno da tempo sostituito le gocce qui usate come unità di misura. Beatrice Rossini e le sue discendenti, Caillen McLean e le sue splendide rose, Absolue, Narcissus e La Fougérie sono frutto della mia immaginazione, così come l'opera più famosa di Giulia Rossini. Dunque se cercherete Giardino incantato all'Osmothèque di Parigi non lo troverete, perché vive solo in questo romanzo.

RINGRAZIAMENTI

Pronuncia la parola magica «grazie».
Dilla ad alta voce, gridala dai tetti, sussurrala a te stesso,
declamala a mente e poi sentila nel tuo cuore:
l'importante è che, da oggi in poi, tu la porti sempre con te.

Rhonda Byrne, *The Magic*

Grazie alla mia famiglia, perché mi sopporta, mi accetta, mi ama così come sono. Grazie a mio marito perché mentre io scrivo lui manda avanti la mia vita, quella dei nostri figli, e soprattutto si accerta che io mangi come si deve.

Grazie a Silvia Zucca per essermi amica, per avermi prestato i suoi libri sui profumi e per avermi parlato di Marika Vecchiattini e avermela presentata. Grazie ad Anna per essermi stata sempre vicina, ad Andreina per avermi rallegrato, a Lory per la sua dolcezza, a Eleonora che mi fa sempre ridere di cuore. Grazie ad Antonella per avermi sostenuta quando perdevo il coraggio, e per aver gioito con me per ogni conquista. Un grazie di cuore alla Garzanti per avermi voluta con sé, allo staff che ha curato il mio romanzo, alla mia editor Elisabetta Migliavada per la quale non esistono abbastanza parole. E infine grazie all'agenzia che mi rappresenta. A Laura Ceccacci, che ha creduto in me per prima, che è molto più che un'amica e alla quale sono profondamente riconoscente. Ad Anna Chiatto che mi ha accolto con un bellissimo sorriso, e a Kylee Doust che mi ha aperto le porte di un mondo nuovo.

A tutti voi grazie di cuore.

Come è nata l'ispirazione per scrivere Il sentiero dei profumi*?*

Dalla mia esperienza. Vivo in campagna, circondata da piante e fiori di ogni genere. E sono un'apicultrice, che per me è uno stile di vita più che un mestiere. Il mio è un mondo pieno di profumi. Allevare api significa vivere profondamente la natura. Il loro benessere è fondamentale, così ho imparato a osservarle, a seguire scrupolosamente il loro lavoro, a adattarmi alle loro abitudini. Quando i fiori sono maturi e cominciano a secernere il nettare di cui le api si nutrono, l'aria si riempie di profumi. In quel momento comincia il raccolto. Col tempo ho imparato a conoscerne ogni sfumatura. I fiori comunicano con le api in quel modo. Questa consapevolezza si è sviluppata piano piano, ampliandosi poi in modo considerevole. Ho cominciato a fare attenzione, ad annusare ogni cosa e ho capito che il profumo è un linguaggio, un sottile e immediato metodo di comunicazione. Ed è stato bellissimo. Non è stata una scoperta, non puoi scoprire ciò che c'è sempre stato. Mi sono semplicemente riappropriata di qualcosa che era là, a disposizione, sotto i miei occhi. Ho provato come un senso di perdita per ciò che avevo ignorato ed ero così affascinata da questo mondo, che avevo inconsapevolmente trascurato per tanto tempo, da sentire il bisogno di condividerlo con tutti. Ma come potevo raccontare una storia così complessa? Solo una profumiera avrebbe potuto farlo. Una donna capace di grandi sentimenti, di delicata sensibilità. L'erede di un'antica famiglia che trasmetteva il proprio sapere di madre in figlia. Lei, ne ero certa, avrebbe saputo raccontare questo mondo fatto di profumi, e di odori, calibrando parole e concetti, comunicando emozioni. È stato allora che ho visto una bambina, e una nonna. Loro erano le persone giuste, loro avrebbero potuto raccontare a tutti quanto sono importanti i profumi.

I profumi sono la strada, raccontano storie, sono il linguaggio per comunicare le proprie emozioni: questo ripete la nonna a Elena. Anche per lei i profumi hanno questo potere?

Sono convinta di sì. Gli odori sono fondamentali, ci allertano, ci affascinano, e alcune volte ci disgustano. I profumi scavano dentro di noi, cristallizzano le emozioni. Alcuni ci raccontano episodi del nostro passato, evocando i sentimenti che abbiamo provato. Basta un odore specifico, il profumo dell'aria di una giornata particolare, e la nostra memoria reagisce restituendoci un ricordo. I profumi poi rallegrano, e così una giornata uggiosa può diventare speciale con due gocce del nostro profumo preferito. Possono essere anche rassicuranti, come quello del pane, o dei biscotti appena sfornati, della vaniglia e del sapone da bucato.

Come ha scoperto il significato dei profumi?

Quando l'idea del romanzo stava prendendo forma ho cominciato a interessarmi alla profumeria di nicchia, quella che nasce intorno a chi desidera un profumo unico. Era un concetto molto intrigante, si parlava di un'essenza individuale, fatta su misura come un abito. E io mi chiedevo come mai certi odori mi facessero impazzire, altri meno, altri ancora invece erano intollerabili. Così ho cominciato a cercare tutto ciò che riguardava i profumi e ho scoperto che a ognuno era legato un messaggio, e che ogni profumo suscita una reazione in chi lo annusa o lo indossa. Alcune fragranze, ad esempio, vengono utilizzate come terapia per superare situazioni difficili, altre per farci sentire più sicuri, altre ancora possono essere quel di più che illumina un appuntamento importante o rende indimenticabile una serata speciale.

Nel libro ci sono diverse formule per la creazione di profumi. Da quelli più antichi alle versioni più moderne. Da dove nasce questa passione?

Dal piacere che provo nell'annusarli e dalla mia sconfinata curiosità. Ho voluto conoscere ogni meccanismo, ogni passaggio necessario alla creazione di un profumo. E scoprire che il procedimento non è cambiato poi molto, nei secoli, è stato illuminante. Certo, le essenze adesso sono diverse dal passato, e tutto è giustamente regolamentato, ma il processo in sé non si differenzia poi molto da ciò che facevano i primi maestri. Quello che oggi è diverso è il concetto, l'idea o, come si dice, il *brief*. Adesso il profumo racconta una storia: parte dalle note di testa, le prime che si sentono, procede con il cuore, e infine trova la base stessa del profumo: le note di fondo.

Elena ha il dono speciale di capire le persone e di cercare di aiutarle con l'aiuto dei profumi. Ma a un certo punto della sua vita lo rinnega perché è legato a ricordi troppo dolorosi per lei. La propria esperienza e il proprio passato, secondo lei, possono far dimenticare chi si è veramente?

Una grande delusione, soprattutto se si è molto giovani come nel caso di Elena, può innescare una sorta di rifiuto verso ciò che ci ha procurato quel dolore. Spesso ci si rivolge ad altro, a qualcosa che razionalmente trova la nostra approvazione. Penso che questo perdersi accada spesso; non credo però si tratti di un vero rifiuto, ma della ricerca di un'alternativa accettabile. Percorrere una strada che non è la nostra però va bene fino a un certo punto. Ingannare sé stessi non è un buon modo di essere felici. Noi siamo fatti anche di cuore, anima e radici, non basta essere solo razionali. Viviamo in una società che punta molto all'apparenza, trascurando la sostanza. Abbiamo standard che ci allontanano dalla nostra individualità, che invece è la nostra ricchezza più grande. La cosa più bella che possa accadere a una persona è essere sé stessa. Ritrovarsi, riconoscersi e accettarsi è un buon inizio per essere felici.

Quando era ancora una bambina Elena ha dovuto imparare che anche una madre può fare le scelte sbagliate. E solo quando lei stessa sta per avere un figlio riesce a comprendere la propria madre e forse a perdonarla. Perché la maternità è davvero il più difficile dei mestieri. Lei ha tre figli, pensa sia così?

Credo che questo sia un concetto universalmente valido. Possiamo essere giudici implacabili, ma quando lasciamo il nostro ruolo, quando da spettatori diventiamo protagonisti, cambia tutto. Essere madri è complicato. Essere buone madri poi è davvero difficile. Bisogna tenere conto di tutto, esserci sempre, e spesso questo è impossibile. Credo che molte fratture generazionali siano state colmate e risolte con il cambio di ruolo da figlia a madre. Perché condividere la stessa esperienza unisce. Questo accade a Elena, che comincia finalmente a comprendere meglio sua madre quando lei stessa vede dispiegarsi tante difficoltà di cui prima di allora non poteva sapere nulla. A un certo punto della sua esistenza Elena si trova a vivere una gravidanza difficile, da sola, esattamente come Susanna. Cosa ci può essere di più illuminante?

La prima volta che Elena incontra Cail, dal suo profumo che «sa di rose e di pioggia» capisce che è un uomo sensibile con il cuore tormentato. E forse riconosce in lui parte delle sue ferite. Due solitudini che si incontrano e che insieme scoprono un nuovo modo di fare pace con sé stessi per aprirsi all'altro. L'amore è questo per lei?

La prima cosa che unisce Elena e Cail è l'istinto. Qualche cosa di magico e illogico. Entrambi sentono il bisogno di guardarsi, di stare vicini, di trovare istanti di felicità. Non è qualcosa di spiegabile, nasce dalla più totale irrazionalità. È un riconoscersi di anime affini, un piacersi e desiderarsi. Questo mistero per me è l'amore. L'amore poi ha il grande potere di smuovere ogni cosa, è sostanzialmente il più straordinario motore che esista. Per amore si prende in considerazione ciò che prima era inaccettabile. E cambiare la propria prospettiva può aiutare a comprendere gli altri, e ad accettare sé stessi. Gli occhi dell'amore possono tutto. Il resto viene dopo.

Un'altra protagonista del libro è Parigi. La ville lumière *con le sue stradine tipiche, i suoi monumenti meravigliosi, le sue atmosfere magiche. Come è nato il suo amore per questa città?*

Ho visitato la Francia anni fa. È un paese che mi è rimasto nel cuore, impresso in maniera indelebile: il cielo luminoso quasi accecante, i suoi profumi, le persone cordiali e sorridenti, i magnifici castelli, la campagna solcata da lunghe strisce di fiori. E Parigi è il simbolo di questo paese. Una città piena di fascino, di storia, arte e genialità. È sinonimo di meraviglia, romanticismo e... di profumi. Tutto di lei mi ha ispirato: i luoghi, la cadenza di quella parlata musicale e raffinata, il sorridere alla vita tipico di una città cosmopolita. Non avrei potuto scegliere un altro luogo per il mio romanzo.

Nel libro c'è molta natura: gli sconfinati campi di lavanda, i giardini pieni di rose, persino i mercati ricchi di fiori e piante. Quanto il contatto con la natura e la vita all'aria aperta sono importanti per lei?

Forse «importante» non è la parola giusta. Per me la vita all'aria aperta è fondamentale. Non potrebbe essere altrimenti, visto che il mio lavoro mi conduce nelle campagne, a cercare le fioriture per le mie api. Credo che tuttavia la natura abbia sempre fatto parte di me. Sono cresciuta in campagna, e i miei nonni contadini hanno avuto una parte importantissima nella mia formazione. Mi hanno insegnato a osservare e ad ascoltare. C'è poi un'altra grande passione che mi porta a vivere la natura: le rose. Io le adoro! E condivido con mia madre questa gioia profumata. Ne abbiamo moltissime, dalle più grandi e affascinanti alle più semplici e delicate. Abbiamo rose storiche, antiche, e moderne. Annusare il profumo delle rose inglesi, ad esempio, è un'esperienza olfattiva indimenticabile.

Una curiosità: qual è il suo profumo preferito?

Intorno alla mia casa ci sono giardini di agrumi. A maggio tutto si tinge dello smeraldo delle foglie nuove e del bianco dei fiori. In quelle settimane l'aria si riempie di profumo. È fruttato, è intenso e inebriante, oserei dire ipnotico: è il profumo di zagara, come vengono chiamati i fiori degli agrumi. Ecco, quello è il mio profumo preferito. Mi ricorda la mia infanzia, i dolci che preparavano le donne della mia famiglia quando ero bambina, i giochi e le corse sotto gli alberi. Ogni volta che lo sento resto incantata e mi sento bene, mi sento felice.

È già all'opera su un nuovo romanzo?

Sì, è un romanzo di grandi sentimenti, la storia di una famiglia, di un segreto e di una passione che aiuterà la protagonista a vedere la propria vita in una nuova dimensione. Le donne sono sempre grande fonte di ispirazione per me: non si arrendono mai, e nonostante le difficoltà riescono sempre a sorridere alla vita.

Finito di stampare nel mese di giugno 2019
da Grafica Veneta s.p.a., Trebaseleghe (PD)

Questo libro è stampato col sole

Azienda carbon-free